U0565499

卷 I

[美] 艾米莉·狄金森 著

王玮 译

艾米莉·狄金森诗歌全集

J342 / F374

紫丁香 — 弯腰多年 —

依然背着紫色的重负摇摆

蜜蜂 — 不会鄙薄 —

祖祖辈辈　哼唱的曲调

上海三联书店

目　录

序

　　算起来正好是十年前的事，王玮从新疆塔里木大学考入
浙江大学，成了我门下的一名博士生。她选了艾米莉·狄金
森作为研究对象。五年后，王玮顺利通过博士论文答辩，毕
业回原单位，忙于教学、科研，打理日常家务。今年暑假忽
然收到她发来的邮件，附了一份她翻译的狄金森诗歌全集电
子版，说是译稿已被某出版社接受，年内可望出版，嘱我写
个序。此事颇令我有点惊讶，也为她感到开心和自豪。我知
道她一直喜欢狄金森，但没想到她居然喜欢到这个程度，能
把狄金森的1775首诗，一首不落地全译出来了。在这个讲
求功利和效率的时代，这种"十年磨一剑"、不离不弃的精
神何其难得，需要何等的勇气、毅力和特立独行的精神！
　　解读和翻译狄金森诗歌之难，是国内外诗歌界和翻译界
一致公认的。她的难，不在于其诗体的多变、意象的繁复，
或语义的多重性，而在于其喜用高密度的"电报体"，简约、
凝练、敏感、微妙。而这种诗风，又与她一生离群索居，不
喜社交，自甘寂寞的个性有关。与同时代的某些喜欢游历、
社交的诗人相比，她更愿静守一隅，独自面对"存在"问
题，从容地思考爱情、自然、生死和永恒等。
　　一个译者选择译什么，既有偶然的相遇，也有必然的
因缘。在我看来，王玮译狄金森，似乎必然的成份更多一
些。用狄金森的诗句来表述，就是"灵魂选择了自己的伴
侣／从此就关上大门"。我斗胆揣测，这十年来，王玮选择

了狄金森为自己的灵魂伴侣，基本上对其他诗人或作家关上了大门。她人在大漠，心系爱默斯特小镇。日里所思，夜里所梦，除了自己的家庭和孩子，就是狄金森这位"白衣修女"。我不知道王玮在"结识"狄金森前，是否也写诗？但我能确定的是，自从她毕业之后，微信朋友圈里隔三差五能看到她发的诗作，题材无所不包，诗体短小精致，大漠风情、红柳、骆驼刺、沙尘暴，家庭中的"小确幸"或日常的小烦恼，一一化为了诗思的对象。风格自然是狄金森式的，凝练，敏感，多思。虽然有时稚拙，有时老成，不乏模仿痕迹，但终归不失赤子之心。

从感性的喜欢，到理性的研究，直至灵魂的相契，这大概就是王玮的"迷蝶（狄）"三部曲。仅凭此经历，王玮作为一个狄金森全集的新译者就已经完全够格了，且在某种程度上超越了国内一些同行。当然，我并非狄金森研究专家，无意在此对不同译本作出比较，给出优劣。因为对诗的解读和翻译，从来就是见仁见智的，没有定于一尊的版本。我只是觉得，对于像狄金森那样敏感、多思、崇尚"极简主义"的诗人，我们需要更多像王玮那样的、与她灵魂相契的译者，给我们提供更多具有鲜明个性特色的译本，才对得起这位被认为是"自萨莆以来最优秀的女诗人"。

总体来看，我觉得王玮给我们提供的新译本是有情感投入、有个性充盈、有灵魂贯注的。她的译笔或许稚拙，但那是"天然去雕饰"后的稚拙；她对原文个别词句的理解或许有误读，但那是可以自圆其说的"创造性误读"；她对狄金森喜用的"半韵"式也许一时很难把握，但并不妨碍整体诗意的传达。

王玮在博士论文后记中曾说，对狄金森的热爱"在我孤独的岁月里给了我抚慰，在我脆弱的时候给了我支持，在我陷入黑暗的泥沼的时候给了我指引，在我将她的小诗一首首翻译出来、将我对她的理解终于呈现于文本之中的时候给了我狂喜……"。借此机会，衷心希望国内的"蝶迷"接受并喜欢这个新译本，并通过阅读这个新译本找到与译者同样的感觉，在这个不确定的，有人选择内卷、有人选择躺平的时代，振作起来，击退内心浓重的虚无感，找到自己的真我和真爱。

是为序。

张德明

2022 年 10 月 7 日于杭州

译者序

　　我从来没有想过这些译诗能够出版发表，与读者见面。我只是凭着一腔热爱和孤勇盲目地向前，不断地掘进、摸索……这个过程是痛苦的，也是幸福的，有的时候眼前茫然一片，根本找不到路，有的时候却又豁然开朗，柳暗花明。走到今天，我突然发现，喜欢的事只管去做就好，不必太过违拗自己的内心，不必太过纠结于未来，最终一切自有其意义呈现，一切都是最好的安排。狄金森带给我的，是熟悉的，奇异的，丰富的，卓越的……她陪伴着我走过了一段如醉如痴的时光，把我引向了更为广大的、内在的、幽微而又神秘的世界，她诗歌的闪电曾经极其强烈地震颤过我的心扉，也把诗性和眷顾赐予了我。

　　此前，因为汪剑钊教授主编雅歌译丛，老师嘱我精选一部分狄金森译诗进行出版，这样就有了《安于不定之中：狄金森诗选》（山东文艺出版社，2018 年 8 月）。在诗选译序中我提到，翻译狄金森诗歌的初衷是为了尽力还原或逼近我所感受到的狄金森，这也是促使我坚持将其全部译出来的信念。《安于不定之中：狄金森诗选》所收录的诗歌主要以空间为主题，目的是揭示空间在狄金森诗歌创作中的重要性，这也是我博士毕业论文研究的选题（《艾米莉·狄金森的"空间诗学"研究》，上海三联书店，2019 年 6 月），这让我斗胆在国内已经有众多译本存在的情况下出版了那本诗选，毕竟，我想其自有独立存在的意义和价值。

时间倏忽而过，我竟然有机缘能够将所译狄金森诗歌以全集的方式出版，这是令我兴奋和紧张的。所喜是"日拱一卒，功不唐捐"。所紧张的是这些译诗要走向读者，接受读者的评判，我是否能够经得起这一场盛大的检阅，对得起所有读者对狄金森的热爱，还有狄金森那颗孤傲、卓绝、生动、丰富、超逸的灵魂？我只能小心翼翼、忐忑不安地给您写下这封信，借助狄金森的诗歌，把这些译诗交给您，"因为对她的爱—亲爱的—同胞们—/ 请温柔地—评判我"。并且振奋起自己的灵魂，勇敢地接受来自读者的批评，给成长以可能。

　　非常感谢我的导师张德明教授能够在百忙之中为这部诗集作序。首先，他是一位特别敏锐的读者、批评家和写作者。我信赖他的判断，老师作为布莱克、里尔克等伟大诗人的译者与批评家，他的功底深厚，而且他的诗歌创作同样丰厚，他的诗歌造诣在我看来是已臻化境的，达到知行合一的高度。老师一针见血指出了这些译诗中存在的韵律等问题，当然也包括误读，我想这就是出版的意义，要去倾听来自外界的真实的声音。其次，老师见证了我在做这件几乎不可企及之事的拉伸过程中所承受的疼痛，没有其他人比他更了解在这个过程中我所经历的成长。他以克制的批评、温厚的指导为我保驾护航，我想这对读者来说也同样是有益的。

　　我非常感激在诗集出版过程中上海三联书店出版社郑秀艳老师、董毓玭老师以及其他所有参与此书出版的老师的帮助，他们作为这些译诗的第一批读者，以他们的热情、认真、负责让这些译诗以今天如此美观的面目出现在您的面前。尤其是董毓玭老师在此过程中付出了大量的心血，仅仅是狄金森诗歌中的小短线符号在排版时如何做到更好就参阅了国内诸多译本。在初时，我想小短线应该稍长一些，有一种缓慢悠然感，笔下带着思考……但是后来我又感觉可以稍稍短一些，如董老师所建议的目前诗歌中所呈现出来的样子，不仅更为美观，避免与文字相混淆，也直面狄金森诗歌中的挫折、紧张和焦虑……所以您能够看到狄金森诗歌在出版过程中的难度，一种灵动的手写体转变成统一的印刷体，无论作何选择，都必然有所遮蔽；也能够看到这部译诗集其实融汇了许多人的心血，不仅包括本书的编辑者，也包括我国狄金森诗歌的前辈翻译者和研究者以及狄金森诗歌的整理者等诸多努力，当然也包括塔里木大学对本书出版所给予的资助。本书乃"塔里木大学中国语言文学重点学科建设项目"资助出版，塔里木大学校级一流本科课程"外国文学"（项目编号：TDYLKC202224）建设成果。

行文至此，亲爱的读者，我想对您说，请和我一起走进狄金森的诗歌，捕捉那些吉光片羽，感受她诗歌的魔力，触摸这颗特立独行、自由思考、不从流俗的伟大灵魂。在这个充满不确定性的时代，生长出内心的爱与信，安于不定之中。

狄金森小姐，请吧！

我准备送你离开
去往更广大的人群 －
盛装打扮，也许 －
衣着寒酸，可能 －
无论阳光，风雨 －
荆棘，花开 －
都是源自对你的爱 －

你却突然转身
走向你的闺阁 －

王　玮
2022 年 10 月于塔里木河畔

版本与译本说明

　　狄金森生前拒绝（也许是难以实现以自己满意的方式发表）以一种更为信实的、权威的姿态发表自己的作品（仅匿名发表了 10 首小诗和 1 封信，且大多属于朋友横刀夺爱，并未征得她的同意），她的诗歌作品在生前主要借助书信在朋友和家人之间流传，且根据不同的对象和情境诗歌中的具体用词与符号会有改变。这就导致狄金森同一首诗歌会有许多不同的版本存在。我们今天能够读到狄金森的诗歌是因为她的亲友和编辑们的努力。这种努力的最大成果就是约翰逊（Thomas H. Johnson）和富兰克林（R. W. Franklin）先后编辑的狄金森诗歌全集的诞生。1955 年约翰逊版的三卷注释本《艾米莉·狄金森诗集》收集了从诗人各种手稿中发现的 1775 首诗歌，大致以写作年代为序，不再像早期版本以主题排列，保留了原作中不合惯例的标点符号、单词拼写和诗歌韵律等形式，并提供了手稿本身所含有的替换词，在一定程度上还原了狄金森诗歌意义原本开放而非终结的文本特征，该书的出版曾被认为是狄金森研究的权威读本。1967 年，富兰克林出版专著《艾米莉·狄金森诗歌的编辑》(The Editing of Emily Dickinson) 阐述他对狄金森诗歌编辑工作的看法，认为约翰逊编排诗歌的方式还有待改进，一些诗歌的创作时间有待重新确定。1981 年，他出版了两卷本的《艾米莉·狄金森手稿》(The Manuscript Books of Emily Dickinson)，参照诗人装订的诗卷顺序重新为诗歌编号，使读者有幸真正目睹诗人的手迹。诗人原稿中的语法、拼写、标点、大写字母、词汇改动痕迹、墨迹及装订时留下的窟窿都以其真实面目出现在读者面前。1998年富兰克林又出版了经他修订的三卷本集注版《狄金森诗集》（*The Poems of Emily Dickinson*，*Variorum Edition*），收录诗歌1789首，直接挑战了约翰逊版的权威性。为方便普通读者阅读，1999年富兰克林又出版了删除诸多异文版诗歌的阅读版。约翰逊与富兰克林这两位狄金森诗歌全集的编辑者为促进狄金森研究打下了坚实的基础，但这并不意味着狄金森诗歌编辑的结束。2016年克蕾斯坦纳·米勒（Cristanne Miller）又编辑出版了一个全新版本《狄金森诗歌：如她所保留》（*Emily Dickinson's peoms: As She Preserved Them*），声称最忠实地保留了狄金森诗歌原作的状态。本书所译诗歌主要参照 Dickinson，Emily. *The Complete Poems of Emily Dickinson.* ed.，Thomas H. Johnson. Boston：Little，Brown，and Company，1960. 与 Dickinson，Emily. *The Poems of Emily Dickinson.* Reading ed.，R.W.Franklin，ed.，Cambridge，MA：The Belknap Press of Harvard University Press，1999. 即文内所注约翰逊版与富兰克林阅读版。为读者查阅方便并列标明了约翰逊和富兰克林的编号，分别以"J""F"表示，他们所推断诗歌创作年代则放在编号之后的括号里。约翰逊以最早的完善手稿为底本，富兰克林则相反，以最晚的完善手稿为底本。这两种选择目前学界认为各有各的道理。关于狄金森手写的诗作究竟哪个版本最好，一直存在激烈争论，并无定论。在翻译的过程中，笔者偶尔涉猎狄金森诗歌的异文版，以"另一版本"来做补充。狄金森喜欢用斜体来表示强调，在翻译的版本中笔者采用了字体加粗的方式。而她所喜欢使用的小短线符号（她在书写时长度不一，且有升降和折角），统一都只用一个短横线表示，前后各留一空格。而书信则出自 Dickinson，Emily. *The Letters of Emily Dickinson.*

3 vols., Thomas H. Johnson & Theodora Ward, ed., Cambridge：
Harvard University Press，1979. 文中所引书信采用字母 "L"
加书信编号的格式。

J1（1850）/ F1（1850）

醒来吧九位缪斯，为我唱响神圣的一曲，
松开庄严的藤蔓，捆绑我的情人！

哦，为痴情人，为少女，和绝望的情郎**创设** ^① 大地，
为叹息，温柔的呢喃，和合一创造**雌雄**。
万物都在怀春，在大地，在海洋，在天空，
上帝缔造一切成双，但**你**如此独一无二！
新娘，然后是**新郎**，二者，成一，
亚当，和夏娃，他的爱侣，月亮，然后是太阳；
生命确证了这一理念，顺从即能幸福，
谁不服从万能的主，吊上命运之树。
高的确在寻求着矮，大的确在寻找着小，
在这个星球，没有所**追求的**不能找到；

蜜蜂向花儿求爱，花儿接受他的恳求，
他们举办欢乐的婚礼，客人是成百上千的叶子；
风儿向树枝求情，树枝就是它的回报，
多情的父亲为儿子取悦少女。
风暴行走在海岸低吟一首哀伤的歌，
海浪之眼如此忧郁，在寻找着月亮，
他们的灵魂相逢，发下庄严的誓语。

他的歌不再哀伤，她的凄怨的确也已消褪。
蛆虫热爱着人类，死亡希冀一位活着的新娘，
黑夜和白天喜结连理，黎明眷恋着黄昏；
大地是一个欢快的少女，**天空**是一位真正的骑士，

---

① 在狄金森原诗中采用的是斜体，进行强调，翻译中统一使用字体加粗。

大地如此娇媚风骚，似乎是一场徒劳的追求。
现在对那**请求**，对那名册的宣读，
为带你走进公正，重整你的灵魂：
你一曲**人的独奏**，一个冷漠孤独的存在，
枯萎没有仁慈的伴侣，所收获的皆你**所种**。
是否从没有宁静的时光，分秒总是太长，
哀伤的沉思太多，**悲泣替代了歌唱**？
萨拉、艾丽莎和艾米琳如此美好，
还有**哈瑞特，苏珊**，和**卷曲头发的她**^①！
你的眼睛不幸被蒙蔽，但也可能看见
六个真正，俊美的少女坐在树梢；

小心翼翼抵达那棵树，然后大胆爬上它，
抓住你最爱的那一个，不要在意**空间**，和**时间**！
然后带她去绿林，为她建一所闺房，
给她她所想要的，珠宝，鸟儿，或者花朵 —
并带来横笛，和喇叭，敲起鼓点 —
向世界致意晨好，走进荣耀的家！

J2（1851）/ F-（1851）^②

有另一片天空，
永远宁静晴朗，
有另一束阳光，

---

① 萨拉、艾丽莎、艾米琳、哈瑞特、苏珊五位女孩应该是狄金森的好朋友，而那"卷
曲头发的她"应是诗人自己。
② 此诗包含在艾米莉·狄金森写给哥哥奥斯丁·狄金森的信中，见 L58。富兰克林版
未收录此诗。

即使那里黑夜沉沉；

不要在意叶落的树林，奥斯丁，

不要在意沉默的原野 —

这里有一片小树林，

它的树叶常青；

这里有一个更加明媚的花园，

从没有迷雾萦绕；

在它永不凋谢的花里

我听到欢快的蜜蜂嗡唱：

请来吧，我的兄长，

到我的花园！

J3（1852）/ F2（1852）①

"尘世的荣耀已然消逝，"

"忙碌的蜜蜂现如何，"

"人生在世须尽欢，"

我与我的敌人共存！

哦，"我来，我见，我征服！"

哦，无与伦比的霸主！

哦，"记住你终有一死"，

而我远非你！

---

① 本诗内容与 1850 年的情人节有关，写给当时 30 岁的艾默斯特学院教师 William Hoyland（1822—1880）。诗共 17 节 68 行，是艾米莉·狄金森最长的一首诗，发表于 1852 年 2 月 20 日的《春田每日共和党报》（*Spring field Daily Republican*）上。诗歌第一、三、五、七行均为拉丁文，因不懂拉丁文，笔者参照周建新、蒲隆等人的译本以及翻译软件翻译。

欢呼，为彼得·帕利 ① ！
欢呼，为丹尼尔·布恩 ② ！
三声喝彩，先生，献给
首先注意到月亮的绅士！

彼得，燃起日光；
帕蒂，布好星斗；
告诉月神，茶已泡好；
也叫上你的兄弟马尔斯。

放下那个苹果，亚当，
和我一起走，
如此你会拥有一个果子
从我父亲的树上！

我攀登"科学的高峰，"
我"俯瞰一切风景；"
这样超越一切的展望，
我以前从未有过！

到议会来
我的国家命令我去；
我要带上我的橡胶套鞋，

---

① Peter Parley，美国儿童读物作家 Samuel Griswold Goodrich（1793—1860）的笔名，创办了《象征》年刊和《彼得·帕利杂志》，出版过大量天文、地理、历史、传记等方面的青少年读物，其中有《中国》（China）、《中国和中国人》（China and Chinese）等。该人物在第 65 首诗中再次出现。

② Daniel Boone（1754—1820），美国历史上最著名的拓荒者之一。他的名声源于在肯塔基州勘探殖民期间的业绩。1767 年，布恩首次抵达这个尚无归属的地方，并把此后三十年中最好的一部分时光贡献给肯塔基的探索与殖民事业，其中就包括维尔德尼斯大道的发现和博恩斯布罗定居点的修建。

以防大风刮起！

在我的求学生涯，
它向我宣告
万有引力，摔倒，
落自一棵苹果树！

曾经以为
地球绕轴而转，
以**体操**的方式
向太阳敬礼！

是勇敢的哥伦布，
航行在波涛上，
通报列国
我将居住的地方！

死亡是命运 —
文雅是教养，
恶行，英勇，
破产，崇高！

我们的父辈已经疲惫，
躺倒在邦克山 ① 上；
尽管无数清晨降临，
他们依然在沉睡 —

---

① 邦克山（Bunker Hill）：位于马萨诸塞州波士顿附近 Charles town 附近的一座山。邦
克山战役（Battle of Bunker Hill），美国独立战争（1775—1783）中最初的流血战斗。
战役共造成 1000 多名英国士兵和约 400 名美国爱国者伤亡。战役结果表明经验相
对不足的美军在战场上能直面英军。

号角，先生，该叫醒他们，
梦中我看见他们立起，
每人手握一把神圣的火枪
冲向天空！

懦夫会留下，先生，直到战争结束；
但是**永垂不朽**的英雄
会拿起帽子，奔跑！

再见，先生，我要走了；
我的国家在召唤我；
请允许我，先生，离席，
擦拭我流泪的双目。

作为我们友谊的象征
收下这"波尼·杜安①，"
当采摘它的手
越过了月亮，

关于我骨灰的记忆
将会是种慰藉；
那么，再见，塔斯卡洛拉人②
还有你，先生，再见！

---

① Bonnie Doon，指鲜花。
② 塔斯卡洛拉人（Tuscarora）为美国的印第安人，曾居住于北卡罗来纳州，为当地最
强大的印第安人部落，现今居住在纽约州西部和加拿大的安大略省的东南部。塔斯
卡洛拉人在18世纪向北迁移，于公元1722年加入了易洛魁联盟。

J4（1853）/ F3（1853）①

在这神奇的海上
寂静地航行，
哦！领航员，哦！
你知道哪里是岸
没有海浪的呼啸 —
风暴已经停息？

在宁静的西方
许多风帆在休憩 —
锚已固定 —
我领你驶向那边 —
陆地哦！永恒！
终于上岸！

J5（1854）/ F4（1854）②

春天我有一只鸟
只为我歌唱 —
并把春天引诱。
当夏日临近 —
玫瑰盛开，
知更鸟就飞走了。

---

① 见 L105。
② 给 Susan，见 L173。

但我并不懊恼
知道我的小鸟
尽管飞远 —
在大洋彼岸为我
学习新的曲调
将会回返。

落在一只更安全的手掌
留在一片更真实的土地
是我的 —
尽管现在已经离开,
告诉我充满疑虑的心
它们是你的。

在一片更宁静的光辉中,
在更辉煌的金光中
我看到
每一点小小的疑虑和恐惧,
每一丝小小的不和谐在此
都被驱散。

于是我不再烦扰,
知道我的小鸟
尽管已飞走
将在远方的树上
为我唱起明媚的歌
回来。

J6（1858）/ F24（1858）

森林时而粉红 —
时而棕黄。
山峰时常裸露
在我纯朴的小镇背后。
时常头戴羽冠
我经常看见 —
而它过去曾是
一条裂缝 —
这地球 — 他们告诉我 —
在绕轴而转！
美妙的旋转！
以十二轮回上演！

J7（1858）/ F16（1858）

人们回家的双脚
和欢快的鞋子一起 —
番红花 — 直到她起身
雪花的扈从 —
哈利路亚的双唇
常年单调的习练
直到这些告别的船员
行走在岸上歌唱

珍珠是潜水员的法寻 ①

---

① 英国小硬币，面值为旧制便士的 1/4。

索取自海洋

羽翼 － 炽天使的马车

也曾徒步 － 像我们一样 －

夜晚是晨曦的幕布

盗窃 － 遗产 －

死亡，只是我们的痴迷

对不朽。

我的数字不能告诉我

离村庄还有多远 －

其村民是天使 －

其州郡点缀天空 －

我的经典遮盖他们的脸庞 －

我的信仰把黑暗崇拜 －

自其庄严的修道院

如此复活涌出。

J8（1858）/ F42（1858）

有一个字

带着一把剑

能够穿透人的全副武装 －

它掷出带刺的音节

再一次沉默 －

但在它跌落之处

得救者会说

在爱国日

一个戴肩章的兄弟

交出了他的呼吸。

无论气喘吁吁的太阳跑到哪里 —
无论日子在何处漫游 —
都有它无声的发射 —
都有它的胜利!
看这最优秀的神射手!
这最完美的射击!
时间最伟大的目标
是一个灵魂的"遗忘"!

J9（1858）/ F43（1858）

穿过小径 — 穿过荆棘 —
穿过林间空地和树林 —
强盗经常从我们身边跃过
在寂静的小路上。

豺狼好奇地目不转睛 —
猫头鹰困惑地凝视 —
毒蛇绸缎般柔软的身躯
悄无声息地滑过 —

暴风雨牵扯我们的衣裳 —
雷电扬起闪光的利剑 —
饥饿的兀鹰在巉岩
发出凶猛的嘶喊 —

萨提儿以手指相招 —
幽谷传来朦胧的呼唤"回来" —

这就是那些伙伴 —
这就是那条小路
孩子们飞奔回家。

J10（1858）/ F61（1859）

我的车轮在暗中！
我看不到任何辐条
却知道它湿漉漉的脚
在一圈一圈地前进。

我的脚在前驱！
一条荒僻的小径 —
却拥有所有的路
终点的空地 —

一些人已放弃了织机 —
一些人在忙碌的坟墓
找到奇怪的雇佣 —

一些人伴着新的 — 庄重的脚步 —
高贵地穿过门庭 —
把那个问题重新抛到
你我面前！

J11（1858）/ F38（1858）

我从没说出埋藏的金子

在那山上 － 它的位置 －
我看见太阳 － 肆意劫掠后
伏下身去守卫他的战利品。

他站得近如
你之所处 －
仅一步之遥 －
若一条蛇从中作梗
我的生命从此消逝。

那是美妙的战利品 －
我希望乃诚实所得。
那是最美好的金锭
曾经亲吻过铁锹!

是否要守口如瓶 －
是否要公之于众 －
是否如我所沉思
基德 ① 要突然出海 －

若一个精明人建议
我们可以平分 －
若精明人把我背叛 －
阿特洛波斯 ② 决定!

J11 (1858) / F38 (1858)

---

① 基德（William Kidd，1645 年 1 月 22 日—1701 年 5 月 23 日），苏格兰海盗，是格
   林诺克郡一位牧师的儿子，在 1690 年前后的英法战争期间他成功地维持了美国与
   英国之间的贸易航道。在大同盟战争期间，基德奉命捕获了一艘敌方私掠船，之后
   他也获得当地总督的许可证，在加勒比海地区进行武装私掠活动，很快被官方宣布
   为海盗，并在几年后下狱。在狱中精神失常。1701 年 5 月 23 日，威廉·基德被执
   行绞刑死亡。
② 阿特洛波斯（Atropos），希腊神话"命运三女神"之一，负责切断生命之线。

J12（1858）/ F32（1858）

清晨比往昔更温柔 —
坚果正披上棕褐 —
浆果的脸颊已圆润 —
玫瑰花儿出了城。

枫树披上华美的围巾 —
田野身着猩红的长袍 —
以免我显得太落伍
我要戴上一个小饰品。

J13（1858）/ F35（1858）①

睡眠在明智的灵魂看来
也许就是
眼睛的闭合。

睡眠就是那宏伟的车站
向下，两侧
众多见证者站立！

黎明在有身份的人看来
也许就是
一天的破晓。

晨光还未显露！

---

① 给 Susan，见 L198。

那曙光应是 —
永恒的东方 —
飘扬着艳丽的旗帜 —
穿着大红的外衣 —
这才是天色的破晓!

J14 (1858) / F5 (1858)①

有一个姐妹在我家,
另一个,在篱笆那边。
仅一个在册,
但两者皆属于我。

一个从我来处来 —
穿着我去年的长袍 —
另一个,就像鸟儿筑巢,
建于我们心间。

她不像我们所唱 —
那是一种不同的曲调 —
她就是她的音乐
犹如六月的黄蜂。

而今早已远离童年 —
但上下山坡
我把她的手拉得更紧 —

———————

① 给 Susan,见 L197。

缩短了所有的里程 －

而且她的哼唱
这么多年的时光，
依然迷惑蝴蝶；
她的眼睛
如紫罗兰依旧
衰退了众多五月。

我劈开露珠 －
只带走黎明 －
选择这唯一的星
从浩瀚的星海 －
苏 － 永远！

J15（1858）/ F44（1858）

客人金黄又绯红 －
一个蛋白石样的客人灰白 －
貂皮乃他的紧身上衣 －
他的斗篷艳丽 －

他在夜幕时分抵达城镇 －
他停留在每扇门前 －
谁在清晨把他寻找
我祈祷他也 － 探寻
百灵鸟的专属领地 －
或者麦鸡的海岸！

J16（1858）/ F-（1859）①

我要蒸馏一杯
带给我所有的朋友，
喝到她不再热望，
溪流，山涧，或沼泽！

J17（1858）/ F66（1859）②

困惑了只一两天 —
窘迫 — 而非畏惧 —
在我的花园遇见
一位意想不到的少女。
她致意，树林涌动 —
她点头，万物复苏 —
的确，这样的国度
我从未处其间！

J18（1858）/ F21-22-23（1858）

龙胆编织她的流苏 —

---

① 艾米莉·狄金森 1858 年 8 月给鲍尔斯（Samuel Bowles）的信里（L193）谈起 1858 年的夏天，本诗在信中以散文形式出现，诗中狄金森希望她的朋友们感激逝去的夏天（"her"）。富兰克林编的全集中没有收录这首诗。

② 本诗写于 1858 年，作者曾把它寄给好友 Mrs. Josiah Gilbert Holland（即 Elizabeth Chapin Holland，1823—1896），还用彩带随信附绑上一颗玫瑰花苞。有人认为诗中的 Maid 指玫瑰花苞，Judith Farr 则认为 Maid 应指诗神缪斯，表明作者认识到自己能成为一位真正的诗人（Farr, Judith & Louise Carter. The Gardens of Emily Dickinson. Cambridge, Massachussetts：Havard University Press，2005.7—8.）。

枫树的织机艳红 －
我离去的花儿
避免炫耀。

短暂，而又耐心的疾病 －
一小时来准备，
在今晨的下面
是天使的藏身之所 －
那是一个简短的队伍，
食米鸟在那里 －
一只年老的蜜蜂通知我们 －
于是我们跪下祈祷 －
我们相信她很乐意 －
我们探询我们的将来。
夏天 － 姐妹 － 六翼天使
让我们和你在一起！

以蜜蜂的名义 －
还有蝴蝶 －
以及微风 － 阿门！

J19（1858）/ F25（1858）

一枚萼片，一片花瓣，和一根荆棘
在一个普通的夏日清晨 －
一瓶珠露 － － 两只蜜蜂 －
一阵清风 － 树木的一阵欢悦 －
我是一枝玫瑰！

J20（1858）/ F26-27（1858）

不信任龙胆 –
只是转过身去，
飘动她的流苏
斥责我的背叛 –
疲倦于我的——
我将高歌而去 –
我不会感受到雨夹雪 – 于是 –
就不会恐惧大雪纷飞。

逃离幽灵般的草地
在气喘吁吁的蜜蜂之前 –
沙漠中的溪流汨汨
流淌在弥留的耳边 –
夜晚的尖塔燃烧
于行将闭合的眼睛 –
如此遥远的天堂悬挂 –
对下界的一只手。

J21（1858）/ F28（1858）

我们输 – 因为我们赢 –
赌徒 – 想起这
又一次掷起骰子！

J22（1858）/ F29-30-31（1858）

这些都是我的旌旗。

我种下我的华丽
在五月 －
它一队队升起 －
又一次次陷入沉睡 －
我的高坛 － 如今
尽皆平原。

丧失 － 若可再找回 －
错过 － 若可再遇见 －
强盗无法掠夺 － 那么 －
掮客无法欺骗。
所以欢快地垒起小丘
尽管我的铁锹很小
把凹处留给雏菊
和耧斗菜 －
你和我知晓
番红花的秘密 －
让我们轻柔地把它赞颂 －
"这儿不再有雪飘！"

对拥有红门兰心的他 －
六月的沼泽粉红。

J23（1858）/ F12（1858）

我有一枚金基尼 －
丢失在黄沙中 －
尽管金额很小
而且还有很多 －

然而，它如此宝贵
在我朴素的眼中 —
当我遍寻不着 —
惟有坐下叹息。

我有一只红胸的知更鸟 —
每天倾情歌唱
当层林尽染，
他，也，飞走了 —

时间为我带来别的知更鸟 —
他们唱着相同的情歌 —
然而，为我失去的民谣歌手
我待"在家里不出去"。

我有一颗星在天空 —
"昴团星"是其名 —
当我稍不留心，
它迷失在同类之中。
尽管天空拥挤 —
每个夜晚都群星闪耀 —
我根本就不关心 —
既然它们都不属于我。

我的故事有寓意 —
我有一位失去的朋友 —
"昴团星"乃其名，还有知更鸟，
以及在沙粒中的基尼。
当这哀伤的小调
伴随着泪水 —

与叛徒之眼相逢
在离这儿很远的国度 —
但愿庄严的忏悔
占据他的心扉 —
在太阳底下
找不到一丝安慰。

J24（1858）/ F13（1858）

有一个清晨人所未见 —
少女在遥远的草地上
欢庆美丽纯洁的五月 —
从早到晚，舞蹈玩乐，
还有我不知名的嬉戏 —
填满她们的节日。

来这里掌握要领，移动脚步
不再行走乡间的小路 —
也不被树林发现 —
这里的群鸟曾追逐太阳
当去年的女红闲置
夏日的眉头紧锁。

从未见如此奇妙的景象 —
从未在如此的绿茵上听到如此的铃声 —
也未曾有如此宁静的一群 —
就如夏夜的群星
摇动杯中的橄榄石 —
狂欢到天明 —

像你一样舞蹈 － 像你一样歌唱 －
人们身处神秘的草原 －
我要，每一个崭新的五月清晨。
我等待你遥远的，奇妙的铃声 －

宣告我在别样的幽谷 －
拥有不同的黎明！

J25（1858）/ F15（1858）

她睡在一棵树下 －
唯有我记得。
我无言地触摸她的摇篮 －
她认出了那脚步 －
穿上她胭红的外衣
察看！

J26（1858）/ F17（1858）

这是所有我今天必须带来的 －
这，和我的心 －
这，和我的心，和所有的田野 －
和所有广阔的草原 －
你务必数一数 － 若我忘记
有人可以说出这数目 －
这，和我的心，和所有
栖身于三叶草中的蜜蜂。

J27（1858）/ F18（1858）①

多少这样的清晨 － 我们分离 －
多少这样的正午 － 她起身 －
先是鼓翼 － 然后坚定
驰往她美好的静息。

她从未提过 －
那不是为我 －
她 － 对狂喜缄口不言 －
我 － 对痛苦 －

直到 － 夜幕临近
一个把窗帘拉上 －
唰！一声急促的窸窣！
这只红雀飞走了！

J28（1858）/ F19（1858）

就这样一朵雏菊消逝
今天从田野 －
如此多的便鞋悄悄地
去往天国 －

在殷红的泡泡中缓缓地渗出
白昼分别的潮汐 －
花开 － 行走 － 流动

---

① 这首诗存在三个版本，给诺克罗斯姐妹的版本第六行为 And'twas，第七八行均为
For，第十行为 shutters；给苏珊的版本第六行与上同，第七八行为 from，第十行为
Curtains。富兰克林选了狄金森自己选编的诗册中的版本。

你们是否和上帝同在？

J29（1858）/ F20（1858）

如若我所爱的人丢失
哭喊的声音会告诉我 －
如若我所爱的人发现
根特的钟声会响起 －

如若我所爱的人休憩
雏菊会把我激励。
菲利普 － 困惑之时
怀揣他的谜语！

J30（1858）/ F6（1858）

漂荡！一只小船漂荡！
夜幕正在降临！
难道没有人来指引一只小船
去往最近的城镇？

所以水手说 － 在昨天 －
当暮色昏黄
一只小船放弃了挣扎
汩汩地下沉了又下沉。

所以天使说 － 在昨天 －
当黎明泛红
一只小船 － 透支了大风 －

重整桅杆 － 重扯风帆 －
疾驰 － 欢欣向前！

J31（1858）/ F7（1858）

为你盛夏，若我可以
当夏日飞逝！
你的乐音依旧，当夜莺
和黄鹂 － 静默！

为你花开，我将涌出坟墓
展露我全部的花朵！
请采撷我 －
银莲花 －
你的鲜花 － 永不凋落！

J32（1858）/ F8（1858）①

当玫瑰花儿不再盛开，先生
紫罗兰也已凋谢 －
当黄蜂以庄严的姿态
飞过太阳 －
那只在今夏
停止采撷的手
将无聊地垂放 － 于奥本 ② －
那么采我的花儿 － 请！

---

① 见 L13。
② 奥本指与波士顿一河之隔位于剑桥镇的奥伯恩山公墓。

J33（1858）/ F9（1858）

如果回忆就是忘却，
那么我不再记起。
如果忘却，回忆，
我多么邻近遗忘。
如果思念，就是快乐，
忧伤，是种欢愉，
采撷到这些的手指
多么愉快，如今！

J34（1858）/ F10（1858）

花环属于女王，也许 －
荣誉 － 属于灵魂或宝剑
罕有的成就。
啊 － 但要牢记我 －
啊 － 但要牢记你 －
骑士精神的精髓 －
仁慈宽容的造物 －
公平正义的秉性 －
这是玫瑰的晓谕！

J35（1858）/ F11（1858）

无人知晓这小小的玫瑰 －
它也许是位朝圣者
若我未从路边把它采

并举到你面前。
只有一只蜜蜂会把它想念 －
只有一只蝴蝶，
匆忙地经过漫长的旅途
只为栖于它的胸膛
只有一只小鸟会惊奇
只有一阵清风会叹息
啊，小小的玫瑰 － 如你这般
多么容易凋残！

J36（1858）/ F45（1858）

雪花。
我数算直到它们飞舞
便鞋甩出了城镇，
于是我拿出铅笔
去把叛逆者记下。
然而它们变得如此欢快
我也不再一本正经，
我那十个一度庄严的脚趾
被引领着跳一曲吉格舞。

J37（1858）/ F46（1858）

在池塘被冰封之前 －
滑冰者动身之前，
或黄昏时的任何检验
都被雪花败坏 －

在这一切结束之前，
在圣诞树前，
一个又一个奇迹
会现于我面前！

在一个夏日
我们所触摸的裙角 –
只是走在桥的
那一边 –

就如所唱的 – 所说的 –
当这里空无一人 –
我哭着想要的那件连衣裙
会想让我穿它吗？

J38（1858）/ F47（1858）

通过这样、这样一种供奉
献给某某先生
生命之网织就 –
殉道者的名簿显现！

J39（1858）/ F50（1859）

那不会令我惊奇 –
所以我说 – 或认为 –
她会振动她的羽翼
并把巢儿遗忘，

穿过更阔的树林 —
在更华美的枝条上建造，
将上帝古老的誓约
在耳中更新潮地低语 —

这只是一只雏鸟 —
那又怎样，若它是
我心中的那一只
已经飞离我？

这只是一个故事 —
那又怎样，若真的
只有这样的棺椁
在心中替代？

J40（1858）/ F51（1859）

当我细数这些种子
将其种在地下 —
为花开，所以再见 —

当我欺骗这些人
躺得如此低，
为了被高高地接纳 —

当我相信这花园
凡人不会看见 —
凭信念摘取它的花朵
并躲开那些蜜蜂
我可以割爱这个夏季，不情愿地。

J41（1858）/ F57（1859）

我洗劫丛林 —
这满怀信任的丛林。
深信不疑的树木
献出它们的刺果和青苔
将我的幻想取悦。
我好奇地打量它们的饰品 —
我攫取 — 我厌弃 —
那神圣的铁杉会怎样 —
那橡树会作如何说?

J42（1858）/ F58（1859）

一天! 救命! 救命! 又一天!
你的祈祷，噢，路过!
从这样寻常的舞会
可能约会到胜利!
从如此简单的编排
众多国家的旗帜飘扬。
镇定 — 我的灵魂: 什么
悬挂在你的箭头!

J43（1858）/ F59（1859）

可能活 — 的确活 —
可能死 — 的确死 —
可以笑对这一切
凭他对永不相逢者的信仰，

来引介他的灵魂。

可以离开熟悉的一切
去往人迹罕至之地 －
可以思虑这旅行
以永不迷惑的心 －

这样的坚信我们中有一个
有一个却非今日 －
目睹起航的我们
从未扬帆离港！

J44（1858）/ F60（1859）

如果她是槲寄生
而我是玫瑰 －
多么高兴在你的桌上
我天鹅绒的生命凋谢 －
既然我属于德鲁伊 ①，
她属于滴露 －
我会装饰传统的扣眼 －

---

① 德鲁伊教士，是很高级的凯尔特人祭司、法师或预言者。精通占卜，对祭祀之礼
  一丝不苟，也长于历法、医药、天文和文学……同时，他们也是执法者、吟游诗
  人、探险家的代名词。男女皆可为德鲁伊教士，同样在社会上享有崇高的地位。欧
  洲人一般认为德鲁伊教徒是自然和中立的拥护者，是将整个荒原都当作是自己家
  园的隐士，他们使自己的特殊力量保护大自然并且让整个世界获得平衡。在现代
  奇幻文学中，德鲁伊教徒是自然的崇拜者和维护者们，为了保护自然界可以与任
  何势力战斗。德鲁伊的英文原名是"Druid"，这个词的前半部"druis"在希腊文
  中是橡树的意思，而后半部与印欧语系的词尾"-wid"相似，意为去了解。而德
  鲁伊教（Druidism）又以橡果为圣果，所以德鲁伊名字的古意是熟悉橡树之人。

把玫瑰送到你手中。

J45（1858）/ F62（1859）

某物比睡眠更宁静
在这里屋里！
它把细枝插在胸前 —
不会说出它的名字。

有人触摸它，有人亲吻它 —
有人摩挲它慵懒的手 —
它拥有简单的吸引力
我无法参透！

若我是他们我就不会流泪 —
哭泣多么无礼！
可能会吓到安静的精灵
返回她的原始森林！

当心地单纯的邻人
闲谈起"英年早逝" —
我们 — 倾向于委婉地
说起鸟儿已逃逸！

J46（1858）/ F63（1859）

我信守我的誓言。
我没有蒙召唤 —

死亡没有注意到我。
我带来我的玫瑰。
我再一次保证，
以每一只神圣的蜜蜂 —
以每一朵山坡的雏菊 —
以小巷中的食米鸟。
花期与我 —
她的誓语，和我的 —
一定会再次实现。

J47（1858）/ F64（1859）

心！我们应该忘记他！
你和我 — 在今晚！
你该忘记他给予的温暖 —
我该忘记那光！

当你已遗忘，请告诉我
我就可以勇往直前！
快！以防你落在后面
我又想起他！

J48（1858）/ F65（1859）

再一次，我迷惑的鸽子
鼓动她迷惘的双翼
再一次她的主人，在深处
将她困扰的问题抛掷 —

三次飞向漂浮的窗扉
族长的鸟儿又飞回，
鼓起勇气！我英勇的哥伦比亚！
也许还有**陆地**！

J49（1858）/ F39（1858）

我从未失去如此之多除了那两次，
并且都是在草皮下面。
两次我都像一个乞丐
站在上帝的门前！

天使 — 两度降临
偿还我的贮存 —
窃贼！银行家 — 父亲！
我再度陷入贫困！

J50（1858）/ F40（1858）

我还没有告诉我的花园 —
以防它占据我的身心。
我还没有十足的力量
把它泄漏给蜜蜂 —

我不会在街上唤它的名
因店铺会把我盯视 —
如此羞怯 — 如此无知的一个人

竟敢直面死亡。

山坡一定不能知道 —
那里我曾四处漫游 —
也不要告诉可爱的森林
我要去的时辰 —

不要在桌上把它吐露 —
也不要一不留心
暗示在谜语中
今天一个人会走 —

J51（1858）/ F41（1858）

我经常穿过这村庄
当放学回家 —
好奇他们在那里干什么 —
为什么它如此宁静 —
我不知道是在哪一年 —
我的召唤会来 —
更早，通过表盘，
比已离去的那些。

比落日更宁静。
比黎明更清冷 —
雏菊敢来这里 —
群鸟可以飞落 —
所以当你疲倦 —
或迷惘 — 或寒冷 —

相信这爱的誓言
发自地底的坟墓，
喊一声"是我，""带走多莉，"
我将张开双臂！

J52（1858）/ F33（1858）

不管我的小船是否曾经下海 —
不管她是否曾遇到大风 —
不管她是否曾张开温顺的帆抵达
所痴迷的小岛 —

通过多么神秘的系泊
她被保存到了现在 —
这是眼睛的使命
注视着港湾。

J53（1858）/ F34（1858）

取自于人 — 今晨 —
而今由人抬着 —
碰见带虹彩的神明 —
他们把她领走 —

一个小女孩 — 脱离玩伴 —
一颗小头脑离开学校 —
伊甸园一定大宴宾客 —

所有的房间皆满 —

遥远 — 如东方相距傍晚 —
暗淡 — 如天边的星 —
朝臣古怪，在我们离开的
王国。

J54（1858）/ F36（1858）

如果我死了，
而你活着 —
时间依旧汩汩向前 —
晨曦依然展露笑脸 —
正午一如往常 —
热烈燃烧 —
如果鸟儿依然尽早筑巢
蜜蜂依旧忙碌 —
人就可以选择远离
下界的事业！
当我们和雏菊并卧
多么甜蜜，得知股票依然坚挺 —

商潮依然继续 —
贸易还是欢快地满天飞 —
它使离别变得宁静
让灵魂获得安宁 —
那些绅士们如此愉悦地
导演这幸福的场面！

J55（1858）/ F37（1858）

凭一点点骑士精神，
一朵花，或一本书，
微笑的种子种下 —
盛开在黑暗中。

J56（1858）/ F53（1859）

如果我不再带来玫瑰
在节日里，
那是因为我已蒙召唤
远离了玫瑰 —

如果我不再呼它的名
纪念我的花苞 —
那是因为**死神**的手指
捂住了我呜咽的唇！

J57（1858）/ F55（1859）①

尊崇这简单的时日
正是它推动四季运行，
但需要记住
从你我之中，
它们会带走些微之物

---

① 约翰逊版只有第一诗节，而富兰克林版此诗还包括第二诗节。

名曰**死亡**！

给予存在庄严气象 —
但需要记住
那里的橡实
乃丛林之种
为高空！

J58（1859）/ F67（1859）

推延直到她不省人事 —
推延直到白雪的外衣
覆上她充满爱的胸膛 —
一个小时紧随飞逝的呼吸 —
只比死亡迟了片刻 —
哦，滞后的昨日！

她是否能够猜得到 —
只有欣喜的哭喊者
才能爬上远处的山峰 —
若不是祝福的节奏如此缓慢
谁能知晓唯有这屈服的脸
依旧尚未被打败？

哦，若是分离能够
借助胜利遗忘
在她领地的四周 —
展示这谦恭的华丽
无法不成为一位王 —

怀疑是否已加冕!

J59（1859）/ F145（1860）①

约旦往东一小点，
福音布道者记录，
一个摔跤手和一个天使
艰难地较劲了很长时间 －

直到黎明触摸到山峰 －
雅各，逐渐占上风，
天使祈求允许
去吃早饭 － 然后回返 －

不能这样，狡猾的雅各说!
"我不会让你走
除非你祝福我" － 陌生人!
天使同意 －

光摇曳银色的羊毛
越过"毗努伊勒"山峰②，
迷惑的摔跤手
发现他击败了上帝!

---

① 约翰逊认为本诗记录了狄金森作为诗人痛苦的成长过程，诗中的场面形象地反映出她成长过程中的搏斗和较量。——Thomas H. Johnson, Emily Dickinson: An Interpretive Biography, Cambridge, MA: The Belknap P of Harvard UP, 1955, p.74.

② 《圣经·旧约·创世记》第 32 章第 30 节说："雅各便给那地方起名叫毗努伊勒，意思说：'我面对面见了神，我的性命仍得保全。'"

J60（1859）/ F150（1860）

像她一样圣徒撤退，
戴着火焰之帽，
好战如她！

像她一样傍晚偷取了
紫色和胭脂虫红
在白昼将尽！

"撤！" － 两者 － 皆说！
也就是说集结撤离
不被发现，

仍然争论那紫苑 －
深深地思念着
水仙！

J61（1859）/ F151（1860）

天父在上！
请留意一只老鼠
被猫欺压！
请在你的王国为老鼠
保留一座"府邸"！

舒适地躲在六翼天使的橱柜
整天唠唠个不停
乘坐无戒心的车辙

庄严向前!

J62（1859）/ F153（1860）

"所种的是羞辱的"!
啊!的确!
这,会是"羞辱的"?
如果我有一半这么好
我就谁都不在意!

"所种的是会朽坏的"!
没这么快!
使徒的话是歪理!
哥林多前书 15 节讲述
一二个情形!

J63（1859）/ F155（1860）

如果痛苦是为宁静做准备
瞧,何等"奥古斯都"时代
我们的双脚在等待!

如果春天是从冬季升起,
是否银莲花可以
被一一数算?

如果夜晚首先经受 — 然后正午
为太阳我们一直准备,

何等凝视!

当自千重天
对我们发达的双眼
正午燃烧!

J64（1859）/ F162（1860）

某条彩虹 － 来自集市!
某种卡什米尔世界的景象 －
我安闲地凝视!
否则一只孔雀紫色的裙裾
根根毛羽 － 在平原上
浪费它的华美!

梦幻般的蝴蝶在忙碌!
慵懒的池塘重启去年
中断的呼呼曲调!
来自太阳上某座古老的城堡
男爵的群蜂 － 行进 － 一只只 －
以嗡嗡的一团!

今日的知更鸟云集
宛如昨日的雪花翩飞 －
于篱笆 － 屋顶 － 和细枝!
兰花缠绕着她的羽饰
为她的老情人 － 太阳先生!
重游沼泽!

没有指挥官！数不胜数！静谧！
树林和山峰的军团
欢快超然地耸立！
瞧！这些是谁的子民？
孩子们和他们缠着头巾的海洋 —
或什么切尔克斯 ① 的领地？

J65（1859）/ F164（1860）

我无法告诉你 — 除非你感觉得到 —
你也无法告诉我 —
圣徒们，用令人迷醉的石板和铅笔
解答我们的四月天！

比那已经消逝的草原
一场不复存在的狂欢更甜蜜！
比骑手驱动马蹄
绕行梦想的暗礁更敏捷！

羞怯的，让我们漫步其中
蒙着面纱 —
宛如传言中礼貌的天使长
朝觐上帝！

不是为我 — 而空谈！
不是为你 — 去对

---

① 高加索西北部的一个地区，郁金香的故乡。"Circassia"一词在第 970 首诗中又一次
被提及。

某位时尚的夫人说
"多迷人的四月天"！

而是为了－天国的"彼得·帕利"！
因之孩子们缓慢地
趋向更崇高的朗诵
整装待发！

J66（1859）/ F110（1859）

如此从猩红和金黄
的沃土
许多球茎将会长起－
狡黠地，躲开
睿智的眼睛。

如此从茧子中
许多虫子
跃出如此高地的喜乐，
农妇如我，
农夫如你
迷惑地盯视！

J67（1859）/ F112（1859）①

成功被认为最甜

① 见 L268。

在那些从未成功过的人看来。
要理解甘露的甜美
需要极度的焦渴。

没有一个穿紫袍的主人
今天还在擎着大旗
能够如此清晰地说出
胜利的定义

当他被打败－行将死亡－
在他闭合的耳朵里
远方胜利的歌声
回旋得痛苦而又清晰！

J68（1859）/ F115（1859）

野心无法找到他。
爱慕也不知情
如今多少无踪影的联盟
存于他们中间。

昨天，并不显明！
卓越的今天
为我们共同的荣耀，不朽！

J69（1859）/ F99（1859）

埋首我的问题，

另一个问题又来 —
比我的更庞大 — 更宁静
涉及更庄严的数目。

检查我忙碌的铅笔，
我的数字列队离去。
为何，我困惑的手指
你迷惘?

J70（1859）/ F117（1859）

"大角星"是他的别名 —
我更喜欢叫他"星星"。
恰是无聊的科学
要将其干涉!

前几天我杀死了一只虫 —
一位"学士"经过
低语"复活" — "蜈蚣"!
"哦上帝 — 我们多么脆弱"!

我从林中采回一朵花 —
一个戴单镜片的妖怪
一口气计算出雄蕊 —
并把她归"类"!

以前我经常把蝴蝶
放在帽子里 —
而他笔直地坐在"内阁" —

艾米莉·狄金森诗歌全集

遗忘了三叶草的钟声。

曾经是"天堂"的
现在是"穹顶"—
我可以去哪里
当时间被短暂地化装
也被绘制和追踪。

如果两极应被搜身
并且以头顶地！
我希望我已做好"最坏的"的打算—
无论何种恶作剧的报应！

也许"天堂的王国"已改变—
希望我去的时候
那里的"孩子"不要太"新潮"—
把我嘲笑—和盯视—

希望我在天空的父亲
将举起他的小女儿—
衣着过时的—淘气的——一切—
在"珍珠"的窗前。

J71（1859）/ F105（1859）

一种痛苦浮现脸庞—
一阵急促的呼吸—
一种离去的狂热
命名为"死亡"—

当提及一种痛苦
在耐心地成长
我知道准许已经给予
重新把自己聚合。

J72（1859）/ F106（1859）

明艳是她的软帽，
明艳是她的脸颊，
明艳是她的长裙，
然而她不能说话。

最好如雏菊
从夏季的山峦
悄无声息地消逝
除了盈泪的小溪 －

除了深情的旭日
在搜寻她的容颜。
除了无数的脚步
依旧在那里流连。

J73（1859）/ F136（1860）

从未失去，无以准备
寻求王冠!
从未干渴难耐

也就不寄希望美酒，和冷却的罗望子！

从未攀爬过疲惫的长路 —
这样的脚可能够探索
那紫色的疆域
在皮萨罗的海岸？

战胜了多少军团 —
帝王会说？
彰显着多少种**色彩**
在革命日？

承受多少**子弹**？
汝可有那忠诚的伤疤？
天使！把"晋升"
刻进士兵的眉毛！

J74（1859）/ F137（1860）

一位女士着红衣 — 在山间
年年保守自己的小秘密！
一位女士着白衣，于田野
温馨的百合花中安眠！

整洁的微风，用它们的扫帚 —
清扫着溪谷 — 山峦 — 和树林！
试问，我美丽的主妇！
企盼谁的到来？

邻居们尚未料到！
树林交换了个微笑！
果园，毛茛，和小鸟 —
在这样短小的时间！

然而，风景多么静谧！
绿篱多么恬然！
就如"复活"
根本没什么稀奇！

J75（1859）/ F141（1860）

她在玩耍中死去，
跳跃着离开
她被污的时间租约，
然后如转身于鲜花的卧榻
欢快地沉潜。

她的幽灵轻柔地游荡于山野
昨天，和今日，
她的祭服如银色的羊毛 —
表情如浪花。

J76（1859）/ F143（1860）

一颗内陆灵魂出海
是狂喜，
越过房屋 — 转过海岬 —

进入永恒深处 —

如我们繁衍，在群山，
水手们是否能够理解
离开陆地的第一瞬间
那神圣的陶醉？

J77（1859）/ F144（1860）

我从未听到"逃离"
不曾热血沸腾，
一阵急剧的期待
一个飞翔的姿态！

我从未听说辽阔的监狱
被士兵攻陷，
我只是幼稚地拽着我的栏杆
只为再次失败！

J78（1859）/ F125（1859）

一颗可怜的 — 揉碎的心 — 一颗衣衫褴褛的心 —
坐下来休憩 —
没有留意到逝去的日子
泛着银光向西 —
也没有留意夜晚温柔降临 —
群星燃烧 —
专注于未知纬度的

幻象。

天使们－恰如
这蒙尘的心灵所见到的那般－
温柔地把它从劳苦中捧起
呈给上帝－
那儿－凉鞋给赤裸的脚－
那儿－由大风聚集－
那蓝色的港湾用手
引导着漂泊的帆。

J79（1859）/ F128（1859）

去天堂！
我不知道何时－
请不要问我如何去！
的确我太震惊
难以把你回应！
去天堂！
听着多么渺茫！
然而一定会去
确定如夜晚羊群归圈
回到牧羊人的怀抱！

或许你也会去！
谁知道呢？
假如你先到达
请为我预留一方小小的空间
紧邻我失去的那两位－

最小的"睡袍"就适合我
还有一顶小小的"王冠" －
你知道我们并不讲究穿着
当我们回家 －

我很高兴我并不相信
因为它会令我窒息 －
并且我更喜欢多看几眼
这如此奇妙的大地！
我很高兴他们的确相信
但我还从未找到，
自从那个秋日下午
我留他们在泥土里。

J80（1859）/ F129（1859）

我们的生活是瑞士 －
如此宁静 － 如此冷漠 －
直到某个奇怪的下午
阿尔卑斯忘了拉上窗帘
我们得以看得更远！

意大利站在另一边！
像是中间的一个警卫 －
神圣的阿尔卑斯 －
迷人的阿尔卑斯
永在阻隔！

J81（1859）/ F82（1859）

我们不该在意如此小的一朵花 －
除非她悄悄地
将我们失去的小花园
再次带回草坪。

如此芬芳，她的康乃馨颔首 －
如此陶醉，缠绕她的群蜂 －
如此清脆，从一百棵树
偷取的一百支长笛 －

任何人看见这小小花朵
凭信仰清晰可见
食米鸟环绕在宝座四周
蒲公英闪耀着金光。

J82（1859）/ F48（1859）

这是谁的脸蛋？
曾经多么红润的脸颊
如今竟然失去了红晕？
我发现了她 － "普勒阿得斯"① － 在树林
将她安全带走。

知更鸟，照传说
是用树叶将其覆盖，
但这脸蛋 －

---

① 源自希腊神话，普勒阿得斯乃阿特拉斯仙女和普勒俄昂的七个女儿之一，被丢失，
后来七个女儿化为天上的七姐妹星团。

艾米莉·狄金森诗歌全集

和这枢衣
将**我**的细察蒙蔽。

J83（1859）/ F88（1859）

心，不如我的一般沉重
游荡很晚才归家 —
当它经过我窗前
嘘嘴吹着小曲 —
漫不经心吹着 — 一曲民谣 —
一个有关街头的小调 —
然而对我恼怒的耳朵
多么甜蜜的安慰剂 —
就如一只食米鸟
悠闲地漫步
唱唱，停停，唱唱 —
然后如泡泡缓缓飞散！
就如一条潺潺的小溪
途经一片尘土之地 —
踮起滴血的双脚舞蹈
而不知道是为何因！
明天，夜幕会再次降临 —
也许，疲惫而又痛苦 —
啊，号角！祈祷你再次
经过我窗前。

J84（1859）/ F121（1859）

她的胸膛配得上珍珠，
而我却不是一名"潜水员" —

她的仪容配得上宝座
而我却没有一顶羽冠。
她的心灵配得上家园 –
我 – 一只小麻雀 – 在那里
用甜蜜的细枝和藤蔓
筑起我永久的窝巢。

J85（1859）/ F87（1859）

"他们没有选择我，"他说，
"但我选择了他们！"
勇敢的 – 令人心碎的声明 –
在伯利恒发出！

我本不该说出它，
但既然**耶稣敢** –
万能的主！知道一朵雏菊
把他们的耻辱分担！

J86（1859）/ F98（1859）①

南风簇拥着它们 –
大黄蜂飞来了 –
盘旋 – 犹疑 –
吸吮，又飞走 –

蝴蝶们逗留在

① 见 L261。

艾米莉·狄金森诗歌全集

去卡什米尔的通道 -
我 - 轻轻地拈取，
将它们呈现于此！

J87（1859）/ F-（1859）[①]

一阵疾驰的恐惧 - 一种浮华 - 一滴眼泪 -
清醒在黎明
思忖人为何而觉醒，
吸入别样的晨曦。

J88（1859）/ F78（1859）

就如我们爱坐在死者身边，
变得如此奇妙亲切 -
就如我们总是攫住所失
尽管其余皆在此处 -

以蹩脚的数学
估算我们的奖赏
浩瀚 - 以其消逝的比率
对我们贫瘠的双眼！

J89（1859）/ F68（1859）

一些东西飞走了 -

---

① 此诗富兰克林版没有收录。

群鸟－时光－大黄蜂－
关于这些没有哀歌。

一些东西留下了－
哀伤－山峦－永恒－
这也均无关于我。

那些憩息的，升腾。
我能够解释天空吗？
这谜底多么静寂地躺卧！

J90（1859）/ F69（1859）

尽在我掌握！
我本可以触摸得到！
我本该拥有那机会！
轻柔地漫步进乡村－
再轻柔地信步而出！
如此未曾料到的紫罗兰
走进在草地里－
对奋力而来的手指已然太迟
它已离开，一个小时以前！

J91（1859）/ F70（1859）

如此腼腆当我窥见她！
如此美丽－如此羞涩！
如此隐蔽地藏在她的嫩叶中

以防被人发现 —

如此紧张几近窒息当我经过 —
如此无助当我转身
带着她的挣扎，羞愧，
离开她的陋居。

为谁我洗劫了这幽谷 —
为谁我背叛了这山峡 —
许多人，无疑会问我，
但我永远不会说出！

J92（1859）/ F71（1859）

我的朋友定是一只小鸟 —
因为它会飞！
凡人，我的朋友一定是，
因为它会死！
倒刺拥有它，如一只蜜蜂！
啊，奇妙的朋友！
你如此令我迷惘！

J93（1859）/ F72（1859）

这一晚浮起一年！
我很好地忆起它！
其间没有钟声也没有喝彩

旁观者会作如此说！
雀跃 － 就如去乡村 －
安静 － 就如去休眠 －
驯顺 － 就如去教堂
这谦卑的旅人站起！
的确没有说过归返！
暗指不会有时间
当，吉风吹袭 －
我们前去找他！
感恩于玫瑰
赋予生命多样的芬芳 －
温柔地谈起新的品种
于另一天采摘；
陶醉于这奇观
奇妙近于绘画 －
手奔忙于停舟系船 －
花冠可敬地成长 －
在我们眼前展现
新的面容！
一种迥异 － 一朵雏菊 －
是其余我所知道的全部！

J94（1859）/ F73（1859）

天使们，在清晨
可能在露珠间显现，
俯身 － 采撷 － 欢笑 － 飞翔 －
难道那些蓓蕾属于它们？

天使们，当太阳炙烤
可能在沙砾中显现，
俯身 - 采撷 - 叹息 - 飞翔 -
烤干它们带走的花儿。

J95（1859）/ F74（1859）

我的花束给囚徒 -
暗淡 - 期待的眼神，
手指被拒采摘，
隐忍直到天堂。

为这，若它们会私语
清晨和荒野，
它们不再承担其他使命，
而我，也别无祈愿。

J96（1859）/ F75（1859）

教堂司事！我的主人正在此酣睡。
请引导我去他的眠床！
我来搭建鸟儿的巢，
并播撒早春的花种 -

当白雪从他的房门
缓慢地爬走 -

雏菊在那儿指路 —
还有行吟诗人。

J97（1859）/ F76（1859）

彩虹从未告诉我
狂风和暴雨已歇，
然而她更可信
比起哲学。

我的鲜花厌烦论坛 —
却雄辩地宣称
卡托 ① 不能向我证明的
除非群鸟在这里！

J98（1859）/ F77（1859）

一种尊严姗姗来迟 —
一个加冕的午后 —
没人能逃避这紫色 —

---

① 卡托（Marcus Porcius Cato，前234—前149），古罗马时期政治家、将军、执政官，精通法律、擅长演说，至少发表了150篇演说。他也是拉丁散文文学的开创者，人称老卡托。（Marcus Porcius Cato Uticensis，前95—前46）罗马共和国末期政治家、斯多葛学派哲学家。他因其传奇般的坚忍和固执而闻名（特别是他与盖乌斯·尤利乌斯·凯撒长期的不和）。他是老卡托的曾孙，人称小卡托（Cato the Younger）。小卡托以不畏强暴、恪守律法的尊严而著名。在《埃涅阿斯纪》中，小卡托的形象就被描绘为严厉、正义的立法者："另一处则是一些正直的人，其中有立法家卡托。"此外，罗马史学家撒路乌斯的《喀提林阴谋》、传记家普鲁塔克的《名人传》等对小卡托的生平和性格都有记载。

没人能逃离这皇冠！

车驾，它保证，和仆从 —
寝宫、国土和民众 —
钟声，也，在乡村
当我们乘车高进！

多么尊贵的随从！
多么周到的服务当我们停顿！
何其忠诚在离别时
成百上千的帽子高举！

浮华胜于貂皮
当简朴的你，和我
亮出我们温顺的纹盾
要求这个阶层去死！

J99（1859）/ F79（1859）

新的双脚漫步我的花园 —
新的手指搅扰那草皮 —
一个行吟诗人在榆树上
背叛了孤独。

新的孩童嬉戏在草坪 —
新的疲惫睡眠在地下 —
忧伤的春天依然回返 —
还有准时的白雪！

J100（1859）/ F147（1860）

一种科学－学者们因而称之为，
"比较解剖学"－
借助单独的一根骨头－
可以让一个秘密呈现
这坟墓中某位稀有的房客，
余者消逝在石头中－

所以眼睛为期待所引导，
在这草地上最温顺的花苗
在一个冬日里，
遂成为金贵的代表
玫瑰、百合，和百花，
以及无数的蝴蝶！

J101（1859）/ F148（1860）

是否真的有个"黎明"？
难道真有什么"白天"
我能否从群山把它观看
若我高及山巅？

它有脚掌像睡莲？
它有羽翼像小鸟？
它是否来自著名国度
此前我闻所未闻？

噢，某位学者！噢，某位水手！

噢，某位来自天国的智者！
请告诉这小小的朝圣者
哪里是唤作"黎明"的所在？

J102（1859）/ F149（1860）①

伟大的凯撒！屈尊
把这雏菊，接受，
采摘自卡托的女儿，
陪伴你庄重地离去！

J103（1859）/ F157（1860）

我有一位王，从不发一言 —
如此 — 奇怪 — 通过几小时的温顺
我跋涉过一天 —
半是高兴当夜晚降临，沉睡，
若，偶尔，通过一个梦，窥视
客厅，被白昼关闭。

若我如此 — 当晨曦降临 —
就如一百只鼓
绕着我的枕头翻滚，
呐喊充满我孩子气的天空，

---

① 本诗是艾米莉·狄金森写给哥哥奥斯丁的诗，并把它送到了住在附近的奥斯丁的家里，可能还随信附了一朵雏菊。诗中"卡托"可能喻指他们像古罗马人小卡托一样严厉的父亲。

钟声持续地说着"胜利"
从我灵魂的尖塔!

如若不然 － 那小鸟
在果园，不再听见，
并且我今天省略掉祈祷
"父亲，愿按你的旨意奉行"
因为我的意志另行别路，
而那是假誓!

J104（1859）/ F158（1860）

在我迷失之地，我轻柔地踱步 －
我从园床种下甜美的花朵 －
我滞留在消失的头颅之上
哀悼。

我所失去之人，我虔诚地守护
以防苛刻的腔调，或无情的言辞 －
感觉就如他们的枕头能听见，
即便是石头!

当我迷失，借此你会知道 －
一顶黑色的女帽 － 一袭发暗的白衣 －
我的声音像这样轻微颤栗!

为什么，我迷失，人们知道
身着成群的纯洁雪花者
在一个世纪前已归家

紧邻极乐！

低下我们的头 － 表面上 －
随之，发现
这并不是那姿态
我们不朽的精神 －

将这诡秘的设想
付诸如此稠密的细毛 －
你 － 也 － 采取蛛网的态度
对一张薄纱！

雏菊温柔地追随太阳 －
当他走完金色的旅程 －
羞涩地坐在他的脚边 －
他 － 醒来 － 发现这花在身旁 －
为何 － 劫掠者 － 你在这儿？
因为，先生，爱是甜蜜的！

我们是花儿 － 你是太阳！
原谅我们，当白昼消退 －
我们偷偷地靠近你！
倾心于离别的西天 －

宁静 — 飞逸 — 紫水晶 —
夜晚的可能性！

J107（1859）/ F152（1860）

那是一只小小 — 小小的船
蹒跚着离开了港湾！
那是一片壮丽 — 壮丽的海
召唤着它远航！

那是一波贪婪，贪婪的浪
噬卷着它离开海岸 —
未曾猜到这庄严的航行
我小小的船儿失去了踪影！

J108（1859）/ F156（1860）

外科医生一定要非常小心
当他们拿起手术刀！
在他们精致的切口下
拂动着罪犯 — 生命！

J109（1859）/ F163（1860）

由一朵花 — 由一封信 —
由一份敏锐的爱恋 —

如果我把这痴迷牢焊

最终牢牢地 － 在上面 －

不要介意我气喘吁吁的铁砧！

不要介意这休憩！

不要介意这乌黑的脸庞

在锻造时的扭曲！

J110（1859）/ F111（1859）

艺术家们纠结于此！

瞧，一条染色的开司米！

瞧，一朵玫瑰！

岁月的学生！

为这里的画架

说休憩！

J111（1859）/ F113（1859）

蜜蜂并不怕我。

我认识这蝴蝶。

那美丽的人儿在树林

热诚地把我接待 －

我来时小溪笑得更欢 －

清风嬉戏得更疯；

为什么你的银雾迷我的眼，

为什么，哦夏日？

J112（1859）/ F114（1859）

哪里钟声不再吓着黎明 －
哪里慌乱永不再来 －
哪里异常聪敏的绅士
被迫保持他们的空间 －

哪里能让疲倦的孩童安宁地睡眠
穿越若干世纪的正午
这地方就是极乐 － 这城镇就是天堂 －
请，天主，快点！

"哦是否我们可以爬到摩西站的地方，
把美景尽收眼底"
既没有父亲的钟声 － 也没有工厂，
能够再把我们惊吓！

J113（1859）/ F116（1859）

我们共担黑夜去承受 －
我们共享黎明 －
我们的空白在狂喜中填充，
我们的空白在嘲讽 －

这儿一颗星，那儿一颗星，

有些迷了路！

这儿一团雾，那儿一团雾，

随后－白昼！

J114（1859）/ F97（1859）

晚安，因为我们必须，

尘世多么复杂！

我要去，了解！

哦，隐姓埋名者！

俏皮，俏皮的六翼天使

如此躲避我！

天父！他们不告诉我，

难道你不让他们？

J115（1859）/ F100（1859）

这是什么客栈

为迎接黑夜中

不寻常的旅人而备？

谁是店主？

女仆在哪？

瞧，多么奇怪的房间！

壁炉里没有熊熊的火焰－

没有满溢的大酒杯流转－

巫师！店主！

这下面是谁？

J116（1859）/ F101（1859）

我有一些东西我称之为我的 —
而上帝，他宣称是他的，
直到，近来一种敌意的要求
扰乱了这种友好。

那财富，我的花园，
已经精心耕种，
他索要这美丽的土地，
派一名法警到那里。

当事双方的身份
禁止公诸于众，
但公正更伟大
比武器，或血统。

我要开创一种"行动" —
我要维护律法 —
朱庇特！挑选你的辩护人 —
我保留"灌木林"！

J117（1859）/ F102（1859）

衣衫褴褛神秘如斯
神采奕奕的朝臣离去 —
身披紫色，和毛羽 —
也披着貂皮。

微笑，当他们请求施舍 —
在某高贵的门前！
微笑，当我们赤脚走在
他们金质的地板。

J118（1859）/ F103（1859）

我的好友攻击我的好友！
哦，奇特的战斗！
于是我也变成了士兵，
而他变成了讽刺作家！
这地方多么好战！
若我有一支强大的枪
我想我会干掉人类
然后光荣地逃跑！

J119（1859）/ F118（1859）

审慎地和乞丐谈起
"波托西，"和矿藏！
恭敬地，对饿汉提起
你的食物，和酒！

小心，对任何囚徒暗示
你已获解放的双脚！
地牢中漂浮的轶事
有时证明异常甜蜜！

J120（1859）/ F119（1859）

如果这就是"枯萎"
哦，请让我立刻"凋谢"！
如果这就是"死亡"
埋葬我，身着这样一件大红的寿衣！
如果这就是"睡眠"，
在这样一个夜晚
闭上眼睛多么骄傲！
晚安，温柔的同伴！
孔雀可能要死了！

J121（1859）/ F120（1859）

犹如一位位看守守护在东方，
犹如一个个乞丐酩酊在盛宴
由那绝美的幻想氤氲 —
犹如一条条小溪在大漠蜜语呢喃
对那难以享受这欢悦的遥远之耳，
天空令倦者着迷。

宛如那同一看守，当东方
打开紫水晶之盖
将清晨释放 —
那乞者，当一位贵宾，
那焦渴的唇向大酒壶凑去，
对我们即为天堂，若为真。

J122（1859）/ F104（1859）

夏日白昼中的某物
如她的火炬一样缓缓燃烧
让我感到庄严神圣。

夏日正午的某物 －
深邃 － 蔚蓝 － 馥郁 －
远胜心醉神迷。

而在夏日的一个夜晚
某物依然如此喜不自胜地炫亮
我拍着双手叹赏 －

随后蒙住我太过好奇的脸
以防这样微妙 － 闪烁的恩典
飞离我太远 －

魔力的手指从未止息 －
胸腔中紫色的小溪
依然在摩挲它狭窄的岸床 －

东方依然高举她琥珀的旗帜 －
太阳依然沿着峭壁
引领着他火红的商队 －

这般凝眸 － 黑夜 － 清晨
结束神奇的欢愉 －
而我踏露前来，恭迎
又一个夏日！

J123（1859）/ F107（1859）

许多人穿过莱茵河
从我的杯中。
吸吮老法兰克福的空气
自我褐色的雪茄。

J124（1859）/ F108（1859）

在我从未见过的陆地 － 据说
永生的阿尔卑斯俯视 －
其帽触到苍穹 －
其鞋触到城池 －

恭顺于他连绵的脚下
无数的雏菊嬉戏 －
先生，哪个是你，哪个是我
在八月的一天?

J125（1859）/ F109（1859）

为每一个狂喜的瞬间
我们必须痛苦地付出
以深切和颤抖的程度
换取极乐。

为每一个心爱的时辰

多年极其微薄的收入 －
苦苦挣得的枚枚小钱 －
宝箱里聚满了泪珠！

J126（1859）/ F138（1860）

能够高声战斗，的确很勇敢 －
但更英勇的，我知道
是内心的冲锋陷阵
那悲伤的骑兵 －

赢，国民没有看见 －
输，没有人注意到 －
他行将闭合的双目，没有国家
认为充满爱国的热情 －

我们相信，在装扮的过程中
为此，天使们 －
正一队接一队，迈着齐整的脚步 －
身着雪白的制服。

J127（1859）/ F139（1860）

"房屋" － 智者对我如是说 －
"宅第"！宅第一定温暖！
宅第不能让泪水侵入，
宅第一定能阻隔风暴！

"许多宅第,"由"他父亲,"
我不认识他;舒适地建造!
孩童是否能找到去那里的路 —
有的,甚至今夜还在跋涉!

J128（1859）/ F140（1860）

用一只杯子给我把落日盛来 —
估算一下清晨的大酒壶
并说说到底有多少露珠 —
告诉我晨光跳了多远 —
告诉我织工何时入睡
竟纺出了一望无际的蔚蓝!

写信告诉我在受惊的枝桠间
新来的知更鸟痴迷地
唱出多少音节 —
乌龟远足了多少回 —
蜜蜂享用了多少杯,
这花露的酒徒!

以及,是谁搭起彩虹桥,
以及,是谁以柔软的蓝藤条
把驯顺的星球引导?
是谁的手指在弹拨钟乳石 —
是谁在数算夜空的贝壳念珠
以明白个个都不该得?

是谁建了这阿尔班小屋 ①

又把窗子关得如此之紧

令我的精神无法窥探？

谁要在某个欢乐的节日

让我长出翅膀飞离，

穿越浮华？

J129（1859）/F142（1860）

虫茧在上！虫茧在下！

鬼鬼祟祟的茧，为何你如此躲藏

整个世界有何猜忌？

一个时辰，放荡在每棵树

你的秘密，栖于狂喜

违背囚禁！

一个小时在蛹里度过 —

欢悦地在消退的草坪

化为蝴蝶飞走！

探询片刻，

明智胜过"替身"，

把宇宙求索！

---

① 圣阿尔班（？—304），不列颠第一个殉教者，据历史记载，他在罗马军队服役，为
庇护逃亡的基督教教士而遇害，6 月 22 日是他的纪念日。

J130（1859）/ F122（1859）^①

这是鸟儿回归的日子 －
非常少的 － 一两只 －
回首再看一眼。

这是天空重返的日子
古老的 － 古老的六月诡辩 －
一个蔚蓝而又金黄的错误。

哦骗子欺骗不了蜜蜂 －
险些你的善辩
引诱我相信，

直到种子列队来见证 －
轻柔地透过漾动的空气
催促一片羞怯的树叶。

哦，夏日的圣典
哦，雾霭中最后的圣餐 －
请允许一个孩子加入。

分享你神圣的象征 －
取食你圣洁的面包
和你永生的葡萄酒！

---

① 印第安的夏天——Indian summer，在人口最密集的地区，生长着北欧的阔叶林，阔叶林到秋天就会像火一样明亮，树叶在飘落前会显现迷人色彩，在秋日的阳光下变化莫测。抬眼望去，到处是红色的槭树，红色的橡树，野葡萄，生长长节蔓的山茱萸树和变得火红的橡树，十分美丽绚烂，点缀着迷人的秋色，而印第安的夏天就是指这段在我们中国称之为"10月小阳春"的季节，即深秋时短期的风和日暖的天气。这段天气过后，接踵而来的便是寒冷的冬天。

J131（1859）/ F123（1859）

在诗人歌咏的秋天之外
还有一些平淡无奇的日子
一点这边的白雪
和那边的雾霭 —

几个锐利的清晨 —
些许苦行的黄昏 —
消失了 — 布赖恩先生的"一枝黄花" —
和汤姆森先生的"捆束"。

平静了，小溪的喧闹 —
芬芳的荚壳密闭 —
催眠的手指轻柔地抚过
众多精灵的眼睛 —

或许一只小松鼠会留下 —
分享我的柔情和感伤 —
主啊，请赐我，一个阳光的心态 —
领受你疾风的意志！

J132（1859）/ F126（1859）

我带来一种不寻常的酒
去温润我身旁
久已焦渴的唇，
并召集他们来畅饮，

他们跃跃欲试，兴奋异常，
我转开激动的泪眼，
下一小时来探看。

手仍紧抱迟来的酒杯 —
我本欲使之凉爽的唇，哎呀 —
已经太过冰冷 —

我要尽快温暖
年年覆盖在坟墓之下
那寒霜冻结的胸膛 —

可能还有其他焦渴
他们原想为我指引
如果依然能言 —

于是我总持着杯盏
如果，凑巧，我的正是那滴
某位朝圣者渴望汲取的琼浆 —

如果，凑巧，有人对我说
"给卑微者，给我，"
此时我终于醒来。

J133（1859）/ F127（1859）

犹如孩子们对客人说"晚安"
然后不情愿地转身 —
我的花儿撅起它们娇艳的唇 —

然后穿上睡衣。

犹如孩子们醒来时的雀跃 —
欢呼已是清晨 —
我的花儿会从一百张小床
窥视，并再次欢腾。

J134（1859）/ F92（1859）

也许你想买一朵花，
可我永远不会卖 —
如果你想借，
直到水仙花儿

松开她黄色的女帽
在村口的门前，
直到蜜蜂，从三叶草丛中
将它们的霍克酒，雪利酒，汲取，

哎呀，直到那时我才借，
但不超过一小时！

J135（1859）/ F93（1859）

水，由干渴教授。
陆地 — 由漫过的海洋。
狂喜 — 源自剧痛 —
宁静 — 由挣扎吐露 —

爱，由想念铸造 －
飞鸟，则由白雪。

J136（1859）/ F94（1859）

在你小小的心里是否有一条小溪，
那里有羞涩的花儿摇曳，
脸红的鸟儿飞来啜饮，
影姿微颤 －

它如此悄然地流淌，以致无人知晓，
那里有条小溪，
然而你那小小的生命之流
日日在那里沉醉 －

为何，在三月要留心这条小溪，
那时河水泛滥，
雪水因满盈而倾泻直下，
桥梁也经常随之而去 －

随后，到了八月时节 －
当草原敞开焦裂的胸膛，
当心，以防这条生命的小溪，
在某个炙热的中午干涸！

J137（1859）/ F95（1859）

花朵 － 泉源 － 如果谁

能定义迷醉 －
半是狂喜 － 半是烦扰 －
凭此花儿让人谦卑：
任何人发现这泉涌
从中洪水回流 －
我将给他所有的雏菊
朵朵在山坡摇曳。

它们脸上太多哀婉
为那如我一样简朴的胸膛 －
来自圣多明戈的蝴蝶
逡巡在紫色的航线 －
拥有一种美学体系 －
远远优胜于我。

J138（1859）/ F96（1859）

小小天使 － 误入歧途 －
天鹅绒的人们来自韦韦 ① －
丽人们来自某个失落的夏日 －
蜜蜂们排外的小圈子 －

巴黎无法抚平镶嵌
绿宝石腰带的褶痕 －
威尼斯无法展现
如此光亮柔顺的脸蛋 －
从没有这样一种伏击

_____

① 韦韦，瑞士城市，美丽的避暑胜地。

由荆棘和叶片展现
对我的锦缎小妞 —

我宁愿身披她的优雅
胜过一张伯爵的高贵面孔 —
我宁愿生活得如她一样
胜过成为"埃克塞特公爵" —
高贵足以让我
征服大黄蜂。

J139（1859）/ F89（1859）

灵魂，你是否还要投注？
仅仅通过这样一种冒险
的确已有数以百计的人输 —
但也有数十人完胜 —

手拿选票的天使紧张地屏住气息
思忖着去写你的名字 —
小鬼们也紧急商议
用抽奖来决定我的灵魂！

J140（1859）/ F90（1859）

山峦重换新颜 —
乡村尽染提尔光 —
清晨日出更加壮阔 —
草坪上的暮霭更加浓重 —

朱红的足迹烙印 —
山坡上的手指紫红 —
轻佻的苍蝇在窗格 —
蜘蛛又重操旧业 —
雄鸡愈发昂首阔步 —
花儿渴望漫山遍野 —
斧子在丛林刺耳歌唱 —
蕨类在荒径上散发芬芳 —
所有这一切还有更多我难以言说 —
那神秘莫测的表情你也知道 —
尼哥底母 ① 的谜题
得到一年一度的回答！

J141（1859）/ F91（1859）

有的，太脆弱难堪寒风摧折
体贴的坟墓拥入 —
温柔地把它们藏起以防严霜
把他们双脚冻伤 —

在她巢中的宝物
谨慎的坟墓从未暴露，
那建筑学童不敢窥视，
冒险家也没这么大胆。

这隐蔽处有所有早夭的孩童

---

① 尼哥底母：《圣经·新约·约翰福音》第 3 章中的法利赛人，他向耶稣问了人如何
能重生等一系列问题。

他们，常常寒冷，
麻雀，不被父亲注意 －
羊羔时间没有为其准备围栏。

J142（1859）/ F85（1859）

这些小床是谁的 － 我问
就是躺在山谷中的那些?
有人摇头，有人微笑 －
却没有一个人回答。

也许他们没有听清 － 我说,
我要再问一次 －
这些床是谁的 － 这些小床
密密麻麻地排在原野?

这是雏菊的，隔得最近 －
再过去一点儿 －
最靠近门 － 第一个醒,
小小的狮齿菊。

这是蝴蝶花，先生，和紫菀 －
喇叭花，和银莲 －
毛地黄，盖着红毛毯,
还有胖乎乎的黄水仙。

同时 － 在众多的摇篮旁
她忙碌的脚步穿梭 －
哼唱着最古老的摇篮曲

它曾经把孩子摇摆。

嘘！鼠毛菊醒了！
番红花眨动她的眼皮 —
杜鹃花的脸蛋儿绯红 —
她正梦见丛林！

然后恭敬地从它们那里转身 —
现在是它们睡觉的时间，她说 —
当四月的山林红遍
蜜蜂会把它们唤醒。

J143（1859）/ F86（1859）

每只鸟儿都有一个巢 —
为何某只小鹪鹩
还要羞怯地四处寻找 —

为何当枝干空闲 —
每一棵树上的巢屋 —
朝圣者被发现？

或许宅邸太过高耸 —
啊高贵华丽！
这小鹪鹩的渴望 —

或许对如此精巧的嫩枝 —
更精美的细藤，
她高傲的向往 —

云雀并不觉得羞惭
在地面筑建
她简朴的家园 －

然而谁在鸟群中
环绕太阳起舞
如此欢悦?

J144（1859）/ F81（1859）

她忍受它直到纯真的血脉
追踪蔚蓝于她手上 －
直到辩护,环绕她温顺的双眼
紫色的蜡笔站立。

直到水仙来来往往
我不可计数,
于是她不再忍受 －
并圣徒同坐。

她忍耐的形象不再
在微光中轻柔地遇见 －
她羞怯的软帽不再
在村中的街道出现 －

代之以王冠,和侍臣 －
在如此华美的中间,
除了她那羞涩 － 不朽的脸庞

我们在此是在把谁默念？

J145（1859）/ F83（1859）

这颗久已破碎的心 －
这双永不倦怠的脚 －
这徒劳守望星空的信念，
都缓缓趋向死亡 －

猎犬无法超越
在此，猛烈喘息的野兔 －
也无任何学童洗劫
柔情构筑在那里的巢屋。

J146（1859）/ F84（1859）

在这样一个夜晚，或这样一个夜晚，
是否会有人关心
这样一个小人儿
悄悄从椅子中溜出，

如此宁静 － 哦多么宁静，
也许无人得知
而那小人儿
更轻柔地摇晃 － 来来回回 －

在这样一个黎明，或这样一个黎明 －
是否会有人叹息

这样一个小人儿
如此酣眠地躺卧

因为雄鸡将其唤醒 —
或房底的震动 —
或果园轻佻的鸟儿 —
或把早课完成？

有一个小人儿圆胖
为每一座小山，
忙于穿针，和引线 —
并从学校艰难跋涉 —

玩伴，和假日，还有坚果 —
视域广阔和狭小 —
奇怪如此珍贵的双脚
竟会抵达如此渺小的目标！

J147（1859）/ F52（1859）

赞美上帝，他离去如士兵，
步枪在胸前 —
感恩上帝，他让最英勇者
充满所有军人的福佑！

但愿上帝，让我注视他
在肩章的洁白之中 —
于是我不会再害怕敌人 —
我不会再畏惧战斗！

J148（1859）/ F146（1860）①

全被狡猾的苔藓覆盖，
全部点缀着野草，
"柯勒·贝尔"小小的牢笼
在寂静的"霍沃思"安置。

从诸多漫游中聚集 —
客西马尼能够说出
通过何等痛苦的历程
她抵达日光兰②！

轻柔飘落伊甸的声音
在她迷惑的耳边 —
哦，何等午后在天堂，
当"勃朗特"抵达！

富兰克林版后两节：

这鸟 — 观察着其他
当寒霜太急剧地到来
隐退到其他纬度 —
悄悄地不改初心 —

归来时却有所不同 —
自从约克郡山峦叠翠 —
并非所有我遇到的巢穴 —
都能把夜莺发现 —

---

① 夏洛特·勃朗特 1855 年 3 月 31 日去世。
② 又指水仙，长春花。

J149（1859）/ F159（1860）

她像露珠一样悄然而逝
自一朵熟识的花。
却不似露珠，悄然降临
在那个约定的时刻！

她如一颗星轻柔陨落
自我夏日的前夕 －
比不上勒威耶 ① 那么娴熟
这更令人难以置信！

J150（1859）/ F154（1860）

她死了 － **这**是她死的方式。
当她呼吸停止
带上她简单的行装
奔向太阳。
她小小的身影在门前
天使们肯定已经发现，
因为我再也找不到她
在尘世的这一边。

J151（1859）/ F133（1860）

沉默你的加冕礼 －
谦恭我的国王万岁，

---

① 法国天文学家，1811—1877 年，用数学方法推算出那时尚未出现的海王星的位置。

把一个小朝臣
裹于你的白貂皮，先生，
满怀敬意地休憩
直到庆典结束，
我可以低语，
主人，那是我 —

J152（1860）/ F182（1860）

太阳持续坠落 — 坠落 — 低矮！
群山起身相迎！
在他，何等事务！
在它们，何等憩息！

越来越深沉的阴影
漫上窗格 —
越来越厚重的脚步
直至泰尔紫

聚集成千军万马 —
如此欢快，如此勇武 —
以至我战斗豪情顿生
也曾头戴帽徽 —
冲锋，从我烟囱角落 —
但那里空无一人！

J153（1860）/ F166（1860）

尘土是唯一的秘密 —

死亡，这仅有的一个
你无法找到任何信息
在他的"故乡"。

无人知晓"他的父亲" —
从不曾是小孩 —
没有任何玩伴，
或"早期历史" —

勤奋！简洁！
守时！稳重！
像强盗一样无畏！
比舰队更加宁静！

筑造，也，像鸟儿！
基督劫掠了这巢 —
一只只知更鸟
悄然休憩！

J154（1860）/ F173（1860）

若无天堂，她一无所是。
若无天使 — 孤寂。
若无某只广交游的蜜蜂
花儿绽放多余。

若无风儿 — 偏狭。
若无蝴蝶

如原野上的一滴清露
默默无闻。

草丛中最小的主妇，
却被带离了草坪
失去了这面孔
使存在 － 家园！

J155（1860）/ F217（1861）

蜜蜂的嗡嗡声
一种魔法 － 令我臣服 －
若有人问我为什么 －
死更容易 －
比起回答 －

山坡上的红色
夺走我的意志 －
若有人讥笑 －
小心 － 上帝在这儿 －
仅此而已。

黎明的破晓
提升了我的境界 －
若有人问我如何 －
艺术家 － 他把我如此描绘 －
必须说！

J156（1860）/ F218（1861）

你爱我 － 你确定 －
我不会害怕过错 －
我不会受骗醒来 －
某个苦笑的早晨 －
发现晨曦已逝 －
果园 － 丧失 －
多莉 － 已离开 －

我需要的不是震惊 － 你确定 －
那一夜永不再现 －
当受惊 － 我跑向你家 －
发现窗户漆黑 －
不再有多莉 － 印记 －
全无？

请确认你确定 － 你知道 －
我此刻能更好地承受 －
如果你只是直言相告 －
好过 － 一丝麻木的安慰 －
缓解我的痛苦 －
你再次 － 叮刺！

J157（1860）/ F229（1861）

音乐家们到处摔跤 －
整日 － 在拥挤的空气中
我听见银铃碰撞 －

艾米莉·狄金森诗歌全集

并且 - 醒来 - 远未黎明 -
这样的狂喜显露在小镇
我想那就是"新生"！

那不是鸟 - 它没有巢 -
也没有"乐队" - 身着 - 黄铜和猩红 -
也没有铃鼓 - 也不是人 -
并非讲道坛上宣读的赞歌 -
"晨星"将最高声部传导
于时间的第一个下午！

有人 - 说 - 那是"球体" - 在耍！
有人说 - 那是消失的男男 - 女女中
欢快的大多数！
有人 - 认为它在我们
有着 - 新近 - 天仙面孔的地方服役 -
请上帝 - 一定明察！

J158（1860）/ F222（1861）

死！死在夜间！
难道不会有人带来光亮
让我看清哪条路
通往永恒的白雪？

而"耶稣"！耶稣在哪里？
人们说耶稣 - 常来 -
也许他不知道这房子 -
这边，耶稣，让他通过！

有人奔向大门
看看是否多莉来到！等等！
我听到她上楼梯的声音！
死亡不会伤害－如今多莉在此！

J159（1860）/ F135（1860）

丁点面包－残皮－碎屑－
些许信任－一坛老酒－
就能让心灵存活－
不是肥壮，记住！而是呼吸－温暖－
清醒－如老拿破仑，
在加冕前夜！

谦恭命运－娇小名声－
痛苦和甜蜜短暂交织
就满盈！就足够！
水手的职责是岸！
士兵的－子弹！谁若寻求更多，
就得索取邻人性命！

J160（1860）/ F132（1860）

刚迷失，立时获救！
刚感到世界路过！
刚被永恒的开端环绕，
立时呼吸回转，

而在彼岸
我听到失望的潮水退却！

因此，身为归客，我感到，
要把那路上怪异的秘密诉说！
某个水手，环行在异国海岸 —
某个苍白的报告人，逃离那恐怖之门
在密闭之前！

下一次，就停留！
下一次，要看那
耳未曾听，
目未曾察 —

下一次，就盘桓，
任时光荏苒 —
缓慢浪行过百代，
和轮回周转！

J161（1860）/ F208（1861）

松枝 —
夜鹰的一支毛羽
永恒 — 歌唱！
其画廊 — 是日出 —
其歌剧 — 春日 —
其翠绿的巢岁月织就
以柔软 — 低语的丝线 —
其绿宝石的卵，学童搜寻

在"凹处"－头上！

J162（1860）/ F219（1861）

我的河流奔向你－
蔚蓝的海！欢迎我吗？
我的河儿等着回音－
哦大海－看起来和蔼可亲－
我会从污秽的角角落落
为你带来条条小溪－
说啊－大海－接纳**我**！

J163（1860）/ F131（1860）①

尽管我注定是粗棉布－
她是细锦缎－
尽管她系银围裙－
我，较少华贵－

然而，我的吉普赛小命
我尤为欢喜－
然而，我的黝黝黑小胸
胜过她的玫瑰红－

因为，当寒霜，它们精准的手指
覆在她的前额，

---

① 此诗是与玫瑰一起送给霍兰夫妇的。

你和我，还有霍兰医生，
永远绽放！

永恒夏日的玫瑰
长在亘古不变的大地 —
既无寒秋举起她的大笔 —
亦无收割者挺立！

J164（1860）/ F130（1860）①

"妈妈"从未忘记她的雏鸟，
尽管在另一棵树。
她俯视一如往常
并且同样温柔，
如她的世间小巢
编织进巧妙关怀 —
无论她哪只"小麻雀坠落"，
都在上面"察觉"。

J165（1860）/ F181（1860）

受伤的鹿 — 跳得最高 —
我曾听猎人说起 —
那不过是死亡的迷狂 —
然后戛然而止！

---

① 姨妈拉维尼亚 1860 年 4 月 17 日去世，两个小表妹当时分别为 18 岁和 12 岁。

敲击的岩石飞迸！
践踏的钢铁弹回！
脸颊总是更红
就在狂热所叮的地方！

欢笑是痛苦的盔甲 —
在里面小心武装，
以防有人窥伺到鲜血
并且惊呼"你受伤了"！

J166（1860）/ F183（1860）

今天下午我遇见一位王！
他真的没有戴王冠 —
一小顶棕榈叶帽就是全部，
我恐怕，他还光着脚！

但我确信他身穿白貂皮
在他褪色的蓝夹克下 —
而且我确信，在那夹克兜里
还装着饰章！

因为伯爵没有如此庄重 —
侯爵走起来亦无如此雍容！
那可能是一位小沙皇 —
或一位教皇，诸如此类！

如果我必须告诉你，一匹骏马
我长雀斑的君主曾经驾驭 —

无疑，一匹宝贵的神兽，
但并非所有人能够驱策！

而且这样一辆马车！在我生时
岂敢斗胆奢望看见
另一具这样的车辆
宛如当时我所搭载！

另两位衣衫褴褛的王子
共享他的王者气派！
无疑此乃这些君主
所进行的首次旅行！

我怀疑这皇家马车
四周仆从等候
在高空，处于这赤脚的状态
是否具有同样的意义！

J167（1860）/ F178（1860）

以痛苦领会狂喜 —
就如盲者体味太阳！
渴得要死 — 猜想
草地上流淌的溪流！

思乡 — 思乡的脚步
徘徊在异国的海岸 —
其时，却萦绕着家乡 —
那蔚蓝 — 可爱的天空！

这就是至高无上的悲痛！
这 － 非凡的痛苦！
这些就是耐心的"桂冠诗人"
其声音 － 在下界 － 训练 －

在无尽的颂歌中升腾 －
寂静无声，诚然，
对我们 － 这些钻研神秘诗人的
迟钝学究！

J168（1860）/ F179（1860）

若是傻瓜，称之为"花" －
还需智者，来说?
若是学者们将之"分类"
也是同样如此！

那些阅读"启示录"之人
一定不要批评
阅读同样版本之人 －
以被蒙蔽之眼！

我们能否和老"摩西"一起站立 －
被拒绝的"迦南" －
审视如他，那宏伟的景色
就在对面 －

无疑，我们该认为多余

众多科学，
没被博学的天使们追求
在学者的天空！

允许我们可以恭身立于
悦人的美文中 —
星星，在灿烂的星河 —
在那宏伟的"右手"！

J169（1860）/ F180（1860）

乌木匣中，当流年飞逝
虔诚地凝视 —
拭去天鹅绒的灰尘
多少夏日撒落在那里！

举信向光 —
如今 — 伴随时间 — 变得黄褐 —
默念消褪的字句
激动我们如酒！

也许花儿皱缩的脸颊
在其库存中能够找到 —
某个早晨，从遥远处采来 —
由英勇 — 衰朽的手！

一缕卷发，也许，自前额
我们总是遗忘 —
也许，一枚古老的饰物 —

镶嵌逝去的时尚！

于是悄悄把它们放回 —
任其自生自灭 —
仿佛这小小的乌木匣子
与我们无关！

J170（1860）/ F174（1860）

肖像之于日常面孔
就如傍晚的西天，
之于晴朗 — 卖弄的阳光 —
在锦缎背心上！

J171（1860）/ F169（1860）

等待直到死亡的威严
呈现如此卑微的表情！
几乎一个有力的仆从
如今都敢把它触碰！

等待直到亘古的长袍
民主党人穿上 —
然后瞎扯什么"晋升" —
和"地位" — 等等！

围绕这安静的朝臣
天使顺从地等待！

十分高贵他的扈从！
纯然紫彩他的情形！

一位主 — 也胆敢举起帽子
对这样一抔谦卑的泥土 —
既然我的主 — "万王之王"
毫不羞愧地领受！

J172（1860）/ F170（1860）

多么欢快！多么欢快！
万一我失败，多么寒酸！
然而，贫穷如我，
已是孤注一掷！
赢了！是的！犹豫良久 —
胜利在握！

生就是生！死，就是死！
幸福就是幸福，呼吸就是呼吸！
如果我真的失败，
至少，知道最坏的，也是甜蜜！
失败别无以为只是失败，
不会变得，更加惨淡！

如果我赢了！哦，鸣枪海上！
哦，尖塔，万钟齐响！
起先，重复缓缓！
因为天国不同凡响，
推测，突然领悟 —

会使我不复存在！

J173（1860）/ F171（1860）

一个毛茸茸的家伙，没有脚 －
却能快速奔跑！
天鹅绒，是他的脸面 －
他的肤色，暗褐！

有时，他栖息在草丛！
有时，在树枝，
从那儿毛团团掉落
行人身上！

所有这些在夏季 －
但当秋风警告丛林的居民，
他住进锦缎花屋 －
炫耀缝纫丝线！

然后，比贵妇精雅，
出现在春日！
每个肩膀长出羽翼！
你很难把他认出！

人们，称之为毛毛虫！
而我！我是谁，
来把蝴蝶
美丽的秘密讲！

终于，将被辨认！
终于，你身旁的灯盏
照见余下的生命！

熬过午夜！熬过晨星！
熬过日出！
啊，多少里程**存**于
我们的双脚，和白昼！

我从未见过"火山" —
但，听旅行者说
这些古老 — 冷漠的山峦
通常是多么宁静 —

忍受着内在 — 惊人的暴烈，
火焰，烟尘，和枪弹 —
吞噬一座座村庄做早餐，
让人类心惊胆寒 —

如果沉静是火山
在人类的脸庞
当身在痛苦的泰坦尼克
容颜一如往常 —

如果最终，这阴郁的剧痛

无法克服，
战栗的葡萄园
会被扔进，尘土？

如果某个热爱古文物者，
在重生的清晨，
不会欢呼"庞培"！
山峦回返！

J176（1860）/ F167（1860）

我是小小的"心安"①！
我不关心呶嘴的天空！
如果蝴蝶迟来
我能否，因此，躲开？

如果胆小的黄蜂
缩在他烟囱的角落，
我，必须更为英勇！
谁来为我致歉？

亲爱的 — 老式的，小花！
伊甸园，也是老式！
鸟儿是远古的旧友！
天空不改她的澄碧。
我也不会，这小小的心安 —

① Heart's Ease：三色堇、心安草。

经得起引诱!

J177（1860）/ F168（1860）

啊，巫术甜美!
啊，术士博学!
请授我这技艺，

让我浇注一种苦痛
医生无法减轻，
所有草原上的灵药
无法治愈!

J178（1860）/ F175（1860）

我小心地，审视我小小的生命 —
扬净那些会逝去的
如我一般的头脑
该如梦般永存。

我把后者放入谷仓 —
前者，吹走。
一个冬日的早晨我前去探望
瞧啊 — 我无价的干草

不在"支架"上 —
不在"横梁"上 —

从一个富裕的农夫 —
我变成，愤世之徒。

不管是小偷所为 —
还是调皮的风 —
抑或神祇的错 —
我的职责是，去寻找！

于是我开始搜索！
心儿们如何，与你在一起？
你是否还在小小的谷仓
爱为你所提供？

J179（1860）/ F176（1860）

如果我能用一朵玫瑰把他们收买
我愿给他们带去从阿默斯特
到卡什米尔所生长的每一朵花！
我将昼夜不停，风雨无阻 —
无论寒霜，还是死亡，什么都无法阻止 —
我的事业如此尊贵！

如果他们会为一只小鸟流连
我的长鼓会立时响彻
四月的丛林！
在整个夏季，永不疲倦，
当冬季把树枝摇撼
只会唱得更加嘹亮奔放！

若他们听到会怎样！
谁能说
这样一种苦苦哀求
最终不会起点作用？
他们，厌倦了乞者的嘴脸 —
最终会不会说，够了 —
把她赶出大厅？

J180（1860）/ F177（1860）

宛如某种北极小花
在极地边缘 —
四处漫游
迷惑地来到
夏日的大陆 —
太阳的天空 —
奇特，百花争妍 —
群鸟，歌喉异样！
嗨，好似这小花
浪游进，伊甸 —
会如何？为什么毫无，
唯有，你自此的推断！

J181（1860）/ F209（1861）

我失去了一个世界 — 在某天！

是否有人发现？
你会认出它
它额前缠着一排星辰。

一个富人 － 可能不会在意 －
然而 － 对我节俭的双眼，
贵重胜过金币 －
哦找到它 － 先生 － 为我！

F182（1860）/ F210（1861）

如果我不再活着
当知更鸟归来，
请给戴红领带的那只，
一颗忆念的碎屑。

如果不能感谢你，
由于深沉的睡眠，
你该知道我在竭力
撬开我花岗岩的唇！

J183（1860）/ F211（1861）

有时，我听见风琴倾诉
在教堂通道，
它所说的无一词能懂 －
其时，却屏住我的呼吸 －
起身 － 离去，

一位愈发西多教团 ① 的女孩 −
却 − 不知什么触动了我
在那古老的教堂通道。

J184（1860）/ F212（1861）

令人无法自禁的狂喜
仍然是，狂喜 −
尽管上帝禁止眼睑扬起，
对于那得意忘形！

一幅欣喜若狂的 − 画面！
六便士展示一次 −
与圣灵同在笼中！
宇宙也会前去！

J185（1860）/ F202（1861）

"信仰"是美妙的发明

---

① 圣贝尔纳多（Saint Bernard de Clairvaux，1091—1153）出生在拥有很多土地的贵族家庭，从小有志从军。在他 19 岁那年母亲去世了，为了遵从母亲的遗愿，1112 年 4 月圣贝尔纳多带领曾贵为公爵的父亲及两位兄弟还有其他亲友 30 多人，舍弃家财一同加入位于西多（Citeaux，法国勃艮第地区）的西多会社团，并成为修道院修道士，后为院长。当时新的西多会法令正在改变着僧侣们的生活：追求回归单纯的基督教价值，生活严肃，重个人清贫，终身吃素，自给自足，每日凌晨即起身祈祷等。圣贝尔纳多充满热情地回应着改革者的呼唤。丰特奈修道院是欧洲最古老的西多会修道院之一。1981 年根据文化遗产遴选标准 C（I）被列入《世界遗产目录》。世界遗产委员会评价：这里是典型的原西多教团修道院，1119 年由圣贝尔纳多修建，包括教堂、回廊、餐厅、卧室、面包店以及铁工厂。建筑简朴，没有装饰，是西多教团僧侣们自给自足、清苦思想的极好见证。

对那些见证的绅士 －
但**显微镜**审慎精明
在紧急时刻。

J186（1860）/ F237（1861）

我该怎么做 － 它低声呜咽 －
这心中的小猎犬 －
不舍昼夜受惊狂吠 －
即便如此，却不离开 －
是否把它**松开**，若你是我 －
是否它会停止悲鸣 － 若我 －
把它送到你处 － 即便现在？

它不会逗你 －
围绕你椅边 － 或者地毯 －
或者若它敢 － 爬上你高高的膝盖 －
或有时 － 在你身侧奔跑 －
若你愿意 －
让它来？
告诉卡洛 －
他会告诉我！

J187（1860）/ F238（1861）

这沮丧的双脚蹒跚过多少次 －
只有被焊接的嘴能够说出 －
试试 － 你能否松动这槽糕的铆钉 －

试试 – 你能否撬起这不锈钢的搭扣！

抚摸这冰凉的前额 – 曾经多么滚烫 –
撩起 – 如果你乐意 – 无精打采的头发 –
掰开这金刚石般坚硬的手指
再没有一个顶针 – 或更多 – 可以戴 –

无聊的苍蝇嗡嗡叫着 – 在房间的窗户上 –
勇敢的 – 阳光透过斑驳的窗格 –
无畏的 – 蜘蛛网摇荡自天花板 –
慵懒的主妇 – 在雏菊中 – 躺卧！

J188（1860）/ F239（1861）

给我作一张太阳画 –
这样我可以挂在房间。
让自己相信正变得温暖
当他人称之为"白天"！

给我画只知更鸟 – 在细枝 –
这样我可以把他倾听，梦想，
当果园阻止它们歌唱 –
把我的炫耀 – 驱除 –

说是否果真 – 正午温暖 –
是否是毛茛 – "飞掠" –
或蝴蝶 – "盛开"？
那就 – 跃过 – 草地上的 – 严霜 –
跃过树梢上的 – 枯黄 –
让我们扮演那些 – 永不到来！

J189（1860）/ F220（1861）

为这样一件小事哭泣 －
如此短暂的事情叹息 －
然而 － 借助交易 － **此等**的尺寸
我们男男女女赴死！

J190（1860）/ F221（1861）

他很虚弱，而我强壮 － 那么 －
他让我把他领进 －
我很虚弱，而他强壮那么 －
我让他把我领回 － 家。

并不很远 － 门很近 －
并不黑暗 － 因为他也 － 同去 －
并不喧哗，因为他一言不发 －
这是我在意的全部。

时日敲门 － 我们必须分开 －
如今 － 我们俩 － 都不强壮 －
他挣扎 － 我也 － 挣扎 －
我们却 － 无能为力！

J191（1860）/ F213（1861）

天空不能保守它们的秘密！
它们告诉了群山 －

群山又告诉了果园 －
果园 － 黄水仙！

一只鸟儿 － 碰巧 － 飞过 －
悄悄地听到了一切 －
如果我贿赂这只小鸟 －
谁知**她**会不会说？

然而 － 我想还是不要 －
不知道 － 更好 －
如果夏天是**一条公理** －
白雪有何蛊惑？

所以守着你的秘密吧 － 天父！
我不想 － 即便我能 －
知道那些蓝宝石们，做了什么，
在你新潮的世界！

J192（1860）/ F214（1861）

可怜的纤小的心！
是否他们已把你忘记？
不要在意！不要在意！

骄傲的纤小的心！
是否他们已把你舍弃？
不要忧虑！不要忧虑！

脆弱的纤小的心！

我不会伤害你 −
是否相信我？是否相信我？

欢快的纤小的心 −
有如牵牛花！
清风和太阳 − 会将你装扮！

J193（1860）/ F215（1861）

我应该知道原因 − 当时间结束 −
现在我已停止探究 −
救世主会解释每个单独的苦恼
在天空中美丽的课堂 −

他会告诉我"彼得"的承诺 −
而我 − 因为惊讶于他的悲伤 −
会忘记那痛苦的滴液
此刻它正烫伤我 − 它正烫伤我！

J194（1860）/ F216（1861）

在这漫长的暴风雨后彩虹呈现 −
在这迟迟的清晨 − 太阳 −
云朵 − 如倦怠的群象 −
地平线 − 蔓延开来 −

百鸟浮起微笑，在巢中 −
狂风 − 的确 − 已停息 −

唉，眼睛多么不留心 —
对它们夏日闪耀！

死亡的安宁冷漠 —
没有黎明 — 能够激动 —
那缓慢的 — 天使长的音节
定会把**她**唤醒！

J195（1860）/ F230（1861）

为此 — 接受呼吸 —
通过它 — 与死亡相竞 —
那家伙不能触摸这桂冠 —
借助它 — 我的头衔获得 —
啊，多么高贵的缘由
为我的需求 — 屈尊！

没有荒野 — 能够
在这服侍我的所在 —
没有沙漠的正午 —
没有严霜来袭的恐惧
萦绕四季花开 —
除了某个六月！

让加百列 — 说出 — 那高贵的音节 —
让圣徒 — 以新的 — 颤抖的口吻 —
讲述下界多么痴迷
就如他们的荣耀显 —
最相宜这桂冠！

J196（1860）/ F231（1861）

我们不哭 − 提姆 ① 和我，
我们早已太大 −
但我们把门拴得紧紧
以防一位朋友 −

然后我们掩起我们英勇的脸
深藏在手中 −
不哭 − 提姆和我 −
我们早已太大 −

也不做梦 − 他和我 −
若我们屈尊 −
我们只是闭上我们棕色的眼睛
去看结局 −

提姆 − 看见一座座村舍 −
但，哦，那么高耸！
于是 − 我们颤抖 − 提姆和我 −
以防我 − 哭 −

提姆 − 读一首小小的赞美诗 −
我们一起祈祷 −
拜托，先生，我和提姆 −
经常迷途！

我们一定会死 − 迟早 −

---

① 狄更斯《圣诞颂歌》中瘸腿的小孩。

牧师说 —
提姆 — 会 — 若我 — 死去 —
我 — 也 — 若他 —

我们该怎么把它安排 —
提姆 — 是 — 如此 — 羞怯?
主 — 请让我们一起 —
我 — "提姆" — 和 — 我!

J197（1860）/ F223（1861）

晨曦 — 属于露珠 —
玉米 — 在正午成熟 —
晚餐后的光辉 — 属于鲜花 —
公爵们 — 属于夕阳!

J198（1860）/ F224（1861）

一阵可怕的暴风雨捣碎了天空 —
云彩削瘦，稀少 —
一件黑色的 — 幽灵的披风
遮蔽了天地。

造物在屋顶上狞笑 —
在空气中呼啸 —
挥舞着拳头 —
咬牙切齿 —
摇摆着它们狂乱的长发。

晨光照耀 － 鸟儿醒来 －
怪兽黯淡的双眼
缓缓转向他居住的海岸 －
宁静 － 就是天堂！

J199（1860）/ F225（1861）

我是"妻子" － 我已结束 －
那另一种情形 －
我是沙皇 － 如今我是"女人" －
这样就更安全 －

女孩的生活看起来多么古怪
在这柔和的晦暗之下 －
我想尘世也感觉如此
对此刻 － 天堂中的亲属 －

这成为安慰 － 那么
那另一种 － 是痛苦 －
但为什么比较？
我是"妻子"！停在那儿！

J200（1860）/ F226（1861）

我从一只蜜蜂那里把它们窃取 －
因为 － 你 －
甜蜜的请求 －
他饶恕了我！

J201（1860）/ F227（1861）

两个游泳者在圆木上搏斗 —
直到朝阳光芒四射 —
当一个 — 转脸微笑着朝向陆地 —
哦上帝！那另一个！

迷途的船只 — 路过 —
发现一张脸 —
在水面上沉浮 —
垂死的眼睛 — 仍然乞求着拯救 —
而那双手 — 恳求似的 — 垂落！

J202（1860）/ F228（1861）

我的眼睛比我的花瓶更满 —
她的货船 — 装满露珠 —
然而 — 我的心 — 比我的眼超载 —
东印度 — 为你！

J203（1860）/ F232（1861）①

他已忘记 — 而我 — 却记着 —
这是一个寻常事件 —
就如很久以前基督和彼得 —

① 耶稣被逮捕后，使徒彼得在鸡叫之前三次不认耶稣，耶稣只转身看着彼得（路加福音 22: 54—61）。

129

在"殿堂的火"边"取暖"。

"你和他是一伙" － "使女"问？
"**不**" － 彼得说，不是我 －
耶稣唯有"看着"彼得 －
我还能做什么呢 － 对你？

J204（1860）/ F233（1861）

幽蓝如削！青灰无际！
某些猩红的色块 － 在沿途 －
形成傍晚的西天 －

一点紫色 － 飘荡其间 －
玉红裤子 － 闪过 －
金色的波浪 － 白昼的堤岸 －
黎明的天空初现！

J205（1860）/ F234（1861）

我不敢离开我的朋友，
因为 － 因为若他要死
当我离开 － 而我 － 太迟 －
抵达那颗需要我的心 －
若我令那双眼睛失望
那搜寻 － 如此搜寻 － 以发现 －
不忍合上直到
它们"看到"我 － 它们看到我 －

若我刺穿这坚忍的信仰
确信我会来 — 确信我会来 —
它**倾听** — 倾听 — 入睡 —
说出我迟缓的名字 —

我的心会希望在此之前破碎 —
自从破碎 — 自从破碎 —
无助犹如次日清晨的太阳
那里午夜的寒霜 — 覆盖!

J206（1860）/ F235（1861）

花儿一定不会责怪蜜蜂 —
为寻求他的幸福
频繁来到她的门前 —

只是教会来自韦韦的仆从 —
再来客 — 就说 —
女主人"不在家" —

J207（1860）/ F199（1861）

虽然我到家很晚 — 很晚 —
只要我回到家 — 它将补偿 —
最好是欣喜若狂
他们对我长久的期盼 —
当夜晚 — 降临 — 静默 — 黑暗 —

他们意外听到我敲门 －
那一刻的狂喜必定 －
以几十年的痛苦酝酿！

只要想象一下火焰会如何燃烧 －
只需多久 － 受骗的眼睛会转 －
好奇我自己会说什么，
而它本身，有何会对我说 －
掩饰几个世纪的路程！

J208（1860）/ F200（1861）

玫瑰在她脸颊上雀跃 －
她的胸衣起起伏伏 －
她漂亮的言辞 － 如醉汉 －
可怜得跌跌撞撞 －

她的手指笨拙地织缝 －
她的针线却不肯游走 －
何事作难这伶俐的丫头 －
令我迷惑不解 －

直到对面 － 我又窥视到一张脸颊
浮现**另一朵玫瑰** －
就在对面 － 另一席言谈
仿佛如醉鬼一般 －

一件背心如同她的胸衣，欢舞 －
随着永恒的乐曲 －

直到这两个躁动的 － 小钟
轻轻滴答为一体。

J209（1860）/ F201（1861）

与你，在沙漠 －
与你一起焦渴 －
与你同在罗望子林 －
豹子有了气息 － 终于！

J210（1860）/ F203（1861）

思想在如此轻微的薄翳之下 －
更显而易见 －
恰如蕾丝显露了波浪 －
或薄雾 － 亚平宁 －

J211（1860）/ F205（1861）

慢慢来 － 伊甸园！
嘴唇对你尚不习惯 －
腼腆地 － 吮吸你的茉莉 －
就如晕眩的蜜蜂 －

迟迟来到他的花前，
绕着她的花房哼哼 －
数点他的花蜜 －

进入 － 迷失在香脂中。

J212（1860）/ F206（1861）

最小的河儿 － 温顺地扑向大海。
我的里海 － 你。

J213（1860）/ F134（1860）

如果蓝铃花对她的情人蜜蜂
宽衣解带
蜜蜂是否还会一如既往
对她**虔敬膜拜**？

如果"天堂" － 被说服 －
放弃她珍珠的天堑 －
是否伊甸园**还是伊甸**，
又或者伯爵 － 还是**伯爵**？

J214（1860）/ F207（1861）

我品尝前所未有的佳酿 －
从珍珠镂成的大酒杯 －
并非莱茵河畔所有的酒桶
都能流出这样的琼浆！

我 － 陶醉于空气
沉溺于甘露 －

在漫长的夏日 － 常从熔蓝的酒肆 －
蹒跚而归 －

当"店主人"将酩酊的蜜蜂
驱赶出毛地黄的门庭 －
当蝴蝶 － 放弃它们的"啜饮"
我却唯有狂饮更多！

直到天使们摇着它们雪白的小帽 －
圣徒们 － 奔向窗口 －
争相观看这小小的酒徒
斜倚着 － 太阳 －

J215（1860）/ F241（1861）

什么是 － "天堂" －
谁住在那里 －
是否他们是"农夫" －
是否他们"锄地" －
是否他们知道这是"阿默斯特" －
而我 － 也 － 正来到 －

是否他们穿着"新鞋" － 在"伊甸" －
是否永远幸福 － 在那里 －
是否他们不会责骂我们 － 当我们饥饿 －
或告诉上帝 － 我们多么僭越 －

你确信那里有这样一个人
如"父亲" － 在天上 －
如此若我曾 － 在那里 － 迷失 －

或者像那看护所讲"死了" —
我不会赤脚 — 行走在"碧空" —
被赎的人们 — 不会嘲笑我 —
也许 — "伊甸"不会如此孤寂
犹如曾经的新英格兰！

J216（1859）/ F124（1859）①

安居雪花石膏的房室 —
不被清晨沾染
不被正午触碰 —
温顺的复活者们安眠 —
锦缎的房椽，
石头的屋顶。

灵光嘲笑着清风
在它们上方她的城堡 —
对着迟钝的耳朵蜜蜂喋喋不休，
以无知的调子可爱的鸟儿啁啾 —
啊，怎样的智慧在此湮灭！

另一版本：

安居雪花石膏的房室 —
不被清晨沾染 —
不被正午触碰 —

艾米莉·狄金森诗歌全集

---

① 给 Susan 的信（L238）中所包含的版本，本诗约翰逊版包括上面两个版本，富兰克林阅读版选录了第二个版本，即这一版约翰逊推测创作时间为 1861 年，富兰克林推测创作时间为 1862 年。

温顺的复活者们安眠 −
锦缎的房椽 − 石头的屋顶!

它们之上 − 岁月浩荡 − 于新月中 −
大千世界掬起它们的圆弧 −
层层苍穹 − 罗列 −
王冠 − 坠落 − 总督 − 投降 −
寂然无声如小点 − 落入雪花圆盘 −

J217（1861）/ F295（1862）

救世主! 我没有其他人可诉 −
所以就来烦扰您。
我早已将您忘在脑后 −
你是否对我还有记忆?
我远道而来, 不是, 为我自己 −
那只是小小的负荷 −
我为您带来这宏伟的心
我已无力承负 −
这颗心装在我的心里 −
以至我的变得太过沉重 −
然而 − 奇怪之极 − 既然它变得**更重** −
对你是否也太过庞大?

J218（1861）/ F189（1861）①

是真的, 亲爱的苏?

---

① 见 L232, 约翰逊版第五行 "you" 为 "I"。奥斯丁与苏珊的长子爱德华于 1861 年 6 月 19 日出生。

137

有**两个**？
我不会来
怕摇动他！
若你能把他关在
咖啡杯里，
或者别在针上
直到我进入 －
或使他紧握在
"托比的"拳中 －
嘘！安静！我就来！

J219（1861）/ F318（1862）

她用多彩的扫帚挥舞 －
把碎屑留在身后 －
哦傍晚西天的主妇 －
回来 － 拭去池塘的尘埃！

你扔进了一团紫色散纱 －
你丢下了一根琥珀丝线 －
如今你已经用翠绿的衣衫
把整个东方搞得一片凌乱！

她仍然，挥着她斑斓的扫帚，
依然围裙翻飞，
直到扫帚轻轻黯淡为满天繁星 －
然后我转身离开 －

富兰克林版最后一节：

仍然厉行着她斑驳的节俭
景象依旧不衰
直到昏冥妨碍勤勉 －
或者令沉思失败。

J220（1861）/ F188（1861）①

那么 － **我**能否 － 关上门 －
以防**我**哀求的脸 － 最终 －
遭 － **她** － 拒绝?

J221（1861）/ F265（1861）

那不可能是"夏天"!
它 － 已结束!
然而 － 对"春天" － 又太早!
还需通过 － 那白色的狭长小镇 －
在黑鸟歌唱之前!
也不可能是"死亡"!
它太过胭红 －
死者该是着白衣 －
因此夕阳扣押了我的疑虑
用贵橄榄石的手铐!

---

① 给 Susan，见 L239。

J222（1861）/ F49（1859）①

当凯蒂行走，这简朴的一双陪伴在侧，

当凯蒂不倦地奔跑它们一路追随，

当凯蒂跪拜，它们可爱的双手依然紧抱她虔敬的膝
盖 －

啊！凯蒂！笑对命运，**有俩对你如此厚爱**！

J223（1861）/ F258（1861）

今天 － 我来买一个微笑 －

但仅仅是一个微笑 －

在你脸颊上最微小的一个 －

将会刚好适合我 －

没人会怀念这

如此微小的闪烁 －

我在"柜台"前请求 － 先生 －

你是否可以卖给我？

我有**钻石** － 在我手上！

你知道什么是**钻石**！

我有红宝石 － 如傍晚的血 －

和黄宝石 － 如星星！

这简直是与**犹太人**的 "一场交易"！

说—先生 － 我是否可以得到它？

---

① 见 L208，凯特·斯科特的第一任丈夫 C.L. 特纳于 1857 年去世，1866 年与约
翰·安东结婚。这首诗与狄金森织的一副吊袜带一起送给她。

J224（1861）/ F253（1861）

我别无他物－携来，你知道－
所以我不停地带来这些－
犹如黑夜一直取来星星
给我们熟识的眼睛－

也许，我们不该在意－
除非它们没来－
于是－也许，它令我们迷惑
难寻回家的路－

J225（1861）/ F197（1861）

耶稣！你的十字架
令你能够猜想
更小的尺码！

耶稣！你的第二副面孔
令你在天堂
想起我们！

J226（1861）/ F275（1862）

难道你唯有衰退如－海－
看着我－
或注定卧躺－
太阳近旁－死亡－

141

或轻敲 － 天堂 － 未被理睬 －
我会**袭扰**上帝 －
直到他让你进来！

J227（1861）/ F198（1861）①

教他 － 若他咿呀这些**名姓** －
这样一个 － 吐露 －
在他呀呀 － 浆果的 － 唇 －
好似该让我 － 听到 －
假如我的耳朵 － 靠近他的婴床 －
宛若今日 － 我的**思想** －
该回响 －
"不要禁止我们" －
有些像"艾米莉"。

J228（1861）/ F321（1862）

燃烧时闪着金光 －
熄灭时 － 泛着紫彩！
如豹子 － 跃向 － 天空 －
然后 － 在老地平线的脚边 －
伏下它的花脸 － 死去！
俯身低及橱窗 －
触摸屋顶 －

---

① 这首诗被送往塞缪尔·鲍尔斯，他的儿子查尔斯·艾伦·鲍尔斯，1861年12月19日诞生。诗文前面有"宝贝"。

着色谷仓 －
向草地飞吻它的软帽 －
白日的魔法师 － 离去!

J229（1861）/ F289（1862）

牛蒡 － 牵扯我的长裙 －
并非**牛蒡** － 过错 －
而是因**我** －
太过靠近
牛蒡**窝巢** －

沼泽 － 污陷我的双鞋 －
沼泽们 － 还**有何事可干** －
它们唯一的能耐 －
溅人脏水!
啊，那么 － **怜悯!**

小鱼轻鄙唾弃!
而**大象** － 平静的眼睛
注视远方!

J230（1861）/ F244（1861）

我们 － 蜜蜂和我 － 凭狂饮而生 －
并非总是**霍克酒** － 与我们相伴 －
生命自有其麦芽酒 －
但它是许多暗淡勃艮第的沉淀 －

我们欢呼－吟唱－当葡萄酒－将尽－

我们"喝醉了"？
问问欢快的三叶草！
我们"殴打"我们的"妻子"？
我－从未婚配－
蜜蜂－**他**信誓旦旦－凭其精微的大酒壶－
挑剔－如发卷－在她机敏的头上－

当奔向莱茵－
他和我－狂醉－
起先－在大桶－最后在藤蔓－
正午－我们最后一杯－
"发现死于"－"甘露"－
由哼唱的验尸官－
在百里香旁！

J231（1861）/ F245（1861）

上帝允许勤奋的天使－
下午－嬉戏－
我遇见一个－忘记我的伙伴－
径直－一切－为他－

上帝召唤回家－天使们－匆忙－
当日落－
我思念我的－多么乏味－**弹珠**－
在把玩王冠之后！

太阳 － **刚触到清晨** －
清晨 － 立时欢悦 －
认为他会驻留 －
生命充满**春意**！

她感到自己至高无上 －
扶摇 － **轻飘**的造物！
自此 － 对她 － **何等盛会**！
同时 － 她车轮滚滚的王 －
沿着果园 － 缓缓 － 向前 －
他的傲慢 － 闪烁的边缘 －
留下一种新的需求！
对王冠的渴望！

清晨 － **鼓动** － **蹒跚** －
感到虚弱 － 为她的冠冕 －
她未受膏的前额 －
自此 － 她的独一！

灯稳稳地燃烧 － 在里面 －
尽管农奴 － 把油添 －
要紧的不是忙碌的灯芯 －
于她磷光闪闪的操劳！

奴隶 － 忘记 － 添油 －

灯 － 还在 － 金光闪亮 －
没有意识到油已干枯 －
而那奴隶 － 已然离去。

J234（1861）/ F249（1861）①

你是对的 － "这条道窄" －
"门难通过" －
"很少人" － 再次正确 －
"进入 － 那里" －

这很尊贵 － 因此是**紫色**！
恰是**呼吸**的代价 －
与**坟墓**的 "折扣" －
由**破产者**称为 － "**死亡**"！

其后 － 就是天堂 －
善人的 － "**奖赏**" －
恶人的 － "**入狱**" －
我想 －

J235（1861）/ F250（1861）

法庭遥远 －
我 － 没有裁判 －

---

① 参见《圣经·新约·马太福音》第 7 章第 13—14 节："你们要进窄门。因为引到灭亡，那门是宽的，路是大的，进去的人也多；引到永生，那门是窄的，路是小的，找到的人也少。"

我主被冒犯 －
为得到他的恩典 － 我宁死!

我要追寻他高贵的脚步 －
我要说 － 记住 － 王 －
你会 － 你自己 － 有朝一日 － 一个孩子 －
乞求更大的 － 事物 －

那帝国 － 属于沙皇 －
据说 － 小如 － 我的 －
那天 － 授予我 － 王权 －
调停 － 为你 －

J236（1861）/ F251（1861）

若他消失 － 那么 － 一无 － 所有 －
月蚀 － 在午夜 －
此前 － 黑暗 －
日落 － 在复活节 －
晦暗 － 在黎明 －
伯利恒微弱的星 －
陨落!

愿某位神 － 通知他 －
否则就太迟!
说 － 那冲动刚刚低嚅 －
车驾已备 －

说 － 一个小生命 － 为他 －

正流漏 － 血红 －
他的西班牙小猎犬 － 告诉他!
他是否会留意?

J237（1861）/ F252（1861）

我只是想我的形体会如何飞升 －
当我被"宽恕" －
直到头发 － 眼睛 － 和羞怯的头 －
消失于 － 天堂 －

我只是想我的双唇会如何权衡 －
伴随无形的 － 颤抖的 － 祈祷 －
因你 － 这样迟 － "想到"我 －
你关心的那只"小麻雀" －

我痛苦地提醒自己 － 那已逝 －
某些份额已被移开 －
在我单纯的心胸 － 撕裂之前 －
为什么不是这样 － 若它们?

因此我默默思忖 － "宽恕" －
直到 － 狂乱 － 产生 －
因我恒久的聪敏 － 和更久的 － 信任 －
我丢弃我的心 － 不动摇!

J238（1861）/ F309（1862）

收割你的香脂草 － 它的芬芳祝福你 －

裸露你的茉莉花 － 向暴风雨 －
她会抛掷最狂野的馥郁 －
也许 － 令你的夏夜迷醉 －

刺伤筑于你心房的 － 小鸟 －
哦，你能否听懂她的临终叠唱 －
咕咕！"原谅" － "更好的" － 咕咕！
"颂歌给他 － 当我离去"！

J239（1861）/ F310（1862）

"天堂" － 乃我难以企及！
树上的苹果 －
只要它真的无望地 － 悬挂 －
那 － 就是"天堂" － 对我！

色彩，在游云上 －
那块禁地 －
在山后 － 后面的房屋 －
那里 － 乐园 － 发现！

她撩人的紫色 － 每天下午 －
那轻信的 － 受骗 －
迷恋上 － 这位昨日 －
弃绝我们的 － 魔法师！

J240（1861）/ F262（1861）

啊，月亮 － 星星！

你们如此遥远 －
若是没有一个
远甚你们 －
你们认为我会驻足
为一片天空 －
或一把肘尺 － 诸如此类？

我可以向云雀
借一顶软帽 －
一双岩羚羊的银靴 －
一对羚羊的脚蹬 －
和你们在一起 － 今夜！

但，月亮，星星，
尽管你们如此遥远 －
却有一个 － 比你们更远 －
他 － 对我 － 远甚天空 －
我永远无法抵达！

J241（1861）/ F339（1862）

我喜欢痛苦的表情，
因为我知道它真实 －
人不会假装痉挛，
也无法模仿，剧痛 －

眼神一旦呆滞 － 那就是死亡 －
难以伪装
前额上的汗珠

由真切的痛苦串起。

J242（1861）/ F343（1862）

当我们立于万物之巅 －
犹如树木，俯视 －
云雾自此全部散开 －
风景历历如镜 －

正映射着光芒 － 灵魂不会眨动
除非已蒙尘垢 －
那强健者，应如山峰 － 耸立 －
闪电，不会吓跑 －

完美者，处处无惧 －
昂起无畏的头颅，
去往，正午无人敢涉足之处，
由他们的行为庇护 －

群星偶尔敢于闪耀
蒙尘含垢的世界 －
而太阳们，更加坚定地运行，为它们的明证，
仿佛一个中轴，围绕 －

J243（1861）/ F257（1861）

我知道一座天堂，如帐篷 －
包裹着它闪光的庭院 －

拔起桩子，消失 -
毫无木板的声响
或钉子的撞击 - 木匠的身影 -
只是数英里的凝视 -
宣告演出消散 -
在北美 -

没有痕迹 - 也无昨日
光彩夺目的，虚假幻象
没有钟响 - 没有惊奇 -
人，和特技 -
完全消失 -
犹如鸟儿的远行
只划出一道色彩 -
双翼拍打，欢畅 -
在视野中，隐没。

J244（1861）/ F242（1861）

当灵魂嬉戏工作容易 -
但当灵魂痛苦 -
听见他把玩具收起
于是 - 工作艰难 -

疼在骨头，或皮肉，简单 -
但是钻子 - 在神经中间 -
毁坏得更加精细 - 可怕 -
就像一只黑豹钻在手套里 -

J245（1861）/ F261（1861）

我指间握着一块宝石 —
睡意昏沉 —
天气温暖，风儿和煦 —
我说"要保留" —

醒来 — 斥责我忠诚的手指，
宝石已去 —
如今，一个紫水晶的回忆
是我全部的所有 —

J246（1861）/ F264（1861）

永远伴他行走 —
二者中瘦小的那一个！
头脑他的头脑 —
血脉他的血脉 —
如今 — 两个生命 — 一个存在 —

永远品尝他的命运 —
如果痛苦 — 最大的部分 —
如果欢悦 — 留下我的那一份
给那颗亲爱的心 —

终生 — 彼此相知 —
又永远无法猜透 —
告别了又告别 — 一番变化 —
号称天堂 —

人所痴迷的所在 －
刚刚发现 － 令我们困扰的 －
没有词典！

J247（1861）/ F266（1861）

我要给予什么才能看见他的脸？
我可以给予 － 给予我的生命 － 当然 －
但那不够！
再等一分钟 － 让我想想！
我可以给予我最大的食米鸟！
这已是俩 － 他 － 和生命！
你知道"六月"是谁 －
我可以给她 －
一天中来自桑吉巴的所有玫瑰 －
还有百合花管 － 像井一样 －
蜜蜂 － 以里计算 －
蓝色的海峡
蝴蝶的舰队 － 扬帆穿过 －
斑驳的樱草花谷 －

我还有报春花"银行"的"股份" －
水仙花的嫁妆 － 芬芳的"股票" －
一片片领地 － 广阔如露珠 －
成袋的银元 － 爱冒险的蜜蜂
从天空的海洋 － 给我带来 －
还有紫色 － 来自秘鲁 －

现在 － 是否我可以把它买下 －
"夏洛克"？说！

给我签约！
"我发誓要付给
她 － 允诺这一点的人 －
一个小时 － 以她至高无上的表情"！
狂喜的契约！
吝啬鬼的恩典！
我的王国所值的福佑！

J248（1861）/ F268（1861）

为什么 － 他们拒我于天堂之外？
难道我唱得 － 太大声？
但 － 我也可以轻吟"小调"
羞怯如鸟儿！

难道天使们不再让我试试 －
仅 － 再 － 一次 －
仅 － 看 － 我是否会打扰他们 －
但不要 － 关上门！

哦，若我 － 是那绅士
身着"白袍" －
而他们 － 是那小手 － 叩击 －
难道 － 我能 － 禁止？

J249（1861）/ F269（1861）

暴风雨夜 － 暴风雨夜！

如若我和你在一起
暴风雨夜就是
我们的豪奢！

风 － 无能为力 －
对一颗泊进港口的心 －
罗盘已废 －
海图已弃 －

泛舟在伊甸园 －
啊，大海！
是否今夜 － 我可以停泊
在你的胸怀！

J250（1861）/ F270（1861）

我要继续歌唱！
群鸟会越过我
飞向更金黄的地带 －
每一只 － 都怀着知更鸟的期待 －
我 － 有我的红胸脯 －
和我的韵律 －

而后 － 当我在夏天站稳脚跟 －
而我 － 会带来更丰盛的曲调 －
晚祷 － 比晨祷更甜蜜 － 先生 －
早晨 － 不过是中午 － 的种子 －

篱笆那边 －
草莓 － 生长 －
篱笆那边 －
若我尝试 － 我知道，我可以爬过 －
浆果诱人！

但是 － 如果我脏了围裙 －
上帝定会责骂！
哦，天哪 － 我猜如果他是个男孩 －
如果他能 － 他定会 － 爬过！

我能蹚过悲伤 －
它全部的池沼 －
对此我早已习惯 －
但欢乐轻轻一推
就打乱了我的脚步 －
我跌倒 － 沉醉 －
不让任何卵石 － 见笑 －
这是一出新酿 －
仅此而已！

力量仅是痛苦 －
孤立无援，通过磨炼，
直到负荷 － 悬挂 －
给巨人 － 以安慰 －

他们会衰弱，如凡人 —
给他们喜马拉雅山 —
他们则会把他 — 扛起！

J253（1861）/ F313（1862）

你明白我无法看清 — 你的一生 —
我唯有猜度 —
多少次它让我疼痛 — 今天 — 坦陈 —
多少次为我遥远之故
这勇敢的双眼迷蒙 —
但我猜想猜度受伤 —
我的 — 变得如此昏暗！

太模糊 — 这脸 —
我自己的 — 如此耐心 — 遮掩 —
太遥远 — 那力量 —
我的胆怯包裹 —
萦绕着这颗心 —
仿佛她多变的脸 —
挑逗着那需求 —
它 — 唯有 — 满足！

J254（1861）/ F314（1862）

"希望"是长羽毛的精灵 —
栖息在灵魂的细枝 —
唱着没有词的曲调 —

永不 - 停息 -

狂风中 - 听来 - 最是甜蜜 -
恼火的定是那暴风雨 -
令这温暖如许的小鸟
终感窘促 -

在最寒冷的陆地最陌生的海域 -
我曾听到它的鸣叫 -
然而，绝境中，它却从未，
向我索取 - 丁点儿面包。

J255（1861）/ F315（1862）

去死 - 只需片刻 -
据说没有痛苦 -
只是逐渐 - 虚弱 -
然后 - 消失 -

一条黑色的缎带 - 披上一天 -
一块黑纱别在帽上 -
然后艳阳高照 -
帮助我们遗忘 -

那已逝的 - 神秘的 - 造物 -
若非由于我们的爱恋 -
早已入眠 - 那最酣畅的时刻 -
没有疲倦 -

J256（1861）/ F316（1862）

若我迷失 － 此刻 －
诚如往常 －
将依然是我的狂喜 －
那些碧玉门 － 曾经 － 对我 －
突然 － 闪亮开启 －

在我尴尬 － 目瞪口呆的 － 脸上 －
天使们 － 曾温柔注视 －
并以它们的羊毛将我轻抚，
就像他们很关心 －
我已被驱逐 － 你知道 － 如今 －
多么陌生 －
你了解 － 先生 － 当救世主
对你 － 转过脸去 －

J257（1861）/ F317（1862）

欢悦如同飞逸 －
或成正比，
按学究的说法 －
彩虹的大道 －
一束丝线
在雨后，挥动色彩，
和欢快相宜，
若有飞逸
给养 －

"若它长存"

我询问东方，
当那蜿蜒飘带
飞上我纯真
天空 －
而我，欣喜地，
视彩虹为，寻常，
而空阔长天
古怪 －

人生亦如此 －
蝴蝶复如是 －
看见魔幻 － 透过惊惶
它们会欺骗视野 －
并装饰遥远的天际 －
某个突如其来的清晨 －
我们的欢愉 － 如时尚 －
消散 －

J258（1861）/ F320（1862）

有种斜光
在冬日午后 －
压迫，如那
教堂乐声的重量 －

天堂的伤害，施予我们 －
却找不到伤疤，
但内部截然不同，
此中真意，乃 －

无人可授 － 丁点 －
这是绝望的封印 －
一种庄严的哀伤
弥漫空中 －

当它降临，山水倾听 －
阴影 － 屏息凝气 －
当它离去，就如远方
呈现死亡的面庞 －

J259（1861）/ F322（1862）

晚安！是谁吹灭了烛光？
无疑 － 是嫉妒的微风 －
啊，朋友，你不知道
在那奇妙的灯芯上
天使 － 辛劳了多久 －
如今 － 为你 － 熄灭！

它本可能 － 成为一座闪耀的灯塔 －
某位水手 － 漂泊在黑暗中 －
苦苦盼望！
它本可能 － 成为一盏暗淡的灯
照亮营地的鼓手
奏响纯净的晨号！

J260（1861）/ F323（1862）

读 － 亲爱的 － 其他人 － 如何抗争 －

直到我们 － 健壮 －
他们所 － 舍弃 －
直到我们 － 不再恐惧 －
多少次他们 － 忠实见证 －
直到我们 － 受助 －
如一个王国 － 被关怀！

于是读 － 充满信念 －
闪耀在柴把 －
圣歌的旋律清越
河流也无法淹没 －
英勇的男人 －
美丽的女人 －
超越 － 记录
创造 － 名望！

J261（1861）/ F324（1862）

抱起我的诗琴！
我的音乐 － 有何关系！
既然我想迷醉的唯一耳朵 －
冷漠 － 如花岗岩 － 包裹我的音乐 －
啜泣 － 将会适宜 － 一如圣歌！

除非沙漠中的"门农 ①" －
教给我那一曲

---

① 埃及底比斯附近阿孟霍特普三世的巨大石像，每在日出时发出竖琴声，170 年罗马
皇帝修复后不再发声。

曾经征服他的旋律 －
当他 － 向旭日俯首称臣 －
也许 － 那会 － 唤醒 － 他们！

J262（1861）/ F326（1862）

孤寂因他们不知为何物 －
东方的流亡者们 － 正 －
误入琥珀线那边
某个绛红的节日 －

自此 － 紫色的壕沟
他们努力攀爬 － 徒劳 －
犹如飞鸟 － 跌落云端
紧张摸索 －

神圣的以太 － 教给他们 －
某个跨越大西洋的黎明 －
当天堂 － 太平常 － 无以思念 －
太确定 － 不再沉溺！

J263（1861）/ F293（1862）

一个独一的肉体螺钉
是钉住灵魂的全部
那象征着神性，对我，
我这边的面纱 －

曾经见证这薄纱 −
其名字已收藏
远离我的灵魂，仿佛没有誓约
铭刻在昨日，

温柔 − 庄严的字母表，
我刚转眼看，
它就被我的目光
偷渡进永恒 −

更多的手 − 抓握 − 仅有两只 −
新添一股勇气
刚赐予，为危险的缘故 −
大踏步 − 巨人 − 爱 −

大过神能显示，
他们在肉体前溜走，
并非对所有人他们的天堂可以吹嘘
会让其信物 − 失去

J264（1861）/ F294（1862）

一个满是针尖的重物在敲击 −
推挤，穿刺，而且 −
若肉体抵抗这重压 −
针扎 − 不动声色地开始 −

没有一个毛孔被忽视
这整具复合的身躯 −

宛如痛苦的千般形式 －
宛如物种 － 等待 － 被命名 －

J265（1861）/ F296（1862）

紫色的船只 － 轻轻飘摇 －
在黄水仙的海洋 －
奇异的水手 － 交织 －
俄顷 － 码头寂静！

J266（1861）/ F297（1862）

这是 － 夕阳涤荡的 － 大地 －
这些 － 是黄海的堤岸 －
它升起 － 或奔回的地方 －
这些 － 都是西方的神秘！

夜复一夜
她紫色的贸易
把蛋白石的货包 － 撒满码头 －
商船 － 停泊在天际 －
下沉 － 消失如金莺！

J267（1861）/ F299（1862）

我们曾不服从他？
仅一次！

让我们忘记他 －
但我们无法学会！

若他自己 － 这样一个傻瓜 －
我们 － 又能如何？
爱这迟钝的家伙 － 最好 －
哦，你不要？

J268（1861）/ F281（1862）

我，变化！我，改变！
我愿意，当永恒的山巅
细微的淡紫弥漫
于日落，或一线余辉
闪耀在山脉 －
在白昼华美的尽头！

J269（1861）/ F240（1861）[①]

弹起 － 一个麻烦 －
众生可以承受！
极限 － 流血的涉足多深！
如此 － 多 － 滴 － 活力的血红 －
对付灵魂
犹如代数！

---

① 此诗约翰逊选录的为第一个版本，富兰克林阅读版选录的是第二个版本。

告诉它年代 － 对密码本 －
而它会疼 － 满足 － 于 －
歌唱 － 其疼痛 － 犹如任何技工 －
刻下傍晚太阳的坠落！

另一版本：

弹起一个麻烦 － 众生会承受 －
界限 － 确保悲痛 －
仍可期望 － 若无限度 －
谁已足够悲苦？

告诉它年代 － 对密码本 －
而它会疼 － 满足于 －
歌唱，其疼痛，犹如任何技工 －
刻下傍晚太阳的坠落 －

J270（1861）/ F248（1861）

一种意义如此深远的**人生**！
然而 － 为它 － 我将付出 －
我灵魂的**全部收入** －
绵绵不尽的 － 薪资 －

一粒**珍珠** － 对我 － 如此尊贵 －
我将立即跃入 －
尽管 － 我知道 － 采集它 －
会耗费我 － 整整一生！

艾米莉·狄金森诗歌全集

大海满盈 － 我知道！
那 － 并没有黯淡**我的珍宝**！
它璀璨 － 与众不同 －
完好 － 在王冠上！

人生纷繁 － 我知道！
然而 － 并非稠密如人群 －
但君王们 － 仍然可见 －
远在尘埃大道的尽头！

J271（1861）/ F307（1862）

我说 － 此乃 － 一件庄严之事 －
做一名 － 白衣 － 女子 －
并穿着 － 若上帝认为我合适 －
她无可非议的神秘 －

一件神圣之事 － 将一生
丢进紫色的井 －
太深不可测 － 以致又返回 －
直到 － 永恒 －

我思忖福佑看起来什么样 －
是否它会感觉一般大 －
当我把它握在手中 －
与悬在空中 － 透过迷雾 － 望去 －

于是 － 这"小"生命的尺寸 －
圣人们 － 称其为小 －

膨胀 － 如地平线 － 在我的马甲里 －
而我讥笑 － 轻轻地 － "小"!

J272（1861）/ F308（1862）

我深呼吸来玩那把戏 －
此刻，气息全无 －
我假装那瞬间，惟妙惟肖 －
令人，深信不疑 －

双肺不动 － 定沉入
狡猾的细胞中 －
触及这哑剧 － 他自己，
多酷啊，肺部感到!

J273（1861）/ F330（1862）

他用皮带扎上我的生命 －
我听见搭扣啪嗒声响 －
他便转身离去，神态威严，
我的一生折起 －
从容，仿佛公爵收起
一张王国的地契 －
从此，一个献身的族类 －
云彩的一员 －

却离得不远随时待命 －
并从事小小的辛劳

把周遭巡视 —
分配偶尔的微笑
给俯身注视我的众生 —
亲切地邀其加入 —
谁的邀约，你知否
为谁我必须谢绝？

J274（1861）/ F331（1862）

唯一我见过的鬼魂
身着梅希林① — 这般 —
脚上没有鞋 —
迈步如雪花 —

步态 — 像小鸟，轻盈无声 —
迅疾 — 如獐鹿 —
他的装扮，古怪，马赛克 —
偶尔，槲寄生 —

他的交谈 — 很少 —
他的笑声，如清风
打着漩涡消逝在
忧思的树林 —

我们相逢 — 短暂 —
对我，他很羞涩 —
上帝禁止我向后看 —

———————

① 梅希林花边，比利时产的一种有明晰图案的精致花边。

自从那骇异的一天！

怀疑我！我昏昧的伴侣！
为何，上帝，要满足于
生命的一小部分 −
向你倾注，毫不吝惜 −
整个的我 − 永远 −
女人还能做什么，
快说，我可以给你
我最后的欢喜！

它不可能是我的精神 −
因为那是你的，从前 −
我掸掉我知道的全部灰尘 −
还拥有什么更丰饶的财富
我 − 一个长雀斑的少女，
她最大的心愿，
就是 − 兴许她 −
与你，羞怯地住在，
某个遥远的天堂！

审查她，从头到脚！
尽力直到你最后的推断 −
像一块织锦，飘，落，
在火眼之前 −
扬去她最精微的喜好 −
但只崇敬白雪

艾米莉·狄金森诗歌全集

172

完好，在永恒的雪花中 —
哦，吹毛求疵者，为你！

J276（1861）/ F333（1862）

英语有多少短语 —
我只听过一个 —
低沉如蟋蟀欢笑，
高声，如雷霆轰鸣 —

呢喃，似古老里海合唱，
当潮汐暂歇 —
以新的曲调倾诉自我 —
犹如夜鹰 —

以明亮的拼写侵入
我简朴的睡眠 —
雷鸣它的期待 —
直至我惊醒，哭泣 —

对我，非为那悲痛 —
而为那欢悦的激荡 —
再说一次，撒克逊！
嘘 — 只为我！

J277（1861）/ F305（1862）

如果我说不再等待！

如果我冲破肉体的门 －
努力向你 － 逃去！

如果我将这肉体 － 挫去 －
看何处伤我 － 那就足够 －
步入自由！

他们再不能够 － 把我抓住！
地牢召唤 － 枪炮哀鸣
如今 － 对我 － 毫无意义 －

如同欢笑 － 在 － 一个小时前 －
或者蕾丝 － 或者巡游表演 －
或者逝者 － 于昨日！

J278（1861）/ F306（1862）

酷暑天 － 一位遮阴的朋友 －
易得 －
胜过寻觅高温的知己
在心灵 － 冰冷的时刻 －

风向标偏东一点 －
把平纹细布 ① 的灵魂 － 吓跑 －
如果绒面呢 ② 的心 －

---

① 平纹细布：一种薄细的棉布。
② 绒面呢：毛、棉、丝织成的细平布。

比这些蝉翼纱更牢靠 —

该怨谁呢？织工？
啊，令人困惑的线！
天堂的挂毯
这样不知不觉 — 织完！

将这绳子系上我的生命，我的主，
于是，我准备离去！
只瞧一眼那些马匹 —
风驰电掣！那就好！

将我置于最稳固处 —
我将永不坠落 —
因为我们必须奔向审判 —
而那有些，下坡路 —

但我从不介意陡峭 —
也不介意海洋 —
纵马驰骋永恒之中 —
凭我选择，还有你 —

告别往昔生涯 —
以及昔日世界 —
仅此一次，为我，亲吻群山 —
如今 — 我准备离去！

J280（1861）/ F340（1862）

我感到一场葬礼，在我头脑之中，
哀悼者们来来回回
不断践踏－践踏－直到好像
理智快要崩溃－

待他们全部坐定，
仪式，犹如一面鼓－
不断敲击－敲击－直到我觉得
思想行将麻痹－

随后我听到他们抬起一个箱子
还是那些铅靴，再次
倾轧我的灵魂，
然后空中－鸣起丧钟，

仿佛九重天都是一口钟，
生命，只有一只耳朵，
而我，和沉默，某种奇怪的族类
在此，孤单，落难－

然后理性的一块木板，断裂，
我不断坠落，坠落－
每一次跌撞，都撞到一个世界，
最后－失去知觉－

J281（1861）/ F341（1862）

如此惊怖－令人振奋－

多么可怕－几乎迷住－
灵魂将其紧盯，安全－
一个墓穴，畏惧寒霜，不再－①

看到鬼，虚弱－
但抓到，胜之－
多么容易，折磨，如今－
悬疑来回锯削－

真相，赤裸，冷峻－
但那能控制－
若有人不信－
我们展示给他们－祈祷－
但我们，知道者，
不再希冀，如今－

目视死亡，是死去－
只是让呼吸渐歇－
而非枕头依于脸颊
安睡－

他人，可以搏斗－
你的，结束－
于是悲哀，荒凉的恐惧－齐来，
令惊骇释放－
恐怖自由－
放荡，骇人，狂欢！

J281 (1861) / F341 (1862)

---

① 富兰克林阅读版此句为：得知最坏的，不再恐慌－

J282（1861）/ F342（1862）

多不显眼，人，和昴团星，站立，
直至一片莽撞的天空
揭露真相：人的痴迷
永远来自眼睛 －

那些看不见的族类
存在，当我们凝视，
以无距的机会，
无法抓住，宛如空气 －

为何我们不拘留他们？
天空微微一笑，
拂过我们失望的头颅
一言不发 －

J283（1861）/ F254（1861）

一种神采折服女王 －
半是孩童 － 半是女杰 －
眼中的一位奥尔良
将其派头搁置

为更卑微的同伴
当无人在侧
即便一滴泪 －
它的常客 －

一种软帽俨然公爵 －

然而鹡鸰的假发
并非如此羞怯
遇见过客 –
而手 – 如此纤弱 –
它们会以嬉戏
欢悦妖精 –

一种声音起伏 – 低沉
从耳边滑过
犹如雪花飘落 –
或者转为雄壮 –
一种王国的音调
关于加冕事宜 –
太小 – 难以敬畏 –
太远 – 难以亲近 –
因此人类折衷 –
只是 – 崇敬 –

J284（1861）/ F255（1861）

水滴，在海中挣扎 –
忘记了她身之所处
如我 – 对你 –

她知道自己只是一小缕供香 –
然而**微小** – 她叹息 – 如果**全部** – 就是**全部** –
何来 – **更大**？

海洋 – 笑 – 她的自负 –

但她，忘了安菲特莉特 －
辩护 － "我"？

J285（1861）/ F256（1861）

知更鸟是我评判曲调的标准 －
因为我生长在 － 知更鸟歌唱的地方 －
但是，如果我生来是杜鹃 －
我会把他信赖 －
熟悉的颂歌 － 笼罩正午 －
金凤花，是我绽放的奇想 －
因为，我们都在果园萌发 －
但是，若我生在不列颠，
会将雏菊践踏 －
唯有坚果 － 适合十月 －
因为，通过它的坠落，
季节掠过 － 我被教导 －
没有白雪的画面
冬季，对我 － 就是谎言 －
因为我看 － 以新英格兰的视域 －
女王，明察如我 －
同样本土 －

J286（1861）/ F243（1861）

惊骇过后 － 正是**我们** －
跃过崩塌的桥墩 －
恰如花岗岩屑飞进 －

艾米莉·狄金森诗歌全集

我们的救星，仅凭一根头发 －

再过一刹那，跌落得太深
渔夫也无法探估 －
正是思想的侧影
让回忆麻木 －

那种可能性 － 穿过
不用一刻钟 －
来到猜想的面前 －
就如钢铁的脸庞 －
突然面向我们
带着金属的狞笑 －
死亡的热忱 －
将他的欢迎钻入 －

J287（1861）/ F259（1861）

钟表停滞 －
不是壁炉台上的那只 －
日内瓦最悠久的技艺
也无法让这木偶屈从 －
刚才还在不停地摇摆 －

这小玩意一阵惊恐！
数字们痛苦得 － 弯腰弓背 －
颤抖着离开小数 －
进入零度正午 －

不为医生所动 －
这冰雪的钟摆 －
店员纠缠着它 －
唯有冷漠 － 无动于衷的不 －

颔首来自镀金的指针 －
颔首来自细长的秒针 －
几十载的傲慢介于
这表盘的生命 －
和他之间 －

J288（1861）/ F260（1861）

我是无名之辈！你是谁？
你 － 也是 － 无名之辈？
那么有了我们一对！
别出声！他们会宣扬 － 你知道！

多么无聊 － 成为 － 大人物！
多么招摇 － 像只青蛙 －
把某人的名字 － 在漫长的六月 －
对一片艳羡的沼泽聒噪！

J289（1861）/ F311（1862）

我知道有些道旁的孤屋
盗贼会喜欢这模样 －
木栅栏，

矮窗户，
邀请去 —
那门廊，
两人可以爬 —
一个 — 递工具 —
另一个窥视 —
确定一切均已沉睡 —
老式的眼睛 —
不容易惊奇！

夜晚，厨房看起来多么整齐，
只有一个闹钟 —
但他们可以弄停那滴答 —
老鼠也不会吱吱 —
因此墙壁 — 不会说 —
没有谁 — 会 —

一副眼镜不合时宜地一动 —
一本历书便知情 —
是草席 — 在眨眼，
还是一颗紧张的星？
月亮 — 滑下楼梯，
去看谁在那里！

有人抢劫 — 哪里 —
大酒杯，或小汤勺 —
耳环 — 或宝石 —
一只表 — 一枚古老的胸针
与老奶奶般配 —
在那儿 — 安睡 —

J289 (1861) / F311 (1862)

白昼 － 也 － 格格地 －
悄悄地 － 潜入 －
太阳已升至
第三棵悬铃木 －
雄鸡高叫
"谁在那儿"？

回声 － 火车离开，
讥笑 － "哪里"！
那老夫妻，正起身，
猜想是旭日 － 留门半开！

J290（1861）/ F319（1862）

充斥青铜 － 和烈焰 －
北方 － 今夜 －
它酝酿得 － 如此充分 －
对自己如此胸有成竹 －
忧虑 － 如此遥远 －
如此冷漠高高在上
对宇宙，或我 －
以威严的瑕疵
玷污我纯洁的灵魂 －
直到我采取恢宏的态度 －
在我的草梗上炫耀 －
对人，和氧气不屑一顾，
为它们的傲慢无礼 －

我的显赫，不过是马戏团 —
但它们无与伦比的表演
将会娱乐千秋万代
而我，在很久以前，
即遭凌辱的草儿中的一个小岛 —
除了甲虫 — 无人知晓。①

J291（1861）/ F327（1862）

古老的群山如何充溢夕阳
铁杉林如何熊熊燃烧 —
暗褐的灌木丛如何被太阳术士
裹在余烬里边 —

古老的尖塔如何捧着鲜红
直到圆球涨满 —
如果我拥有火烈鸟的尖嘴
是否有胆说出？

随后，火焰如何退潮如巨浪 —
抚摸着所有的草儿
以离别的 — 蓝宝石 — 神色 —
宛如一位女公爵经过 —

小小的薄暮如何悄悄爬上乡村
直到房屋斑驳
奇异的火炬，无人擎举

---

① 富兰克林阅读版为：除了雏菊，无人知晓 —

闪烁在街头 －

鸟巢和狗舍中的 － 夜色如何 －
树林又在何方 －
深渊的穹顶正要躬向
孤寂 －

这是掠过圭多的景象 －
提香 － 从未提及 －
多梅尼奇诺扔下他的铅笔 －
瘫痪于，金色 －

J292（1861）/ F329（1862）

如果你的勇气，拒绝你 －
超越你的勇气 －
他可以依傍着坟墓，
若他害怕背离 －

那是一个坚定的姿势 －
从没有任何弯曲
持着这些黄铜武器 －
最伟大的巨人所为 －

如果你的灵魂动摇 －
掀起肉体的门户 －
懦夫需要氧气 －
仅此而已 －

J293（1861）/ F292（1862）

我拥有过，所以我可以听到他的名 —
没有 — 巨大的震惊 —
那灵魂 — 休止的感觉 —
房内的 — 霹雳 —

我拥有过，所以我可以走过
地板的拐角，
他曾在那里转过，我也如法 — 转身 —
我们所有的筋骨撕扯 —

我拥有过，所以我可以翻着那盒子 —
里面他的信增长
没有那种逼迫，我的呼吸 —
如订书针 — 压穿 —

依稀记得一种恩典 —
我想，人们称之为"上帝" —
享有减轻困苦的美誉 —
当常规，已然失效 —

双手合十 —
以祈祷的姿势，
尽管一无所知
圣职仪式的 — 说词 —

我的事，托于白云，
如果有什么力量在其背后，存在，
免于遭受绝望 —

它关注，以某种更为渺远的方式，
因为这等小事 －
刹那痛苦 －
而它本身，太过浩瀚，难以介入 － 更多 －

J294（1861）/ F298（1862）

命定 － 注视日出
别样欢喜 －
因为 － 当下次它燃烧跃出
他们怀疑能否见证 －

明天 － 将死 － 之人 －
静听草甸鸟 －
因为这乐音拂动砍斧
索他头颅的叫嚣 －

欣然 － 有人倾心日出
胜于 － 白昼 －
欣然 － 有人视草甸鸟
为一切而非挽歌！

J295（1861）/ F300（1862）

相似的故事 － 烦恼引诱我 －
亲族如何堕落 －
钟爱荣耀的 － 兄弟姐妹 －
他们年轻的意志

屈服于绞刑架，或地牢里 － 吟唱 －
直到上帝圆满的时刻 －
当他们放弃这耻辱 － 微笑着 －
耻辱静静离开 －

至于猜想的羽冠，我哀叹的幻想，指引我，
穿戴华美
凭头颅在下界 － 拒绝 －
那里的荣耀 －
这种精神让她永远提及，
说我 － 变得大胆 －
雄赳赳迈向 － 我的十字架 －
当喇叭 － 奏响 －

双脚，小如我的 － 行进在革命中
坚定如鼓点 －
双手 － 不很强壮 － 举起它们 － 见证 －
当言语变得麻木 －
请让我不要为他们崇高的行为羞耻 －
一线光亮 －
召唤 － 伊特鲁里亚人 ① 邀请 －
趋向光明 －

J296（1861）/ F301（1862）

一年前 － 记下啥？

---

① 在意大利所有的古代居民中，伊特鲁里亚人可能是最能激发后世好奇心的一支，充满着神秘。

189

上帝 － 拼那词！我 － 不能 －
是恩典？不是它 －
是荣耀？它 － 差不多 －
慢一点拼 － 荣耀 －

这周年纪念该 －
有时 － 并非经常 － 存于永恒 －
当进一步分离，胜过寻常痛苦 －
看 － 以彼此的脸为给养 － 如此 －
以可疑的食粮，若可能
他们的盛宴为真 －

我品尝 － 无心地 － 当时 －
我不知道那酒
在这个世界只一次 － 你知道？
哦，若你告诉我 －
这焦渴会更易 － 起泡 － 如今 －
你说它最为 － 伤你 －
我的 － 是一枚橡果的胸膛 －
不知道欢喜如何生长
在粗糙的外皮之内 －
也许 － 我不能 －
但，若你向内窥视 －
一个巨人，与你眼对眼，已经 －
没有橡实 － 那时 －

因此 － 十二个月以前 －
我们呼吸 －
然后跌落空气 －

哪个孕育最好？
是这 － 最耐心的 －
因为它曾是个孩子，你知道 －
难道不能珍惜 － 空气？

若它"长大" － 意味诸多痛苦 －
今日，我已够老，我确定 － 然而 －
苍老如你 － 要多久？
再多 － 一个生日 － 还是十个？
让我 － 选择！
啊，先生，皆非！

J297（1861）/ F302（1862）

有如光明 －
一种无形的欢悦 －
有如蜜蜂 －
一段无尽的 － 旋律 －

有如丛林 －
私密 － 像清风 －
无语 － 却扰动
骄傲的树木 －

有如清晨 －
最美 － 当它全部显露 －
而那不朽的钟 －
鸣响 － 正午！

J298（1861）/ F303（1862）

孤独，我不会 －
很多人 － 前来探访 －
无形的陪伴 －
让钥匙迷惑 －

不着衣袍，没有名姓 －
不按日历 － 不问天气 －
却是寻常家人
如同精灵 －

他们到来，可能知晓
由内心的使者 －
他们离去 － 却不知悉 －
因为从未别离 －

J299（1862）/ F418（1862）

你的富有 － 教给我 － 贫穷。
我本身 － 一个百万富翁
凭微少财富，像女孩们自夸的 －
直到豪阔如布宜诺斯艾利斯 －

你漫游自己的领土 －
一个迥然不同的秘鲁 －
而我尊重一切贫穷
因为生命的财产与你相伴 －

关于矿山，我自己，知之甚少 －
只是知道，各种宝石的名称 －
最平凡的几种颜色 －
极少的几顶王冠 －

仅此而已，假如我真的遇见女王 －
她的荣耀我该知晓 －
但这，一定是别样财富 －
思念它 － 宛如乞丐 －

我相信那里整天 － 都是印度 －
对于那些观察你的人们 －
从不吝惜 － 不责备，
愿我 － 只当犹太人 －

我相信那是戈尔康达 ① －
超乎我的想象 －
每天 － 都对矿山微笑
多么强过，一颗宝石！

至少，知道这里有黄金 － 存在
不失为一种慰藉 －
尽管我把它证明，恰好是
能看到的 － 距离 －

那远远是猜测的宝藏 －
估价的珍珠 －
从我纯朴的指间滑落 －

---

① 戈尔康达：印度南部一座城堡兼监狱，曾以出产金刚石著名。

当我还是在校的小女孩时。

J300（1862）/ F191（1861）[①]

"早晨" － 意味着"挤奶" － 对于农人 －
黎明 － 对于特内里费 － [②]
骰子 － 对于少女 －
早晨仅只意味着冒险 － 对于恋人 －
仅是启示 － 对于心爱之人 －

美食家 － 借此 － 与早餐约会 －
新娘 － 一种天启 －
世界 － 一场洪水 －
虚弱的生命 － 在太息中流逝 －
信仰 － 我们主的实验 －

另一版本：

"早晨" － 意味着"挤奶"
对于农人 －
黎明 － 对于亚平宁 －
骰子 － 对于少女。
"早晨"意味着 － 仅只 － 机会
对于情人 －
只是 － 启示 －

---

① 本诗约翰逊版与富兰克林阅读版均选录了第一个版本。

② 特内里费岛（西班牙语为 Tenerife，英文也称 Teneriffe），中国台湾著名女作家三毛将它译为丹娜丽芙，是西班牙位于靠近非洲海岸大西洋中的加那利群岛 7 个岛屿中最大的一个岛屿。和加那利群岛中其它岛屿一样，它也是由火山形成的。西班牙最高的点泰德（Teide）山（3718 m），就在这个岛上。

对于心爱之人 –
美食家 – 借此，与早餐约会！
英雄 – 一场战斗 –
磨坊主 – 一场洪水 –
虚弱的眼睛 – 在太息中 – 逝去 –
信念 – 我们主的
实验！

J301（1862）/ F403（1862）

我推想，尘世短暂 –
而苦海 – 无边 –
累累伤痕，
可是，那又怎样？

我推想，我们会死 –
最活力的生命
也不能免于腐烂，
可是，那又怎样？

我推想，在天堂 –
会以某种方式，平等 –
某种新的平衡，达成 –
可是，那又怎样？

J302（1862）/ F408（1862）

宛如某种古典奇迹

当夏日结束 －
好似夏日的回忆
和六月的风情

像无尽的传说
像辛德瑞拉的枣红马 －
或林肯·格林的 － 小约翰 ① －
或蓝胡子的陈列室 －

她的蜜蜂有一种虚构的嗡唱 －
她的花朵，似梦 －
愉悦我们 － 直到我们几乎落泪 －
它们好似 － 如此可信 －

她的记忆如琴弦 － 重温 －
当乐队暗哑 －
小提琴于台面呢中放 －
而耳朵 － 和天堂 － 麻木 －

J303（1862）/ F409（1862）

灵魂选择自己的伴侣 －
然后 － 关上门 －
对她神圣的大多数 －
不再呈现 －

---

① 小约翰（英文名 Little John）：英国传说中舍伍德森林的侠盗罗宾汉的同伙。小约翰
力大无穷，是个身长七英尺的巨人，是罗宾汉手下的二号人物。他曾与罗宾汉在独
木桥用棍子大战，之后加入罗宾汉一伙。

不为所动 － 她注意到战车 － 停在 －
她低矮的门前 －
不为所动 － 帝王屈膝跪在 －
她的垫子上 －

我了解她 － 从广阔的疆域 －
选择那一位 －
然后 － 关闭心扉 －
像块石头 －

J304（1862）/ F572（1863）

白日迟迟 － 直到五点钟 －
才突然跳到山前
如受阻的红宝石 － 或光
一支突发的火枪 － 喷射 －

紫色留不住东方 －
旭日正在门外召唤
如宽广的黄宝石 － 充塞黑夜 －
这位女士才刚刚展露风姿 －

欢乐的风 － 击起手鼓 －
鸟儿们 － 温顺地排起队列
环绕在她们的王子身边
风 － 就是她们的王子 －

果园神采飞扬如守财奴 －
在这壮丽的地方 －

白昼的 － 厅堂 －
作客 － 多么风光 －

J305（1862）/ F576（1863）

绝望有别于
恐惧 － 犹如
失事的一瞬
和失事已经发生 －

内心平静 － 没有波澜 －
满足就如
雕像上的眼睛 －
知道 － 无法看见 －

J306（1862）/ F630（1863）

灵魂恢宏的瞬间
与她单独 － 相会 －
当朋友 － 和凡尘的时刻
已无限地隐退 －

或者她 － 她自身 － 升到
太渺远的高处
与她的全知全能相较
认知难以企及 －

这种凡尘的革除

难得一见 － 但却
清晰如幽灵 － 受制于
霸道的空气 －

永恒只向
崇敬的眼睛 － 揭示 －
永生万象的
纷繁复杂

J307（1862）/ F549（1863）

能重复夏天者 －
比其本身更伟大 － 尽管他
可能是人类最卑微的一员 －

他还 － 能重造太阳 －
在日落之后 －
我是指 － 那流连 － 那色泽 －

当东方已然过盛 －
而西方 － 湮没无闻 －
他的名姓 － 留存 －

J308（1862）/ F557（1863）

我送走两次落日 －
白昼和我 － 在赛跑 －

我完成了两圈 － 和几个星星 －
当他 － 正在制作一个 －

他的所有巨大 － 但正如我
对一位朋友所言 －
我的 － 拿在手里
更加方便 －

J309（1862）/ F542（1863）

对我所知最博大的女人心 －
我无能为力 －
然而这最博大的女人心
也会举起 － 箭矢 －
因此，遵照我本心，
转而让我，更为温柔。

J310（1862）/ F422（1862）

施与稍许苦恼 －
众生会焦躁 －
施与雪崩 －
他们会压弯 －
挺直 － 小心寻求他们的呼吸 －
却一言不发，如死亡 －
只板着他花岗岩的脸 －
比言语 － 更崇高 －

J311（1862）/ F291（1862）[1]

它从铅灰的筛子洒落 —
粉妆所有的树林。
以光洁雪白的羊毛
填平道路的褶皱 —

它给山峦，和平原
整容修面 —
完好无损的额头从东
再向东展现 —

它来到篱笆前 —
将其一条条包裹
直到消失于羊毛 —
它赐予天仙的面纱

给树桩，草垛 — 和花梗 —
夏天的空房屋 —
连绵的田地，曾谷物丰登，
但对它们，并无记录 —

它给柱桩的手腕褶上花边
宛如女王的脚踝 —
然后平息它的工匠 — 如幽灵 —
否认他们存在 —

---

① 本诗约翰逊版选录了第一个版本，富兰克林阅读版选录了第二个版本。

201

另一版本：

它从铅灰的筛子洒落 —
粉妆所有的树林 —
以光洁雪白的羊毛
填平道路的褶皱 —

它分散如群鸟 —
聚拢如羊群 —
如杂耍者的形象置身
飘渺的弧上 —

它穿越又停驻 —
逗留又四散 —
然后屈身于摩羯宫 —
否认其所为 —

J312（1862）/ F600（1863）①

她 — "最后的诗" —
诗人们完成 —
银色 — 消失 — 伴随她的言语 —
没有记录 — 充溢他人，
长笛 — 或女人 —
如此神圣 —
并非对其夏日 — 清晨 —
知更鸟 — 唱起不完全的曲调 —
自由奔涌为敬慕 —

---

① 本诗约翰逊版收录第一个版本，富兰克林阅读版收录第二个版本。

自盎格鲁 – 佛罗伦萨 –

已迟 – 那赞美 –

单调 – 授予

头颅太高 – 无以冠冕 –

王冠 – 或公爵的登场 –

乃其坟墓 – 充足的标符 –

无益 – 我们 – 无人乃诗人裙带 –

窒息 – 伴随轻微的苦痛 –

什么，若，我们是新郎 –

把她安放在 – 意大利？

J312 (1862) / F600 (1863)

另一版本：

她 – 最后的诗 –

诗人们完成 –

银色 – 消失 – 伴随她的言语 –

没有记录 – 充溢他人 –

长笛 – 或女人 – 如此神圣 –

并非对其夏日清晨 –

知更鸟 – 唱起不完全的曲调

倾情奔涌为敬慕 –

自盎格鲁 – 佛罗伦萨 –

已迟 – 那赞美 – 单调 – 授予

头颅太高 – 无以冠冕 –

王冠 – 或公爵的象征 –

是其坟墓 – 充足的标符 –

无益 – 我们 – 无人乃诗人裙带 –

窒息 – 伴随轻微的苦痛 –

什么 – 若我们是新郎 –

把她安放在 – 意大利？

J313（1862）/ F283（1862）

我本该很高兴，我明白 －
很飘飘然 － 为生命的罕见轮回
其稀有程度而言 －
我的小巡回该羞愧
这新的圆周 － 该责怪 －
这愈发亲切的时间之后 －

我本该很受宠 － 我明白 －
很得宠 － 恐惧对我太模糊
以致我可以念出
昨日 － 烂熟于心的祷词 －
那灼心的一段 － 撒巴各大尼 ① －
在此 － 倒背如流 －

尘世本该很宽广 － 我明白 －
而天堂 － 对我并不够 －
我本该欣喜
无需恐惧 － 辩解 －
棕榈 － 没有骷髅地 －
如此救世主 － 十字架上钉 －

失败激励胜利 － 据说 －
老客西马尼的暗礁
令彼岸倍感亲切 －
乞丐 － 最能定义华筵 －
焦渴 － 激发酒香 －
信仰求告理解 －

① 《圣经·新约·马太福音》第 27 章第 46 节记录了耶稣在十字架上的话："以利，以
利！拉马撒巴各大尼？"意思是："我的神，我的神！为什么离弃我？"

J314（1862）/ F457（1862）

自然 － 有时烧焦一棵树苗 －
有时 － 剥光一棵树皮 －
她绿色的子民将它忆起
若他们还没有死 －

更纤弱的叶子 － 对于更深的季节 －
默默地证明 －
我们 － 这些拥有灵魂之人 －
更经常死亡 － 并非如此紧要 －

J315（1862）/ F477（1862）

他触摸你的灵魂
就如乐师摸着琴键
在倾情的弹奏之前 －
他一点点地让你晕旋 －
为你脆弱的天性做好铺垫
迎接微弱的音锤
空灵的敲击 － 远远的 －
临近了 － 如此缓慢的
你还有时间喘息 －
你的脑海 － 浮现清凉的气泡 －
许多 － 一个 － 特大号 － 霹雳 －
撕裂你赤裸的灵魂 －

当狂风用它的巨爪把森林摇撼 －
宇宙 － 一片静寂 －

J316（1862）/ F494（1862）

今天 － 这风不是来自果园 －
还要更远 －
既不曾停步和干草嬉戏 －
也不曾掀动帽沿 －
他是一个喜怒无常的家伙 － 非常 －
擅长于此 －

如果他留一个刺果在门口
我们知道他曾从枞树上爬过 －
但是枞树在哪里 － 说吧 －
你是否到过那里？

如果他带来了苜蓿花香 －
那是他的事 － 与我们无关 －
他一定曾和割草人在一起 －
在割草的甜蜜间隙里
消磨过时光 －
他就是这样 － 在六月天 －

如果他抛掷黄沙，卵石 －
残梗剩秸 － 和小男孩的帽子 －
偶尔折断教堂高塔的尖顶 －
并且嘶哑着吼叫"喂，快躲开"
谁会像个傻瓜停留？
难道你 － 会说 －
你会像个傻瓜逗留？

J317（1861）/ F263（1861）

就这样 − 耶稣 − 频叩 −
他 − 并不疲倦 −
最后 − 敲那门环 −
起初 − 拉那门铃。
然后 − 踮起最神圣的脚尖 − 伫立 −
也许他仅窥见那女士的灵魂 −
当他 − 退却 −
冰冷 − 抑或疲倦 −
那将有充裕的时间 − 给我 −
忍耐 − 在台阶上 − 直到那时 −
心！我在轻叩 − 对你。

J318（1860）/ F204（1861）

我来告诉你太阳如何升起 −
每一次都是一条缎带 −
塔尖浸浴在紫水晶之中 −
消息，如松鼠，奔跑 −
山峦摘掉她们的帽子 −
食米鸟儿们 − 开始歌唱 −
于是我轻声对自己说 −
"那一定是太阳！"
但他如何下沉 − 我却不知道 −
那儿似乎有一条紫色的阶梯
那些着黄衣的童男童女
一直在攀爬 −
直到他们到达另一边 −

一位灰色衣袍的牧师 —

轻轻关上黄昏的栅栏 —

领走他的信徒 —

J319（1861）/ F304（1862）

最近的梦退却 — 未实现 —

我们追求的天堂 —

如六月的蜜蜂 — 在学童前 —

挑起一场比赛 —

俯身于 — 一棵自在的三叶草 —

冲入 — 逃离 — 取笑 — 散开 —

然后 — 向高贵的云彩

升起他轻巧的舰艇 —

不顾那学童 —

茫然 — 凝望 — 嘲弄的天空 —

苦恋不变的蜜糖 —

啊 — 蜜蜂不要飞离

酿造那珍奇的品种！

J320（1862）/ F282（1862）

我们把玩铅玻璃 —

直到够格，赏珍珠 —

然后，扔掉铅玻璃 —

认为自己傻乎乎 —

外形 — 尽管 — 相似 —

而我们新的双手
已经学会辨识宝石 — 策略 —
练习沙砾 —

J321（1862）/ F334（1862）

在四周充斥的所有声音中，
没有一种感召于我
能够像枝桠间的老调 —
那没有言辞的旋律 —
由风所为 — 仿佛一只大手，
手指梳理过天空 —
然后颤抖着垂下 — 伴随簇簇曲调 —
允许众神，和我 —

承继，对我们，它是 —
一种技艺无法赢得 —
一种特性不能被盗贼
窃取，既然收获
并非来自手指 —
比骨头更深 —
珍贵的掩藏，为所有的日子，
即便在骨灰瓮中，
我无法保证这欢快尘土
不会起身嬉戏
以某种古怪方式，
在某个奇特的假日，
当风成群结伙地打着旋 —
敲打着门庭，

209

鸟儿们在头顶，就位，
给他们提供管弦乐队。

我渴望他夏日枝桠的优美，
如果是这样一位流浪汉 －
他从未领略虚无缥缈圣音 －
在树上 － 庄严 － 升起，
仿佛某个声音的商旅
离开大漠，在天空，
分成两队
又聚合，掠过 －
以成无隙的一伙 －

J322（1861）/ F325（1862）

盛夏中有一天降临，
完全为我 －
我原以为那是为圣徒，
那里复活 － 存在 －

太阳，如往常，外出，
花朵，习惯了，吹奏，
就如至日没有灵魂经过
使万象更新 －

时间很少被玷污，由语言 －
字词的象征
毫无必要，就如圣餐时，
我们主的，衣柜 －

各对各密闭的教堂，
允许亲近这－时刻－
以防我们显得太尴尬
在羔羊的晚餐。

时光稍纵即逝－因为时光将，
由贪婪的手，攥紧－
因此两块甲板上的面庞，回顾，
驶向对面的陆地－

因此当所有的时间消逝，
没有外部的声音
每个人背起他人的十字架－
我们不给其他任何纽带－

忠贞不渝，我们将再生－
坟墓－终将，废黜－
对那新的婚礼，
通过－爱的受难－证明合法－

J323（1858）/ F14（1858）①

俨如乞求寻常施舍，
在我惊奇的手中
陌生人塞给一个王国，

---

① 在 1858 年最初版本中，本诗最后一行诗人选用了 flood（淹没）一词。到 1862 年诗
人将此诗稍作修改，将 flood 改为 shatter（击碎），进一步强调黎明的强大冲击力，
然后将这第二稿附于寄给希金森的信中。

而我，迷惑，站立 －
俨如我乞求东方
能否给我一个清晨 －
而它升起紫色的堤坝，
以黎明将我击溃！

J324（1860）/ F236（1861）

有人习惯在安息日上教堂 －
我习惯，待在家中 －
有食米鸟做唱诗班歌手 －
果园，作穹顶 －

有人习惯在安息日着白色法衣 －
我，只是插上翅膀 －
不去把钟敲，为教堂，
我们的小司事 － 歌唱。

上帝布道，一位杰出的牧师 －
这讲道从不长，
因此与其等到最后，上天堂 －
我一直，前往。

J325（1861）/ F328（1862）

苦难 － 这些个即是，
以白色指示。
金片闪烁的长袍，代表

胜者中较低的一级 －

所有这些 － 统统战胜 －
但那些常胜将军 －
穿戴得比白雪还寻常 －
没有任何装饰 － 除了棕榈叶 －

"投降" － 闻所未闻
在这片高傲的土地上 －
"失败"，压倒一切的剧痛，
铭记，就如那里程

我们发颤的脚踝勉强通过，
当夜色吞没了道路 －
而我们 － 站立于房中 － 低语 －
只是说 － 已获救！

J326（1862）/ F381（1862）

我不会用脚尖舞蹈 －
不曾有人教过我 －
但在我内心，时常，
一阵欢乐攫住我，

如果我有芭蕾知识 －
将使其尽情展露
以皮鲁埃特旋转 ① 令歌舞团失色 －

---

① 皮鲁埃特旋转：（芭蕾舞中的）单脚尖旋转。

使杰出的女演员，发疯，

纵然我没有纱裙－
头发，没有细卷，
也不会单足跳向观众－像小鸟，
一只爪在空中虚悬，

也不会在绒球中摇荡我的身体，
在雪白的轮中转动
直到我从舞台上消失，满堂雷鸣，
直呼再来一个－

也没有任何人知道这技艺
我在此－轻松－提及－
也没有任何一张海报为我吹捧－
却如歌剧院一样座无虚席－

J327（1862）/ F336（1862）

在我眼睛枯灭之前－
我也喜欢去看
一如其他生灵，用眼－
不知别的途径－

但若有人告诉我，今天，
天空可以归我所有
我告诉你，我的心
会爆裂，因我的尺寸－

草原 － 我的 －
群山 － 我的 －
所有的森林 － 无数的星星 －
多得如同，我可以接纳的正午 －
在我有限的眼中 －

俯冲群鸟的动作 －
交叉小路的闪电 －
任我 － 尽情观赏，
这消息会让我兴奋致死 －

因此更为安全 － 只用我的灵魂
在窗玻璃上 － 猜测 －
而其他的造物将它们的眼睛 －
轻率地 － 望向太阳 －

J328（1862）/ F359（1862）

一只鸟儿沿着小径走来 －
他不知道我在瞧 －
他把一只蚯蚓啄成两段
生着，把这家伙吃掉，

然后从近旁的草叶上
啜饮了一颗露珠 －
又跳向墙的一边
给一只甲虫让路 －

他滴溜溜转的眼睛

迅速扫视四周 —
看起来像是受惊的珠子，我想 —
他抖了抖他天鹅绒的头

像是身处险境，小心翼翼，
我给他点面包屑
他却张开翅膀
飞回他柔软的家 —

胜过桨划开海洋，
那缝隙一片银光 —
或者蝴蝶，从正午的岸边
飞跃，游泳时没有溅起任何浪花。

J329（1862）/ F608（1863）

如此幸福我们 — 陌生人会认为
很遗憾，我们 —
因为节日所在之处
总有泪水抛洒 —
并非我们自己将被如何评判 —
既然悲伤和喜悦表现
如此类似 — 一种抉择
无法从中做选 —

J330（1861）/ F186（1861）

魔术师的帽子就是她的王国 —

山上的金雀花－属于蜜蜂！

J331（1861）/ F374（1862）

当紫苑－
在山头－
它们亘古的风尚－落定－
而盟约的龙胆－褶皱！

J332（1862）/ F420（1862）

有两种成熟－－一种－可见－
它球状的力量缠绕
直到柔软的果实
芳香坠地－
一种更为朴实－
行进在刺果内－
唯有严霜的利齿才可揭示
在十月深秋的空气。

J333（1862）/ F379（1862）

草儿要做的如此之少－
简单的一点绿意－
仅让蝴蝶流连
蜜蜂嬉戏－

整日伴着优美的旋律
和清风一起舞蹈 —
把阳光揽入怀中
向万物频频鞠躬 —

通宵，串起露珠，如珍珠 —
把自己打扮得如此美丽
公爵夫人也相形见绌
为这样一种亮相 —

甚至当它死去 — 发出的
气味也如此神圣 —
如同缓缓的香氛，萦绕睡眠 —
或甘松香，挥发 —

然后，迁居高贵的仓内 —
在白日梦中打发时光，
草儿要做的如此之少
但愿我是一缕干草 —

J334（1862）/ F380（1862）

所有我能写下的信
都不能与其媲美 —
天鹅绒的音节 —
长毛绒的字句 —
红宝石的深邃，满盈，
藏起，唇，为你 —
它游戏如蜂鸟 —

径自将我－汲取－

并非死令我们如此受伤－
生－更让我们痛苦－
但死－截然不同－
藏在门后的那种－

鸟儿－习惯南飞－
在严霜迫近之前－
接受更宜的纬度－
我们－是留守的－鸟儿。

瑟缩在农夫的门边－
为其勉强的碎屑－
我们约定－直到怜悯的雪
劝我们的羽翼归家。

J336（1862）/ F395（1862）

我随身携带的那张脸－持续－
当我步出时间－
取得我的地位－从－西天－
那张脸－恰是你的－

我会把它交给天使－
那－先生－是我的等级－

在王国 － 你已听说那提升 －
指向 － 可能。

他会拿着 － 细看 － 走开 －
返回 － 带着这样一顶王冠
犹如加百列 － 从不雀跃 －
并祈求我把它戴上 －

然后 － 他会让我转了一圈又一圈 －
对着一片艳羡的天空 －
因为携带她主人的名姓 －
足够荣耀！

J337（1862）/ F363（1862）

我知道一个地方那里夏日努力
与如此老练的寒霜搏斗 －
她 － 每年 － 将她的雏菊带回 －
简单记下 － "遗失" －

但当南风吹皱池塘
在小巷挣扎 －
她的心使她疑惧，为她的誓语 －
她将温柔的克制注入

坚石的膝 －
以及芬芳 － 和露珠 －
那悄悄硬化成石英 －
于她琥珀的鞋 －

J338（1862）/ F365（1862）

我知道他存在。
于某处 − 静默 −
他已藏起他罕见的生命
从我们的拙眼。

这是一瞬间的游戏 −
这是一种深情的潜藏 −
恰恰要使极乐
赢得她自己的惊喜！

但是 − 如果这游戏
证明深切的诚挚 −
如果这快乐 − 涂上 −
死亡 − 僵硬的 − 凝视 −

这样的逗趣
是否显得太奢侈！
这样的玩笑 −
是否攀爬得太远！

J339（1862）/ F367（1862）

为你我照看我的花儿 −
明妍的缺席者！
我倒挂金钟的珊瑚缝隙
撕裂 − 而播种者 − 还在做梦 −

天竺葵－点－染－
矮雏菊－星星点点－
我的仙人掌－裂开她的胡须
展现她的喉咙－

康乃馨－打翻它们的香料－
蜜蜂们－捡起－
我藏的－一棵风信子－
探出个皱巴巴的脑袋－
香气飘散自
细颈瓶－如此小巧－
你惊奇它们如何装载－

玫瑰球－撕开绸缎片－
散落我花园的地面－
然而－你－不在那里－
我倒宁愿它们
不再着上－红妆－

你的花儿－艳丽－
她的主－远离！
它对我并不合适－
我将住在灰色的－花萼里－
总是－多么谦逊－
你的雏菊－
为你装扮！

J340（1862）/ F371（1862）

若极乐，是这样的深渊－

我不要犯错涉足其中
为怕弄脏我的鞋？

我更情愿适宜我的脚
而非拯救我的鞋 —
因为购买另一双
可能，
于任何商店 —

但极乐，只卖一次。
专利失去
不能再买 —
说，脚，决定这重点 —
这女士过，还是不过？
为鞋裁定！

J341（1862）/ F372（1862）

巨痛过后，一种庄重的感情紧随而至 —
神经端坐，如坟冢 —
僵硬的心盘问"是他，承受，"
于"昨日，或几个世纪以前"？

双脚，机械地，木然地 —
蹒跚于
地面，空中，或任何地方 —
不顾一切生长，
石英的满足，如石头 —

这是铅的时刻 －
记住，如果挺过，
如冻僵的人们，想起雪 －
先是 － 寒冷 － 然后昏迷 － 最后放弃 －

J342（1862）/ F374（1862）

将是夏天 － 最终。
女士 － 打着阳伞 －
漫步的绅士 － 拄着手杖 －
小女孩们 － 抱着布娃娃 －

将会把苍白的风景点染 －
仿佛那是一束靓丽的花朵 －
尽管漂泊于深处，在伯利安瓷瓶中 －
这个村庄存在 － 于今日 －

紫丁香 － 弯腰多年 －
依然背着紫色的重负摇摆 －
蜜蜂 － 不会鄙薄 －
祖祖辈辈 － 哼唱的曲调 －

野玫瑰 － 在沼泽中红涨着脸 －
紫菀 － 在山上
因袭 － 她永恒的时尚 －
盟约的龙胆 － 褶皱 －

直到夏天合上她的奇迹 －
宛如女人 － 叠起 － 她们的长裙 －

或者牧师 － 调整圣像
当圣礼 － 已毕 －

J343（1862）/ F375（1862）①

我存在的奖赏，是这。
我的奖金 － 我的极乐 －
海军上将的职位，太低 －
一柄权杖 － 不名一文 －
而王国 － 仅是浮渣 －

当座天使引诱我的手 －
说"选我，小姐，选我" －
我要展示给你 －
主天使毫无陪嫁 － 除了这恩典
选举 － 投票 －
永生的投票，会确证如此。

另一版本：

我存在的奖赏 － 是这 －
我的奖金 － 我的极乐 －
海军上将的职位，太低 －
一柄权杖 － 不名一文 －
而王国 － 仅是浮渣 －

当座天使 － 引诱我的手 －

---

① 本诗约翰逊版选录第一个版本，富兰克林阅读版选录第二个版本。

说"选我 － 小姐 － 选我" －
我会展现 － 你 －
充裕的王朝 －
创造 － 无力 －
窥视这恩典 －
君权 － 国家 －
太渺小 － 微尘 －
相比这天赋 － 如此巨大 －

J344（1862）/ F376（1862）

那是条古老的 － 路 － 穿过痛苦 －
那人迹罕至的 － 一条 －
布满急弯 － 和荆棘 －
止于 － 天堂 －

这就是 － 她经过的 － 城镇 －
那里 － 她 － 最后一次 － 休整 －
然后 － 加快步伐 －
那些足迹 － 愈发紧密 －
然后 － 不再那么迅捷 －
缓慢 － 缓慢 － 仿佛双脚逐渐 － 疲惫 －
然后 － 停滞 － 再无踪迹！

等一下！看！她的小书 －
关于爱的 － 那一页 － 折回 －
她那顶帽子 －
还有这磨破的旧鞋恰合那踪迹 －
尽管 － 她自己 － 已逝！

另一张床 － 短小的一张 －
女人们铺就 － 今晚 －
在明亮的房间 －
尽管太遥远 － 看不见 －
我们声嘶力竭的晚安 －
爱抚她的头！

J345（1862）/ F677（1863）

有趣 － 活上百年 －
看人们 － 来来往往 －
我 － 会死于这怪癖 －
然而 － 我不像他 － 那么保守 －

他守护他的秘密完好 － 异常 －
若他倾诉 － 非常遗憾
我们腼腆的地球将 －
如此吝啬于宣扬 －

J346（1862）/ F678（1863）

不太可能 － 这千载难逢的机缘 －
一笑太少 － 一言太多
远离天堂一如其他 －
灵魂如此接近乐园 －

若是鸟儿长途旅行 －
迷惑于欢乐 － 一如 － 凡人 －

忘记他羽翼的秘密
而死亡－仅一枝之隔－
哦，摸索的双脚－
哦幽灵女王！

J347（1862）/ F679（1863）

当夜幕行将消褪－
旭日近在咫尺
仿佛我们可以触摸到天庭－
梳理发丝的时间已近－

让笑靥做好准备－
惊奇于我们竟然在意
那古老的－逝去的午夜－
那令人惊惧的－短短一小时－

J348（1862）/ F347（1862）

我如此畏惧那第一只旅鸫，
不过现在，他已经被掌控，
我已经有些习惯他的成长，
尽管，他有点受伤－

我想如果我只可以活到
他发出第一声啼鸣－
并不是丛林中所有的演奏
都有力量将我残害－

我不敢碰见水仙 －
害怕她们的黄裙子
会把我刺穿
以一种异于我的时尚 －

我希望草儿可以快点 －
这样 － 当见面的时间到来 －
他将长得老高，最高的
可以伸展 － 来把我看 －

我无法忍受蜜蜂会来，
我希望他们可以待在远方
在他们去往的昏暗国度，
他们有何话，对我说？

尽管如此，他们都在这里；没一个落下 －
没有花朵远离
以温柔的敬仰对我 －
这位骷髅地的女王 －

每一个都向我敬礼，如他走时一样，
而我，我稚嫩的羽毛，
立起，丧失致谢的能力
对于他们不假思索的鼓点 －

J349（1862）/ F350（1862）

我拥有那荣耀 － 那就足够 －

一种荣誉，思想可以回应她
当较小的名望邀约 －
以一声悠长的"不" －
极乐的早期形貌
扭曲 － 缩小 － 吞没 －
时间的可能性。

J350（1862）/ F352（1862）

他们把我们留给无限。
但他 － 不是一个人 －
他的手指乃拳头大小 －
他的拳头，乃人类的大小 －

而他所创造的，其臂膀
应如喜马拉雅山，耸立 －
直布罗陀海峡永久的大鞋
轻轻摆在他的手心，

因此信赖他，同伴 －
你为你，而我，为你 － 和我
永恒辽阔
而且足够迅疾，若为真。

J351（1862）/ F357（1862）

我以我的双手感受我的生命
看它是否在那儿 －

我将我的精神对着镜子，
证明它更有可能 –

我让我的生命团团转
在每一个栅前停驻
询问业主名姓 –
因为怀疑，我需要知其声音 –

我审视我的容貌 – 揉乱我的头发 –
我挤出我的酒窝，等待 –
若它们 – 闪回 –
确信也许，是我 –

我告诉自己，"鼓起勇气，朋友 –
那 – 是从前 –
但我们应该学会爱天堂，
如我们的老家！"

J352（1862）/ F358（1862）

也许我要的太大 –
我采的 – 不小于天空 –
因为大地，增厚如
浆果，在我故乡 –

我的篮子里 – 只有 – 苍穹 –
这些 – 容易挂在 – 我胳膊上，
而更小的捆束 – 填塞。

J353（1862）/ F335（1862）

快乐的唇 － 突然绽放 －
并未向你说明
它如何沉思 － 微笑 －
只在此刻 － 圆满 －
但这一个，披戴它的欢笑
如此坚忍 － 仿佛痛苦 －
鲜亮镶镀 － 以逃避无资格的
眼睛，窥探 －

J354（1862）/ F610（1863）

茧中步出蝴蝶
如淑女现身房门
于 － 夏日午后 －
四处闲游 －

没有路线 － 可以追寻
只是迷失在外
琳琅满目的事物
三叶草们 － 理解 －

她美丽的阳伞
收拢聚合
在干草收割的田野 －
然后奋力挣扎
与迎面云彩一朵 －

那里成群结队 － 幻影如她 －
似乎去往 － 乌有之乡 －
漫无目的弯来绕去 －
像是一场热带秀 －

尽管蜜蜂 － 劳碌 －
花儿 － 热情绽放 －
这位悠闲看客
却从空中，不屑一顾 －

直到日落携来 － 沉静的洪流 －
收割干草的人们 －
午后 － 以及蝴蝶 －
淹没 － 汪洋中 －

J355（1862）/ F612（1863）

相反 － 相吸 －
残缺者 － 艳羡优雅 －
明亮的火 － 冻馁者 －
迷途者 － 白昼的脸 －

盲者 － 认为
能见 － 足够富饶 －
囚者 － 新添窒息 －
念及 － 乞丐 － 嬉戏 －

缺憾 － 令你倾心 －
尽管神性 －

唯有

我 –

J356（1862）/ F613（1863）

我加冕的那天

—如他日 –

直到典礼开始 –

顿时 – 流光溢彩 –

如碳在煤中

与碳在宝石中

同一 – 然而前者

黯淡王冠 –

我醒来，一切平淡 –

但当白昼落尽

我和它，在庄严中

同样 – 妆扮 –

恩典 – 被选中 –

于我 – 胜过王冠

那是这恩典的见证 –

那才公平，它是我的 –

J357（1862）/ F615（1863）

上帝是远方 – 一位高贵的恋人 –

如他所述，以他的儿子 ① — 求爱 —
诚然，这是一种间接求偶 —
"迈尔斯"，和"普瑞西拉"②，就是这样一对 —

但是，为了防止灵魂 — 如美丽的"普瑞西拉"
选择使者 — 踢开新郎 —
便以夸张的狡黠，保证 —
"迈尔斯"，和"约翰·埃尔登"是同义语 —

J358（1862）/ F616（1863）

若有任何颓唐，请相信，如今昂然肃立 —
也曾落魄 — 并意识到升腾 —
成长凭借事实，并非出于认知
羸弱如何消散 — 或力量如何 — 唤起 —

诉说最坏的处境，轻松片刻 —
惧怕，唯有嗖嗖之声，子弹之前 —
当子弹击中，沉寂无声 —
死亡 — 消解杀戮的力量 —

J359（1862）/ F639（1863）

我这样得到它 —
慢慢攀爬 —

---

① "他的儿子"即耶稣。
② 诗中提到的三人，是朗费罗的叙事诗《迈尔斯·斯坦狄什求婚记》中的人物：埃尔
　登代表迈尔斯向普瑞西拉求婚，普瑞西拉却爱上了埃尔登。

抓住那些细枝
生长在极乐 － 和我之间 －
它高高悬挂
一如天空
以计夺取 －

我说我得到了它 －
这 － 就是全部 －
看，我如何抓住
以防它掉落 －
而我沦为赤贫 －
不配瞬间恩宠
因为乞者脸上 － 志得意满
我一个小时前 － 展现 －

J360（1862）/ F640（1863）

死亡赋予事物以意义
目光曾经匆匆掠过
除非一位已死的生灵
温柔地向我们求告

想着一些小小的手工艺
无论是蜡笔画，或者毛织品，
"这是她最后的手工" －
孜孜不倦，直至 －

顶针感觉太重 －
针线自行 － 停止 －

于是就搁在橱架上
淹没在尘埃中 －

我有一本书 － 友人赠予 －
他的铅笔 － 这儿那儿 －
划出他喜爱的地方 －
现在他的手指 － 已经安眠 －

如今 － 当我读时 － 不忍卒读 －
因为捣乱的眼泪 －
在把那些蚀刻抹去
太过珍贵无法修复。

J361（1862）/ F641（1863）

我能做的 － 我会 －
即便微小如水仙 －
我不能做的 － 必定
为可能性所不晓 －

J362（1862）/ F636（1863）

它每日 － 袭击我 －
这闪电亮如
乌云顷刻撕开
迸出火焰 －

它每夜 － 灼烧我 －

将我的梦烫出水泡 －
让我厌烦眼前景象 －
当每个清晨来到 －

我以为这暴风雨 － 短暂 －
最疯狂的 － 最快离去 －
但自然遗失了其期限 －
留它在天空 －

J363（1862）/ F637（1863）

我去感谢她 －
但她睡着了 －
她的床 － 漏斗形的石头 －
从头到脚摆满鲜花 －
那是旅人 － 所遗 －

谁人去感谢她 －
但她睡着了 －
很短暂 － 穿越那海 －
看望她如 － 生时 －
但回返 － 却缓慢 －

J364（1862）/ F398（1862）

清晨尾随剧痛 －
这是寻常惯例 －
胜过所有从前浮现 －

为彻底狂欢 －

仿佛自然漠不关心 －
堆积她的繁花 －
进一步炫耀欢乐
她的受害者注视 －

百鸟高歌齐鸣 －
吐露每个音节
犹如重锤 － 是否知晓它们砸落
犹如铅的连祷 －

处处 － 一个造物 －
它们修饰那欢欣
以适应十字架的某个谱号 －
骷髅地的某个音调 －

J365（1862）/ F401（1862）

你敢注视一颗"白热"的灵魂？
那就蜷伏在门内 －
红 － 是火普通的色调 －
但当燃烧的矿石
充分满足了火焰的条件 －
她颤抖着离开熔炉
没有任何色泽，除了
未涂膏的光焰 －
最小的村庄，夸耀它的铁匠 －
铁砧有节律的叮当

象征出色的锻造
无声的搏斗 － 在其中 －
精炼这些焦躁的矿石
以铁锤，和烈焰
直到那指定的光
弃绝这熔炉 －

J366（1862）/ F405（1862）

尽管我推开他的生命 －
一种装饰太堂皇
对于前额低矮的我，佩戴，
这也许是那手

曾播种他所喜爱的，鲜花 －
或抚平一种寻常的痛苦，
或推开他路上的砾石 －
或演奏他选择的乐曲 －

那最少的 － 最新的琴音 －
唯有他的耳朵能知
什么能令它愉悦，
我永远无法发出 －

承担他使命的双脚 －
我所知道的一双小靴 －
会四处跳跃如羚羊 －
只要准许如此 －

他最累人的命令 —
更甜蜜的遵从，
胜过"捉迷藏" —
或跳跃进笛音 —
或整日，追逐蜜蜂 —

你的仆人，先生，会疲倦 —
外科医生，会不来 —
世界，有自己的事情 — 要做 —
尘埃，会蒙蔽你的名声 —

严寒会逼迫你紧固的门
某个二月天，
却说我的围裙带来细枝
让你的小屋欢欣 —

我将携带那誓言
去天堂，随身 —
去教会天使们，贪婪，
你，先生，首先教会 — 我的。

J367（1862）/ F406（1862）

一遍又一遍，如乐曲 —
记忆回放 —
击退幽灵的雉堞
天堂的短号 —

攫取，自受洗的世代 —

降调太华丽
若不是为主的右手
受审的行列。

J368（1862）/ F410（1862）

除了你那儿 － 在任何地方 － 等待 － 多么心烦 －
我知道昨夜 － 有人试图纠缠 －
也许 － 想着 － 我看起来疲惫 － 孤单 －
或者 － 几乎 － 心碎 － 因难言的苦痛 －

我转身 － 像个公爵 －
那种权利 － 属于你 －
一个港口 － 足以 － 对于一只小船 － 如**我**

我们将剧烈 － 颠簸在大海 －
而非系泊 － 不与你共享。
我们就是那货物 － **卸载** － 于**此** －
而非存于 "**香料群岛**" －
而你 － 不在那里 －

J369（1862）/ F412（1862）

她躺着仿佛在游戏
她的生命早已离去 －
打算回来 －
但不是这么快 －

她欢快的双臂，半垂 －

仿佛在运动的间歇 －
一瞬间遗忘了 －
开始的小把戏 －

她闪亮的双眼 － 微开 －
仿佛它们的主人
还在向你
使眼色 － 逗趣 －

她的黎明在门口 －
我相信，正设法 －
迫使她入睡 －
这样轻松 － 这样深邃 －

J370（1862）/ F413（1862）

天国远在心头
如若心灵消融 －
其 － 原址 － 建筑师 －
无法再次证实 －

广阔 － 如我们的心胸 －
美好 － 如我们的神思 －
对他全部的欲望
不超过，而今现在 －

J371（1862）/ F569（1863）

一种珍贵的 － 销魂的欢乐 － 就是 －

遇到一本古书 －
恰好穿着他的世纪长衣 －
一种特权 － 我想 －

牵起他可敬的手 －
暖流在我们自身 －
进行 － 一两次 － 穿行 －
回到 － 他年轻的时光 －

去审视 － 他古怪的观点 －
以确定他的想法
关于那些我们共同思考的主题 －
人的文学 －

什么最让学者 － 感兴趣 －
什么争竞曾进行 －
当柏拉图 － 确实存在 －
而索福克勒斯 － 一个人 －

当萨福 － 是个活生生的女孩 －
贝雅特丽齐穿着
但丁奉若神明的 － 长袍 －
千年的往事

他穿越 － 熟识 －
如同一个人该进城 －
告诉你你全部的梦 － 都是真的 －
他活在 － 梦诞生的地方 －

他的存在就是魔力 －

你祈求他别走 —
古卷摇着他们牛皮纸的头
撩拨逗趣 — 恰是如此 —

J372（1862）/ F574（1863）

我了解众生，我可以失去
没有一点痛苦 —
而另一些人 — 他们片刻的缺席 —
将是永恒 —

后者 — 数量极少 —
难得有俩 —
前者 — 如蚊虫的世界
极易滋生 —

J373（1862）/ F575（1863）

我每天都在说
"明天，若我当上女王" —
我会如此这般 —
因此我略施，粉黛，

若我醒来，果真成为波旁，
无人对我 — 傲慢鄙视 —
说"这就是她 —
昨日 — 行乞市场。"

宫殿肃穆庄严 －
我曾听人说起 －
所以我系上围裙 － 俨然君王
别上闪亮金凤花针 －
不至于太寒伧 －
尊贵 － 心头激荡 －
让我的舌头
栖在高枝 － 歌唱 －
但这，也许让我短暂的任期
合法 －

从我简朴话语剔除所有寻常字眼 －
采用刚刚听过的，别样腔调，
尽管 － 整个草原，
除了蟋蟀 －
除了蜜蜂 －
无人如此与我攀谈 －

最好有所准备 －
免得明天一早
相遇阿拉贡① －
身着 － 旧衣袍 －

以至惊讶神色
乡下人 － 面露 －
意外 － 召见 －
前往埃克塞特② －

---

① 阿拉贡，在西班牙境内，与法国接壤。
② 埃克塞特，在英国西南部。

J374（1862）/ F577（1863）

我去过天堂 －
那是一座小城 －
以红宝石 － 照明 －
羽绒 － 铺垫 －

宁静 － 胜过原野
缀满珠露 －
秀美 － 如画 －
无人可绘 －
居民 － 如飞蛾 －
框入 － 梅希林花边 －
义务 － 如游丝 －
以鸭绒 － 命名 －
几乎 － 满意 －
我 － 会 －
身处如此独一无二
的社会 －

J375（1862）/ F578（1863）

风景的一角 －
每当醒来 －
都在窗帘和墙
大开的隙间 －

犹如威尼斯人 － 恭候 －
慰问我眼睛的开启 －

不过是枝苹果 －
斜挂，在天空 －

烟囱的式样 －
小山的前额 －
间或 － 风向标的食指 －
但那 － 偶然不定 －

季节 － 更替 － 画面 －
于那翠绿枝头，
我醒来 － 不见 － 碧绿 －
却 － 钻石晶莹 － 白雪 －

从极地匣中 － 为我取来 －
烟囱 － 山峦 －
还有教堂尖顶 －
这些 － 静立不动 －

J376（1862）/ F581（1863）

当然 － 我祈祷 －
上帝可曾在意？
他在意如对空中的
一只小鸟 － 跺着她的脚 －
哭喊"给我" －
我生活的 － 理由 －
我就不曾有 － 若不是为了你 －
这样可能更仁慈

将我留在原子的墓中 －
欢乐，虚无，愉悦，麻木 －
都胜过这剧烈的痛苦。

J377（1862）/ F632（1863）

失去信仰 － 超过
失去财产 －
因为财产可以
再补充 － 信仰却难 －

与生俱来 －
信仰 － 可能 － 仅一次 －
废止独一的条款 －
而存在 － 赤贫 －

J378（1862）/ F633（1863）

我看不到路 － 天堂已缝合 －
我感到那针线密实 －
地球翻转她的半球 －
我触摸到了宇宙 －

又滑回原位 － 而我独自 －
球上的一粒微尘 －
逸出圆周 －
越过钟声的沉落 －

J379（1862）/ F664（1863）

兀自体验
孤独的喜悦 —
经受狂喜如凶杀 —
威猛 — 锐利 —

我们不会丢弃匕首 —
因为我们挚爱伤口
匕首纪念 — 自身
提醒我们已死。

J380（1862）/ F642（1863）

有一种花蜜蜂爱 —
蝴蝶 — 想 —
赢得这位紫红民主派的心
是蜂鸟的 — 企望 —

无论什么昆虫经过 —
都带走一点蜜
遵照他饥馑的程度
和她的 — 能力 —

她的脸比满月更圆
红艳胜过草原上的
长裙或红门兰
又或山杜鹃 — 怒放 —

她并不等待六月 －
在世界葱绿之前 －
她健美的小脸
迎风 － 而现 －

与草儿相竞 －
和亲人毗邻 －
因草皮和阳光的权利 －
为生命进行甜蜜的诉讼 －

当山峦秀色洋溢 －
更为时髦的花儿绽放 －
不为嫉妒折磨
收敛一缕芬芳 －

她的公众 － 是正午 －
她的上帝 － 是太阳 －
她的行踪 － 由蜜蜂 － 宣扬 －
以至高无上 － 坚定不移的语调 －

最英勇者 － 在这军团之中
最后一个 － 投降 －
甚至没有留意 － 失败 －
当被寒霜终止 －

J381（1862）/ F643（1863）

秘密一旦说出 －
就不再是秘密 － 那么 －

保守 － 秘密 －
只会 － 令一人惊恐 －

一直 － 担惊受怕 －
强胜于 －
把它泄漏给 － 他人 －

J382（1862）/ F644（1863）

为死亡 － 或毋宁说
为它所欲购置之物 －
这 － 抛开了
生的机会 －

死亡所欲购买之物
乃空间 －
对境遇的逃避 －
以及声名 －

生的礼物
死的礼物怎能与之相比 －
我们有所不知 －
这比率 － 卧于此 －

J383（1862）/ F645（1863）

豪兴 － 是内心 －
无任何外在美酒

能够令人高度沉醉
像那神妙之品

灵魂抵达 － 她自身 －
去畅饮 － 或保留
为来访者 － 或圣礼 －
这并非专属节日

要激励一个
橱柜中拥有
充足莱茵酒的人 － 你最好能够
拿出供奉佳品 －

J384（1862）/ F649（1863）

酷刑不能折磨我 －
我的灵魂 － 自由 －
在这凡骨背后
还有更英勇的一位 －

你无法用锯锯开 －
也不能用刀穿透 －
两具身体 － 因此 －
捆住一具 － 另一具飞走 －

雄鹰挣脱他的巢
赢得天空 －
不会比你所做
更加轻松 －

除非你自己
与自己为敌 －
囚笼即意识 －
自由亦如是。

J385（1862）/ F651（1863）

加冕之际微笑回顾
也许是豪奢 －
相约出发的众生 －
存在的农民 －

在行列里认出
我们旧时相识 －
我们也曾风尘仆仆 －
数百年前 －

如若胜利没有几分
把握 －
两相比照 － 愈发 －
痛苦 －

J386（1862）/ F667（1863）

七月请回答 －
哪里有蜜蜂 －
哪里有羞红 －

哪里有干草？

啊，七月说 —
哪里有花籽 —
哪里有蓓蕾 —
哪里有五月 —
请你回答 — 我 —

不 — 五月回答 —
让我看雪飘 —
让我看风铃 —
让我看松鸦！

松鸦争辩道 —
哪里有玉米 —
哪里有雾霭 —
哪里有刺果？
年说 — 这里 —

J387（1862）/ F671（1863）

最甜蜜的异教接受
男男女女皆知 —
彼此的皈依者 —
尽管这信仰仅容两人 —

教堂比比皆是 —
仪式 — 如此简短 —
恩典如此难以避免 —

舍弃－是异教徒－

J388（1862）/ F672（1863）

进一步趋近你的天堂－
这－去天堂的神圣之路已逝－
若你早些撞进
也许，甚至你能看见
永恒－上演－
如今－按响远处的门铃
是你手的极限－
对着天空－道歉－
近乎你的礼仪
胜过这受害者的文雅－
盛装去见你－
看－白衣素裹！

J389（1862）/ F547（1863）

有一场死亡，在对面的房屋，
就在－今天－
我得知它，凭麻木的表情
这样的房子－总是如此－

邻居们匆匆进出－
医生－离去－
窗户敞开如豆荚－
突然－机械地－

有人扔出一个蒸馏瓶 －
孩子们匆匆走过 －
奇怪它是否 － 死于此 －
我常这样 － 儿时 －

牧师 － 径直闯入 －
仿佛房子是他的 －
如今 － 他拥有了所有的哀悼者 －
此外 － 还有那些小男孩 －

然后女帽制造商 － 以及从事
可怕行业的雇工 －
来丈量房屋 －

会有一场黑暗的游行 －

佩戴流苏 － 还有车驾 － 很快 －
简易如同一个符号 －
对这种消息的直觉 －
仅仅存于乡村小镇 －

J390（1862）/ F556（1863）

它来了 － 这永不延迟的造物 －
它穿过街道 － 现在 － 它穿过大门 －
从所有锁扣中，选择它的门闩 －
进来 － 伴随"你认识我 － 先生"?

简单问候 － 确认无疑 －
大胆 － 若它是敌人 － 简洁 － 若它是朋友 －
以黑纱，和冰凌装扮每一座房屋 －
并从中 － 带走一个 － 给上帝 －

J391（1862）/ F558（1863）

泥土中的访客 －
影响着鲜花 －
直到它们齐整如雕像 －
优雅 － 如玻璃 －

他夜间造访 －
恰在朝阳前 －
结束他闪耀的访问 －
爱抚 － 离去 －

但他手指所触 －
双脚所奔 －
香唇所吻 －
宛若它不曾 －

J392（1862）/ F559（1863）

穿越黑暗草皮 － 犹如训练 －
百合必定通过 －
感到她莹白的脚 － 无忧 －
她的信念 － 无惧 －

而后 － 在草原 －
摇曳她绿宝石的铃铛 －
形塑生涯 － 如今 － 皆忘 －
迷狂 － 在幽谷 －

J393（1862）/ F560（1863）

若我们最美妙的瞬间持续 －
将会取代天堂 －
很少 － 他们冒险 － 获得 －
这类 － 无法赠予 －

除非作为 － 兴奋剂
在绝望之际 －
或麻木之时 － 这储备 －
这些天堂时刻 －

是非凡的赐予 －
毅然降临 －
引退 － 留下炫目的灵魂
在她未装饰的房间

J394（1862）/ F562（1863）

那是爱 － 而非我 －
哦，惩罚 － 请 －
真正为你而死者 －

正是他 - 而非我 -

如此罪过 - 爱上你 - 刻骨铭心！
注定胜过一切 -
原谅它 - 最终 -
它卑劣如耶稣 - 最像！

让正义不要弄错 -
我们俩 - 如此相像 -
哪一个有了罪 -
那是爱的 - 现时击打！

J395（1862）/ F565（1863）

背逆无法降临
纯正的丰裕
其源泉在于内心 -
如飞来 - 横祸

钻石 - 攫住
在遥远的 - 玻利维亚 -
不幸无计可施
即便发现 - 无法损伤 -

J396（1862）/ F552（1863）

有一种生命的颓唐
比痛苦更加危险 -

它是苦痛的承继 － 当灵魂
已经承受了全部 －

一种困倦 － 弥漫 －
微暗如迷雾
将意识包裹 －
像薄雾 － 笼罩了山崖。

外科医生 － 面对痛苦 － 不会苍白 －
他的习惯 － 是严厉 －
除非告诉他病人已失去知觉 －
躺在那里 －

而他会告诉你 － 回天乏术 －
一位比他更强有力的 －
已先于他服侍 －
不再有生机。

J397（1862）/ F553（1863）

当钻石是传奇，
王冠 － 是故事 －
我为自己把耳环胸针，
播种，培育好售卖 －

尽管我无足轻重，
我的技艺，盛夏时光 － 拥有赞助人 －
有时 － 是女王 －
有时 － 是蝴蝶 －

J398（1862）/ F554（1863）

我不介意－墙垣－
若宇宙－磐石一块－
远方我听见他银铃的呼唤
另一边阻碍－

我有隧道－直到我的地洞
突然通向他方－
然后我的脸获得他的酬报
他眼中的神情－

但那仅是一根发丝－
一缕细线－一条律法－
一个蛛网－织于岩石－
一座城垛－由稻草－

一种局限如面纱
之于女士的脸庞－
而每个网眼－一个城堡－
条条飞龙－在褶缝－

J399（1862）/ F555（1863）

华屋在高处－
车驾所不及－
死亡，不曾降临－
小贩的推车－不曾造访－

烟囱从未冒烟 －
窗户 － 夜间和清晨 －
迎接最早的日出 － 和最晚的 － 日落 －
然后 － 窗格空荡 －

其命运 － 猜想得知 －
不曾有 － 其他邻居 －
何其所是 － 永难说清 －
因为他 － 从不泄露 －

J400（1862）/ F673（1863）

舌头 － 告诉他我是真的！
这是费用 － 会以黄金 －
若自然 － 在她的广厦
一个衣衫褴褛的孩子 －

为挣得一座矿山 － 会奔行
以禁止的方式，
并告诉他 － 要你平实地将其说出 －
迄今 － 真理是真的？

并回答我之所做 －
从那天开始
始于 － 那夜 －
不 － 午夜 － 而是 －
自从午夜 － 所发生 － 说 －

若再一次 － 原谅 － 孩子 －

你的大小将
放大我的消息 － 若太巨大
另一个小伙 － 会帮你 －

你的薪水 － 会是 － 钻石 －
他的 － 以纯金 －
说红宝石 － 若他犹豫 －
我的消息 － 必须传递 －

说 － 最终我所说 － 是这 －
当那山峦 － 夷平 －
不再比平原更高 －
我的债券 － 才刚开始 －

当那天堂 － 解散 －
神性终结 －
于是 － 看看我 － 请一定说 －
最小的人 － 在路上 －

J401（1862）/ F675（1863）

多么温柔 － 可爱的造物 －
这些淑女们 －
令人立刻想去侵犯长毛绒 －
或亵渎星星 －

此等麻纱的定罪 －
如此恐怖
精炼自斑驳的人性 －

和蒙羞的－神性－

如此普通的－荣耀－
一名渔夫的－程度－
救赎－脆弱的女士－
是如此－为你羞愧－

J402（1862）/ F526（1863）

我以绸缎现金－支付－
你的确没有标示－价格－
一枚花瓣，为一段文字
近乎我能猜测－

J403（1862）/ F532（1863）

冬日如此短暂－
我尚来不及
遣送所有鸟儿－
并钻入茧中－

我－还未安居－
燕雀就开始鸣唱－
于是－拆除帐篷－
再次－打开房门－

通常是，突如其来－
我的夏日－被劫－

因为曾有 － 一个冬天 －
所有的牛羊 － 挨饿 －

而且还有一场洪水 －
把世界席卷 －
而今 － 亚拉腊山 ① 是传说 －
无人信任诺亚 －

J404（1862）/ F534（1863）

多少花儿枯萎林中 －
凋谢山间 －
无缘幸会
它们的美丽 －

多少无名荚果
抛入最近的清风 －
浑然不知鲜红货物 －
对于他人之眼 －

J405（1862）/ F535（1863）

也许更加孤独
倘若没有孤独 －
我已习惯我的命运 －

---

① 亚拉腊山：土耳其东部山脉，据基督教《圣经》所载，大洪水后诺亚方舟曾停靠
的山。

也许另一种 － 平静 －

会侵扰黑暗 －
拥挤小屋 －
太过窄小 － 以肘丈量 － 难以容纳
他的 － 圣礼 －

我不习惯希冀 －
它可能会闯入 －
其甜蜜的游行 － 亵渎这 －
注定受难之地 －

也许更加轻松
失败 － 伴随陆地在望
比得到 － 我蓝色的半岛 －
欣然 － 毁灭 －

J406（1862）/ F536（1863）

有的人 － 为不朽劳作 －
更首要的，为时间 －
他 － 立即 － 补偿 －
前者 － 支票 － 以名声 －
缓慢的黄金 － 却持久 －
今日的金银 －
对比不朽的
通货 －
乞者 － 随处 －
天赋洞见

胜过经纪人 －
一种是 － 钱 － 一种是 － 金矿 －

J407（1862）/ F540（1863）

若我们所能 － 即我们所欲 －
标准 － 无足轻重 －
这是言说的终极 －
无力倾诉 －

J408（1862）/ F543（1863）

配置，如死亡，为谁?
真实，如坟墓，
从不泄密之人
告诉他 －
墓穴严密 －
票券准许
仅两位 － 抬棺者 －
和承受者 －
而位置 － 只一个 －
生者 － 言说 －
垂死者 － 仅一言 －
腼腆的死者 － 沉默 －
没有饶舌 － 这里 － 没有茶 －
所以唠叨者，和武夷茶 － 留在那 －
然而庄重 － 期待 － 和恐惧 －
仅一阵颤栗，这均不确定。

J409（1862）/ F545（1863）

他们飘落如雪花 －
他们飘坠如星辰 －
如花瓣之于玫瑰 －
当长风的手指
突然把六月 － 拂过 －
他们腐朽在无隙的草原 －
眼睛所无法找到的地方 －
但上帝可以召唤每一张脸庞
从他永不撤销的 － 名单。

J410（1862）/ F423（1862）

第一天的黑夜降临 －
感谢一件事情
如此恐怖 － 已然承受 －
我告诉我的灵魂要歌唱 －

她说她的弦已断 －
她的弓 － 炸成粉尘 －
因此要修复她 － 让我工作
直到次日清晨 －

于是 － 一天庞大
如昨日成双，
展开其惊怖于我脸上 －
直至蒙蔽我双眼 －

我的大脑－开始大笑－
我咕哝－像个傻瓜－
尽管是数年之前－那日－
我的头脑咯咯笑个－不停。

里面－有点儿古怪－
我过去所是的那个人－
与这一个－感觉并不相同－
难道这就是－疯狂?

J411（1862）/ F424（1862）

坟墓的颜色乃绿色－
坟墓的外边－我是指－
你无法区分它和田野－
若不是有一块石碑－

帮助那亲人－寻找－
无尽的酣眠
难以终止并诉说它在何处－
唯有一株雏菊－深掩－

坟墓的颜色是白色－
坟墓的外边－我是指－
你无法区分它和积雪－
在冬日－直到太阳－

纵横犁出通道－
然后－高出大地

那小小的居室升起

每一个 － 留有一位朋友 －

坟墓里面的颜色 －

那副本 － 我是指 －

并非所有的白雪能令其洁白 －

并非所有的夏日 － 葱绿 －

你已见过那颜色 － 或许 －

从一顶帽檐 －

当你从前遇见 －

雪貂 － 无从找寻 －

J412（1862）/ F432（1862）

我读我的判决 － 坚定地 －

以我的眼睛进行审查，

明白我没犯任何错误

在它极端的字句中 －

那日期，和方式，蒙羞 －

然后以虔敬的形式

"上帝保佑"这灵魂

陪审团投票给他 －

我让我的灵魂熟悉 － 她的绝境 －

最终，那将不是虚构的苦痛 －

但她，和死亡，相熟 －

平静地相逢，如老友 －

致意，经过，没有任何迹象 －

在那里，这事件结束 －

J413（1862）/ F437（1862）

在下界 － 我从未感到自在 －
在雄伟壮丽的天空
我也不会感到舒适 － 我知道 －
我不喜欢天堂 －

因为永远是 － 礼拜天 －
而休息 － 永不会来 －
伊甸园一定如晴朗的星期三下午
那么寂寞无聊 －

如果上帝能够走亲访友 －
或者午间打个小盹 －
以至看不见我们 － 但据说
他自己 － 就是望远镜

常年把我们盯 －
我想逃离
他的身边 － 以及圣灵 － 和一切 －
但是还有"审判日"！

J414（1862）/ F425（1862）

就像是一个大漩涡，带着凹陷，
一天天，越来越近，
不断缩小它沸腾的转轮
直到那苦痛

冷静地玩弄

你癫狂边缘的最后一寸 －

而你沉沦，迷失，

当某物绷断 －

让你远离梦幻 －

宛如一个小妖带着量器 －

不断地在丈量时刻 －

直到你感到你的每一秒

沉重，无助，在他的爪中 －

没有一根筋 － 鼓动 － 能够帮助 －

而知觉被设定为麻木 －

当上帝 － 记起 － 而魔鬼

释放，然后，制服 －

犹如你的判决挺立 － 宣判 －

而你被僵硬地引导

从地牢里疑惧的豪奢

到绞刑架，和死者 －

当薄翳缝合了你的眼睛

一个家伙喘息着喊道"缓期执行"！

那么 － 哪种痛苦会迸发 －

毁灭，还是生存？

J415（1862）/ F427（1862）

日落在夜间 － 很正常 －

但日落在清晨
有违自然 － 主人 －
这样午夜 － 在正午 － 抵达 －

日食 － 可以预测 －
科学恭迎大驾 －
但若真有一回突现 －
定是耶和华的表 － 出了错。

J416（1862）/ F433（1862）

一声树木间的呢喃 － 没有大到 －
让风 － 听见 －
一颗星星 － 没有远到需要寻找 －
也没有近到 － 可以发现 －

草地上 － 一道长 － 长的金黄 －
一阵骚动 － 仿佛是脚的声响 －
听不见 － 就如我们 － 对我们自己 －
但更加敏捷 － 更加甜蜜 －

小人们匆匆回家
去往未被察觉的房屋 －
这一切 － 还有很多 － 若我可以说出 －
绝不会被人相信 －

脚轮床上的知更鸟
多少次我看见
其睡袍遮不住翅膀 －

尽管听见它们在努力 －

但那时我承诺绝不说出 －
岂能食言？
所以你走你的 － 我走我的 －
不用害怕你会迷路。

J417（1862）/ F434（1862）

这就是死亡 － 发现它 －
无声无息 － 无影无踪 －
"幸福"？哪一个更聪明 －
你，还是风？
"意识"？你为何不问询 －
低矮坟茔？

"思家"？许多人遭遇 －
即便通过他们 － 这
也无法证实 －
他们自己 － 如聋哑 －

J418（1862）/ F435（1862）

并非于现世看见他的脸 －
慕名已久 － 直到我读那处
就是这儿 － 据说
仅是识字课本 － 对一个生命 －
很少 － 打开 － 在架子上 －

却勾住了－他－和我－

然而－我的识字课本如此适合我
我不会挑－另一本识字
比那－更为甜蜜明智－
也许他人－是－如此习得－
但留给我－只是我的Ａ－Ｂ－Ｃ－
他自己－可以拥有天空－

J419（1862）/ F428（1862）

我们逐渐习惯了黑暗－
当光亮移开－
就如邻人手持灯盏
看着她说再见－

有一刻－我们迟疑着迈步
为夜的新奇－
然后－视觉适应了黑暗－
找到道路－挺立－

还有更广阔的－黑暗－
这些头脑中的夜晚－
当没有月亮指引－
或星星－闪现－其中－

最英勇者－摸索一番－
有时撞上树干
直接碰到前额－
但当他们学会了察看－

抑或黑暗发生了改变 －
或者视线中的某物
调整适应了午夜 －
生命几乎径直向前。

J420（1862）/ F429（1862）

你会知道它 － 宛如你知道正午 －
凭光耀 －
宛如你知道太阳 －
凭光耀 －
宛如你会在天堂 －
认出父神 － 和其子。

凭直觉，最伟大的事物
宣示自己 － 而非言语 －
"我乃午夜" － 需要午夜说 －
"我乃日出" － 需要这威严？

全能 － 没有喉舌 －
他的唇齿 － 乃闪电 － 和太阳 －
他的交谈 － 与汪洋 －
"你怎会得知"？
请教你的眼！

J421（1862）/ F430（1862）

魔力笼罩着脸庞

277

朦胧地显现 －
伊人不敢撩起面纱
害怕它会消散 －

只是透过网眼凝睇 －
半是渴望 － 半是婉拒 －
唯恐真容 － 销蚀憧憬
那形象 － 所满足 －

J422（1862）/ F415（1862）

更多的生命 － 熄灭 － 当他离开
相比普通的呼吸 －
用更美丽的磷光点燃 －
在冷寂中吁求 －

众所周知寒冷的力量，
坟墓中的气候
温度恰好适合
这无烟煤，生存 －

对某些 － 更充足的零点 －
寒霜更强烈的刺激
需要，以减轻
里面的漆黑。

其他人 － 更容易扑灭 －
蚊虫瞬息的兴趣
足够消除
一大片市民 －

其泥炭的生命 － 足够生动 －
无视庄严的消息
那波波卡特佩特火山 ① 存在
或埃特纳火山的猩红，选择 －

J423（1862）/ F416（1862）

月月有终 － 年年 － 有结 －
没有任何力量能够松开
向远拉长一小点
一连串的苦痛 －

大地回收这些疲惫的生灵
放入她神秘的抽屉 －
太过温柔，以致无人怀疑
那最终的憩息 －

那些孩童们的习惯 －
疲倦于白昼 －
他们自身 － 喧闹的玩物
欲罢不能 －

J424（1862）/ F417（1862）

从偶然的丧失中抽离

---

① 波波卡特佩特火山（Popocatépetl）：位于墨西哥境内，在墨西哥城东南约 72 公里
  处，海拔超过 5400 米，为境内第二高峰，仅次于奥里萨巴山。波波卡特佩特火山
  也是世界上最活跃的火山之一。

凭偶然的收获
并非降临我简单的时日 －
我自己刚要赢得 －

财富 － 无意识
恰如棕色马来人
对于东海岸的珍珠 －
归他 － 何等狂欢

会扰动他缓慢的思维 －
若他有能力梦想
哪怕是天赋的部分 －
把他 － 等候 －

J425（1862）/ F382（1862）

早安 － 午夜 －
我正要回家 －
白昼 － 已经厌倦了我 －
我怎能 － 对他？

阳光是甜蜜之所 －
我喜欢留连 －
但清晨 － 不想要我 － 此刻 －
因此 － 晚安 － 白昼！

我可以看 － 不是吗 －
当东方泛红？
群山 － 有条小径 － 于是 －

艾米莉·狄金森诗歌全集

将心送至－外界－

你－没有如此美好－午夜－
我选择－白昼－
但－请接受一个小女孩－
他转身离去！

J426（1862）/ F384（1862）①

听起来并没有－从前－那么可怕－
我甩掉了它－"死亡"，头脑－"死亡"。
把它扔进拉丁－留在学校－
好似它在统治之下－并未如此凄厉。

转过来，一小点－满脸
急剧的痛苦－
改变它－只是－
说"当明天这样到来－
有一天我会淌过。"

我猜想它对我会略有些干扰
直到我习惯－但那时坟墓
一如其他新事物－显得巨大－然后－
逐渐缩小，凭惯例－

于是更加精明

---

① 见书信 L255，L256。

让思想提前－－年－
于是－看起来多么"合身"－
凶手－穿着！

J427（1862）/ F385（1862）

我要抓了－又抓－
下－一个－也许是点金术－
可以带走它－
钻石－等待－
我正潜入－只是稍迟－
可群星－缓缓地－前往黑夜－

我会将你串成－精美的项链－
头饰－也制作－一些－
把你缀在裙裾上－
让女伯爵－与你环绕－
做－一顶王冠－修复我旧的一项－
数算－积聚－却丢失－
怀疑你是我的－
再次－拥有感受到它的欢悦－

我会在宫廷上把你炫耀－
佩戴你－为装饰
女人呼吸的所在－
每一声惊叹－可能将你
抬升到－如我一般高－

并且－当我死去－

穿着谦恭的盛装 － 展示你 －
仍然炫耀 － 我走得多么富有 －
唯恐天空怀疑如此绝妙的财富 －
放逐我 －

J428（1862）/ F386（1862）

拾起这美好的理想，
只为将她抛弃
当一个裂隙 － 我们发现 －
或者一顶破碎的王冠 －
令天堂可以便携 －
而神明 － 一个谎言 －
无疑 － "亚当" － 怒视伊甸 －
为其背叛！

珍爱 － 我们可怜的理想 －
直到身着更纯洁的衣裙 －
我们注视她 － 赞美 －
安慰 － 寻找 － 如是 －
直到这些损坏的造物 －
我们崇拜 － 为完整 －
污点 － 全洗净 －
变形 － 修复 －
与我们相逢 － 微笑

J429（1862）/ F387（1862）

月亮远离大海 －

然而，却以她的琥珀手 —
牵着他 — 温顺如一个小男孩 —
沿着约定的海滩 —

他从未偏离分毫 —
遵循她的目光
朝向城镇 — 远远地走来 —
又远远地 — 离去 —

哦，先生，你的，琥珀手 —
我的 — 遥远的海 —
遵循最微小的命令
你的一个眼色 —

J430（1862）/ F388（1862）

永不再 — 平凡 — 我说 —
不同 — 已然产生 —
曾经 — 诸多酸楚 —
但那老皇历 — 已经翻过 —

或者 — 偶尔 — 它又 — 显现 —
在最柔和的 — 清晨 —
这种福佑 — 我已拥有 — 经年 —
会带来稍轻的 — 痛苦 —

我说 — 我拥有如此多的欢喜 — 红晕 —
浮现在我纯真的脸颊 —
我感到它在我眼中 — 闪现 —
无需 — 任何言语 —

我行走 － 宛如肋生 － 两翼 －
从前的 － 双脚 －
如今 － 已然无用 －
仿佛靴子 － 之于 － 飞鸟 －

我热情洋溢 －
将金色言辞
向所遇每一生灵 － 抛洒 －
并馈赠 － 整个世界 －

但 － 突然 － 我的富有收缩 －
一个妖精 － 吸吮我的玉露 －
我的王宫 － 顷刻荒芜 －
我自己 － 也沦为 － 乞丐 －

我捕捉所有的声音 －
我摸索所有的形体 －
我触及幻象的顶端 －
我感到荒野又滚滚袭来
沿着我金色的航线 －

粗布衣 － 挂在钉子上 －
我曾穿过的宽罩袍 －
但何处是我的锦缎时刻 －
我的 － 印度 － 滴露？

J431（1862）/ F389（1862）

我 － 来！我迷惑的脸

在这样一个闪光之地！
我－听！我陌生的耳
那－欢迎之声！

圣徒们忘了
我们羞怯的脚－

我的节日，应是
他们－记得我－
我的天堂－名声
他们－宣告我的名字－

J432（1862）/ F390（1862）

是否人们同样腐朽，
他们埋葬，在坟墓？
我确信有一种类别
生龙活虎

如我，他们可以证明
否认－我已经死亡－
为见证，充满我的肺叶，
以气罐－自我头顶－

耶稣说过，我告诉你，
这里将会站着－
一类，不会尝到死亡滋味－
如果耶稣真诚－

我无须进一步论证 －
主的话语
无可争辩 －
他告诉我，死亡已死 －

J433（1862）/ F391（1862）

懂得如何忘却！
但该如何传授？
最简单的技艺，据说
当掌握秘笈

鲁钝的心灵死去
在求知的过程中
为科学而牺牲
常见，即便，现在 －

我曾去过学校
未能更加聪明
地球仪无法传授
对数也不能展示

"如何才能忘却"！
说点 － 什么 － 哲学家！
啊，唯有学识渊博
方能有所了解！

难道存于书本？
如此，我便可以购买 －

还是像颗行星？
望远镜可以得知 －

如果是项发明
必定有了专利 －
智慧之书的拉比
难道你也不知晓？

J434（1862）/ F618（1863）

爱你年复一年 －
也许显得少于
牺牲，和终止 －
然而，亲爱的，
永远可能很短，我本想展示 －
因此如今，我用一朵花，将其修补。

J435（1862）/ F620（1863）

许多疯癫是非凡的理智 －
对敏锐的眼睛而言 －
许多理智 － 是纯然的疯癫 －
这大多数
在此，如全部，获胜 －
附和 － 你便神志正常 －
异议 － 便立刻危险 －
交付给锁链 －

J436（1862）/ F621（1863）

风 － 如疲惫之人敲打着房门 －
像个主人 － "请进"
我大着胆子应答 － 于是进入
我的居所里面

一位迅疾的 － 无脚的客人 －
给他一把椅子
就如把沙发递给空气
一样没有可能 －

他没有骨骼支撑 －
他的言谈像是无数的蜂鸟
同时从高大的灌木丛
奔涌 －

他的面容 － 如巨浪 －
他的手指，当他经过
弹奏出一种音乐 － 仿佛
玻璃吹奏颤栗的曲调 －

他访问 － 依然轻率 －
然后像个胆怯之人
再次，敲门 － 慌慌张张 －
而我变得孤单 －

J437（1862）/ F623（1863）

祈祷是小小的工具

通过它人们抵达
拒绝－他们在场之地－
借助它

他们把言辞掷进－上帝的耳朵－
如果当时他能听见－
这就概括了
包含在祈祷中的机关

J438（1862）/ F625（1863）

忘却！戴着护身符的女士
忘了她将其戴在心间
因为她对之呼吸
就是此间的背叛？

拒绝！难道玫瑰对她的蜜蜂－
为游戏的特权
或蝴蝶的诡计
或时机－她的主远离？

戴着护身符的女士－会凋残－
蜜蜂－在陵寝中长眠－
抛弃了他的新娘－
但比那条小溪更长－
它曾清凉山坡－
而其他－去充溢海洋－
另一些－去转动磨坊－
我将实践你的意志－

J439（1862）/ F626（1863）

饥饿的人赋予食物
过多的意义 －
得不到 － 他叹息 － 因而 － 无望 －
因此 － 美味 －

享用 － 的确 － 解饥 －
但也向我们证明
一旦得到
香味散尽 － 其实距离 －
才是美味 －

J440（1862）/ F628（1863）

在分别时我们习惯
互赠 － 小饰品
以帮助增强信念
当情人远隔一方 －

趣味不同 － 饰品各异 －
铁线莲 － 远行之前 －
只赠我一缕
她卷曲的电发 －

J441（1862）/ F519（1863）

这是我写给世界的信

它却从未写给我 −
自然诉说的简单消息 −
以温柔威严的方式

她的信息交给了
我看不见的手 −
因为对她的爱 − 亲爱的 − 同胞们 −
请温柔地 − 评判我

J442（1862）/ F520（1863）

上帝创造一棵小小的龙胆 −
它试图 − 成为一株玫瑰 −
失败 − 整个夏天大笑 −
但恰是在雪前

那里长起一丛紫色的造物 −
使整个山坡迷醉 −
夏天掩面赧颜 −
嘲笑 − 静寂 −

繁霜乃她必备 −
泰尔紫不会呈现
直到北方 − 将其唤醒 −
造物主 − 我能否 − 绽放？

J443（1862）/ F522（1863）

我系上我的帽子 − 对折我的披肩 −

生活中的小义务 － 一丝不苟地做 －
因为最细小的
就是无限 － 对我 －

把新的鲜花插在瓶中 －
把以前的扔 － 掉 －
我从长袍上拂掉一枚花瓣
它粘在那里 － 我思量
一直到六点钟
我有好多活要干 －
然而 － 存在 － 不知怎么又折回 －
停下 － 挠 － 我痒 － 通过 －
我们不能扔下自己
如一个完全的男人
或女人 － 当使命结束
我们想起肉身 － 在 －
那儿可能有 － 漫长的虚无 －
无尽的行动 － 更为烦腻 －
去装假 － 是刺痛的工作 －
去遮掩我们是谁
瞒过科学 － 瞒过外科 －
比望远镜还敏锐的眼睛
注视我们没有遮拦 －
为他们的 － 利益 － 而非为我们 －
那会令他们吃惊 －
我们 － 会颤栗 －
但既然我们得到一个炸弹 －
就把它揣在怀中 －
不 － 揣着它 － 它是平静 －

因此－我们服生命的苦役－
尽管生命的回报－已付－
仍要一丝不苟地－
把我们的感觉－保持－

J444（1862）/ F524（1863）

活着感觉是一种耻辱－
如此英勇的人－死去－
尊贵的泥土令人嫉妒－
能够掩埋－这样一颗头颅－

石头－诉说着为保卫谁
这斯巴达勇士殉难
我们对他－所知多么少
为自由甘做马前卒－

代价高昂－付出卓越－
我们是否配有－此物－
在我们能够获得之前
生命－必须如金钱－堆积？

等待的我们－是否足够值得－
如此巨大的珍珠
如生命－为我们－消融－
于战争－恐怖的杯盏？

我想那死去之人－
也许能够－活着享受名望－

这些未受支持的 － 救世者 －
却体现着神性 －

J445（1862）/ F344（1862）

恰是此时节，去年，我死去。
我知道我听见了玉米，
当我被抬过田野 －
它正在抽穗 －

我猜想它该看起来多么金黄 －
当理查德走向磨坊 －
于是，我想出去，
但是某物阻止了我的意愿。

我猜想该多么红 － 苹果拥挤在
庄稼的残梗间 －
牛车弓背弯腰行驶在田野
四处捡拾老倭瓜 －

我猜想谁会想念我，至少，
当感恩节，来临，
是否父亲会多添几碟 －
同样给我一份 －

是否会损害圣诞节的快乐
我的袜子挂得太高
对任何圣诞老人而言
都难够到 －

但是这种想法，令我苦恼，
于是，我改变思路，
在某个美好的一年，就在此刻，
他们自己，会来与我相聚 —

J446（1862）/ F346（1862）

我给她看她从未见过的高度 —
"要攀援吗"，我问？
她说 — "不怎么想" —
"请随**我**" — 我说 — 请随**我**？
我给她看许多秘密 — 清晨的巢穴 —
夜晚摆渡的绳索 —
现在 — "想不想邀我做客"？
她无法给予肯定的回复 —
于是，我终止我的生命 — 瞧，
一束光，为她，庄严闪耀，
当她的脸庞消隐，愈发灿烂 —
难道她，还要说，"不"？

J447（1862）/ F443（1862）

是否 — 我可以给你 — 更多 —
若你是只大黄蜂 —
既然献给女王，我只有 —
鲜花一束？

J448（1862）/ F446（1862）

这就是诗人－正是他
提炼神奇的思想
从寻常的意义－
玫瑰油无边无际

来自熟悉的种类
门边平凡的落英－
我们惊讶竟然不是我们
先－捕捉到它－

那图画，揭示者－
诗人－就是他－
使我们－相形见绌－
陷入永无穷尽的贫困－

对于份额－如此浑然不觉－
抢夺－不会伤害－
他乃－他自己的－财富－
外在于－时间－

J449（1862）/ F448（1862）

我为美而死－几乎还不
适应坟墓
一个为真理而死的人，躺倒
在邻室－

他柔声问 "我为何而亡"？
"为美"，我回答 －
"而我 － 为真理 － 这二者为一体 －
我们是，兄弟"，他说 －

因此，如亲人，相逢在黑夜 －
我们隔着房间交谈 －
直到青苔爬上我们的唇 －
覆盖 － 我们的名字 －

J450（1862）/ F449（1862）

梦 － 很好 － 但醒来更好，
如果在清晨醒来 －
如果在夜半醒来 － 更好 －
梦想 － 黎明 －

更甜蜜 － 那猜想的知更鸟 －
从未欢悦林木 －
胜过凝固的黎明 － 对抗 －
永不抵达白昼 －

J451（1862）/ F450（1862）

外 － 自内
得出它的大小 －
是君主，还是侏儒，根据
其内心的气度 －

精确－不变的中轴
控制车轮－
尽管辐条－旋转－更为醒目
同时－抛掷尘土。

里－刻画外－
无形的画笔－
面容呈现－精细－
一如内在的灵韵－

在精美－流动的画布上－
一种容颜－偶尔一种表情－
星光的全部秘密－在湖中－
眼眸无从知晓。

J452（1862）/ F451（1862）

马来人－采集珍珠－
并非－我－伯爵－
我－畏惧大海－太过
不虔敬－去碰触－

祈祷我也能
配得上－这命运－
黝黑的家伙潜水－
带我的珠宝－回家－

回到那小屋！何等幸运

若我－把珠宝－获取－
戴在黯黑胸膛－
我不认为琥珀
背心－相宜－

黑人从不知晓
我－也－对它追慕－
获得，抑或无果－
与他－等同－

J453（1862）/ F452（1862）

爱－你的艺术太高－
我无法登及你的峰顶－
但，若是两人－
谁能料想我们－
轮番－冲锋钦博拉索峰－
最终－公爵一般－与你比肩－

爱－你的艺术太深－
我无法蹚过－
但，若是两人
而非独一－
桨手，和快艇－在某个炎热的夏日－
谁能料想－我们不会抵达太阳？

爱－你轻纱蒙面－
少许人－瞧见你－
微笑－变老－唠叨－死亡－

极乐 - 没有你 - 便是怪事一桩 -
上帝赐予的绰号 -
永恒 -

J454（1862）/ F455（1862）

它由诸神赐予 -
当我还是小女孩时 -
他们常给许多礼物 - 你知道 -
那时我们新奇 - 幼小 -
我把它握在手中 -
从不舍得放下 -
不敢吃 - 不敢睡 -
唯恐它会飞走 -
我曾听到这些词汇诸如"富有" -
当匆匆忙忙赶去学校 -
从街头巷陌的议论中 -
并且努力抑制欢笑。
富有！说的是我 - 富有 -
借用金子之名 -
和拥有金子 - 以实在金条 -
这种不同 - 让我英勇 -

J455（1862）/ F680（1863）

胜利 - 也许有种种形式 -
有在房中的胜利
当那老独裁者 - 驾崩 -

凭信仰 － 被战胜 －

有更出色心灵的胜利
当真理 － 被长久冒犯 －
坚定迈向 － 她的辉煌 －
她的上帝 － 她唯一的信众 －

一种胜利 － 当诱惑的贿赂
被缓缓交还 －
一只眼睛盯着被放弃的天国 －
一只 － 拷问台 －

更严峻的胜利 － 由他自己
体验 － 通过
赤裸的铁栅 － 无罪释放 －
耶和华的神情 －

J456（1862）/ F682（1863）

我可以活得很好即便没有 －
我爱你 － 到底有多深？
像耶稣一样？
请向我证明
他 － 爱世人 －
像我 － 爱你 －

J457（1862）/ F684（1863）

甜蜜 － 安全的 － 房屋 －

艾米莉·狄金森诗歌全集

幸福 － 欢快的 － 房屋 －
封闭得如此庄严紧密 －
钢铁为顶 － 在大理石屋顶之上 －
锁赤脚于门外 －

天鹅绒的溪流 － 在绸缎的岸
不会如此柔软地滑落
如笑声 － 和私语 －
自他们的珍珠人 －

没有光秃的死亡 － 亵渎他们的客厅 －
没有大胆的疾病降临
污损他们堂皇的宝物 －
痛苦 － 与坟墓 －

吱扭而过 － 在蒙住的车厢 －
以防他们 － 惊奇为何 －
有人 － 为这欢笑的言论 －
中断 － 去死 －

J458（1862）/ F693（1863）

仿佛眼睛盯着荒野 －
对一切表示怀疑
除了空白 － 和不变的原野 －
被黑夜变幻 －

只有无尽的虚无 －
极目远望 －

我所盯的面孔即是如此 －
它也如此 － 把我盯视 －

我无法给它任何帮助 －
因为起因在我 －
痛苦—纸契约
既绝望 － 又神圣 －

二者 － 都无法免除 －
二者都无法成为女王
若没有对方 － 因此 －
我们毁灭 － 尽管我们统治 －

J459（1862）/ F694（1863）

一颗牙齿在我们的平静上
平静无法毁损 －
那么为何是颗牙齿？
赋予优雅生机 －

天堂有个地狱 －
使自身显眼 －
它前面的每个标记 －
由牺牲镀金 －

J460（1862）/ F695（1863）

我知道哪里泉源生发 － 永不干涸 －

深挖－为夏日－
那里苔藓永不离去－
鹅卵石－自在嬉戏－

这是幽深－地带－
遍布嶙峋怪石－
半道翡翠－镶嵌－
钻石－错杂－

却无水桶－若我富有
定去买一个－
我常焦渴－但我的唇
如此高悬－你瞧－

我在一本古旧书中读到
人们"永不焦渴"－
那里泉源拥有水桶－
必定是这意味－我确信－

那时－我们还该牢记焦枯?
这水声如此浩大－
我怀念一口小井－如我的－
更为亲切易懂－

J461（1862）/ F185（1861）

一位妻子－在黎明－我将成为－
旭日－你是否有一面旌旗相赠?

在午夜 － 我还是一名少女 －
多么短暂就成为一个新娘 －
那么 － 午夜 － 我已从你那里穿过 －
直抵东方 － 和胜利。

午夜 － 晚安 － 我听见他们道别 －
天使们在厅堂欢腾 －
轻轻地 － 我的未来爬上楼梯 －
我笨拙地摸索我童年的祈祷 －
如此之快 － 不再是个孩童 －
来世 － 我来了 － 先生 －
主人 － 我曾见过这脸庞 － 从前 －

J462（1862）/ F697（1863）

为何令它起疑 － 它让它如此受伤 －
如此厌倦 － 去猜测 －
如此强烈 － 想知道 －
如此英勇 － 在其小床
说出他们对自己所说的
最后的话 － 微笑 － 颤抖 －
为那亲爱的 － 遥远的 － 危险的 － 缘故 －
但 － 相反 － 揪心的恐惧
某种东西 － 真的 － 或胆敢 －
冒犯愿景 － 并逃离 －
而他们不再记得我 －
也不曾回来告诉我为何 －
哦，主人，此即痛苦 －

J463（1862）/ F698（1863）

我和他一起生活 － 我看见他的脸 －
我不会再走开
为访客 － 或日落 －
死亡的独一隐私 －

唯一一个 － 垄断我的 －
并 － 根据他的权利
提出无形的要求 －
没有婚姻 － 给我 －

我和他一起生活 － 我听见他的声音 －
我活到 － 今天 －
来见证永生的
必然 －

由时间 － 较低调的方式 － 教会我 －
确信 － 每一天 －
生命如斯 － 永无休止 －
无论如何 － 总是审判 －

J464（1862）/ F699（1863）

对你真实的力量，
直到在我脸上
审判推出他的画面 －
你的位置狂妄 －

关于这一点 － 若人能剥夺我 －

他自身－胜过天国－
他的邀请－你的被降格
直到它显得太渺小－

J465（1862）/ F591（1863）

我听到一只苍蝇嗡嗡－当我死时－
房中的寂静
如空气中的寂静－
在暴风雨的间歇－

眼睛的四周－已然拧干－
鼻息正聚集坚定
为那最后一击－当这王
在房中－现身－

我立下遗嘱－签字放弃
属于我
可支配的份额－随后
就有一只苍蝇介入－

发出忧伤的－犹疑的－断续的嗡嗡－
在光－和我之间－
随后窗户消失－于是
我视而不见－

J466（1862）/ F597（1863）

我很少－关心珍珠－

因为我拥有浩瀚的海洋 —
或胸针 — 当帝王 —
投我以 — 红宝石 —

或黄金 — 因为我是矿藏之王 —
或钻石 — 因为我有
一顶能配上穹顶的王冠 —
一直闪耀于我头顶 —

J467（1862）/ F599（1863）

我们不在坟头游戏 —
因为那里没有空间 —
而且 — 不平 — 倾斜
还有人来 —

把花放在坟头 —
并把脸如此低垂 —
我们害怕他们的心会掉落 —
砸碎我们美好的游戏 —

所以我们远离
如逃避 — 敌人 —
只是 — 偶尔 —
四下看看 — 离得多远 —

J468（1862）/ F602（1863）

死亡的方式

当必死无疑 －
被认为是一种选择的特权 －
这是少校安德烈的习惯 －

当生命的选择 － 逝去 －
仍有一种爱留存
把这小小命运讲明 －
在活着的人中多么渺小 －

嘲弄那奇迹
以各种喋喋不休 －
什么"现在 － 他们多半死了" －
和"圣雅各"的习俗！

J469（1862）/ F603（1863）

火红 － 烈焰 － 是黎明 －
紫罗兰 － 是正午 －
金黄 － 白昼 － 近昏瞑 －
随后 － 一切皆无 －

但星火绵延 － 夜空 －
彰显燃烧的辽阔 －
银白地带 － 从未 － 焚毁 －

J470（1862）/ F605（1863）

我活着 － 我猜 －

我手上的枝桠
洒满清晨的光华 —
而且在我指尖 —

那抹嫣红 — 刺痛暖意 —
若我持一片玻璃
于唇对面 — 它使之模糊 —
医生的 — 呼吸证明 —

我活着 — 因为
我并不在一个房间 —
客厅 — 通常 — 是 —
所以客人会到来 —

俯身 — 从旁检视 —
并且加上句"它变得 — 多么冰凉" —
以及"是否还有意识 — 当它
步入永恒"？

我活着 — 因为
我尚未拥有一间屋子 —
明确 — 属于我自己 —
不适合其他任何人 —

刻着我女孩时的名字 —
好让来访者知道
哪个门是我的 — 不致认错 —
用另一把钥匙尝试 —

多么美好 — 活着！

无限美好 － 双倍活着
因为我出生人世 －
并且 － 在你心里 －

J471（1862）/ F609（1863）

夜晚 － 位于白昼之间 －
白昼在前 －
白昼在后 － 为一 －
而今 － 黑夜 － 在此 －

缓慢 － 夜晚 － 被盯着消散 －
如谷粒在秆 －
太过细微难辨 －
直到黑夜 － 不再 －

J472（1862）/ F702（1863）

除非天堂已临如此之近 －
好像欲选我的门扉 －
距离不会如此令我困扰 －
此前 － 我本从未希冀 －

但仅是听到恩典离去 －
我从未想过去看 －
使我承受双重失落 －
它已失去 － 弃我而去 －

我羞愧 － 我躲藏 －
我有何权 － 成为新娘 －
这样迟一个无陪嫁的女孩 －
无处躲藏我目眩的脸 －
无人教我那新的优雅 －
也无人引介 － 我的灵魂 －

我去打扮 － 怎么 － 讲 －
饰品 － 让我美丽 －
开司米的织物 －
不再是 － 暗褐的长袍 －
衣服代之以 － 粉红 －
为我 － 我的灵魂 － 穿着 －

手指 － 挽起我的发髻
椭圆 － 如封建时代淑女所为 －
久远的时尚 － 精美 －
技巧 － 扬起我的眉毛如伯爵 －
辩护 － 如北美夜鹰 －
证明 － 如珍珠 －
然后，因为角色 －

塑造我的精神古雅 － 洁白 －
迅捷 － 如烈酒 －
欢快 － 如光束 －
给我最棒的自豪 －
不再羞愧 －
不再躲藏 －

谦恭 － 随它去 － 太骄傲于 － 自豪 －
这日 － 施洗 － 为新娘 －

J474（1862）/ F708（1863）

他们把我们远远分开 －
独立如大海
和她未播种的半岛 －
我们表明"这些看得见" －

他们剜掉我们的双眼 －
他们用枪把我们阻挠 －
"我能看见你"各自径直回答
通过电报信号 －

用地牢 － 他们想出 －
但是透过他们最厚的技术 －
最不透光的硬石 －
我们的灵魂 － 仍然看见 －

他们召唤我们去死 －
伴着甜蜜的欣然
我们戴着脚镣站立 －
定了死罪 － 但只是 － 去看 －

允许放弃 －
允许遗忘 －
我们把背转向太阳
为那种伪证 －

艾米莉·狄金森诗歌全集

双方都未 － 留意死亡 －
意识到 － 天堂 －
彼此的面孔 － 是整个圆盘
彼此的背景 － 看见 －

J475（1862）/ F710（1863）

厄运是座房子没有门 －
自太阳进入 －
然后梯子扔掉,
因为逃跑 － 完成 －

梦见他们外面所为
由此改变 －
那里松鼠嬉戏 － 浆果染色 －
铁杉 － 躬向 － 上帝 －

J476（1862）/ F711（1863）

我本想只要适度的需求 －
比如满足 － 和天堂 －
在我收入之内 － 这些可以根据
生命和我 － 保持平衡 －

但既然后者 － 包含前者 －
它将满足我的祈求
只要一个 － 去讲明 －

而神恩将会给我一对 －

因此 － 基于这诡计 － 我祈祷 －
伟大的精神 － 请赐我
一个不必如你的一般大的天堂，
但对我 － 足够大 －

笑容洋溢在耶和华的脸 －
智天使 － 隐退 －
严肃的圣徒偷偷溜出来看我 －
也露出 － 他们的酒窝 －

我离开那里 － 以我全身的力量 －
我将我的祈祷抛却 －
沉默的岁月将它捡起 －
裁判 － 也 － 眨眨眼睛 －

如此老实之人 － 现今仍存 －
将这故事信以为真 －
"无论你有何所求 －
全都可以给你" －

但我，变得精明 － 审视天空
以怀疑的神色 －
就如孩子 － 首次被骗
就 － 推断 － 全都是骗子 －

J477（1862）/ F714（1863）

无人可以规避绝望 －

艾米莉·狄金森诗歌全集

如环绕一条没有目标的路
一次不快过一英里
那旅行者前进 －

没意识到那广度 －
没意识到那太阳
照耀在他的路途 －
如此精确这位

估量他的痛苦 －
他的拥有 － 才刚开始 －
他的无知 － 引导
他前行的天使 －

J478（1862）/ F763（1863）

我没有时间去恨 －
因为
坟墓将会阻止我 －
而生命并没有如此
充裕让我
可以结束 － 仇恨 －

我也没有时间去爱 －
但既然
总要做点什么 －
爱的那点小辛劳 －
我想
对我已足够繁重 －

J479（1862）/ F458（1862）

她使用她华美的辞藻如刀锋 —
一把把多么闪亮 —
每一把都在剥光神经
或把玩骨头 —

她从不认为 — 她在伤害 —
那 — 不是钢铁的事情 —
肉身上粗俗的痛苦表情 —
生灵们承受得多么病态 —

疼痛是人类 — 不礼貌 —
眼睛上的薄翳
无常的旧习
只需锁起 — 到死 —

J480（1862）/ F459（1862）

"为什么我爱"你，先生？
因为 —
风不需要草儿
回答 — 为什么当他经过
她无法站住脚跟。

因为他知道 — 并且
不只是你 —
而且我们也不知 —
对我们而言已经足够

智慧恰是如此 －

闪电 － 从未问过眼睛
为何要紧闭 － 当他经过 －
因为他知道那无以言说 －
而原由并不存于 － 交谈 －
那被 － 雅士所偏爱 －

日出 － 先生 － 令我无法自已 －
因为他是日出 － 而且我看见了 －
因此 － 于是 －
我爱上你 －

J481（1862）/ F460（1862）

喜马拉雅据说屈身
卑微的雏菊 －
带着怜悯的狂喜
这样一个小宝贝该长出
一篷又一篷 － 她的宇宙
挂出雪白的旗帜 －

J482（1862）/ F461（1862）

我们遮上你 － 甜美的脸庞 －
并非我们厌倦了你 －
而是你自己疲倦于我们 －
记住 － 在你走时 －

我们跟随着你直到
你不再 － 留意我们 －
然后 － 不情愿地 － 转身
一遍又一遍默念你 －

责备这爱的悭吝
我们曾满足于展示 －
扩增 － 甜蜜 － 百倍 －
若你如今 － 乐意接受 －

J483（1862）/ F467（1862）

灵魂中有一种庄严肃穆
感到自身正在成熟 －
金灿灿地悬挂 － 当更远的上方 －
造物主的梯子停下 －
而在果园遥远的深处 －
你听见一个生命 － 坠落 －

奇妙的是 － 感到阳光
依然在脸颊上操劳
你本以为那已结束 －
眼神冷漠，工作挑剔 －
他移开茎秆 － 些许 －
瞥一眼 － 你的内核 －

但最庄严的是 － 得知
你收获的机会
更为接近 － 每一个太阳

独一 — 对某些生命。

J484（1862）/ F469（1862）

我的花园 — 如海滩 —
表示有 — 一片海 —
那就是夏天 —
宛若这些 — 珍珠
她携来 — 比方我

J485（1862）/ F471（1862）

给某人打扮 — 在死后
让这装扮出色
我们唯一想取悦的品位
艰难，但是 —

仍然容易 — 相比编发辫 —
和让那胸衣艳丽 —
当爱抚它的眼睛已
被十诫 — 扭曲 —

J486（1862）/ F473（1862）

我在家中最微不足道 —
占据的房间最小 —
夜晚，我的小油灯，和书 —

以及一枝天竺葵 —

如此坐定我能捕捉到
瑰宝不停坠落 —
正是我的篮子 —
让我思量 — 确信
这就是全部 —

我从不说话 — 除非被寻访
也是，简言细语 —
我无法忍受活得 — 喧哗 —
吵闹总让我汗颜 —

如果不是如此遥远 —
每个我认识的人
行将离开 — 我常想
我可以死得 — 多么无声无息 —

J487（1862）/ F474（1862）

你爱主 — 却看不见 —
你每天 — 给他写 —
一封短笺 — 当你醒来 —
甚至在大白天，

一封浩瀚的信 — 你多么渴望 —
并乐于见到 —
但那时他的房屋 — 仅一步之遥 —
而我的 — 在天堂 — 你知道 —

J488（1862）/ F475（1862）

我被培养成 － 一名木匠 －
在不伪装的时间
我的刨子，和我，一起工作
不待建筑师前来 －

衡量我们的成就 －
假如我们木板的技艺
炉火纯青 － 他会雇我们
工作平分 －

我的工具摆出人的 － 面孔 －
工作台，我们曾在那里劳苦 －
反对人，被说服 －
我们 － 修建庙宇 － 我说 －

J489（1862）/ F476（1862）

我们祈祷 － 去天堂 －
我们叨叨 － 天堂 －
当 － 邻人死亡 －
在几点钟去天堂 － 他们逃离 －
谁看见他们 － 为何飞走？

难道天堂是个地方 － 一片天空 － 一棵树？
地方的窄道是为我们而备 －
对于死者
没有地理 －

但国度 － 永具 － 中心 －
无所不在 － 飞往 － 何处？

J490（1862）/ F1058（1865）

对于拒绝喝水之人
告诉他水是什么
难道不比，让他猜想
更为准确？

引他前往井边
让他听那水声
难道不会，稍微，提醒他
不可救药的唇？

J491（1862）/ F287（1862）

当它活着
直到死亡触碰
当它和我舔食同一空气
住在同一热血
处身同一圣礼
让我看分离能劈还是能削 －

爱如生命 － 只是更长
爱如死亡，在坟墓期间
爱是复活的伴侣
掬起尘土歌唱"生命"！

J492（1862）/ F276（1862）

文明 － 摒弃 － 豹子！
难道豹子 － 大胆？
沙漠 － 从不非难她的绸缎 －
埃塞俄比亚 － 她的金子 －
黄褐 － 她的习俗 －
她意识到 －
斑点 － 她暗褐的长袍 －
这是豹子的本性 － 先生 －
有必要 － 看守 － 把眉皱？

可怜 － 豹子 － 离开她的亚洲 －
棕榈 － 的忆念 －
麻醉剂 － 无法窒息 －
香脂 － 不能抑制 －

J493（1862）/ F280（1862）

世界 － 对我 － 更为庄严 － 肃立 －
自从我嫁给 － 他 －
一种谦逊 － 适合灵魂
当它承载另一 － 名姓 －
一种怀疑 － 是否真的 － 适宜 －
佩戴完美的 － 珍珠 －
男人 － 与女人 － 结合 －
以抓住她的灵魂 － 尽管 －
一种祈祷，更为纯真 － 证明 －
一种洁白的礼物 － 内在 －

为那慷慨，那选择 －
如此素朴 － 一位女王 －
一种感恩 － 这一切为真 －
它认为这梦 －
太过华美 － 无迹可以证实 －
或者姿态 － 去赎回！

J494（1862）/ F277（1862）①

去他那儿！快乐的信！
告诉他 －
告诉他我没写的那页 －
告诉他 － 我只讲了句法 －
却把动词和代词 － 遗漏 －
告诉他手指是多么急促 －
随后 － 又是多么艰难地 － 缓缓地 － 缓缓地跋
涉 －
于是你希望在你的纸页里长有你的眼睛 －
这样你就可以看见是什么让它们移动得如此 －

告诉他 － 那不是一个熟练的作者 －
你可以从那吃力的行文中 － 猜得出来 －
你可以听见你身后的胸衣，猛拉 －
就如只是出自一个孩童的力量 －
你几乎有点可怜它 － 你 － 它劳作如此 －
告诉他 － 不 － 你可以在那里含糊其辞 －

---

① 这首诗总共有三个版本，上文为约翰逊版第一稿，第二稿男性代词"他"变成女性
"她"。第三稿是"他们"。富兰克林阅读版也为"他"。

因为知道了，会撕裂他的心 －
然后你和我，唯有更加沉默。

告诉他 － 在我们结束前 － 夜早已消褪 －
那只老钟在不停地嘶鸣"白天"！
而你 － 昏昏欲睡 －
乞求能够结束 －
什么能够阻止 － 诉说？
告诉他 － 她是怎样小心 － 把你封上！
但是 － 如果他问起你在哪里藏
直到明天 － 快乐的信！
搔首弄姿 － 并把头摇！

J495（1862）/ F362（1862）

想着 － 只要一颗心 －
和古老的阳光 － 足以 －
让素朴 － 之人 － 满足 －
而两三人 － 陪伴 －
在一个节日 －
拥挤 － 如圣餐 －

书籍 － 当这单元 －
匀给房客 － 足够长 －
一幅画 － 若喜欢 －
其本身 － 太罕有的一画廊 －
不再需要更多 －

花儿 － 避免眼睛 － 变得尴尬 －
当白雪降临 －
一只鸟 － 若他们 － 喜欢 －
尽管冬火 － 唱得清脆如千鸟 －
对我们的 － 耳朵 －

一片风景 － 并不如此壮美
窒息眼睛 －
一座小山 － 也许 －
也许 － 风转动磨坊的
轮廓 －
尽管这些 － **奢侈** －

想着 － 只要两颗心 －
与天堂 － 存在 －
至少 － 一个赝品 －
我们不会纠正 －
而不朽 － 几乎 －
并不那么 － 满足 －

J496（1862）/ F364（1862）

远离同情，如抱怨 －
言谈冷漠 － 如石头 －
对启示麻木
仿佛我的职业是骨头 －

远离时间 － 如历史 －
接近你自身 － 今天 －

艾米莉·狄金森诗歌全集

像孩童，对彩虹的围巾 —
或日落的金黄嬉戏

坟墓中的眼睑 —
这舞者躺得多么哑然 —
当色彩的启示录打翻 —
群蝶 — 大放异彩！

J497（1862）/ F366（1862）

他曾抻拉我的信念 —
是否发现它柔韧？
摇撼我坚强的信任 —
是否它因此 — 屈服？

抛掷我的信仰 —
但 — 是否他将其 — 摔碎？
折磨 — 伴随着悬念 —
没有一根神经衰弱！

以苦痛 — 绞我 —
但我却从未怀疑他 —
［或者 — 一定是 — 我应得 — 它］
尽管因为什么错
他却从未说 —

被刺伤 — 当我祈求
他甜蜜的宽恕 —
耶稣 — 这是你的小"约翰"！

难道你不认识－我?

［为什么－杀死－我?］

J498（1862）/ F368（1862）

我嫉妒海洋，因为他驰骋其上－
我嫉妒轮子的辐条
因为车驾，把他乘载－
我嫉妒蜿蜒的山峦

能够注视他的旅程－
一切可以多么容易地观望
那些完全禁止的
如天国－对于我!

我嫉妒那些麻雀窝－
装点他远方的屋檐－
那富有的苍蝇，飞翔在他的窗格－
那欢欣－欢欣的叶片－

恰好在他的窗外
能够有夏日的离去嬉戏－
皮萨罗 ① 的耳环
也无法为我实现－

我嫉妒光亮－把他唤醒－

---

① 皮萨罗（1475—1541），征服秘鲁印加帝国的西班牙殖民主义者，在征服过程中，攫取了无数财宝。

还有钟声 － 大胆地奏响
告诉他外面已是正午 －
我自己 － 愿是他的正午 －

然而禁绝 － 我的花儿 －
废除 － 我的蜜蜂 －
以免永夜的正午 －
抛弃加百列 － 和我 －

J499（1862）/ F369（1862）

这些美丽 － 虚构的人们 －
女人们 － 扯掉
自我们熟悉的生命 －
象牙的男子 －

这些少男少女，在画布 －
谁会待在墙上
永恒的纪念品中 －
谁能说明？

我们相信 － 在更完美之地 －
承继欢乐
远胜我们模糊的猜想 －
我们愚蠢的估量 －

记住我们自己，我们相信 －
然而圣洁 － 远胜我们 －
通过知道 － 我们仅有的希望之所 －

接纳－我们祈祷－之地－

满怀期待－同时－
希望我们
伴随狂喜，那将是一个苦痛
除了圣洁－

认为我们－如放逐－
他们自己－准许回家－
通过死亡的温和奇迹－
这条路我们自己，必来－

J500（1862）/ F370（1862）

在我的花园，有一只小鸟
骑行一个独轮－
演唱令人眩晕的音乐
宛如转动的磨坊－

永无休止，但和缓
在怒放的玫瑰－
品尝却不降落
边向前边赞美，

直到群芳皆尝遍－
然后他的仙车
飞驰到遥远天际－
而我与我的小狗重聚，

他和我，迷惑
肯定，是我们 －
在头脑臆造这花园
这奇观 －

但他，最优秀的逻辑师，
提示我笨拙的眼睛 －
看那颤动的花枝！
何其绝妙的回答！

J501（1862）/ F373（1862）

这世界并非结局。
续篇正立彼岸 －
看不见，如音乐 －
但确定，如声响 －
它召唤，也迷惑 －
哲学，不知道 －
睿智，最终 －
必须通过一个谜语，展示 －
为猜测，学者困惑 －
为得到，人类
世代蒙羞
十字架，就是明证 －
信仰滑倒 － 干笑，振作 －
羞赧，若有人见 －
摘下见证的细枝 －
向风向标，问路 －
布道坛上，手势频频 －

高声的哈利路亚如雷翻滚 －
麻醉剂也无法安抚
啮咬灵魂的牙齿 －

J502（1862）/ F377（1862）

至少 － 还有 － 还有 － 祈祷 －
哦，耶稣 － 在空中 －
我不知道哪个是你的房间 －
我在四处 － 乱敲 －
你把地震安顿在南方 －
大漩涡，在海里 －
说吧，拿撒勒的耶稣基督 －
难道你不助我一臂之力？

J503（1862）/ F378（1862）

比音乐 － 更动听！因为我 － 听到它之人 －
从前 － 习惯于 － 鸟鸣 －
这 － 独特 － 它是一切的转化 －
所有我熟悉的曲调 － 以及更多 －

它无法被容纳 － 如其他乐章 －
无人能够演奏 － 第二次 －
但那作曲家 － 完美的莫扎特 －
与他俱焚 － 那无键的韵律！

因此 － 孩子们 － 诉说伊甸园的溪流 －

如何汩汩地冒着 － 更美的乐音 －
离奇地推断 － 夏娃伟大的屈服 －
催促那 － 不欲 － 飞 － 的脚 －

孩子们 － 成熟 － 更聪明 － 多半 －
伊甸 － 一个传说 － 模糊地流传 －
夏娃 － 和苦恼的 － 祖母的故事 －
但我 － 正诉说我听到的 － 一个曲调 －

并非这样一种音乐 － 教堂 － 施洗 －
当最后一个圣徒 － 迈上过道 －
并非这样一个乐章打破沉默 －
当救赎敲响她的钟声 －

请让我不要泄露 － 其最小的节奏 －
哼唱 － 为誓言 － 当独自 －
哼唱 － 直到我依稀的排演 －
落成曲调 － 环绕王座四周 －

J504（1862）/ F676（1863）

你知晓那月上的肖像 －
那告诉我它长得像谁 －
那眉毛 － 那弯弯的眼睛 －
迷蒙 － 说 － 是为谁?

那脸颊的式样 －
变化 － 从下巴 －
但 － 以实玛利 － 自从我们相遇 － 已然很久 －

时尚 － 介入 －

当月圆 － 是你 － 我说 －
我的唇正吐着你的名字 －
当月缺 － 你疲倦 － 我注意到 －
但 － 那儿 － 金黄依旧 －

当 － 某个夜晚 － 胆大 － 无情的云
隔绝你我 －
比那薄翳 － 为假日涂上釉彩
更为简单 －

J505（1862）/ F348（1862）

我不会画 － 一幅画 －
我情愿是那位
将其出神入化的妙笔
去 － 细细 － 体味 －
并好奇手指是如何感知
其罕见的 － 天空的 － 骚动 －
激起如此甜蜜的折磨
这样豪奢的 － 绝望 －

我不会发声，如短号 －
我情愿是那位
轻柔起身去天界 －
逸出，飘散 －
经过以太的村庄 －
而我那高升的气球

只是被金属的唇吹起 –
我浮筒的突堤 –

也不要作一个诗人 –
最好 – 拥有耳朵 –
沉迷于 – 虚弱的 – 满足 –
通往敬畏的许可,
一种如此恐怖的特权
天赋将会是什么,
若我拥有这艺术去击昏自己
以闪电 – 的旋律!

J506（1862）/ F349（1862）①

他触摸过我,所以我活着为得知
有这么一天,允许如此 –
我曾栖居在 – 他的胸膛 –
对我那是一片无垠之地
静默,如同可怕的大海
让那些小溪休憩。

如今,我不同以往,
仿佛呼吸了优异的空气 –
或者拂过一件皇家礼袍 –
我的双脚,也曾如此漂泊 –
我的吉卜赛脸庞 – 现在变得 –

---

① 约翰逊版第二行为 permitted,第三行为 groped;富兰克林版第二行为 Accepted,第三行为 dwelt。

更为柔和 －

如果我可以，进入这个港湾，
利百加，对耶路撒冷，
不会如此迷醉 －
波斯人，也不会受她的圣地困扰
举起这样一个十字架
对她宏伟的太阳。

J507（1862）/ F351（1862）

她瞅准一只鸟 － 窃笑 －
她贴地 － 爬行 －
她猛扑好似没有脚 －
她的眼睛瞪得滚圆 －

她的嘴激起 － 渴望 － 饥饿 －
她的牙齿难以抗拒 －
她一跃而起，但知更鸟抢先一步 －
啊，猫咪，在沙滩，

希望正圆熟多汁 －
你几乎正咽着口水 －
幸福张开一百个翅膀 －
每一个都飞走了 －

J508（1862）/ F353（1862）

我被放弃 － 我不再是他们的 －

在乡村教堂，他们用水
滴在我脸上的名字
如今，已不再使用，
他们可以把它和我的玩偶，
我的童年，和我那串线轴放在一起，
我也不再－穿线－

以前，受洗礼，没有选择，
但这一次，意识到，恩泽－
至高无上的名字－
召唤我走向满月－新月抛下－
存在的全弧，充满，
以一顶－小小的王冠－

我的第二身份－第一身份太渺小－
加冕－呜咽－在我父的胸膛－
一位极其无意识的女王－
但这一次－足够－挺拔，
有力量去选择，
或拒绝，
而我选择，仅王冠一顶－

J509（1862）/ F354（1862）

若某人的朋友死去
最锥心的是
想到他们活着怎样行走－
在这样这样一个时间－

他们的服装，在礼拜日，
头发的某种式样 －
一个玩笑除了他们无人能懂
丧失，于坟墓 －

在这样一个日子，他们曾，多么温暖，
你几乎感到那约会 －
好似才刚刚结束 －
而现在，已是相隔数百年 －

你说过的话，曾让他们多么开心！
你试图触摸那微笑
把你的手指戳入寒霜 －
那是何时 － 你是否能说出 －

你曾邀请这伙伴来喝茶 －
了解 － 只是一点点 －
亲密地聊着这重大的事
那已无法将你忆起 －

旧时的相敬，相约 －
旧时的相见，和誓言 －
旧时我们所能预见的一切 －
皆 － 令悲伤痛入骨髓！

J510（1862）/ F355（1862）

那不是死亡，因为我尚挺立，
而所有的死者，躺卧 －
那不是黑夜，因为所有的钟声

都为正午，齐声喧哗。

那不是寒霜，因为我感到
非洲热风在我身上 — 攀爬 —
也不是火焰 — 因为恰巧我大理石的脚
可以令圣坛，凉爽 —

然而，感觉它，像它们一样，
我所看到的形象
秩序井然，为埋葬，
令我想起，我自己 —

仿佛我的生命被删削，
塞进一个框架，
没有一把钥匙就无法呼吸，
而且它有点，像是午夜 —

那些嘀嗒的一切 — 停止 —
空间凝视四周 —
或可怕的寒霜 — 在初秋的清晨，
废除惨败的大地 —

但，最像是，混沌 — 无休无止 — 冷静 —
没有机会，或圆木 —
甚或有关陆地的报告
为绝望 — 辩护。

J511（1862）/ F356（1862）

如果你在秋天到来，

我会掸掉夏季
半是微笑，半是唾弃，
就如主妇，对一只苍蝇。

如果我能在一年里看见你，
我会把月份缠成团 —
把它们分别放进抽屉，
以防这些日期混淆 —

如果只有几个世纪，延迟，
我会在手上数算，
删减，直到我的手指凋零
进亡人国的土地。

如果确定，当生命结束 —
你的和我的，应该 —
我会把它扔向远方，就如一个果皮，
选择永恒 —

然而，现在，并不确定
这时长，在其间，
它蜇刺我，如妖蜂 —
并不讲明 — 何时扎刺。

J512（1862）/ F360（1862）

灵魂有时扎上绷带 —
吓得不敢动弹 —
感到某种可怕的惊怖浮现

停下来把她盯视 —

向她致意，以修长的手指 —
抚摸她冰冷的长发 —
吮吸，小鬼，自那唇
恋人 — 曾盘旋 — 其上 —
不相宜，如此卑劣的想法
搭讪 — 如此 — 美好的主题 —

灵魂有时逃逸 —
冲出所有的门 —
欢舞如炸弹，在外面，
旋转在时光上，

宛如蜜蜂 — 发狂忍受 —
长久被困远离他的玫瑰 —
一旦触摸自由 — 忘乎所以，
只知道正午，和天堂 —

灵魂有时被重新俘获 —
那时，重刑犯被押着前行，
长羽翼的双脚戴着镣铐，
在歌声里，打上铁钉，

惊怖再次，将她欢迎，
这些，不是口舌的叫声 —

J513（1862）/ F361（1862）

像花儿，听到露珠的消息，

却从不认为这滴落的奖赏
等着它们 － 低垂的眉 －

或蜜蜂 － 认为夏天的名字
某种谵妄的传闻，
没有夏天 － 可以给 － 它们 －

或极地的生灵，朦胧地渴望 －
受热带的暗示 － 某只旅行的鸟儿
透露给树林 －

或风将愉快信号带给耳朵 －
让平凡的，严峻，
从前，所知，满足 －

天堂 － 出其不意地降临，
那些认为膜拜乃一曲
太狂妄赞歌的生灵 －

J514（1862）/ F335（1862）

她的笑容形似其他笑容 －
酒窝荡漾 －
仍会伤你，宛如有的小鸟
飞升，歌唱，
忆起，中弹 －
紧抓细枝，
惊厥，乐音骤裂 －
如水珠 － 洒落沼泽 －

卷 II

[美] 艾米莉·狄金森 著

王 玮 译

艾米莉·狄金森诗歌全集

J980 / F896

紫色 — 是双倍的时尚 —

在一年的这一季,

当灵魂察觉自己

成为一位君王。

上海三联书店

J515（1862）/ F653（1863）

已来的人群没有
出现 － 我想
那是 － 复活时
一般出席人数 －

圆周已满 －
那森严的长方墓地
维护她重要的特权 －
尘土 － 连接 － 与生存 －

于原子 － 有特色的地点 －
芸芸众生
在比较中消除
如太阳 － 黯淡星辰 －

庄严 － 战胜 －
其个人的运命
拥有每个 － 独立的意识 －
八月 － 专注 － 麻木 －

何等副本 － 存在 －
会是何等景象 －
关于这一切的意义 －
对于宇宙 － 和我？

J516（1862）/ F654（1863）

美 － 不经造作 － 而自生 －

刻意追求，便消失 —
听其自然，便停留 —

捕捉那柔波

于草丛 — 当和风
他的手指拂过 —
天神会留意
而你却未曾 —

J517（1862）/F655（1863）

他张开 — 如叶片 —
随即 — 合拢 —
随意立于一株金凤花
的帽顶 —

随后偶遇一枝玫瑰
并把她搅扰 —
随即若无其事 —
扯起三角帆 — 离去 —

飘荡如尘埃
悬浮在正午 —
犹疑 — 返归下界 —
抑或流连月色 —

夜晚 — 有何经历 —
言说的特权

囿于无知 －
那日 － 有何遭际 －

寒霜 － 掌控世界 －
在小房子里 － 显现 －
一座最精巧的丝制坟墓 －
一所隐修院 － 一个茧 －

J518（1862）/ F611（1863）

某夜她甜蜜的重量压在我心
很难俯就躺下 －
当时，兴奋，为信仰的欣喜，
我的新娘已溜走 －

若那是一个梦 － 造得坚实 － 唯有
天国能够证实 －
或者若我自己也被她梦见 －
这推测的能力 －

留在他处 － 他对我 －
给予 － 正如对所有人
一种虚构替代信仰 －
如此之多 － 仿若真 －

J519（1862）/ F614（1863）

它温暖 － 起初 － 和我们一样 －

直到爬上
一股寒意 – 仿佛寒霜覆盖了玻璃 –
直到这一切景象 – 消失。

前额效仿石头 –
手指变得冰冷
感觉不到疼痛 – 仿佛滑冰者的溪流 –
忙碌的眼睛 – 冻结 –

发直 – 就是这样 –
除了冰冷还是冰冷 –
放大冷漠 –
仿佛高傲是其所有 –

甚至即便吊着绳索 –
把它放低，宛如重物 –
它也无所表示，不做任何抗辩，
只是坠落如磐石。

J520（1862）/ F656（1863）

我一早出发 – 带上我的狗 –
去造访大海 –
海底的美人鱼
钻出水面来把我看 –

护卫舰 – 游弋在海面
伸出麻索手 –
以为我是一只小耗子 –

艾米莉·狄金森诗歌全集

困守在 － 沙滩上 －

无人能够打动我 － 直到潮汐
漫过我简陋的鞋 －
漫过我的围裙 － 我的腰带
还有 － 我的紧身胸衣 －

好像他要把我吞掉 －
囫囵如蒲公英
袖管上的一颗露珠 －
于是 － 我大吃一惊 － 连忙跳开 －

可他 － 紧随其后 － 紧追不舍 －
我感到他银色的脚跟
拢住了我的脚踝 － 我的鞋子
就要珠玑四溢 －

直到我们碰上永固城 －
他似乎一人不识 －
于是鞠躬 － 以威严的神情 －
注视着我 － 海潮退却 －

J521（1862）/ F657（1863）

赋予活人 － 眼泪 －
你挥霍在死者身上，
他们曾是男男女女 － 而今，
围绕你的火炉旁 －

不再是被动的造物，

弃绝珍爱
直到他们－珍爱弃绝－
以死亡的空灵嘲弄－

J522（1862）/ F634（1863）

假若我擅自希望－
损失于我乃
一种价值－为崇高的缘故－
如巨人－离开－

假若我擅自获得
一种如此遥远的青睐－
失败却确认那恩典
于进一步的无限－

这是失败－没有满怀希望－
而是彻底的绝望－
趋近天神的名单－
以微弱－尘世的能力－

这是荣耀－尽管我死去－
因为那无人获得
直到他以死为据－
此－乃第二次获得－

J523（1862）/ F635（1863）

亲爱的－你忘了－我可记得

艾米莉·狄金森诗歌全集

每一次 － 为咱俩 －
以便这个数目永不会受碍于
你的衰败 －

假如说我错了？指控我的小钱 －
责难这只小手
乐意为你 － 成为乞丐 －
乞求更多 － 来花 －

只要富足 － 挥霍我的基尼
在如此美的心上 －
只要贫寒 － 为赤脚的光景
你 － 亲爱的 － 拒我于门外 －

J524（1862）/ F399（1862）

离开 － 去参加审判 －
在一个阴沉的 － 午后 －
巨大的云团 － 如引导员 － 倾身 －
造物 － 观看 －

肉体 － 投降 － 消解 －
无形的 － 上场 －
两个世界 － 如观众 － 四散 －
留下灵魂 － 孤单 －

J525（1862）/ F400（1862）

我想铁杉喜欢伫立

白雪边缘 －
这适合他的严峻 －
并满足一种敬畏

那人，必须平息于荒野 －
在大漠中 － 饱倦 －
性喜灰白，光秃 －
拉普兰的 － 必需 －

铁杉天性蓬勃 － 在严寒 －
北风的切齿肆虐
对他 － 是最香甜的滋养 －
最甘醇的挪威佳酿 －

对锦衣种族 － 他无足轻重 －
但顿河上的孩童，
在他的帐篷下，玩耍，
第聂伯河上的格斗士，驰骋。

J526（1862）/ F402（1862）

听一只金莺歌唱
也许稀松平常 －
或仅有的圣事一桩。

不因那只鸟儿
唱得相同，充耳不闻，
宛如对于众生 －

耳朵的风尚
把听到的装扮
暗淡，或美好 －

因此它是妙曲，
还是喧闹 －
在于内心。

"乐声在树上 －"
怀疑论者 － 指给我看 －
"不，先生！在你心中！"

J527（1862）/ F404（1862）

把现世放下，如草束 －
坚定地，走开，
需要力量 － 也许还有苦痛 －
这是猩红的路

以径直的决绝
由圣子踏平 －
而后，他虚弱的同伴
证明这条路 －

那古老刑罚的滋味 －
花的细蕊，由本丢·彼拉多种下 －
强壮的丛簇，自巴拉巴 ① 的坟墓 －

① 与耶稣一起受审的囚犯。

圣餐，圣徒们在我们面前分享 —
专利，每一滴，
带着异教徒饮者的标记
他们烙印在杯上 —

J528（1862）/ F411（1862）

我的 — 凭着白色的选择权！
我的 — 凭着皇室的玉玺！
我的 — 凭着猩红牢房的印记 —
铁栏 — 也难隐藏！

我的 — 在此 — 在视野中 — 在否决中！
我的 — 凭着坟墓的废除 —
授衔 — 确认 —
迷狂的特许！
我的 — 任岁月窃取！

J529（1862）/ F582（1863）

今天 — 我为死者遗憾 —
如此适意的时光
老邻居们倚着篱笆 —
一年中晒干草的时节。

和宽厚 — 晒黑的相识
在劳作间闲谈 —

欢笑，家常的物类
让篱笆展露笑颜 －

好似径直这样躺卧
远离田野中的一切喧嚣 －
繁忙的大车 － 欢愉的公鸡 －
割草机的韵律 － 溜走 －

以防他们思乡的烦恼 －
这些农夫 － 和他们的妻子 －
与耕作分离 －
以及所有邻人的生活 －

好奇是否坟茔
不会感到孤独 －
当大人 － 孩子 － 马车 － 和六月，
下地"翻晒干草" －

J530（1862）/ F583（1863）

你无法扑灭一种火 －
一种能够燃烧之物
可以，自燃，无需风扇 －
在最漫长的夜晚 －

你无法包裹洪流 －
将其放入抽屉 －
因为风会把它找到 －
并告诉你的松木地板 －

J531（1862）/ F584（1863）

我们梦想 − 很好我们还在做梦 −
它会伤害我们 − 要是我们醒来 −
但既然是在演出 − 杀死我们，
而我们在出演 − 尖叫 −

有何害处？人死 − 外表上 −
它是一个事实 − 带着鲜血 −
但我们 − 正在戏剧中死亡 −
而戏剧 − 永不会死 −

小心 − 我们令彼此不安 −
而且彼此 − 睁着双眼 −
以防幻象 − 证实是错误 −
盛怒的突袭

冷却我们成一块块花岗岩 −
伴随仅仅一个时代 − 和姓名 −
或许还有埃及的一个短语 −
它更审慎 − 对梦 −

J532（1862）/ F570（1863）

我试图思考更孤寂之物
远甚我曾见 −
某种极地的赎罪 − 一种骨子里的征兆
关于死亡的巨大迫近 −

我探寻不可复得之物

我的副本 — 借来 —
一个枯槁的安慰

涌自某处的信仰 —
在思想的把握之中 —
那里居住着一个别样生物
将天国之爱 — 遗忘 —

我撕扯我们的隔墙 —
如人会窥探墙壁 —
在他 — 和恐怖的孪生子之间 —
在相对的房室之中 —

我几乎挣扎着去抓住他的手,
这样奢侈 — 它变得 —
正如我自己 — 会怜悯他 —
也许他 — 同情我 —

J533（1862）/ F571（1863）①

两只蝴蝶正午出游 —
农场上跳着华尔兹 —
然后径直奔向苍穹
憩于,一束阳光 —

随后 — 双双飞往
光亮闪耀的大海 —
尽管还没有,任何港湾 —

---

① 本诗约翰逊版选录第一个版本,富兰克林阅读版选录第二个版本。

提及 － 它们的到来 －

如果远方的鸟儿谈起 －
如果在以太汪洋中撞见
被护卫舰，或商船 －
还不曾 － 有消息 － 给我 －

另一版本：

两只蝴蝶正午出游
在农场上跳着华尔兹
然后瞅见圆周
就搭上他的便车 －
随后迷失又复现
于太阳的漩涡
直至狂喜错过半岛 －
双双正午遇难 －
对所有幸存的蝴蝶
以这愚蠢为
鉴 － 警示
－ 昆虫界 －

J534（1862）/ F580（1863）

我们打量 － 比较 －
此物如此高耸
我们无法抓住一鳞半爪
无助 － 昨日 －

今朝更精准的评判 －

几乎不费吹灰之力 －
一道褶皱 － 我们的科迪勒拉 －
我们的亚平宁 － 一座小山 －

也许对我们 － 仁慈 －
苦痛 － 和丧失 －
折磨 － 为他的苍穹
原本属于我们 －

为发泄这豪迈精神
某个懊恼的清晨 －
在蚊蚋的拥抱中 － 醒来 －
我们的巨人 － 向前 －

J535（1862）/ F587（1863）

她欢快，带着新的满足 －
犹如 － 领受圣餐 －
她忙碌 － 谨小慎微 －
仿佛是向空气学徒 －

她满含热泪 － 宛若哭泣 －
为福至心灵 － 尤其是
天堂容许温顺如她 －
将这样一种命运 － 服侍 －

J536（1862）/ F588（1863）

心要求欢愉 － 起先 －

然后 − 免除痛苦 −
然后 − 这些小小的安慰剂
减缓苦痛 −

然后 − 去睡觉 −
然后 − 如果这是
审问者的意志
去死的自由 −

J537（1862）/ F631（1863）

我如今把它证明 − 无论谁怀疑
我停止把它证明 − 现在 −
快点 − 顾忌！死亡快要
抓住机会 −

河水漫上我的脚 −
然而 − 我的心干枯 −
哦，爱人 − 生命不能说服 −
兴许死亡 − 能使你 −

河水漫上我的胸 −
我的双手 − 依然 − 依然在上面
以它们的余力宣告 −
难道还认不出爱？

河水漫上我的嘴 −
记住 − 当我搜寻的双眼
扫过海面 − 最后一次 −

它们变得急切－由于你！

是真的－他们拒我于冰冷中－
可当时－他们自己温暖
不知寒冷滋味－
忘记吧－主－他们所为－

请不要让我的见证阻碍他们
享受天国的尊容－
没有天国能够－赋予
通过他们心爱的责备－

他们施加的伤害－短暂－而且
我－承受者－真心－
原谅他们－即便我自己－
或他人－不把我原谅－

J539（1862）/ F659（1863）

救赎者的本分
当是救赎－之道－
通过汲取于自身的技艺－
坟墓的科学

无人能懂
唯有曾经承受

自身的 － 崩溃 －
才能 － 胜任

缓解绝望
为那初次落魄者 －
每次 － 误把失败当死亡 －
直到逐渐 － 适应 －

J540（1862）/ F660（1863）

我将我的力量握在手中 －
来向世界挑战 －
虽并不如大卫 － 那么强大 －
但我 － 双倍的英勇 －

我以卵石投掷 － 却只有
我自己倒下 －
是歌利亚 ① － 太强大 －
还是我自己 － 太弱小?

J541（1862）/ F661（1863）

某只这样的蝴蝶曾见
翩飞巴西草原 －
恰在正午 － 不差分毫 － 亲爱的 －

---

① 大卫以石块击毙非利士巨人歌利亚当上古以色列国王。详见《圣经·旧约·撒母耳记》上篇第 17 章。

然后 － 权限失效 －

某朵这样的玫瑰 － 绽放 － 凋残 －
供你采撷 －
犹如繁星 － 你昨夜熟知 －
今晨 － 陌路 －

J542（1862）/ F662（1863）

我没有理由清醒 －
我最好的 － 已睡去 －
清晨采取新的礼数 －
没能把它们唤醒 －

却清晰地 － 把其他召唤 －
并穿过它们的窗帘 －
甜美的清晨 － 当我睡过头 －
对我 － 敲击 － 回忆 －

我曾看见日出 － 一度 －
后来我看见它们 －
希冀在我胸中升起 －
为同样的境遇 －

那是如此辽阔的宁静 －
不能保留一声叹息 －
那是安息日 － 钟声离去 －
那是日落 － 整日的黄昏 －

因此只选择一件长袍 －
只做一次祈祷 －
我所需要的唯一服饰 －
我挣扎 － 在那里 －

J543（1862）/ F663（1863）

我怕人寡言少语 －
我怕人默不作声 －
高谈阔论 － 我能压倒 －
胡言乱语 － 饶有兴趣 －

但他还在权衡 － 当他人 －
早已千金散尽 －
对这种人 － 我得小心 －
我怕他很强大 －

J544（1862）/ F665（1863）

殉道的诗人 － 没有倾诉 －
而是以音节锻造他们的痛楚 －
当他们必死的名姓麻木 －
他们必死的命运 － 令人鼓舞 －

殉道的画家 － 从不言说 －
宁肯 － 遗赠 － 给他们的画作 －
当他们意识的手指停驻 －
有人在艺术中寻找 － 宁静的艺术 －

J545（1862）/ F646（1863）

这样一个又一个 － 天父数着 －
然后在大片空地间
不设记号 － 教给眼睛
十的价值 －

直到暴躁的学生
学到技巧的核心 －
数字被收回 －
装饰整个尺子 －

这多半是石板和铅笔 －
黑暗笼罩于学校
移开孩子们的手指 －
仍是这永恒的尺子

注意到最小的零
与乐队领班相似 －
而各自顽童的总数 －
拜他的手所赐 －

J546（1862）/ F647（1863）

填补裂隙
插入造成裂隙之物 －
以他物
堵塞 － 会张得更大 －
你无法弥合深渊
以空气。

J547（1862）/ F648（1863）

我见过垂死的眼睛
环顾再环顾周围的房间 －
好像 － 在搜寻某物 －
然后变得愈发浑浊 －
然后 － 模糊笼上迷雾 －
然后 － 被焊接上
却没有揭示是何物
它受祝福之所见 －

J548（1862）/ F650（1863）

死亡对那死去之人
和他的朋友 － 潜存 －
除此以外 － 毫无察觉
对任何人除了上帝 －

在这二者中 － 上帝记忆
最久 － 因朋友 －
是整体 － 因此
自身消融于 － 上帝 －

J549（1862）/ F652（1863）

我的确一直在爱
我带给你证明
在我爱之前
我从未活得 － 充分 －

我会一直爱 －
我向你争辩
爱就是生命 －
而生命不朽 －

这 － 如果你怀疑 － 亲爱的 －
那么我
无可证明
除了骷髅地 ① －

J550（1862）/ F666（1863）

我翻越直到我疲惫
一座山 － 在心中 －
还有万重山 － 随后一片海 －
千片汪洋 － 然后
一片大漠 － 呈现 －

我的视野受阻
迅疾而至 － 遮天蔽日的 － 狂沙
无以计数 －
如亚细亚的雨滴 －

这也不能 － 阻挡我的脚步 －
它阻碍人们去往西方
却如同一个敌人的敬礼

---

① 耶稣受难处。

急匆匆赶去休憩 —

这目标有何益处 —
除了插入
淡淡的疑虑 — 和远方的竞争对手 —
使所获受到危害？

最终 — 圣恩在望 —
我对我的双足喊道 —
我赐给它们整个的天堂
于我们相逢的刹那 —

它们努力 — 却又推延 —
它们踟蹰 — 难道我们死了 —
或者这只是死亡的实验 —
在胜利中 — 反转？

J551（1862）/ F668（1863）

有一种高贵的耻辱 —
面对突然的财富 —
狂喜更精微的耻辱 —
判定自身 —

最深刻的羞辱 — 英勇者感知 —
勇敢 — 承认 —
再一次 — 被告知 — "汝蒙祝福" —
但这一次 — 涉及坟墓 —

J552（1862）/ F669（1863）

一种无知夕阳
赋予眼睛 －
有关领土的 － 颜色 －
圆周 － 消退 －

其琥珀的启示
激奋 － 贬低 －
全能的审视
我们卑微的脸 －

当这庄严容颜
稳稳 － 胜出 －
我们惊奇 － 犹如发现
置身永恒 －

J553（1862）/ F670（1863）

唯有 － 一次十字架被记录 －
还有多少次
没有被数学 －
或历史证实 －

一方骷髅地 － 向陌生人展示 －
多如
众人 － 或半岛 －

客西马尼 ① －

只不过是一个地点 － 在存在的中心 －
朱迪亚 ② －
对旅行 － 或十字军的功绩 －
太近 －

我们的主 － 的确 － 做了复证 －
然而 －
还有比那更新 － 更近
的十字架 －

J554（1862）/ F548（1863）

黑莓 － 荆棘缠身 －
却无人听到他哭泣 －
依旧，供应浆果
给鹪鹩 － 和孩童 －

他有时紧抓篱笆 －
力攀高树 －
扣住岩石，以其双手 －
却非为怜悯 －

我们 － 诉说伤害 － 为把它平息 －
而这悲伤者 － 向着天空

---

① 耶路撒冷附近的一个花园，耶稣被出卖、被捕的地方。
② 巴勒斯坦南部地区。

反而 － 更进一步 －
勇敢的黑莓 －

J555（1862）/ F561（1863）

相信那意料之外的 －
由此 － 威廉·基德 ①
相信那埋藏的金子 －
如人已证实 －

通过这 － 那老哲学家 －
他的守护石
觉察 － 依然保留
不神圣的成果 －

正是这 － 诱惑哥伦布 －
当高纳 － 在幻影之前
撤退
为美利坚施洗 －

同样的 － 折磨着多马 －
当神保证
最好 － 将那没看见的 －
相信 －

---

① 威廉·基德（William Kidd，1645 年 1 月 22 日—1701 年 5 月 23 日），出生于苏格兰敦提，苏格兰航海家、海盗、私掠者，被人们称为"基德船长"（Captain Kidd）。在 1690 年前后的英法战争期间他成功地维持了美国与英国之间的贸易航道。在大同盟战争期间，基德奉命捕获了一艘敌方私掠船，之后他也获得当地总督的许可证，在加勒比海地区进行武装私掠活动，很快被官方宣布为海盗，并在几年后下狱。在狱中精神失常。1701 年 5 月 23 日，威廉·基德被执行绞刑死亡。

J556（1862）/ F563（1863）

大脑，在其沟回
运行平稳 － 而准确 －
但让一个小碎片突然转向 －
对你来说更为简单 －

让水流反转 －
当洪水撕裂山峰 －
并为他们自身掘开一条大道 －
摧毁磨坊 －

J557（1862）/ F564（1863）

她最后隐身 －
率先，起床 －
夜晚几乎不能回报
合眼时光 －

她紫色的工作完结 －
把自己安置
草皮低矮的屋舍 －
可敬一如我们。

效仿她的生活
可能性类似
以我们低劣的薄荷酒酿制，
蜜蜂的 － 玫瑰露 －

J558（1862）/ F566（1863）

有点胭红她的脸庞 —
浅浅翠绿 — 她的长袍 —
她的美丽 — 爱之所为 —
它自身 — 表露 — 我的 —

J559（1862）/ F567（1863）

它不懂医药 —
它也不是疾病 — 那么 —
也不需要任何手术 —
因此 — 它不是痛苦 —

它移走了脸颊 —
一次一个酒窝 —
留下轮廓 — 更加平常 —
而且在绽放的地方

它留下丁点色彩
从来无以名之 —
你在铸件的脸上见过 —
恰是天堂 — 该受责备 —

若短暂微开 —
冒然 — 接近 —
患病 — 自此之后
为它所见？

J560（1862）/ F568（1863）

它不知流逝，不会缩减 －
却博大 － 宁静 －
燃烧 － 最终通过分解 －
自人类中消散 －

我不认为这些行星的力量
毁灭 －
而是经受领土的交换 －
或世界 －

J561（1862）/ F550（1863）

我衡量我碰到的每一桩忧伤
以眯缝、探索的眼睛 －
我好奇它像我的一般沉重 －
还是更加轻盈 －

我想知道他们是承受了很久 －
还是刚刚开始 －
我无法说出我的日期 －
感觉已经疼痛了好久 －

我想知道是否它已伤害了生命 －
是否他们必须尝试 －
并且 － 若他们可以选择 －
那会不会是 － 去死 －

我注意到有些人－恒久忍耐－
最终，重展笑颜－
模仿一盏小灯
油是如此之少－

我想知道随着岁月的累积－
可能几千年－那危害－
早早伤害他们－这样一种流逝
是否可以给他们带来慰藉－

又或者他们是继续痛苦
直到穿透几个世纪的神经－
顿悟一种更加巨大的疼痛－
截然不同于爱－

悲伤者－众－人们说－
起因各个不同－
死亡－唯一一个－只来一次－
只是钉住眼睛－

有匮乏的悲伤－寒冷的悲伤－
一种他们称之为的"绝望"－
目睹当地的气氛－
自当地的目光中放逐－

尽管对此可能我猜得不一定－
准确－然而对我
经过骷髅地时
它却提供了一种深切的安慰－

J561（1862）/ F550（1863）

令我注意到十字架的 － 样式 －
以及它们大多多么破旧 －
依然痴迷于猜测
其中某些 － 类似于我的 －

J562（1862）/ F551（1863）

猜测气候
在永不停歇的太阳上 －
冬日平添酷寒 －
颤抖的幻想转向

虚构的国度
减轻寒冷 －
既不避开温度 －
也不降低 － 纬度 －

J563（1862）/ F674（1863）

我不能证明岁月有脚 －
但确信它们会跑
证据是，逝去的征兆
完成的序列 －

我发现脚有更远大的目标 －
我对着这些志向微笑
感觉昨日 － 如此丰裕 －
今朝 － 更辽阔的要求 －

我并不怀疑曾经之我
与我相宜 －
但在匹配中的某些尴尬
已证明 － 超越 － 我明白 －

J564（1862）/ F525（1863）

我祈祷的时刻来临 －
没有其他招数 － 奏效 －
我的策略失去了根基 －
造物主 － 是你吗？

上帝高高在上 － 那些祈祷者
必须登上 － 天界 －
于是我踏上北方
拜访这位古怪的朋友 －

不见其屋宇 － 也无任何标记 －
没有烟囱 － 或房门 －
使我推断他的住处 －
空中辽阔的草原

未被一个住者破坏 －
此乃我见到的全部 －
无限 － 难道你没有脸面
我可以瞻望？

静寂屈尊俯就 －

创造 － 为我驻留 －
但敬畏超出了我的使命 －
我膜拜 － 却不"祈祷" －

J565（1862）/ F527（1863）

一种痛 － 在人群 －
听起来 － 微不足道 －
然而，对那只母鹿
被猎犬 － 追逐

惊恐至极
犹如万千恐怖
笼罩，扑向，目标 －
点滴 － 汇成汪洋 －

小水蛭 － 吸附要害 －
裂纹 － 现于肺叶 －
渗漏在动脉 －
几乎不认为 － 有害 －

却威力无比 － 因为
事关不可替代之物 －
存在 － 无力阻止 －
一旦开始 －

J566（1862）/ F529（1863）

行将死亡的老虎 － 因干渴而呜咽 －

我遍寻所有沙砾 －
捕捉到岩石上的一滴
捧在手中 －

他威武的眼珠 － 死时迟钝
却还在搜寻 － 我能看见
视网膜上的幻象
有水 － 有我 －

这非我之错 － 行动太慢 －
也非他之错 － 死去 －
当我到达他身边 －
唯有 － 已死的事实 －

J567（1862）/ F530（1863）

他放弃他的生命 －
对我们 － 巨大的数额 －
少量 － 在他自己看来 －
但被名声 － 放大 －

直到它胀破那些
自认能够容纳它的心 －
当它迅速掠过它的界限 －
在天堂 － 显现 －

而我们 － 畏缩 － 哭泣 －
惊奇 － 衰退
依照花开的渐变过程 －

他选择 － 成熟 －

加速 － 一如我们种下 －
刚除去蓓蕾 －
当我们转身关注成长 －
爆裂 － 完美 － 自豆荚 －

J568（1862）/ F531（1863）

我们学完了爱的全部 －
字母 － 词汇 －
篇章 － 巨著 －
然后 － 闭合启示录 －

但是在彼此的眼睛里
却闪现着一种无知 －
比童稚更加神圣
彼此相对，都是孩子 －

都试图阐述一门
谁也 － 不懂的学问 －
唉，智慧如此博大 －
真理 － 如此复杂！

J569（1862）/ F533（1863）

我认为 － 当我将其一一盘算 －
首先 － 是诗人 － 然后是太阳 －

再次是夏天 － 接下来是上帝的天堂 －
最后 － 这一清单完成 －

但是，回顾一遍 － 第一个
似已包罗万象 －
其他看起来画蛇添足 －
因此我写下 － 诗人 － 一切 －

他们的夏天 － 持续整整一年 －
他们可以给予一个太阳
东方 － 会认为奢华 －
如果终极天堂 －

美丽如他们揭示
给那些膜拜他们之人 －
那是太难的一种恩典 －
为证明这一梦想 －

J570（1862）/ F537（1863）

我可以死 － 为得知 －
那毫末的知识 －
报童在门口招手 －
马车 － 摇晃而过 －
清晨无畏的脸 － 紧盯窗口 －
若我 － 拥有小苍蝇的特权 －

房屋挤挤挨挨
高耸砖的肩膀 －

煤炭－满载滚动－吱嘎－多－近－
去那广场－他正经过－
也许，此刻－
而我正－在此－做梦－

J571（1862）/ F538（1863）

定是一种痛－
一种丧失大约－
弯曲眼睛
至美之道－

但－一旦倾斜
它视欢悦
澄明如
石钟乳－

平常福乐
即便拥有少许－
代价－与
天恩持平－

我们主－认为
并不昂贵
支付－十字架一个－

J572（1862）/ F539（1863）

欢乐－如图似画－

艾米莉·狄金森诗歌全集

若是透过悲伤去看 －
愈发美妙 － 因为不可能
获得半点 －

山峦 － 在既定的距离 －
于琥珀中 － 躺卧 －
接近 － 琥珀移开 － 一点 －
原来 － 那是天空 －

J573（1862）/ F541（1863）

检验爱的 － 是死亡 －
我们主 － "如此爱" － 它说 －
多么至圣至伟的爱人 － 还有
另一位 － 这样 －

如果较小的耐心 － 能够 －
穿越较少的无限 －
如果喝彩，有时突然转向 －
穿过较弱的神经 －

接受其大部分 －
忽略掉 － 尘土 －
最后的 － 最小的 －
十字架的 － 请求 －

J574（1862）/ F288（1862）

大病初愈后 － 第一天 －

我要求到外面走走，
把阳光采在手里
看荚果孕育 —

花正瘦弱 — 当我
强忍病痛去碰运气 —
不确定是我，还是他，
最为强壮。

夏日荫深，当我们奋争 —
她将一些花收起 —
更为红艳的面颊 — 替代 —
一种宠溺 — 迷幻的方式 —

欺骗自身，好似她努力 —
就像在孩童面前
行将消逝 — 明天 — 彩虹拥有
坟墓，可以掩藏。

她让坚果紧随时尚 —
她让种子系上风帽 —
她四处，抛撒色彩闪亮的碎屑 —
并把巴西丝线垂挂

每一个与她相逢的肩头 —
然后她薄雾的双手
举起 — 遮掩她离别的优雅
挡住我们不宜的眼睛 —

因病痛，所失 — 是损失？

或者那飘渺的收获
由丈量坟墓所得 －
随后 － 丈量太阳 －

J575（1862）/ F544（1863）

"天堂"对我 － 迹象不同 －
有时，我想中午
正是那处所的象征 －
当再次，拂晓，

威风凛凛巡视世界
注目山间 －
一种敬畏若应如此
在无知中窃取 －

果园，当艳阳高照 －
群鸟获胜
它们胜利集结 －
令彩云狂欢 －

白昼将尽的狂喜
重归西天 －
所有这些 － 都让我们想起
人类所谓的"天堂" －

应该更美 － 我们想 －
但我们自己，该如何
装扮，为这崇高的恩典 －

我们双眼，尚未能见 －

J576（1862）/ F546（1863）

起初，我祈祷，还是一个小女孩，
因为他们叫我做 －
但停止，当有能力猜测
祈祷 － 于我是何感觉 －

若我相信上帝环顾四周，
每一次我纯真的眼睛
大睁，直视，他的目光
以稚气的坦率 －

并告诉他今天，我喜欢什么，
以及他远大计划中的许多部分
令我迷惑 －
他神性中
那混杂的一面 －

此后常常，身处险境，
我认为也许就是那股力量
拥有一个如此强大的上帝
为我把我的生命执掌

直到我可以掌握好平衡
现在，还特别容易滑倒，
那花费了我所有的时间去保持 －
然后 － 它不再逗留 －

J577（1862）/ F431（1862）

如果我能拥有它，当它死了，
如此 － 我就满足 －
如果刚一断气
它就属于我 －

直到他们把它锁进坟墓，
这是无与伦比的狂喜 －
因为尽管他们把你锁进坟墓，
我自己 － 能够拥有钥匙 －

想想它吧，爱人！我和你
允许 － 面对面 －
在生 － 死之后 － 我们会说 －
因为死亡是那 －
而这 － 是你 －

我要告诉你全部 － 它变得多么单调 －
午夜对我 － 起初 － 是何感觉 －
世界上所有的钟表如何全部停止 －
阳光压迫着我 － 是多么寒冷 －

然后痛苦如何沉睡 － 某种程度上 －
如同我的灵魂变得又聋又哑 －
只能做些手势 － 向另一面的 － 你 －
用这种方式 － 你可以把我注意 －

我要告诉你我是如何努力保持
微笑，为展示给你，当这深渊

全部蹚过 － 我们为打趣回顾，
所有这些逝去的日子 － 在骷髅地，

原谅我，如果坟墓来得迟缓 －
因为渴望来把你看 －
原谅我，如果抚摸你的寒霜
胜过天堂！

J578（1862）/ F438（1862）

身体长在外面 －
更为方便的方式 －
如果精神 － 喜欢隐藏
它的圣殿总是，耸立，

门半开 － 安全 － 邀约 －
它从未背叛
要求它庇护的灵魂
以庄严的诚挚

J579（1862）/ F439（1862）

我已忍饥挨饿，许多年 －
我的中午来临 － 进餐 －
我颤抖着把桌子拉近 －
触摸珍奇的葡萄酒 －

这就是桌上我之所见 －

艾米莉·狄金森诗歌全集

当饥肠辘辘、转回、家
我往窗子里看，为那些财富
我不能希冀－拥有－

我不认识这鼓胀的大面包－
它完全不同于碎屑
鸟儿和我，经常共享
在大自然的－餐厅－

这富足伤害了我－它如此新奇－
我自己感觉古怪－和难受－
就如山林中的－浆果－
移植－到了大路－

我不再饥饿－因此我发现
饥饿－乃
人在窗外－
进入－消除－

J580（1862）/ F426（1862）

我把自己给了他－
并以他，为报偿－
一生神圣的契约
就这样，签订－

这财富会令人失望－
我的清贫超乎
这位大买家的想象，

日常拥有的 － 爱

轻视幻想 －
但直到这商人购买 －
多么梦幻 － 在香料之岛 －
这微妙的货物 － 存在 －

至少 － 这是共同的 － 冒险 －
有人 － 发现 － 是双赢 －
生命的风流债 － 每个夜晚欠下 －
每个正午 － 无力偿还 －

J581（1862）/ F436（1862）

我为我曾拥有的每缕思绪
找到词句 － 唯独那一个 －
它 － 公然反抗我 －
如同一只手试图用粉笔描绘太阳

对那 － 在黑暗中孕育的族类 －
你将如何 － 开始？
光焰能用胭脂红展现 －
还是正午 － 能以深蓝表示？

J582（1862）/ F414（1862）

不可思议的庄重！
如此欢快之事

透过 － 意象
纷呈 －

遥远的盛况 － 铺排在眼前
无言的浮华 －
吁求的壮丽 －

旌旗，诚然英勇 －
却无慧眼
曾经追随 －
坚定 －

音乐的胜利 －
但敏锐的耳朵
欣然后退
是战鼓迫近 －

J583（1862）/ F419（1862）

蟾蜍，会死于光 －
死是平常的权利
对于人和蟾蜍 －
对于公爵和蚊蠓
这特权 －
又为什么要自吹自擂？
小虫的霸权和你一样伟岸 －

生命 － 全然不同 －
同样还有美酒 －

酒瓶见底－木桶见底－
莱茵河干涸－
哪种红宝石色属于我？

J584（1862）/ F421（1862）

它停止了伤害，尽管如此缓慢
我没有看见这麻烦离去－
只是在回顾时得知－
某物－已模糊了来路－

也不能说出，它何时改变，
因为我每天，把它穿着，
习惯如同孩时的罩袍－
每夜，悬挂在钉上。

但并非悲痛－偎依近如
细针－女人轻轻扎入
靠垫的脸颊－
固定它们的位置－

也无法查明，何物带来安慰－
除却，茫茫一片荒野－
如此更好－近乎平静－

J585（1862）/ F383（1862）

我喜欢看它绵延几英里－

把幽谷逐个舔舐 –
并停在油箱前给自己补给 –
然后 – 阔步

环绕群峰而上 –
高傲地凝视
简陋的棚屋 – 在道路的两旁 –
然后一个采石场削平

专为适应它的身骨
匍匐其间
一路抱怨
以恐怖的 – 呜呜声 –
追逐着自己下山 –

嘶鸣如雷子[①] –
又 – 准点 – 如星辰
温顺而威武 – 驻停 –
它自己的厩舍前 –

J586（1862）/ F392（1862）

我们交谈宛如小女孩时 –
美好，到很晚 –
我们一起探索，每个主题，唯有坟墓 –
与我们，无关 –

① Boanerges：耶稣给《圣经·新约·马可福音》第 3 章第 17 节中提到的雅各和约翰取的昵称。雷子意思是嗓子大的传教士。

我们处置命运，好似 －
我们 － 是 － 主宰者 －
而上帝，安静
对我们的权威 －

最喜欢，沉溺于我们自身
像我们最终 － 那样 －
当女孩们，温柔升为，女人
我们 － 占据 － 地位 －

我们分别时约定
彼此珍爱，经常写信
但天堂让此二者，不可能
在另一个夜晚之前。

J587（1862）/ F393（1862）

清空我的心，关于你 －
那是唯一的动脉 －
开始，让你离开 －
简单消除的日子 －

海洋拥有巨浪 －
一个波罗的海 － 他们 －
减去你自己，嬉戏中，
对我并不够
留下 － 放好 －
"我自己"意味着你 －

刨去根 － 没有树 －
你 － 于是 － 没有我 －
诸天剥夺 －
永恒的乾坤袋，捡拾 －

J588（1862）/ F394（1862）

我哭因怜悯 － 而非疼痛 －
我听见一个女人说
"可怜的孩子" － 以及她的声音
让我 － 相信 －

我昏厥了那么久，对我自己
好似稀松平常，
健康，欢笑，奇怪之事 －
看着，像是玩具 －

有时听见"富人"购买 －
并看见包裹摇摆 －
携带，我猜 － 去天堂，
为孩子，由黄金打造 －

但不能碰，或希冀，
或想念，伴着一声叹息 －
以及诸如此类 － 一直对我，
好似上帝别有他意。

我希望我知道那女人的名字 －

这样当她走来，
掩起我的生命，捂住我的耳朵
以防我再次听见她说

她 － "很遗憾我死了" －
恰逢坟墓和我 －
正啜泣着几乎入睡，
我们唯一的摇篮曲 －

J589（1862）/ F617（1863）

夜晚宽广，装点稀少
唯有一颗星 －
常常好似遭遇乌云 －
慌忙 － 将自己熄灭 －

风儿纠缠着小小的灌木 －
驱走了叶片
十一月遗下 － 奋力攀爬
在房檐上焦躁 －

松鼠不再外出 －
狗儿迟来的腿脚
如间歇的绒毛，听见
走过空旷的街道 －

摸一摸百叶窗是否关紧 －
更靠近火焰 －
她小小的摇椅抽出 －

忆起穷人 －

主妇温柔地工作 －
多么令人愉快 － 她说
向着沙发对面 －
雨夹雪 － 胜过五月，没有你 －

J590（1862）/ F619（1863）

你可曾站在洞口 －
远离太阳普照 －
探看 － 战栗，屏住呼吸 －
念及孑然一身

处身此地，何其恐怖，
会有何等妖怪 －
飞跃，把你追逐？
那么孤独 － 似是如此 －

你可曾直面大炮之脸 －
在其黄眼之间 －
你的 － 审判插入 －
"死亡"问题 －

在你耳边骤响
嘹亮如萨提儿的鼓点 －
若你铭记，并得救 －
它更像是 － 如此 －

J591（1862）/ F622（1863）

干扰他金黄的计划
太阳不会容许
大气的反复无常 —
即便暴雪

如坏小子，抛掷雪球
直冲他的眼睛 —
也无法让他这样转头 —
威严地忙碌 —

是他催促大地 —
吸引潮汐 —
维系天体，各安其位，
然而任何过客

都会认为自己 — 更为忙碌
犹如最渺小的蜜蜂
飞舞 — 释放雷霆 —
冒充 — 炸弹 —

J592（1862）/ F624（1863）

死者还关心什么，雄鸡报晓 —
死者还关心什么白昼？
太迟了你的朝阳烦扰他们的脸庞 —
还有晨曦 — 紫色的挑逗语言

倾泻在他们身上
空洞如对那排墙壁
石匠于昨日，建造，
同等的阴森 —

死者还关心什么夏天？
夏至并无烈日
能够融化他们门前的积雪 —
而且得知一只鸟儿的曲调 —

可以穿透他们被楔住的耳朵
在所有的鸟儿中正是 —
这一只 — 受人类宠爱
从今以后愈发珍爱 —

死者还关心什么冬天？
他们本身就容易冻结 —
六月的正午 — 仿佛正月的寒夜 —
宁可南方 — 把她的

槭树 — 或肉桂的微风 —
寄存于一块石头
用一块石头来给它保暖 —
释放芬芳 — 给人类 —

J593（1862）/ F627（1863）①

我想我是着了魔

① 为纪念勃朗宁夫人逝世一周年而作。

当还是个忧郁的女孩时 －
我读了那位异域的女士 －
黑暗 － 感觉美好 －

无论它是午夜时分 －
或者仅仅是正午的 － 天堂
正是由于光的疯狂
我没有力量说出 －

蜜蜂 － 变得像是蝴蝶 －
蝴蝶 － 像是天鹅 －
接近 － 并唾弃狭隘的小草 －
以最刻薄的语调

自然对她自己喃喃自语
以让自己保持欢愉 －
我误以为是巨人们 － 在排练
泰坦尼克歌剧 －

日子 － 踏着强劲的节拍 －
最朴实的 － 装饰一新
仿佛是一次狂欢节
突然得到确定 －

我无法定义这变化 －
思想的转变
就如灵魂中的洗礼 －
被见证 － 却无法解释 －

那是一种神圣的疯狂 －

保持理智的危险
要让我再经历一次 －
就是把解药扭转 －

对着顽固魔法的巨著 －
魔法师们沉睡 －
但魔法 － 有一个元素
宛如神性 － 护持 －

J594（1862）/ F629（1863）

在灵魂和无人之间展开的
斗争 － 是所有流行
战役中的一场 －
至今较大的一场 －

在外没有任何关于它的消息 －
它无形的战役
展开，并结束 －
看不见 － 不知晓 －

也没有历史 － 把它记录 －
仿佛黑夜的军团
被日出驱散 － 这些忍耐 －
上演 － 消散 －

J595（1862）/ F507（1863）

就如强大的脚光 － 燃烧着火红

在树木的根部 —
一天中久远的戏剧表演
对它们 — 呈现 —

那是宇宙 — 在喝彩 —
当人群中 — 最首要的 —
凭借他高贵的穿着 —
我自己辨认出了上帝 —

J596（1862）/ F518（1863）

在我儿时，一个女人死了 —
今天 — 她的独子
从波多马克①而来 —
脸上满是胜利的喜悦

去看望她 — 多么缓慢
季节必然流转
直到子弹撞出一个弧
而他突然绕过 —

若自豪该在天堂 —
我们无法自行决定 —
对他们高贵的行为 —
无人证实 —

但，幻影中的骄傲 —

---

① 波托马克河：美国中东部最重要的河流，流经首都华盛顿。

那女人和她的儿子
来来回回，在我脑海
好像甚至在天空 —

我确信那喝彩 —
在外经久不息
因为英勇，遥远如斯
好似在那马里兰 —

J597（1862）/ F521（1863）

我总觉得 — 对那老摩西
所做 — 有失公允 —
让他看到 — 迦南 —
却不得进入 —

尽管在更清醒的时刻 —
根本没有什么摩西
令我满意 — 关于
伤害的传奇 —

超过更加尖锐的陈述 —
关于保罗 — 或者关于司提反
因为这些人 — 只是被处死 —
而上帝更英明的意愿

对摩西 — 似乎仅仅抓住
以挑逗性的戏弄
如男孩 — 对付更小的男孩 —

来显示至高无上 －

过错 － 无疑是以色列人的 －
我自己 － 已经把那些部落禁止 －
并引导伟大的老摩西
穿着五经长衣

登上广阔的领地
那微不足道 － 他该看到 －
尼波山上的老人！尽管姗姗来迟 －
我的正义在为你 － 流血！

J598（1862）/ F514（1863）

三次 － 我们分开 － 呼吸 － 和我 －
三次 － 他不想离开 －
却奋力转动摇曳的扇
水 － 努力停留。

三次 － 巨浪把我掀起 －
然后接住 － 像个球 －
然后让我的脸发紫 －
推开一条小船

已远隔数里 － 我喜欢看 －
因为心想 － 当我死去 －
多么高兴能够看到
那里有人脸 － 存在 －

海浪沉睡 － 呼吸 － 却无 －
风 － 如孩童 － 暂歇 －
随即日出亲吻我的蝶蛹 －
我站立 － 活着 －

J599（1862）/ F515（1863）

有一种痛苦 － 如此彻底 －
它吞没了存在 －
然后以恍惚掩饰深渊 －
如此记忆可以步入
其中 － 穿行 － 其上 －
如同眩晕之人 －
安全前行 － 一旦眼睛睁开 －
就会使他 － 瘫软无力 －

J600（1862）/ F516（1863）

它困扰我如昔时 －
当我还是个孩子 －
推断微尘如何 － 飘坠 －
而诸天 － 持守 －
诸天思量最多 － 至今 －
然而蔚蓝 － 坚固 － 耸立 －

没有一个螺母 － 我可证明 －
也许巨人 － 懂得?

生命给我更大 － 疑问 －
有些我要不停 － 解决

直到代数变得简单 －
或者以上 － 更易探明 －
于是 － 也 － 能理解 －
更严重 － 困扰我的 －

为何天堂不会打碎 －
泼洒 － 蔚蓝 － 于我 －

J601（1862）/ F517（1863）

一种寂静的 － 火山似的 － 生活 －
在深夜里闪烁 －
那时足够黑暗
无须擦除视线 －

一种安静的 － 地震般的方式 －
太微妙而难以怀疑
这边那不勒斯的天性 －
北方无法察觉

那庄严的 － 热烈的 － 象征 －
从不说谎的双唇 －
其嘶嘶的珊瑚分 － 合 －
而都市 － 慢慢消失 －

J602（1862）/ F510（1863）

来自布鲁塞尔 ① － 而非 －
基德明斯特？不 －
风是从树林把它购买 －
然后 － 向我出售

价格友好 －
最穷的 － 亦可支付 －
在乞丐 － 或小鸟 －
简朴的钱包之内

每幅窄小而芬芳 －
色彩 － 暗褐柔和 －
由阳光 － 焦枯 － 合成
但，主要是 － 太阳 －

风 － 迅速把它铺展 －
在大地上散播 －
松树的装饰者 － 是他 －
池塘的 － 装饰者 －

J603（1862）/ F511（1863）

他发现我的存在 － 把它立起 －
调整将其放置 －
然后刻他的名字 － 于其上 －

---

① 比利时首都布鲁塞尔和英国城市基德明斯特都以产地毯而闻名。

并命令它朝向东方

要忠诚 － 当他不在 －
而他会再来 －
乘着琥珀色的马车 －
那时 － 带它回家 －

J604（1862）/ F512（1863）

转向我的书 － 如此美好 －
疲倦时日的最终归宿 －
对节制半是青睐 －
而痛苦 － 在赞赏中 － 消散 －

如同美味 － 以盛宴
使迟钝的宾客欢悦 －
如此芬芳 － 刺激时光
直抵我小小的书房 －

外面 － 可能是荒野 －
失败者遥远的足音 －
但节日 － 排斥黑夜 －
在内心 － 回响 －

感谢这些书架上的亲人 －
他们小山羊皮的面容
因憧憬 － 而迷恋 －
因获得 － 而满足 －

J605（1862）/ F513（1863）①

蜘蛛抱着银线球
以看不见的手 －
对自己轻舞
珍珠的纱线 － 松开 －

他往返于虚无之间 －
以飘渺的交易 －
据壁毯为己有 －
在大半时期 －

用一个小时树立
他陆地之光的高深 －
随后在主妇的扫帚上悬挂 －
他的疆界 － 遗忘 －

另一版本：

蜘蛛抱着银线球
以看不见的手 －
在编织时轻舞
珍珠的线圈 － 松开 －

他往返于虚无之间 －
以飘渺的交易 －
据壁毯为己有 －

---

① 本诗约翰逊版与富兰克林阅读版均选录第一个版本。

在大半时期 －

用一个小时树立
他理论之光的高深 －
随后在主妇的扫帚上悬挂 －
他的诡辩 － 遗忘 －

J606（1862）/ F523（1863）

树如流苏 － 击打 － 飘摇 －
好似升起一种曲调
自这些微型生灵
伴随着太阳 －

夏日遥远的琴音 －
迷住耳朵
它们还从未如此满足 －
最遥远的 － 最美 －

太阳间或整个照耀 －
然后半个 － 然后完全隐没 －
仿佛他自己随心变幻
并拥有云彩房产

足够包裹他
永远自视野 －
除非是他突发奇想
要让果园生长 －

一只鸟儿无忧无虑地坐在树篱 －
一只在小巷饶舌
以银色的情事迷住一条
正盘绕在石头上的蛇 －

炫丽的花儿撕裂花萼
沿着茎秆向上飞舞
如受阻的旗帜 － 甜蜜地升起 －
褶边上 － 洒满芬芳 －

还有更多 － 我不能提 －
多么吝啬 － 对于看见之人 －
范戴克 ① 所画
自然的 － 夏天！

J607（1862）/ F337（1862）

近乎她所割舍之物
灵魂有些特殊时刻 －
昏暗 － 看起来古怪 －
明晰 － 自如 － 像是 －

我们所埋葬的形体，存于四周，
亲切，在这些房中 －
未因坟墓而失去光彩，
这位腐朽的玩伴到来 －

---

① 范戴克，1599—1641，出生于英国弗兰德斯的画家。

依然穿着那件上衣 －
纽扣一直扣着
自从我们 － 儿时，多少个清晨 － 嬉戏 －
被一个世界 － 分离 －

坟墓收回她的劫品 －
岁月，我们所偷窃之物 －
光明节的幽灵
向我们致意，以它们的翅膀 －

仿佛是 － 我们 － 死去 －
他们自己 － 只是等着我们加入 －
而且是他们，而非我们
在默哀追悼 －

J608（1862）/ F345（1862）①

害怕！我到底怕谁？
并非死亡 － 因为他是谁？
我父亲屋舍中的门房
同样令我窘迫！

抑或生命？奇怪我竟会害怕
以一两次存在
包容理解我之物 －
遵照神的裁定。

---

① 富兰克林阅读版第八行为：视情形而定 －

还是复活？难道东方
会怕信任黎明
与她难以取悦的额头？
宁可怀疑我的王冠！

我已 － 离家 － 多年 －
此刻 － 站在门前 －
我不敢打开 － 以防
陌生的面孔出现

茫然盯着我的脸 －
问我为何而来 －
"我只是 － 曾经遗留一段生活 －
不知如今 － 是否还在？"

我摸索我的神经 －
扫视所有的窗子 －
沉默 － 如大海翻腾 －
喧嚣在我耳旁 －

我不禁木然大笑 －
我 － 竟然畏惧一个门洞 －
以前 － 也曾 － 历尽艰险 －
面对死亡 － 但从未动摇 －

我插回门闩 － 我的手 －
颤抖着而又小心翼翼 －

以防这可怕的门会突然裂开 —
留我 — 在庭前 —

我移开我的手指，
谨慎如待玻璃 —
捂住耳朵 — 如一个贼
偷窃后 — 喘息着 — 逃离。

J610（1862）/ F441（1862）

你会发现 — 当你试图死亡 —
更为容易放手 —
因为想起一走了之 —
你会不再顾惜 — 你知道。

尽管他们的位置几乎填满 —
就如他们大理石的名姓
披覆青苔 — 从未如此丰茂 —
你选择了更新的名姓 —

当现世 — 进一步回放 —
宛如弥留者 — 所说 —
先前旧爱 — 尤为清晰 —
替代新欢 —

念及他们 — 如此热切的召唤 —
显得如此庸俗
留在后面 — 唯有那些玩具
我们买来 — 填补空虚 —

J611（1862）/ F442（1862）

我看你更清 － 在黑暗中 －
我不需要光亮 －
对你的爱 － 就是棱镜 －
胜过紫罗兰 －

我看你更清因为岁月
在其间独自向前 －
矿工的灯盏 － 足够 －
消除矿藏 －

在坟墓中 － 我看你最清 －
小小隔板
熠熠生辉 － 红光一片 － 为你
我把这光，擎得如此之高 －

又何需白昼 －
若其黑暗 － 已经如此 － 胜过太阳 －
它自恃 － 将一直 －
处在正午？

J612（1862）/ F444（1862）

就是蚊子也会饿死 －
活得像我这样寒酸 －
然而，我是一个活蹦乱跳的孩子 －
食物的需求

对我 － 宛如利爪挠心 －
却无能为力
就像我无法哄走水蛭 －
或者让龙 － 迁移 －

也不像蚊子 － 享有 －
飞翔的特权
并且能为自己寻觅晚餐 －
比起我 － 他是多么强大！

也不像他 － 有本领
从窗隔上
让我这小生灵漫出 －
不再有 － 下一次 －

J613（1862）/ F445（1862）

他们把我关在散文里 －
就像我还是小女孩时
他们把我关进壁橱 －
因为他们喜欢我"安静" －

安静！若他们曾窥视 －
看见我的大脑 － 飞转 －
他们也许聪明如寄养鸟儿
在鸟笼 － 为防背叛 －

他自己只需乐意
轻松如星星

鄙视其囚禁 －
大笑 － 不再有我 －

J614（1862）/ F447（1862）

掩埋在散落的木材 －
一个人气息犹存 －
外面 － 铁锹 － 挥动 －
里面 － 肺叶 － 急促 －

若他 － 知道 － 他们正找寻 －
若他们 － 知道 － 他正呼吸 －
可怕的黄沙阻隔 －
两者 － 均未听见 －

挖掘者从未松懈 －
但当铁锹挥尽 －
哦，痛苦的回报，
却是 － 奄奄一息 －

许多事 － 徒劳无功 －
这是令人困惑的尘世 －
但没有任何感激
对死亡的 － 馈赠 －

J615（1862）/ F453（1862）

我们的旅程向前 －
我们的双脚几乎来到

人生旅途奇异的交叉口 －
术语道 － 永生 －

我们的步伐突然敬畏 －
我们的双脚 － 不情愿 － 举步 －
前方 － 是城池 － 而中间 －
死亡的丛林 －

撤退 － 已无望 －
后方 － 一条封死的路 －
永生白色的大旗 － 在前 －
上帝 － 于每扇门旁 －

J616（1862）/ F454（1862）

我奋起 － 因为他沉沦 －
原以为会相反 －
但当他的力量弯折 －
我的灵魂挺直 －

激励我衰弱的王子 －
坚定地歌唱 － 甚至 － 颂扬 －
以赞歌 － 帮助他的迷惘 －

当露珠消散
他的前额僵冷 －
我碰见他 －
彼此慰藉 －

告诉他最好 － 穿过
肉体低矮的拱门 －
没有头盔如此英勇
摈弃坟墓 －

告诉他我知道的世界
那里帝王崛起 －
会忆起我们
若我们坚贞 －

赞歌中的精神亦如此 －
内里的筋腱亦如是 －
千方百计直到那时 － 我才得知 －
我已将他拉起 －

J617（1862）/ F681（1863）

不要收起我的针线 －
当百鸟开始鸣叫
我要开始缝 －
更好的 － 针脚 －

这些歪歪扭扭 － 我的视线弯曲 －
当我的心 － 平坦
我要合缝 － 一位女王的努力
不会羞于拥有 －

边沿 － 太精细贵妇也找不出

那看不见的线结 —
褶裥 — 雅致的点缀 —
如星罗棋布的圆点 —

留我的针在缝隙里 —
我所放的地方 —
我能让弯弯曲曲的针脚
平直 — 当我强壮 —

直到那时 — 还梦见我在缝
我遗漏的接缝 —
更密些 — 这样我 — 睡着时 —
仍然猜想我在飞针走线 —

J618（1862）/ F683（1863）①

挨了一闷棍的灵魂
闲来无事 —
生命的广度 — 在扩展前 —
无所事事

它乞求你给予工作 —
但只是摆摆零碎 —
或者最微末的拼拼缝缝 — 孩子所为 —
以帮助它空空的手 —

---

① 富兰克林阅读版第八行为：以平息它喧闹的手指 —

J619（1862）/ F685（1863）

欣喜 － 巨大的风暴逝去 －
四个 － 重返陆地 －
四十个 － 一起沉没 －
陷入沸腾的沙子 －

鸣钟 － 为这勉强的救赎 －
敲钟 － 为这美丽的灵魂 －
邻居 － 朋友 － 和新郎 －
在沙洲上旋转 －

他们怎样讲述这个故事 －
当冬天摇晃着门 －
直到孩子们催促 －
但那四十个 －
难道 － 他们不再回来？

然后沉默 － 弥漫整个故事 －
而温柔 － 叙述者的眼睛 －
孩子们 － 没有进一步提问 －
只有大海 － 回应 －

J620（1862）/ F686（1863）

四处并未因而发生变化 －
四季 － 依然 － 安适 －
清晨盛开成中午 －
裂开它们火焰的豆荚 －

野花 － 点燃了丛林 －
溪流 － 整日冲撞 －
并不因为飞过骷髅地 －
黑鸟就压低他的班卓琴 －

焚烧异教徒 － 与末日审判 －
对蜜蜂全无所谓 －
与他的玫瑰分离 －
对他而言 － 才是全部的痛苦 －

J621（1862）/ F687（1863）

我不要其他东西 －
没有其他的 － 被拒绝 －
我付出了生命 － 为它 －
万能的商人讥笑 －

巴西？ 他旋转着一只纽扣 －
对我不屑一顾 －
"但是 － 女士 － 难道今天 －
没有别的东西 － 我们可以展示？"

J622（1862）/ F688（1863）

知道他究竟如何承受 － 很珍贵 －
知道是否有任何人类的眼睛在近旁

使他可以托付他游移的凝视 －
直到它坚定地注目 － 天堂 －

知道他是否有耐心 － 半是满足 －
弥留如他所想 － 还是不同 －
是否死在一个高兴的日子 －
是否有阳光照耀他的路 －

关于家 － 或上帝 － 在他心灵的最深处怎么想 －
或者远方说了什么 －
得知他在这样一个日子
停止了人性 －

J622（1862）/ F688（1863）

以及愿望 － 他是否有 －
只是他的叹息 － 口音 －
对我 － 清晰 －
是否他信心满怀直到
疾病飘出 － 永恒的井 －

若他说话 － 什么名姓最佳 －
哪个为先
与哪个绝交
在昏昏沉沉时 －

他是害怕 － 还是宁静 －
也许他知道
如何感知意识 － 能够生长 －
直到过去的爱 － 和爱的极致 －
相逢 － 而那相交即是永恒

J623（1862）/ F689（1863）

对人已然太迟 −
对上帝，却，尚早 −
创造 − 无能为力 −
但祈祷 − 仍在 − 我们这边 −

天堂多么美好 −
当尘世 − 无法拥有 −
多么好客 − 那时 − 上帝
我们老邻居的 − 面孔 −

J624（1862）/ F690（1863）

永远 − 包含无数现在 −
并非异于寻常 −
除却无限 −
与家的纬度 −

由此 − 体验此刻 −
迁移时日 − 到此等 −
让月份在下一月份消融 −
年岁 − 在年岁中发散 −

没有争辩 − 或停留 −
以及庆贺的时日 −
我们的岁月将与普通纪元
无异 −

J625（1862）/ F691（1863）

那是一次长久的别离 － 但
相逢的时刻 － 已经到来 －
在上帝的审判席前 －
最后一次 － 也是第二次

这些没有肉身的恋人相逢 －
凝视中有个天堂 －
天堂中的天堂 － 彼此
眼睛的特权 －

对他们 － 不再有寿命的期限 －
装扮如新的
未出生的 － 除非他们已经瞧见 －
如今 － 已经由无限诞出 －

婚宴是否 － 曾经如此?
一个天堂 － 主人 －
小天使 － 和炽天使 －
还有毫不起眼的宾客 －

J626（1862）/ F692（1863）

只有上帝 － 觉察悲伤 －
只有上帝 －
耶和华们 － 守口如瓶 －
对于上帝 －
圣子 － 吐露它 －

依然安全 −
圣灵的荣耀 −
同样保险 −

J627（1862）/ F696（1863）

我无法获得的色泽 − 无与伦比 −
那色彩太遥远
我无法在巴扎上展示 −
瞥一眼一枚金基尼 −

精美 − 难以理解的阵列 −
趾高气扬在眼前
如克莉奥佩特拉的侍从 −
在空中 − 复现 −

主宰的时刻
在灵魂中发生
又留下一丝惆怅
太过微妙 − 难以言传 −

急切的目光 − 盯着湖光山色 −
仿佛它们恰好掩藏着
某种秘密 − 冲撞
如车辇 − 在马甲中 −

夏日的吁求 −
冬雪的另一 − 恶作剧 −
以薄纱掩盖的秘密，

害怕松鼠－知悉。

它们神出鬼没的姿态－把我们嘲弄－
直到受骗的眼睛
在坟墓里－傲然合上－
以别样的方式－观看－

J628（1862）/ F589（1863）

他们唤我至窗前，为
"是日落"－有人说－
我只看见宝蓝的农场－
和孤独的牛群－

乳白的牛－远远喂养
在如此徒劳的山坡－
我细加查看－消散－
不曾有牛－以及泥土－

但那地方－海洋－呈现－
船舰－这般大小
如山船员－可以承载－
甲板－坐落天空－

表演者－这－也擦去－
当我再次察看－
不再有－农场－乳白牛群－
和地中海－

J629（1862）/ F593（1863）

我看见月亮绕过房舍
爬上窗格 –
驻留 – 旅客的特权 – 休憩 –
因此

我注视 – 如对生客，
小城中的女士
不认为无礼
戴上眼镜 – 观看 –

但从没有生客如此
惊奇
如我 – 因为她 – 无手 –
无脚 – 没有规则 –

却如头颅 – 铡刀
不小心滑落 –
独立，琥珀 –
孤悬天空 –

或如无茎之花 –
漂浮于荡漾的空气
被出色的引力维系 –
胜过盲目的哲人 –

她 – 毫无饥渴 – 亦无旅舍 –
容颜 – 鲜亮 –
既不热衷 – 也不忧虑

困扰我们的

小小神秘 － 比如生 － 死 －
来生 － 或否定 －
却似乎专注于绝对 －
伴随闪亮 － 和天空 －

审视的特权
我的眼睛少有
不知何时，银光流泻 －
她跃出视野 －

接下来 － 与她云中相遇 －
我处身遥远下界
无法追随她高妙大道 －
或者其蔚蓝 － 优势 －

J630（1862）/ F595（1863）

闪电玩耍 － 一刻不停 －
但当他歌唱 － 于是 －
我们意识到他存在 －
坚定地 － 向他靠拢 －

戴着绝缘子 － 和手套 －
他那简短 － 阴森的低音
警告我们 － 尽管他赤黄的脚
经过 － 往返 －

于绳索 － 在我们头顶 －

不断 － 传来消息 －
我们既不过度审查我们的言语 －
也不停止超越自己 －

J631（1862）/ F596（1863）

我们曾在一个夏季结婚 － 亲爱的 －
你的愿景 － 在六月 －
当你短促的生命结束，
我也 － 厌倦了 － 我的 －

黑暗中沉沦 －
在那里你曾把我弃置 －
直到有人带来一束天光 －
我 － 也 － 收到了那标记 －

是的 － 我们未来不同 －
你的茅屋 － 朝向太阳 －
而我的 － 四周都是 －
海洋和北方

是的，你的园花领先绽放，
因为我的 － 在寒霜中 － 种植 －
然而，在某个夏天，我们是女王 －
而你 － 是在六月加冕 －

J632（1862）/ F598（1863）

头脑 － 比天空更广阔 －

因为 － 将它们肩并肩 －
一个将把另一个容纳
很轻松 － 还有你 － 也囊括 －

头脑比海洋更加深邃 －
因为 － 将它们 － 蓝对蓝 －
一个将把另一个吸纳 －
就如海绵 － 水桶 － 一般 －

头脑恰是上帝的重量 －
因为 － 称量它们 － 磅对磅 －
如果的确 － 有所不同 －
就像音节有别于声响 －

J633（1862）/ F601（1863）

当钟鸣停止 － 礼拜 － 开始 －
钟声的 － 过渡 －
当齿轮 － 停止 － 此即圆周 －
车轮的 － 终极 －

J634（1862）/ F604（1863）

你会认识她 － 通过她的脚 －
最精致的藤黄手
与手指 － 脚趾之所在 －
会更为冒犯黄沙 －

相比这古怪生灵的靴 －
由尾部进行调整 －
没有一个纽扣 － 我可以保证
对于天鹅绒的肢体 －

你会认识她 － 通过她的马甲 －
紧致合身 － 或橙 － 或棕 －
里面的夹克更暗 －
她出生时穿就 －

她的帽子小 － 而温暖 －
为风剪裁 －
她会被认作是光头 － 稍远点 －
但当她站得近些 －

比羊毛更精细 －
你感觉不到缝隙 －
不会拧成股 －
也不会留着 － 边 －

你会认识她 － 借助她的声音 －
起先 － 一种可疑的音调 －
努力甜美 － 但当三月
到四月间 － 声声急促 －

她挥霍在你头上
这珍珠的挽歌 －
你祈求你心中的知更鸟
让另一只 － 安静 －

J635（1862）/ F607（1863）

我想生命中最漫长的时刻
是当一辆辆车来了 －
而我们还正等着马车 －
好似是时间 －

气愤 － 那欢乐已临 －
阻碍了镀金的手 －
而不让分秒通过 －
但最缓慢的瞬间 － 结束 －

钟摆开始计数 －
像小学生 － 吵闹 －
脚步变得频密 － 在大厅 －
心开始拥挤 －

于是我 － 我羞怯的服务结束 －
尽管那是，爱的服侍 －
拿起我的小提琴 －
向更远的北方 － 迁移 －

J636（1862）/ F700（1863）

这 － 是我看信的方式 －
首先 － 我把门儿锁上 －
并用手指推推 － 然后 －
以确保欣喜若狂 －

我走到最深的角落
为防敲门声的打扰 —
然后抽出我小小的信
顽皮地把封口挑开 —

然后 — 从墙壁到地板 —
我的目光细扫
以确信一只小耗子
从前未被撵掉 —

细读，无穷尽
没有一个为你 — 所识 —
叹息没有天堂 — 但
并非上帝所赐的那一个 —

J637（1862）/ F701（1863）

孩子的信仰新颖 —
完整 — 像他的本源 —
宽阔 — 如朝阳
在新奇的眼中 —
从无一丝怀疑 —
嘲笑 — 一切禁忌 —
相信所有哄骗
除了天堂 —

信任世界 —
认为他的领土
广袤无边 —

和他比较 －
凯撒 － 渺小 －
没有根基的帝王 －
一无所有，
却支配一切 －

逐渐告别
所持守的错误
他对多刺事物的
美好估价
他获得了技能
一定程度上 － 令人痛心 －
寄希望于 － 人 －
而非国王 －

J638（1862）/ F703（1863）①

他的火捅进我小小的炉床 －
我的整个房室通红
伴随突来的光，摇曳 －
那是日出 － 那是天空 －

没有从短暂的夏日挑选 －
以衰退的局限 －
那是正午 － 没有黑夜的消息 －
不，自然，那是白昼 －

---

① 富兰克林阅读版第六、第八行为：以衰退的特许 － ；更进一步 － 那是白昼 －

J639（1862）/ F704（1863）

今天 － 我的命运是战败 －
比胜利更苍白的运气 －
较少赞歌 － 更少钟声 －
战鼓也不敲着鼓点 － 把我追随 －
失败 － 某种喑哑 － 意味着 －
比子弹更险峻 －

到处是枯骨和血污 －
人太僵直难再屈服 －
坚硬的哀怨成堆 －
空茫成片 － 在稚气的眼中 －
还有支离破碎的祈祷 －
和死亡的惊奇，
清晰可见烙印在 － 石头上 －

那里，有某种倨傲 －
喇叭把它向着空中宣告 －
多么异样的胜利
对拥有它的他而言 － 而那
想要拥有它者，会
更心满意足 － 为死 －

J640（1862）/ F706（1863）

我不能和你一起生活 －
那将是生活 －
而生活就在那里 －

在架子的后面

教堂司事手持钥匙 －
高搁
我们的生命 － 他的青瓷 －
如一只杯子 －

被主妇弃置 －
古旧 － 或破碎 －
新的法国餐具欢笑 －
旧的爆裂 －

我不能和你一起 － 死去 －
因为必须有人等待
合上另一人的凝视 －
你 － 不能 －

而我 － 是否我能站在一旁
看你 － 冻僵 －
却没有我死亡的特权 －
寒霜的恩赐?

我也不能和你一起 － 复活 －
因为你的脸
将会盖过耶稣 －
那新的恩典

素朴 － 异样地洋溢 －
在我思乡的双眼 －
除非那是你而非他

J640 (1862) / F706 (1863)

在近旁闪耀 －

他们会怎样 － 审判我们 －
因为你 － 曾侍奉天堂 － 你知道，
或试图去 －
我不能 －

因为你饱满视域 －
而我没有多余的眼睛
把卑污的美德
当作天堂

如果你迷失，我也将 －
即使我的名字
响彻在
天国的荣耀 －

如果你 － 被赎 －
而我 － 被诅咒
去往无你之所 －
那本身 － 就是我的地狱 －

所以我们必须擦肩而过 －
你在彼 － 我 － 在此 －
门扉虚掩
远隔重洋 － 只剩祈祷 －
和那白色的食粮 －
绝望 －

J641（1862）/ F707（1863）

尺寸所限 － 没有空间
陈设些小家具 －
巨人不会容忍小虫
高大所致 －

愈发，摒弃 －
因为内在的容量
无视其可能性
诽谤 － 或苍蝇。

J642（1862）/ F709（1863）

我从我自己 － 驱逐 －
若有这技艺 －
我的堡垒无敌
对所有心灵 －

既然自己 － 攻击我 －
如何获得宁静
除非克制
意识？

既然我们彼此为王
这怎可能
除非退位 －
我中 － 之我？

J643（1862）/ F712（1863）

我能满足他，我知道 —
他 — 也能满足我 —
然而都 — 犹豫片刻 —
无限迁延 —

"我会是全部吗"他突然提出 —
我的话音违背 —
这就是与自然面对面 — 被迫 —
这就是与上帝面对面 —

收回太阳 — 转向别的西方 —
收回最远的星
在决定前 — 屈身言语 —
然后 — 更加大声

海回应着
月的请求 —
她自己调整着她的潮汐 — 直到 —
我还能 — 用我的 — 做什么？

J644（1862）/ F713（1863）

你留给我 — 父亲 — 两份遗产 —
一份爱的遗产
天父也会满足
若他得到那奉献 —

你给我留下了痛苦的疆域 －
广阔犹如海洋 －
在永恒和时间 －
你的意识 － 和我之间 －

J645（1862）/ F756（1863）

在他们的死中感受丧亲之痛
尽管我们从未谋面 －
血脉相连的关系输入
我们和他们的灵魂 － 之间 －

对于陌生人 － 陌生人不会哀悼 －
一些永恒的朋友
死亡先发现他们 － 正是这消息
令我们瘫痪 －

谁 － 仅对我们的思想至关重要 －
这样的存在改变航道
于死亡 － 犹如我们的灵魂
突然 － 逃匿 －

J646（1862）/ F757（1863）

我想活着 － 兴许是种福气
对于胆敢尝试之人 －

超出我的限度 － 去想象 －
我的唇 － 去证明 －

我想我从前怀有的那颗心
可以拓宽 － 直到对我而言
他者，像那小小的岸
对着海洋 － 呈现 －

我想日子 － 如果每个人
在使命中站立 －
最高的权威 － 比低下的种类 －
会更轻松 －

没有麻木的惊慌 － 以防异样出现 －
没有妖精 － 在花上 －
没有震惊于忧惧之耳，
没有破产 － 没有厄运 －

唯有太阳的恒定 －
仲夏 － 在心中 －
稳定的南方 － 在灵魂上 －
她极地的时刻 － 在其后 －

这幻象 － 久久沉思 －
变得如此真实可信
以致我把虚构当成 － 真实 －
而真实 － 像是虚构 －

这梦多么丰富多彩 －
它将会 － 多么充分

艾米莉·狄金森诗歌全集

假如我的一生只是一个错误
恰在你心中 － 得到矫正

一条小径 － 非由人所造 －
使眼睛能够 －
接近蜜蜂的辕 －
蝴蝶的车 －

若城镇它有 － 在它之外 －
恰是那 － 我不能说 －
唯有叹息 － 没有驶向那里的轻便马车
搭载我 －

答应这一点 － 当你行将就木 －
有人会来唤我 －
我属于你最后的叹息 －
我的 － 合上你的眼 －

不是用硬币 － 尽管它们
由一位帝王的手铸造 －
而是用我的唇 － 这唯一的搭扣
你低垂的眼睛 － 需要 －

我的逗留 － 当所有的游离 －

再一次进行设计
如果生命太易臣服 －
我的生命 － 恢复 －

挥霍就这样 － 我的全部祭酒 －
只为你该看见
死的福祉 － 生的福祉赞颂
借助效仿你 －

我的 － 去守卫你狭窄的选区 －
去引诱太阳
最长久地在你的南方，流连，
去要求清晨

最大的露珠，在你青睐的低处 －
以防嫉妒的小草
在别的面孔周围 －
更绿地依偎 － 或多情地簇拥 －

我的去祈求圣母 －
若圣母存在
能够看见如此遥远的一个生灵 －
基督 － 已将我 － 遗漏 －

只是去追随你亲切的面容 －
永远不要落得如此之远 －
因为我的天堂 －
难道我不曾
最充分地 － 拒绝？

J649（1862）/ F759（1863）

她的甜美转身离开家宅
来到更暗的路 －
车驾 － 已备 － 宾客 － 也 －
除了狂欢

这是更可怜的努力
远甚满载的海
试图去戏弄
它已抛弃的卷发 －

新娘从未有如此盛会 －
从未有亲属跪拜
致敬如此优美的额头 －
花环确实 －

更适合她的脚 － 在我们面前 －
相比什么眉毛
白雪的艺术 － 或百合的花招
所能赠予 －

关于她的父亲 － 无论谁问起她 －
他将寻求高大
如沙漠中的 － 棕榈 －
以获得天空 －

远方 － 是她唯一请求 －
无论是拒绝 － 或同意 －
默许 － 或反对 －

任谁猜 －

他 － 必须穿越
模糊她脸的结晶角 －
他 － 必须亲自抵达
平等的天堂 －

J650（1862）/ F760（1863）

痛苦 － 具有空白的性质 －
它无法忆起
何时开始 － 或是否曾有
不存在的时间 －

它没有未来 － 除了自己 －
它无限地包含
它的过去 － 启迪感知
痛苦的 － 新时段。

J651（1862）/ F761（1863）

如此多夏天
为我展示
不合理 －
难道一个微笑的小小赠予
太过昂贵

对那有着

金基尼面容的
女士 － 若她懂得
我的丁点
足以填满
一只知更鸟的食柜 －

J652（1862）/ F456（1862）

牢狱开始成为朋友 －
在它呆板的面孔
和我们之间 － 一种亲情表达 －
并闪现于它狭窄的眼中 －

我们变得心怀感恩
指定的光束
它分发给我们 － 定期如食物 －
并且产生同样的 － 渴望 －

我们学会懂得木板 －
回应我们的双脚 －
如此苦痛的一种声音 － 起先 －
即便到现在 － 也不那么甜蜜 －

犹如飞溅于池塘 －
当记忆是个男孩 －
而一种故作老成的逶回 －
几何学的喜悦 －

那钥匙的姿态

侵扰白昼
对我们的努力 － 似是虚幻
自由的支票 －

如这钢铁幽灵 －
它的嘴脸 － 日日夜夜 －
呈现面前 － 就像我们自身 －
无法 － 挣脱 －

那狭窄的四周 － 那定额 －
希望的缓慢兑换 －
为某种被动的 － 满足
仰望太过陡峭 －

我们所知道的自由
躲避 － 如幻梦 －
对任何黑夜都太辽阔，除了天堂 －
若那 － 真的 － 赎回 －

J653（1862）/ F462（1862）

生命是一只鸟
最像那绒毛
一股轻风就能送它
茫茫天空 － 之上 －

它飞升 － 变换 － 盘旋 －
与白云比高
以轻松 － 甚至 － 炫目的节奏 －
与飞鸟毫无二致 －

除了乐音的响起
伴随它们的脚步 －
犹如羽绒发出一种音调 －
为其 － 狂喜

J654（1862）/ F463（1862）

一次长 － 长的酣眠 － 一次有名的 － 酣眠 －
不再恭迎清晨 －
通过伸展四肢 － 或撑起眼皮 －
独立自主的一次 －

可曾如此懒散过？
在一块石板上
晒几个世纪的太阳 －
甚至不对正午 － 看上一眼？

J655（1862）/ F464（1862）

没有这 － 一无所有 －
其他所有财富
似鸟儿的鸣啾 －
闻自大洋彼岸 －

我不会在意 － 收获
少于全部 －
因为这并不包含其中 －
犹如线缝 － 之于圆球？

我渴望一种妙方可以
把我的心灵细分 －
将会扩大 － 感激 －
而不减少 － 黄金 －

J656（1862）/ F465（1862）

它的 － 名字 － 是"秋天" －
它的 － 颜色 － 血红 －
一条动脉 － 在山坡 －
一条静脉 － 沿大道 －

庞大的血滴 － 在巷道 －
哦，颜料的阵雨 －
当风 － 掀翻水盆 －
泼下猩红雨柱 －

它洒在帽子上 － 低洼处 －
它聚成红色的水池 －
然后 － 如玫瑰般 － 涡漩 －
踩着朱红的车轮而去 －

富兰克林阅读版最后一诗节：

它洒在帽子上 － 低洼处 －
它造成朱红 － 水池 －
然后 － 如玫瑰般涡漩 － 而去 －
遗我伴群山。

J657（1862）/ F466（1862）

我居于可能性之中 －
一座比散文更美的华屋 －
更多数不清的窗子 －
门庭 － 更加辉煌 －

房间如雪松之林 －
眼睛无法看穿 －
苍穹复斜
为那永恒屋顶 －

来客 － 最是优秀 －
为居住 － 于此 －
努力张开瘦小的手
去把天国聚拢 －

J658（1862）/ F468（1862）

整个海湾 － 染上红色，舰队 － 染上红色 －
还有船员 － 染上忠诚的鲜血 －
停泊于西方 － 在今晚 －
就如它是独特的陆地 －

并且他们 － 任命造物 －
以认定的队列 －
到期 － 迅疾地 － 如一场戏剧 －
鞠躬 － 消失 －

那一天，当你赞美我，亲爱的，
说我很坚强 －
可以很强大，若我喜欢 －
那一天 － 在众多日子中 －

熠熠发光 － 如一颗宝石
在光艳四射的金子中 －
不起眼的这一颗 － 在底下闪亮 －
却比全世界的 － 都更璀璨。

美好 － 回顾伤悲 －
再忍受一天 －
我们想着隆重的葬礼 －
怀着各种构想的欢乐 －

忆起忙碌的草儿如何
一个个 － 多管闲事 －
直到所有的悲伤与夏日 － 摇曳
无人能看见墓碑。

尽管你今天怀抱的苦痛
更浩大 － 如海洋
远胜它未被记住的那滴 －
它们都是水 － 同样的 －

J661（1862）/ F1056（1865）

若我可以自在飞翔
一如草原上的蜜蜂
只拜访我喜欢的地方
不被任何人探访

整日与毛茛调情
也许就此与之成婚
随意四处住住
或者最好，逃离

没有警察跟踪
如果他跟就把他追
直到他跳上半岛
为把我摆脱 －

我说"只当一只蜜蜂"
在空气的筏上漂流
整日划行在乌有之乡
停泊于"滩外"

多么自由！锁在地牢中的
囚徒做如此想。

J662（1862）/ F1057（1865）

彼此尴尬
而上帝
是启示的极限，

喧嚣
没有什么重要，
但宁静，
神性幽居缄默。

J663（1862）/ F274（1862）

再一次 － 他的声音在门口响起 －
我感觉到了那往日的**气度** －
我听见他向仆人打听
为这样一个人 － 像我 －

我持一朵**花** － 走上前时 －
为我的面孔**辩护** －
今生 － 他从未见过我 －
我可能会使他**瞠目**！

我穿过门厅脚步**凌乱** －
我 － 默默 － 跨过门槛 －
我注视着这个世界的**一切** －
只有他的脸 － 再无所见！

我们**随心交谈** － 又**忐忑不安** －
有一种**铅锤般**的张力 －
各自 － 听起来 － 羞怯 －
只是 － 感觉 **对方** －
多么 － 深邃 －

我们**漫步** － 我把我的狗 － 留在家中 －
一轮温柔 － **体贴**的明月 －
陪着我们 － 仅短短的一程 －

然 － 后 － 我们独处 －

独处 － 若天使们乃"独处" －
在它们初试天空之际！
独处 － 若这些"蒙纱的面孔" － 如此 －
在高处 － 无法数算！

为再一次 － 重温那一刻 － 我愿流尽 －
我血管中的 － 紫红 －
但他必须亲自 － 把这血滴细数 －
为我每一片嫣红的代价！

J664（1862）/ F279（1862）

在忍受创造的所有灵魂中 －
我挑选了 － 一位 －
当感官从精神中 － 锉去 －
遁词 － 完结 －
当那所是 － 与曾是 －
分开 － 内在 － 独立 －
这出肉体的短暂戏剧 －
转变 － 如沙砾 －
当形体展现它们高贵的样貌 －
迷雾 － 被雕走，
看那小原子 － 为我所悦 －
胜过所有名单上的陶土！

J665（1863）/ F286（1862）

坠入以太地界 －

身着草皮袍 －
戴着永恒蕾丝帽 －
胸针 － 冻结 －

金鬃白马 － 银车驾 －
珠带捆扎的行李 －
羽绒行程 － 钻石鞭 －
驰骋去见大伯爵 －

J666（1863）/ F752（1863）①

啊，特内里费②！
隐退的山峰！
代代紫气 － 为你驻停 －
落日 － 检阅她的宝石蓝军团 －
白昼 － 遗你她火红的告别！

宁静 － 披覆着你寒冰的铠甲 －
花岗岩的大腿 － 和钢铁的 － 肌腱 －
盛会 － 或别离 － 同样 － 漫不经心

啊，特内里费！
我膜拜 － 依旧 －

另一版本：

啊，特内里费！ － 隐退的山峰！

---

① 本诗约翰逊版选录第一个版本，富兰克林阅读版选录第二个版本。
② 特内里费岛 Tenerife，亦作 Teneriffe。北大西洋加那特内里费岛上的加拉奇科港利群岛最大岛。属西班牙圣克鲁斯—特内里费省，面积 2060 平方公里，是一火山岛。

代代紫气 － 为你流连 －
落日 － 检阅她的宝石蓝军团 －
白昼 － 遗你她火红的告别!

宁静 － 披覆着你寒冰的铠甲 －
花岗岩的眼 － 和钢铁的 － 耳 －
盛会 － 或别离 － 同样 － 被动
啊，特内里费 － 我恳请 － 依旧 －

J667（1863）/ F787（1863）

开花在高山 － 声称 －
名声清白 －
夕阳的绽放 －
同样 － 承载 －

若有花籽，播撒紫色
妆点白昼 －
而非 － 昏暝的回归线 －
将其挥掷 －

谁耕耘 － 在高山
来临 － 又消失 －
她的繁盛 － 或凋残 －
无人见证 －

当我述说 － 那庄严的花瓣 －
铺陈北 － 东 －
远涉南 － 西 －
在憩息中 － 完满 －

而高山之于夜幕
匹配他的容颜 —
无须用肌肉表明
他这番体验 —

J668（1863）/ F721（1863）①

"自然"就是我们所见 —
山峦 — 午后 —
松鼠 — 阴影 — 大黄蜂 —
不 — 自然就是天堂 —
"自然"就是我们所闻 —
食米鸟 — 海洋 —
雷霆 — 蛰鸣 —
不 — 自然就是和声 —
"自然"就是我们所知 —
但没有艺术可以明言 —
智慧如此虚弱无力
对她的单纯。

J669（1863）/ F590（1863）

没有售卖的传奇
能够如此令人着迷 —
像细读
他自己的一般 —

---

① 富兰克林阅读版最后一句为：对她的真挚 —

正是虚构 － 削弱到貌似有理
我们的 － 小说。当它小到足堪
信赖 － 它并不真实！

J670（1863）/ F407（1862）

人无需一间房屋 － 让鬼魂出没 －
人也无需一座宅院 －
头脑 － 自有走道长廊
胜过楼台轩榭 －

更为安全，在午夜 － 撞上
外在鬼魂 －
相比内部 － 对抗 －
那更冷静的 － 主人 －

更为安全，飞奔过 － 一座修道院 －
乱石追赶 －
相比无月夜 － 在冷僻处 －
与自我 － 遭逢 －

我们 － 在自己身后 － 隐藏 －
最受 － 惊吓 －
刺客 － 藏于我们室内 －
恐怖最轻 －

审慎者 － 携带一把左轮手枪 －
他把门拴上 －
却忽略了一个高级幽灵 －
更近 －

J671（1863）/ F744（1863）

她住在土里 －
水仙 － 居住之所 －
她的造物主 － 她的首府 －
宇宙 － 她的女仆 －

取来她的优雅 － 和色彩 －
美丽 － 和名声 －
苍穹 － 采撷她 －
并取来她的你 － 成为我的 －

J672（1863）/ F638（1863）①

未来 － 从不言语 －
他也不 － 像哑者 －
通过手势 － 一个音节
将其深刻言明 －

但当消息成熟 －
呈现 － 在行动中 －
提前准备 －
逃逸 － 或替代 －

漠视他 －
天赋 － 如厄运 －
他的职责 － 只是执行
命运 － 给他的 － 电报 －

---

① 本诗约翰逊版本富兰克林阅读版均选录了第一个版本，富兰克林阅读版第一、二、
三、五、十一、十二行第一个"－"去掉。

另一版本：

未来从不言语 －
他也不像哑者
通过手势表达
将其抽象言明 －

但当消息成熟
呈现在行动中 －
提前准备 －
逃逸 － 或替代 －

漠视他 －
天赋 － 如厄运 －
他的职责只是执行
命运 － 给他的 － 电报 －

J673（1863）/ F285（1862）

一生可以展示给下界的爱
只是一根细丝，我知道，
而那更神圣之物
隐约在正午的脸之上 －
重击太阳中的火种 －
阻碍加百列的翅膀 －

正是这 － 在音乐中 － 暗示和摇摆 －
在夏日里纵横驰骋 －
蒸馏不确定的苦痛 －

正是这在东方迷恋 －
并且在西方点染变迁
以悲痛的碘酒 －

正是这 － 邀请 － 惊吓 － 赋予 －
飞掠 － 闪烁 － 证明 － 消散 －
返回 － 暗示 － 定罪 － 迷惑 －
然后 － 扔进乐园 －

J674（1863）/ F592（1863）

有一位贵宾的灵魂，
很少外出逍遥 －
更神圣的一群 － 在家中 －
消除那需要 －

并且礼节禁止
主人离去 － 当
他本人 － 正被
人间最尊贵者 － 拜访 －

J675（1863）/ F772（1863）①

香精油 － 压榨而来 －

---

① 克里斯坦娜·米勒（Cristannne Miller）认为，这首诗是 "一幅狄金森作为私密的女诗人的自画像，她将语言和隐喻变形，'挤压'，制造出一份诗歌的 '礼物'，让我们领悟到诗人生命的精华"。Miller, Cristannne. Emily Dickinson：A Poet's Grammar [M]. Cambridge：Harvard University Press，1987：5.

艾米莉·狄金森诗歌全集

取自玫瑰的花油
不光是太阳的 － 表示 －
还是螺钉的礼物 －

普通的玫瑰 － 凋残 －
但精油 － 在女士的抽屉
制造夏天 － 当女士处在
永不止息的迷迭香中 －

J676（1863）/ F878（1864）

最小的蜜蜂酿造 －
一滴蜂蜜的重量
夏日增添 －
满足于她最小的份额助益
琥珀的数量 －

J677（1863）/ F876（1864）

活着 － 是力量 －
存在 － 于自身 －
没有进一步功能 －
全能 － 足矣 －

活着 － 与意志！
能干如神明 －
我们自己的 － 造物主 － 乃 －
如此有限之存在！

J678（1863）/ F482（1862）

沃尔夫临死前问
"这一天谁控制了局面"?
"将军，英国" － "不费力"
他回答 " － 赴死" －

蒙特卡姆 ① － 他对手的精神
微笑着回答 －
"亲爱的"他说，"我的投降
自由的 － 抢先一步 － "

J679（1863）/ F773（1863）

意识到我在我房间 －
有一位无形的朋友 －
他不以身姿证实 －
也不用言语 － 确认 －

也无需地方 － 我把他呈现 －

---

① 詹姆斯·沃尔夫（James Peter Wolfe，1727 年 1 月 2 日—1759 年 9 月 13 日），英国
将领，1759 年在英法全面争夺殖民地的七年战争中率领 8500 人进攻魁北克，就在
英军获得全面胜利之时，沃尔夫却不幸被 3 颗子弹击中，摔落马下，随后气绝身
亡。年仅 32 岁。名画《沃尔夫将军之死》，再现了他战死时的场面。路易斯·约瑟
夫·德·蒙特卡姆（Louis-Joseph de Montcalm，1712 年 2 月 28 日—1759 年 9 月 14
日）侯爵，法国名将，任驻加拿大法军总司令（1756—1759）。蒙特卡姆率领 1500
人在蒙莫朗西河两岸设防，两个月拒不应战，后来沃尔夫越过亚伯拉罕平原，终于
在魁北克附近登陆成功，蒙特卡姆才不得不率军应战，在亚伯拉罕平原战役中，经
过英勇奋战，蒙特卡姆受到致命伤，回城后死去，他不知道他的对手比他先死一步。

更合乎礼节
殷勤的直觉
有关他的陪伴 －

存在 － 是他最大的特许 －
既非他对我
亦非我对他 － 凭口音 －
丧失诚信 －

厌倦他，更古怪
比单调
须知太空中 － 一砂
一世界 －

无论他是否拜访他人 －
居住 － 或不 － 都知道我 －
本能地认定他
不朽 －

J680（1863）/ F724（1863）

每个生命都聚向某个中心 －
表达 － 或静守 －
每个人的天性里都存有
一个目标 －

很少对自己承认 － 它也许 －
太过美好

不能让信誉的鲁莽
冲撞 —

小心翼翼地崇拜 — 好似脆弱的天堂 —
抵达
无望，宛如彩虹的霓裳
触摸 —

然而不屈不挠 — 无疑 — 那距离 —
何其高远 —
对于圣徒缓慢的勤勉 —
天空 —

无法企及 — 也许 — 对于生命的低级冒险 —
但是随后 —
永恒让这种努力
再次奋起。

J681（1863）/ F862（1864）①

在我命运的荒凉之地
努力种下花朵 —
而后 — 我的石头园
结出葡萄 — 和玉米 —

燧石土，若精耕细作
也会回报双手 —
棕榈种，经过利比亚的日照

---

① 约翰逊版只有后一节。

在沙砾中结果 －

J682（1863）/ F888（1864）

它能令蝴蝶 － 飘逸 －
蜜蜂 － 欢欣 －
你二者皆非 －
皆非 － 你之所能 －

如若，我是，花儿，
我宁愿拥有
你的瞬间
胜过蜜蜂的永恒 －

凋谢的满足
对我足够 －
褪入神性 －

和死亡 － 一生 －
丰盈若明眸 －
她不经意的一瞥令我飞升 －

J683（1862）/ F579（1863）①

灵魂之于自身
是位至尊之友 －
或者最恼人的间谍 －

---

① 见书信 L280。

由敌人 － 所能派遣 －

对自己严加防范 －
没有任何背叛令它恐惧 －
它 － 就是它自己的 － 主宰
灵魂应该肃然起敬 －

J684（1863）/ F499（1863）

最佳收获 － 必经过丧失的考验 －
方构成 － 收获 －

J685（1863）/ F500（1863）

不是"启示" － 它之 － 所待，
而是我们未经饰的双眼 －

J686（1863）/ F861（1864）

他们说"时间能够平息" －
时间从未平息 －
真正的痛苦不断增强
就如体力，伴随年龄 －

时间是对烦恼的检验 －
而非一种疗救 －
如果证明它是，也就证明
原本无病 －

J687（1861）/ F196（1861）

我会赠予我帽上的羽毛！
谁知道 － 在看到它时
我的主宰是否会仁慈？
犹如小饰品 － 由逝去的孩童佩戴 －
碰上久久凝视的眼 － 安慰 －
令硬石起泡！

J688（1862）/ F193（1861）

演说—是议会的戏谑 －
泪水 － 是神经的诡计 －
但承负最重的心灵 －
并不 － 总是 － 感动 －

J689（1863）/ F284（1862）①

零点教给我们 － 磷 －
我们学会喜欢火
通过把玩冰川 － 在小男孩时 －
和火绒 － 猜测 － 借对立
力量 － 平衡奇特 －
若白 － 必定 － 为红！
麻痹 － 我们的引信 － 喑哑 －
爆发活力！

---

① 本诗约翰逊版选录第一个版本，富兰克林阅读版选录第二个版本。

另一版本：

零点教给我们－磷－
我们学会喜欢火
通过触摸冰川－在小男孩时－
和火绒－猜测－借对立
力量－平衡空无－
日食－暗示－太阳－
麻痹－我们的引信喑哑
爆发活力－

J690（1863）/ F195（1861）

胜利姗姗来迟－
俯首送至冻僵的唇－
太痴迷于寒霜
而无法品尝－

本该多么甜蜜－
哪怕只是一滴－
难道上帝如此吝啬？
他的餐桌太高－

除非我们踮着脚进餐－
碎屑－配这样的小嘴－
樱桃－适合知更鸟－
大雕的金餐噎死－它们－

上帝谨守对麻雀的誓言－
谁缺乏爱－懂得如何忍饥挨饿－

J691（1863）/ F272（1862）[①]

你是否喜欢夏天？尝尝我们的 －
调味料？买 － 这里的！
病了！我们有浆果，能解渴！
疲乏！绒毛上休假！
迷惘！紫罗兰的庄园 － 烦恼从不觊觎！
俘虏！我们带来玫瑰的解脱！
昏厥！空气的细颈瓶！
即便是死亡 － 仙女的灵药 －
但，哪一个是 － 先生？

J692（1863）/ F715（1863）

太阳持续下落 － 下落 － 依然
没有下午的神采 －
在乡村我感觉 －
家家户户都是正午 －

黄昏持续垂落 － 垂落 － 依然
没有露珠凝结在草丛 －
只是停留在我的额头 －
游移在我的脸庞 －

我的双脚持续昏沉 － 昏沉 － 依然
我的手指清醒 －
然而为何 － 我自己
乃至我的外观 － 声息甚微？

---

① 见书信 L229。

先前我对光多么了如指掌 —
如今我还能得见 —
我正 — 行将就死 — 但
我并不害怕知晓 —

J693（1863）/ F716（1863）

沙滩上误选的贝壳 —
我也非常珍惜 —
碰巧多年之后
款待一颗珍珠 —

缘何如此迟来 — 我低语 —
我对你的需求 — 消失 —
因此 — 珍珠回应 —
我的时代开启

J694（1863）/ F717（1863）

天堂授予每个人
小小的神性
它渴望膜拜这恩典
某个腼腆的夏日 —

半是退避这荣耀
它再三恳求去看
直到这些模糊的茅舍
坠入圆满的永恒 —

风险多么迫近 －
犹如有人要控告一颗星星 －
因他卑鄙的缘故留下这一排
招待绝望 －

仁慈如此普遍 －
我们几乎不再恐惧 －
使刹那能够 －
爱慕 － 永恒 －

J695（1863）/ F720（1863）

像是海洋该分开
呈现更深的海 －
并且 － 更深的 － 而这三个
只是一种推测 －

海洋的周期 －
无法造访的岸 －
自身就是海洋的边界 －
永恒 － 即如是 －

J696（1863）/ F725（1863）

他们在天国的高位无法安慰 －
他们的荣耀 － 对我毫无裨益 －
不完美即最好 － 一如其所是 －

我有限 － 我看不到 －

猜想的大厦 －
其闪烁的边界
围绕兴许的地产 －
对我 － 很不安全 －

我所拥有的财富 － 已让我满足 －
即便它很微薄 －
我会把它一一估算
直到它愉悦我狭隘的双眼 －

胜过更大的价值 －
无论显得多么真实 －
这见证的胆怯生命
不断恳求 － "我不知道" －

J697（1863）/ F726（1863）

我可以给你带来珠宝 － 如果我有意 －
但你已足够 － 对这 －
我可以给你带来圣多明戈的芬芳 －
韦拉克鲁斯的 － 异彩 －

我有 － 巴哈马的浆果 －
但这种小火焰
独自闪烁 － 在草原 －
比那些 － 更适合我 －

从未有人配得上这黄玉 －
和他祖母绿的荡漾 －
装扮 － 为波巴迪拉 ① －
更好 － 我可以带来?

J698（1863）/ F727（1863）

生命 － 我们造就 －
死亡 － 尚不知晓 －
基督与之过从甚密
也就 － 成全他 －

他 － 不会信任陌生人 －
他人 － 会背叛 －
唯有自己支撑 －
这 － 令我满足 －

所有其他路途
他率先穿越 －
再无新的征程 －
远如天堂 －

他坚定的步伐前行 －
温柔的先驱 －
根基定是懦夫
如今 － 不敢冒险 －

---

① 诗中地名都在中美洲，波巴迪拉是圣多明戈的西班牙总督，他下令逮捕哥伦布，把
他遣送回西班牙。

J699（1863）/ F728（1863）

法官就像那猫头鹰 －
我曾听父亲讲 －
猫头鹰的确在橡树上筑巢 －
因此这儿有一个琥珀门槛 －

横斜在我的小路上 －
当前去谷仓 －
若是它给你提供一个小屋 －
它本身并非无用 －

论价格 － 低廉 －
我只要一支小曲
在午夜 － 让猫头鹰选
他喜爱的叠句。

J700（1863）/ F730（1863）

你见过气球群落 － 是吗？
如此优雅的飞升 －
就如一群天鹅 － 抛下你，
为了钻石的职责 －

它们流动的脚轻柔迈出
金色的海洋 －
踢开空气，仿佛它太卑微
对这如此闻名的造物 －

它们的彩带已不见踪影 －
挣扎 － 片刻 － 为呼吸 －
然而人群在底下，欢呼 －
不会要求加演 － 死亡 －

这镀金的造物紧张 － 旋转 －
慌乱地绊倒在一棵树上 －
撕裂她皇家的血脉 －
跌落海中 －

人群 － 带着咒骂消退 －
街道上的尘土 － 回落 －
店员在账房里
议论 － "不过是只气球" －

J701（1863）/ F731（1863）

今日一个想法袭上我心头 －
它从前就曾闪现 －
却没完结 － 又以某种方式折回 －
我无法确定何年 －

也不知晓它去往何方 － 为何
又一次浮现我心间 －
也并不确定，它是什么 －
我是否有办法直言 －

但在我灵魂的 － 某处 － 我知道 －
我以前曾与它相逢 －

它只是给我提个醒 - 仅此而已 -
不会再来 -

J702（1863）/ F732（1863）[①]

第一次悄然降临 -
陌生人的房屋 -
第一次顺利离去 -
当钟声欢庆 -

第一次交流 - 关于
有何掺杂 - 其间 -
为罗得 - 独自
向信仰 - 呈现 -

J703（1863）/ F733（1863）

不见了？那有什么？
瞧那鸟 - 抵达它！
一圈又一圈 - 盘旋再盘旋 -
环绕急剧的气流 -
危险！对她算什么？
失败 - 于彼 -
胜过争辩 - 在此 -

---

① 约翰逊和富兰克林都认为此诗涉及《圣经·旧约·创世记》第 19 章，天使来到罗
得家，毁灭蛾摩拉和所多玛城的故事。

蓝色是蓝色 － 世界通过 －
琥珀 － 琥珀 － 珠露 － 珠露 －
找寻 － 朋友 － 并了然 －
天空羞于大地 － 就这样 －
腼腆的天空 － 你的爱人微小 －
也 － 躲闪于 － 你 －

J704（1863）/ F734（1863）

无关紧要 － 现在 － 亲爱的 －
但当我是伯爵 －
难道你不希望你曾
和那无趣的女孩搭讪？

微不足道的一个字 － 仅仅 －
微不足道的 － 一个微笑 －
难道你不希望你曾勾一个
当我是伯爵？

那时 － 我不会需要它 －
羽冠 － 会相宜 －
雄鹰在我的搭扣上 －
也在 － 我的皮带上 －

白貂皮 － 我寻常的长袍 －
说 － 亲爱的 － 那时
难道你不希望你 － 仅对我 －
微笑？

J705（1863）/ F775（1863）

悬疑 － 比死亡更敌意 －
死亡 － 无论多么辽阔，
就只是死亡，不会再增加 －
悬疑 － 不会结束 －

但枯萎 － 再生发 －
只不过是又枯死 －
湮灭 － 为肉体镀上
不朽 －

J706（1863）/ F777（1863）

生命，死亡，和巨人们 －
诸如此类 － 仍然是 －
小小的 － 设备 － 磨坊的料斗 －
蜡烛旁的甲虫 －
或者横笛的声名 －
维持 － 全凭他们意外宣告 －

J707（1863）/ F779（1863）

优雅 － 我自己 － 也许无法获得 －
授予我的花儿 －
只折射出一副容颜 －
因为我 － 栖于她 －

J708（1863）/ F784（1863）

我有时放下它，为痛快 －
那活着的想法 －
思及莫名欢悦 －
更为疯狂 － 去设想 －

抚慰骇人的伤痛
它整日撕扯，
没有片刻舒缓 －
死 － 看似遥不可及 －

谵妄 － 娱悦可怜虫
为他断头台嘶鸣 －
吊索的运动诱使头颅
如此接近天堂 －

暗礁 － 轻松爬出海面
吞噬脆弱的航线 －
水手浑然不知重创 －
直到挨过痛苦 －

J709（1863）/ F788（1863）

发表 － 是拍卖
人的灵魂 －
贫困 － 批准
这种污秽行径

也许－只有我们－宁愿
从我们的阁楼
一身洁白－去见圣洁的造物主－
也不愿投资－我们的白雪－

思想归于赋予者－
然后－属于孕育者
它的有形说明－出售
给高贵的空气－

打成小包－要做
天恩的商贾－
勿使人的精神
蒙受价格的羞辱－

J710（1863）/ F765（1863）

朝阳为二者奔跑－
东方－她紫色的诺言
对小山信守－
正午松开她的蔚蓝
直到一幅覆盖两个－
最遥远的－依旧－

黑夜也没忘
给每个－一盏灯－
灯芯挑亮－
北方－她闪耀的标志
立于碘紫－

直到二者 － 能见 －

午夜阴暗的臂膀
环抱两个半球，和众多家园
因此
一个 － 在她胸腔 －
一个在她裙脚 －
双双安卧 －

J711（1863）/ F770（1863）

痛饮他们使人振奋的思想
令我的精神 － 能够
穿越沙漠或荒野
犹如携带尘封的佳酿 －

步履轻盈 － 或如那
骆驼的特点 － 获得 －
这激励多么有力
对于密闭的心灵 －

J712（1863）/ F479（1862）

因为我不能停步等候死神 －
他便为我殷勤停车 －
车厢所载只有我们俩 －
和永生。

我们缓缓前行－他知道无须着急
而我也抛开
劳作和闲暇，
为他的彬彬有礼－

我们经过学校，恰逢课间休息
孩子们正努力－围成圈－
我们经过谷物凝视的田野－
我们经过落幕的太阳－

或者更确切地说－他经过我们－
露珠带来颤抖和清凉－
因为只是一层薄纱，我的衣裙－
我的披肩－只是丝绢－

我们停在一座房前
好似大地的一个隆包－
房顶几无可见－
屋檐－隐没地面－

自此－已有几个世纪－然而
却感觉短过这一天
我首次猜出马头
是朝向永恒－

J713（1863）/ F481（1862）

我的声名，去证明，
其他所有的赞美

多余 － 奉承
超过必需 －

我的声名匮乏 － 尽管
我的名姓否则至高无上 －
此乃一种无誉之誉 －
一顶无用的王冠 －

J714（1863）/ F490（1862）

休憩在黑夜
太阳不再闪耀，
自然 － 和一些人 －
休憩在正午 － 一些人 －
当自然
和太阳 － 继续向前 －

J715（1863）/ F491（1862）

世界 － 感觉蒙垢
当我们停止死亡 －
我们想要露珠 － 于是 －
荣耀 － 尝起来干涩 －

旌旗 － 烦扰将死的脸 －
但最小的扇子
由朋友的手扇动 －
清凉 － 如雨滴 －

我的使命就是
当你的干渴来临 —
取来，塞萨利 ① 的露珠 —
席布拉 ② 的香膏 —

J716（1863）/ F495（1862）

白昼褪去 — 自身衣衫 —
她的吊袜带 — 金黄 —
她的紫裙 — 恰如 —
她的麻纱 — 一样古老

确切 — 如世界
然而最新的星星
展露在半球 —
像她一般 — 皱纹纵横 —

太近于上帝 — 无法祈祷 —
太近于天堂 — 难以恐惧 —
那西天的贵妇
退去没有一丝留恋 —

她的蜡炬将尽
明灭摇曳
在异域港口 — 的桅杆 —

---

① 希腊东部一地名。
② 西西里古镇，以产优质蜂蜜出名。

尖顶 — 和窗格。

J717（1863）/ F496（1862）

乞儿 — 死得早 —
有几分因为寒冷 —
有几分因为疲惫的脚 —
或许，还因为这个世界 —

这残酷 — 微笑 — 鞠躬的世界 —
走它的麻纱道 —
听不见胆怯的恳求"面包" —
"亲爱的夫人 — 行行好" —

若这双疲惫的脚可以立于
获救赎的孩子们中间 —
赤脚的时光就被 — 遗忘 —
凄风 — 苦雨 —

那双讨要小钱的小手
那时 — 崇拜地举起 —
因为向他祈求破衣 — 烂衫
从未徒劳 —

J718（1863）/ F881（1864）

我本以为我来了能够见到她 —
死亡 — 有着同样的想法 —

但是好像－成功－是他的－
而失败者－是我－

我本打算告诉她我多么渴望
为这仅有的一次相聚－
但死亡已经先告诉了她－
她已经随他，离去－

而今－四处漫游－是我的休憩－
而休息－休息将是
飓风的特权
对记忆－和我－

J719（1863）/ F883（1864）

南风－哀婉凄楚
如泣如诉－
仿佛移民在登岸之际
揣摩住址－

港湾依稀－人群飘渺－
不甚了然－
更美－因为遥远－
也因为陌生－

J720（1863）/ F742（1863）

再无囚徒－

在自由之地 －
他本身 － 与你同住 －

J721（1863）/ F743（1863）

在我之后 － 沉入来世 －
在我之前 － 不朽 －
我自己 － 中间这一段 －
死亡只是东方灰白的堆积，
融入黎明，
在西方开始之前 －

这是王国 － 后来 － 他们说 －
完美无瑕 － 永不停息的君主国 －
其王子 － 乃无人之子 －
他自己 － 他无限期的王朝 －
他自己 － 他本人的变化多端 －
神圣的一式两份 －

此乃我之前的奇迹 － 于是 －
此乃身后的奇迹 － 中间 －
海上一弯新月 －
携午夜给她的北方 －
携午夜给她的南方 －
以及天上的 － 大漩涡 －

J722（1863）/ F745（1863）

亲爱的山峰 － 你从不对我说谎 －

从不拒绝 － 从不飞离 －
同样坚定不移的眼眸
把我注视 － 无论失败 － 或伪装，
或者凭借王者的名义失效 －
它们淡远 － 悠然 － 紫罗兰的凝视 －

我强壮的圣母 － 依然珍视 －
执拗的修女 － 在山底 －
向你 － 呈奉 －
她迟迟的膜拜 － 当白昼
从天空消退 －
抬起眉头向你 －

J723（1863）/ F746（1863）

它颠簸着 － 颠簸着 －
一艘小小的双桅船，我知道 － 被风浪突袭 －
它旋转着 － 旋转着 －
疯狂地挣扎，为黎明 －

它踉跄着 － 踉跄着 －
像个醉汉 － 蹒跚 －
它洁白的脚被羁绊 －
然后踪影全无 －

啊，双桅船 － 晚安
对你和你的船员 －
大洋的心太平静 － 太蔚蓝 －
难以为你忧伤 －

J724（1863）/ F747（1863）

创造一个生命简单 －
上帝每天 － 都在做 －
创造 － 不过是他
权力的嬉戏 －

把它抹掉简单 －
节俭的神
很少赋予永恒
自发 －

那毁灭的式样低诉 －
但他不受干扰的宏图
继续 － 这里插入 － 一个太阳 －
那里 － 把一个人略去 －

J725（1863）/ F749（1863）

哪里有你 － 哪里 － 就是家 －
卡什米尔 － 还是骷髅地 － 都毫无二致 －
尊贵 － 或是屈辱 －
我很少考虑地方的名字 －
所以我会来 －

你所做的 － 就是喜悦 －
奴役如游戏一般 － 甜蜜 －
囚禁 － 满足 －
判决 － 圣事 －

491

只要咱俩 － 相遇 －
哪里没有你 － 就悲痛 －
尽管香料成堆 － 成排 －
你所不做的 － 绝望 －
尽管加百列 － 把我赞扬 － 先生 －

J726（1863）/ F750（1863）

我们起初干渴 － 此乃自然之举 －
后来 － 行将死时 －
哀求一滴水珠 －
向过往手指 －

它暗示那更美的想望 －
其充沛供给
是西方洪流 －
名曰永恒 －

J727（1863）/ F751（1863）

十分宝贵 － 对于我她仍是 －
尽管她忘了我的名姓 －
我穿着的长袍式样 －
我头发确切的颜色 －

如此像是草地 － 如今 －
我竟敢展示它们的一绺长发

若偶尔 － 她也许不会鄙夷
金凤花的盛装 －

我知道整体 － 模糊局部 －
那抚慰心灵的 － 少许
直到数字的帝国 －
铭记 － 如女帽商的花
当夏日的永恒天赋 －
遭遇眼花缭乱的蜜蜂 －

J728（1863）/ F754（1863）

让我们扮演昨天 －
我 － 在上学的小女孩 －
你 － 与来生 － 那
未透露的传奇 －

缓解我的饥荒
靠我的词典 －
对数 － 若我 － 饥渴 －
则是干葡萄酒 －

有所不同 － 必定 －
梦想点染睡眠 －
清晨美妙的红色
使盲人 － 雀跃 －

蛋中的生命寂静 －

磨擦那壳 －
当你为那椭圆困惑 －
鸟儿跌落 －

镣铐暗淡 － 据说 －
对于新解放者 －
自由 － 更普通 －
永不可能 － 对我 －

这是我最后的感激
当我入睡 － 在黑夜 －
这是最先的奇迹
请进 － 伴随光 －

云雀能够重居那壳 －
更容易 － 为了天空 －
难道监禁不会比昨天
伤害更多?

难道地牢不会更严重地折磨
自由 － 之人 －
只是足够长久去品尝
然后 － 宣判新的 －

镣铐的上帝
犹如自由人的 －
请不要将我的自由
拿走 －

J729（1863）/ F755（1863）

改变！当山峦变幻 －
动摇！当太阳
质疑他的光耀
是否完美 －

贪婪！当水仙
攫取露珠 －
恰如她本身 － 先生
我会 － 对你 －

J730（1863）/ F850（1864）

欺骗我一只蝴蝶 －
合法的继承人 － 为你 －

J731（1863）/ F851（1864）

"我想要" － 它恳求 － 它整个的生命 －
我想要 － 乃它主要所说
当本领乞求它 － 最后一次 －
当如此新近死亡 －

我并不认为它太迟 － 倾听
那独一的 － 坚定的叹息 －
双唇正张开伴着"请"的姿态
向着永恒 －

J732（1863）/ F857（1864）

她应他的要求而起 － 放下
她生命中的玩具
去承担**女人**和妻子
光荣的工作 －

若在她新的一天她本该错过，
辽阔，或敬畏 －
或最初的企盼 － 或黄金
在使用中，消耗，

它存在不被提及 － 如大海
孕育珍珠，和水草，
唯有他自己 － 清楚
它们居住的深度 －

J733（1863）/ F718（1863）

精神是意识之耳 －
我们的确听见
当我们内察 － 真切可闻 －
在此 － 这被容许 －

而对其他服务 － 如声响 －
有次要的耳朵悬挂
在城堡之外 － 它包含 －
另一个 － 只是 － 听 －

J734（1863）/ F719（1863）

若他还活着 － 难道我敢问 －
他会怎么死 －
因此我绕着这些词前行 －
唯恐 － 与它们碰面 －

我暗示变化 － 时光的流逝 －
岁月的表面 －
我小心地擦拭 － 以防它们爆裂 －
把恐惧显露给我看 －

返回到毗连的生命 －
熟练地翻出
我怀疑是坟墓的所在 －
它更审慎 － 我想 －

而他 － 我猛推 － 以迅猛的力 －
面对着那悬念 －
"已埋了" － "埋了"！"他"！
我的生命恰抓住沟堑 －

J735（1863）/ F722（1863）

已终结的人生
没有更酷的事情降临 －
相比生命甜蜜的推算 －
钟声与棺椁的混合 －

合成撕裂的曲调 —
对于死这一侧的耳朵 —
是花冠 — 与葬礼 —
在路上 — 致敬 —

J736（1863）/ F723（1863）

有谁像我一样
调查三月，
把山坡的新房子发现 —
可能还有一座教堂 —

那并不，我们确信 —
新近如白雪 —
今天 — 若我们存在 —
尽管这怎么可能？

有谁像我一样
猜想谁可能是
那些住所的居民 —
如此轻易去往天空 —

好似上帝应是
最近的邻居 —
而天堂 — 一种便捷的天恩
供观瞻，或陪伴？

有谁像我一样
妥善保存这魔力

通过一年四季
小心回避那处所，

除了三月 — 那时节
我的村庄能见 —
可能还有一座尖塔 —
并非后来 — 由人所建 —

J737（1863）/ F735（1863）

月亮还只是一个金下巴
一两个夜晚之前 —
如今她转过姣美脸庞
面向人寰 —

额头是最纯粹的金黄 —
面颊 — 碧玉雕成 —
眼睛唯有夏日朝露
最为相像 —

琥珀的唇从未开启 —
但那一定是微笑
她可以给予朋友
也即她银白的意志 —

何等的荣耀成为
即便最渺远星辰 —
因为她走自己的路时
必定经过你闪光的门前 —

她的软帽是苍穹 －
山谷 － 是她的鞋子 －
群星 － 她腰带上的小饰品 －
她的麻纱裙 － 蔚蓝 －

J738（1863）/ F736（1863）

一天 － 你说我"伟大" －
那就"伟大" － 如果能让你高兴 －
或渺小 － 或任何尺码 －
不 － 我是那适合你的尺码

高大 － 如雄鹿 － 可以吗？
或者卑微 － 如鹪鹩 －
或者我曾见过的其他物类
的任何高度？

请明说 － 猜太乏味 －
我会成为犀牛
或老鼠
即刻 － 为你 －

比如说 － 如果女王
或者花童 － 能够令你欢悦 －
我就是她 － 或者一无所是 －
或者其他 － 如果还有其他 －
只需符合这一条 －
我适合你 －

J739（1863）/ F737（1863）①

多少次我以为宁静降临
其实还十分渺远 －
如遇难的船员 － 相信看见了陆地 －
在大洋的中心 －

挣扎逐渐松懈 － 只证明
和我一般绝望 －
还有多少虚幻的海岸 －
在驻港之前 －

J740（1863）/ F774（1863）

你教我独自等待 －
把约定严格遵守 －
你教我命运的坚忍 －
这 － 我也 － 学会 －

一种死亡的高度，那不会
更痛苦地阻止
甚过生命 － 在它之前 － 所为 －
然而 － 还有一种科学 －

把你知道的天国 － 理解
你不会因我
感到羞惭 － 在基督光明的接见
于那只更遥远的手 －

---

① 富兰克林阅读版最后一句: 或者什么港湾 －

J741（1863）/ F776（1863）

戏剧最具生命力的表现
是在日常生活
有关我们的升起和沉落 －
别样的悲剧

在吟诵中毁灭 －
这 － 最优秀的表演
当观众散尽
包厢关闭 －

"哈姆莱特"还是哈姆莱特 －
如果莎士比亚没有写 －
即便"罗密欧"没有留下任何记录
关于他的朱丽叶，

永无休止的表演
在人类的心中 －
唯有录制它的剧院
所有者无法关闭 －

J742（1863）/ F778（1863）

四棵树 － 在一片荒野 －
未经设计
或安排，或明显的行为 －
存留 －

太阳 － 在清晨与之相遇 －

风 －
再无更近的 － 邻居 －
除了上帝 －

大地给予它们 － 住所 －
它们 － 给他 － 过客的青睐 －
树荫，或松鼠，偶尔 －
还有男孩 －

欲有何为它们对大自然 －
有何计划
它们分头 － 阻延 － 或甚至 －
无从得知 －

J743（1863）/ F780（1863）

鸟儿自南方报道 －
一个消息给我 －
一种芬芳的控诉，我的小邮差 －
但我今天 － 耳聋 －

花儿 － 吁求 － 羞怯的簇拥 －
我加固房门 －
去盛开给蜜蜂 － 我说 －
别再 － 烦我 －

夏日丰姿，为眼球招摇 －
疏远 － 她最美的盛装 －
心 － 刺激眼睛
断然拒绝 －

最终，一位悲伤者，像我一样，
她黯然离去 －
把她的寒霜思量 － 于是
我忆起她 －

她让我苦痛，因为我正悲悼 －
我不给她一言 －
我的见证 － 是我戴的黑纱 －
她的 － 见证 － 是她的死 －

从那时起 － 我们 － 一起居住 －
我从不质疑她 －
我们的契约
一种明智的同情 －

富兰克林阅读版最后一诗节为：

从那时起 － 我们 － 一起居住 －
她 － 从不质疑我 －
我也从不 － 她本身 －
我们的契约
一种明智的同情

J744（1863）/ F781（1863）

悔恨 － 是记忆 － 觉醒 －
她的会众全部骚动 －
过去的一幕幕呈现 －

在窗前－在门口－

过往－坐于灵魂面前
擦着一根火柴－
熟读－以帮助－
它浓缩的派送－

悔恨不可救药－这种病
即便上帝－也无法医治－
因为这是他的规约－而且
足够抵得上－地狱－

J745（1863）/ F782（1863）

克己－是一种锋利的德行－
放任
一种期望的－实现－
不是现在－
抠瞎眼睛－
正当日出－
以免白昼－
白昼的伟大先祖－
竞争胜出
克己－是选择
反对它自己－
自己向自己
证明有理－
当更大的功能－
令其变得－
渺小－那在此－遮蔽视野－

J746（1863）/ F783（1863）

切莫转向社交
他会徒劳寻求 —
谁是他的知己
从芸芸众生 — 培育
智者也会疲倦 —
但活在内心者

从不知厌烦 —
胜过消受
边境民谣 —
或者比斯开湾颂诗 —
也无须引介
把你 — 向他 —

J747（1863）/ F785（1863）

它低低坠落 — 我亲眼目睹 —
我听到它撞上地面 —
在我心底的石头上
摔成碎片 —

然而抱怨命运破碎 — 不如
痛斥我自己，
因为是我供奉在银架上
把那镀金的瓷器 —

J748（1863）/ F786（1863）

秋天 － 俯视我的针织 －
染料 － 他说 － 我有 －
能够令火烈鸟蒙羞 －
给我看 － 我说 －

胭脂虫红 － 我选择 － 认为
它和你相像 －
而那小边缘 － 微暗 －
因为像我 －

J749（1863）/ F789（1863）

除了死亡，一切皆可调整 －
朝代翻修 －
体制 － 在其窠臼中重整 －
城堡 － 消除 －

生命的废墟 － 重焕光彩
在接下来的春天 －
唯独 － 死亡 － 自己 －
免除于变化 －

J750（1863）/ F790（1863）

人的成长 － 如自然生发 －
源于内在 －

空气，阳光许可 －
独自 － 萌动 －

每个 － 艰难理想
必须自己 － 达成 －
凭借孤独毅力
在静默人生 －

拼搏 － 是唯一的处境 －
自身的坚忍 －
对立力量的忍耐 －
完整的信念 －

旁观 － 是看客的
习惯 －
但交流 － 却无丁点
支援 －

J751（1863）/ F791（1863）

我的价值乃我全部的怀疑 －
他的功绩 － 我所有的恐惧 －
与之相比，我的才能
的确 － 显得低劣 －

以防我证明无力满足
他钟爱的需求 －
这最首要的忧惧
在我拥挤的头脑 －

艾米莉·狄金森诗歌全集

的确 – 神天生就有
屈尊的倾向 –
因为没有什么比它更高
可以让它依傍 –

所以我 – 他特选内容的
这个并不神圣的寓所 –
驯服我的灵魂 – 仿佛是座教堂，
与她的圣礼相合 –

J752（1863）/ F792（1863）

就这样眼睛搭讪 – 并离开
一个观众 –
铭刻 – 偶尔 – 永远 –
就这样也许面容
招待 – 无需寻访
一个面容
在邻近的视界 –
消失 – 只要认出 –

J753（1863）/ F793（1863）

我的灵魂 – 指责我 – 我诚惶诚恐 –
如金刚石的唇舌辱骂
整个世界指责我 – 我一笑置之 –
我的灵魂 – 那个清晨 – 乃我的知己 –

她的青睐 － 是对时间

或人的诡诈 － 最好的鄙视 －

而她的鄙视 － 不如忍受熊熊烈火的炙烤

更为轻松 －

J754（1863）/ F764（1863）

我的生命 － 一把上了膛的枪 －

伫立在角落 － 直到有一天

主人经过 － 确认 －

带我离开 －

如今我们漫步于皇林 －

如今我们把母兽猎杀 －

每当我代他发号施令

群山便立即响应回答 －

只要我粲然一笑，炽热光辉

顿时把幽谷照亮 －

仿佛维苏威火山的容颜

突然迸发欢乐 －

当夜幕降临 － 我们欢乐的一天结束 －

我守护着主人的床头 －

这比分享深深下陷的鸭绒

睡枕 － 更为享受 －

对于他的仇敌 － 我就是死对头 －

不会有任何犹疑 －
我用一只黄眼把他瞄上 －
扣动那个有力的拇指 －

虽然我比他 － 可能活得更长
但他定会比我 － 更为长寿 －
因为我只有杀伤的本领，
却没有 － 去死的力量 －

J755（1863）/ F766（1863）[①]

没有食米鸟 － 收起他的歌唱
当那唯一的树
他曾有意占据
被农夫 －

砍至根部 －
他广阔的未来 －
最佳的视野 － 消失 －
音乐就是他
唯一的安慰
勇敢的食米鸟 －

J756（1863）/ F767（1863）

我有福乐远胜其他

---

① 富兰克林阅读版最后三行为：勇敢的食米鸟 － / 他的音乐就是他 / 唯一的安慰 －

在我看来如此巨大
我停止盘算 － 心满意足 －
为这销魂尺寸 －

它是我梦的界限 －
祈祷的焦点 －
完美的 － 令人瘫软的福佑 －
满足犹如绝望 －

我不再知晓匮乏 － 或寒冷 －
两者皆成幻影
因这魂灵中新的价值 －
胜过尘世无数 －

天堂之下天堂之上 －
由更加光艳的幽蓝遮蔽 －
生命的纬度倾向 － 圆满 －
审判也已 － 消亡 －

为何极乐分配如此稀少 －
为何天堂拖延 －
为何提供给我们的洪流 － 以碗 －
我不再追索 －

J757（1863）/ F768（1863）

群山 － 悄然生长 －
它们紫色的身躯屹立
没有企图 － 不会衰竭 －
永无支持 － 或者喝彩 －

在它们永恒的脸上
太阳 － 带着辽阔的欣喜
久久注目 － 流连 － 金光闪耀 －
为友谊 － 在夜间 －

J758（1863）/ F769（1863）

这些 － 看见过美景 －
轻轻将它们合上 －
这些 － 带着笑靥 －
缓缓将其抚平 －
这 － 讲过别离之音 －
快 － 亲爱的嘴 － 如此把你想念 －

这 － 我们轻抚 －
无数的 － 绸缎 －
这些 － 我们揽入怀中 －
曙光修长的手指 －
不那么颐指气使 － 这个正午 －

这些 － 调整 － 那跑来迎接我们的 －
珍珠 － 为袜 － 珍珠为鞋 －
天堂 － 唯一的宫殿
如今 － 适合她的接待 －

J759（1863）/ F480（1862）

他战斗如无所可失 －

把自己投于枪林弹雨
仿佛将来的生命对其
再无他途 －

邀约死神 － 心怀大胆的企图 －
但死神对他讳莫如深
就像他人，对死神讳莫如深 －
对他 － 活着 － 是宿命 －

他的同伴，飘零如雪花
当疾风翻转着暴雪 －
但他 － 依然活着因为
贪求死亡 －

J760（1863）/ F483（1862）

最触动我的是她的缄默 －
最赢得我的是她呈现
她娇小身影的方式 －
它自身恳求 － 怜悯 －

若丁点碎屑是我全部的资财 －
若大地上饥荒遍野 －
若这是我赖以生存的食粮 －
我是否能承受这样的恳求 －

并不用她的膝盖来谢我
这位从天而降的乞者 －
但碎屑分享 － 离去 －

再次回到高处 －

我猜想 － 当突然
这样一种赞歌开启
恰如空间坐唱
对她自己 － 与人类 －

那是长翼的乞丐 －
我随后得知
向她的恩主
致以谢意

J761（1863）/ F484（1862）

从空白到空白 －
一条没有线团的路
我拖着机械的脚步 －
停止 － 或毁灭 － 或前进 －
同样的冷漠 －

如果我抵达的终点
它终结在
不定的揭示之外 －
我闭上眼睛 － 四下摸索
更是轻松 － 成为盲者 －

J762（1863）/ F485（1862）

它的整体从未立刻呈现 －

它是一个慢性杀手 —
猛然刺入 — 然后再给生命一个机会 —
使麻木的福佑 —

猫儿暂时放过了老鼠
她松开了她的牙齿
只是希望能够戏弄更久 —
然后让它疲软而死 —

死 — 是生命的奖赏 —
如果顷刻毙命心满意足 —
好过半死不活 — 挣扎
直到意识的崩溃 —

J763（1863）/ F486（1862）

他讲了一个平常的故事
以泪水渲染 —
在他婴儿的脸上刻着
岁月的伤痕 —

整个皱缩的是脸颊
再无其他亲吻得知
除了雪花，与谷仓红胸的知更鸟
共同分享 —

若母亲 — 在坟墓 —
或父亲 — 在海上 —

或父亲在天空 －
或兄弟，若他有 －

若联邦之下，
或联邦之上
失去了一位赤脚的公民 －
我已赎回它 － 活着的 －

J764（1863）/ F487（1862）

预感 － 是草地上 － 那长长的阴影 －
象征着太阳西沉 －

告知受惊的小草
黑暗 － 就要来到 －

J765（1863）/ F488（1862）

你构成了时间 －
我相信永恒
你自己的启示 －
它因此是神

绝对 － 将相对
移除 －
所以我向他调整
我迟缓的崇拜 －

J766（1863）/ F489（1862）

我的信念大于群山 —
所以当群山崩塌 —
我的信念定会乘紫轮
为太阳引道 —

起先他踏上风向标 —
然后 — 登上山巅 —
然后巡游世界
去执行他金色的意愿 —

如果他黄色的脚落空 —
鸟儿不再飞翔 —
花儿将在茎秆上沉睡 —
钟声中不再有天堂 —

因此，我怎敢，吝惜这信念
如此关系重大 —
以防天空因我坍塌 —
箍上的铆钉

J767（1863）/ F492（1862）

提供英勇的援助
给孤立的生命 —
当其无法阻止他们 —
是人 — 但神

赠予充沛的体力
给无名之辈 －
其亲切的祝福
无人 － 停下获取 －

J768（1863）/ F493（1862）

当我希冀时，我忆起
正是在我过去所站的地方 －
一扇面西的窗前 －
最冷冽的寒风 － 亦爽 －

冻雨不能把我咬伤 －
严霜不能让我寒冷 －
正是希望保持我温暖 －
而非美利奴羊毛披肩 －

当我恐惧时 － 我忆起
正是在那一天 －
大千世界躺在太阳底下 －
然而自然却冰冻三尺 －

冰锥扎在我的灵魂上
青紫冰凉 －
鸟儿飞舞着赞美一切 －
只有我 － 无动于衷 －

而我绝望的那一天 －
这 － 如果我遗忘 －

自然会 － 那将是黑夜
在太阳沉没之后 －
黑暗贯穿她的脸 －
笼罩她的眼 －
自然迟疑 － 在
记忆和我面前 －

J769（1863）/ F497（1862）

一加一 － 等于一 －
二 － 被弃而不用 －
对学校已经足够 －
除非内在选择 －

生命 － 只是 － 或者死亡 －
或者永恒 －
再多 － 将太浩瀚
对于灵魂的容纳 －

J770（1863）/ F498（1862）

我依恐惧而生 －
对那些懂得之人
激励潜藏于
险境 － 其他动力
麻木 － 无力 －

仿佛是针刺 － 在灵魂上 －

惊恐会催逼它
去往没有幽灵帮助的地方
挑战绝望。

J771（1863）/ F870（1864）

无法体验匮乏
慷慨者 － 一无所知 －
饥荒事实 － 不可能
除了玉米的实情 －

需求 － 是贫瘠的艺术
由对立面获得 －
贫穷若不曾丰裕 －
不会潦倒 －

J772（1863）/ F871（1864）

圣化痛苦
犹如圣化天国，
获得均以肉体为代价 －
巅峰并不赐予 －

那在半山腰
奋力攀爬的他 －
当他抵达山顶 －
一切 － 就是一切的代价 －

J773（1863）/ F872（1864）

剥夺了其他宴请，
我款待我自己 －
起先 － 一点稀薄营养 －
一片并不充足的面包 －

但些许累积增加
到如此受人尊敬的份额
于我足够豪奢 －
几乎可以满足

一只知更鸟的饥饿 － 缓解 －
红色的漫游者，他和我 －
桌上的一粒浆果
留存 － 为施舍 －

J774（1863）/ F873（1864）

一种孤寂的欢欣 －
却让心灵圣洁 －
伴随美丽的遐想 －
乘长风远游

偶闻鸟儿鸣啾
欢快毫无缘由 －
捉不着也看不见 －
一件天空的事务 －

J775（1863）/ F874（1864）

如果过失在我 － 罚没我 －
但请不要让我失去你 －
失去你？这个说法已自
信仰 － 和家园 － 放逐 －

J776（1863）/ F875（1864）

女王的颜色，是这 －
太阳的颜色
在日落时分 － 这与琥珀 －
绿玉 － 和这，在正午 －

当夜晚 － 极光的辽阔
突然投到人身上 －
是这 － 与魔法 － 自然保持
一排 － 为碘紫 －

J777（1863）/ F877（1864）

孤寂，人不敢试探 －
倒宁愿去猜测
就像待在坟墓里探究一番
以确认它的大小 －

孤寂其最糟糕的恐慌

就是害怕它会看见 —
并且在自身面前消亡
仅仅因为一次细察 —

这深渊不会被测量 —
而是在黑暗中避开 —
伴随意识的延宕 —
和存在的封锁 —

我怕自己这样 — 就是孤寂 —
灵魂的缔造者
它的走道和洞穴
照亮 — 或密闭 —

J778（1863）/ F879（1864）

那欲致意的 — 一小时前 —
是最离奇的距离 — 此刻 —
若它有一位天堂的来客 —
既不热情洋溢，难道它，也不鞠躬行礼 —

若它有来自正午的一个消息
既不容光焕发，难道它，也不温暖如春 —
请让我配那银色的沉默 —
请让我配那坚实的平静 —

J779（1863）/ F880（1864）

没有任何希冀的照拂 —

最为温柔，我想 —
因其不由定量
有回报的工作 — 支撑 —

有收获的冲动 —
和目标的动力 —
没有任何勤勉像那
一无所知直到 —

J780（1863）/ F882（1864）

真理 — 岿然不动 —
其他力量 — 也许被认为能够移动 —
这 — 那么 — 最有利于信心 —
当最古老的雪松弯曲 —

橡树松开它们的拳头 —
群山 — 无力地 — 倾斜 —
多么优秀的一具躯体，那
挺立无需一根骨头 —

多么充沛的一种力量
无需一根柱子支撑 —
真理独自持守 — 而相信她的
每个人 — 大胆攀升 —

J781（1863）/ F884（1864）

等待一小时 — 很漫长 —

如果爱恰巧在其外 －
等待终生 － 也很短 －
如果最终有爱回报 －

J782（1863）/ F885（1864）

有一种乏味的欢愉 －
与喜乐大为不同 －
犹如寒霜有别露珠 －
尽管 － 元素相似 －

然而一个 － 取悦花朵 －
一个 － 花儿憎恶 －
最好的蜂蜜 － 凝结变质 －
对于蜜蜂 － 毫无价值 －

J783（1863）/ F504（1863）

群鸟在四点开启 －
黎明的时刻 －
漫天的乐音弥散 －
如与正午毗邻 －

我无法估量这力量 －
声声倾泻
如条条小溪奔流
把池塘丰盈。

没有见证 －
偶有人听 －
以平凡的勤勉列队 －
去把清晨赶超 －

也不为喝彩 －
我可以确定 －
而是单纯的迷狂
对神，和人 －

到六点，洪流退却 －
不再有喧闹
梳妆，或离别 －
乐队 － 消散 －

太阳独占东方 －
白昼掌控了世界 －
那引介的奇迹
遗忘，随着实现。

J784（1863）/ F886（1864）

失去一切，我沦落异域 －
没少丧失当我
身处新的半岛 －
坟墓先于我 －

得到我的住所，在我之前 －
当我寻找我的床 －

坟墓已憩于其上
那为我准备的枕头 －

我醒来发觉它已先醒 －
我起床 － 它跟随 －
我试图将其抛入人群 －
丢入大海 －

在假寐的杯中
浸其形散 －
坟墓 － 结束 － 但那铁锹
依旧留于记忆 －

J785（1863）/ F505（1863）

他们有点小名气 － 那对我
是韵律 － 不 － 是美妙的乐音 －
在消褪时最为芬芳 － 表明 －
桂冠诗人的 － 风范 －

J786（1863）/ F887（1864）

更为繁重的劳役
我急切地要求
来填补你的生命离去
遗留的可怕空虚 －

我以我的旋转忧烦自然

当她的已停止运转 －
当她把她的工作抛开
我的才刚刚开始 －

我努力劳累头脑和筋骨 －
以使闪亮的神经扈从
受扰疲倦 －
把活力阻隔

将某种迟钝的安慰获取
将头颅搁置之人
他们知道发丝 －
却忘了白昼的颜色 －

痛苦不会停歇 －
黑暗坚实稳固
犹如我所有的策略
确认午夜茫茫 －

没有药物 － 能够起死回生 －
选择赴死
是自然的唯一良药
为生存的痼疾 －

J787（1863）/ F889（1864）

这就是幸福的力量 －
四两 － 能拨千斤
由它的激励支撑 －

承受 － 苦难之人 －
没有精力承担 －
他们自己的货物 －

对意识迟钝的能力而言
太过无限 －

J788（1863）/ F739（1863）

领略过痛苦的喜悦 －
懂得释放 －
喜悦每一步迈向毁灭 －
拥抱天堂 －

请原谅 － 去看你的脸 －
用这老式的眼 －
胜过新的 － 所能 － 尽管那 －
买自天堂 －

因为它们从前看过你 －
而你也看过它们 －
证明我 － 我的淡褐色证人
容颜依旧 －

如此转瞬即逝，当你存在 －
如此无穷无尽 － 当离去 －
一个东方的幽灵 －

归还清晨 －

我忆起的那高地 －
它与群山平齐 －
我灵魂的深度被标记 －
犹如洪水 － 在车轮上的白色印迹 －

萦绕 － 直到时光
把他最后的十年抛弃，
而萦绕实现 － 至少
持续到 － 永恒 －

J789（1863）/ F740（1863）

自我如柱 －
足够信靠
骚乱 － 或绝境里 －
安稳如山

杠杆无法撬动 －
楔子无法分开
确信 － 那花岗岩底座 －
尽管无人在侧 －

足够我们 － 自成一群 －
我们自己 － 与正直 －
和那会众 － 从未远离
最远的精神 － 上帝 －

J790（1863）/ F741（1863）

自然 － 是最温柔的母亲，
不会对任何孩子不耐烦 －
最懦弱的 － 或最任性的 －
她的劝告温暖 －

在林中 － 和山间 －
被旅人 － 听到 －
为安抚猖獗的松鼠 －
或太过狂躁的鸟儿 －

她的谈话多么动听 －
一个夏日的午后 －
她的家庭 － 她的会众 －
而当太阳沉落 －

她的声音自过道
唤起最微小的蛐蛐 －
最微贱的花儿 －
羞怯的祈祷

当所有的孩子沉睡 －
她转过身子尽量伸长
好把她所有的灯点着 －
然后自天空弯下身来 －

怀着无限的爱心 －
和更加无尽的关怀 －
她金色的手指按在唇上 －

希望处处 － 安静 －

上帝给每只鸟儿一片面包 －
但只有一粒碎屑 － 给我 －
我不敢吃它 － 尽管饥肠辘辘 －
我辛酸的奢靡 －

拥有它 － 抚摸它 －
证明这伟业 － 让那颗粒归我 －
太兴奋 － 对于我这只小麻雀 －
能够拥有如此浩瀚的贪求 －

也许四周 － 饥荒遍野 －
我不能思念一个谷穗 －
如此多的笑脸面对我的餐桌 －
我的谷仓显得如此美好 －

我好奇富人 － 会有何感觉 －
跑印度的大船商 － 和伯爵 －
我相信我 － 尽管只有一粒碎屑 －
却是他们所有人的君主 －

J792（1863）/ F187（1861）

穿越海峡熬过苦难 －
殉道者们 － 甚至 － 践踏。

他们脚踩 － 诱惑 －
面朝 － 上帝 －

庄严地 － 忏悔 － 陪伴 －
痉挛 － 四处游荡 －
无害 － 如流星的划痕 －
在行星的纽带上 －

他们的信仰 － 永恒的誓言 －
他们的期待 － 美好 －
指针 － 向着北方 －
跋涉 － 这样 － 穿过极地空气！

J793（1863）/ F753（1863）

忧伤是只老鼠 －
选择胸中的壁板
为他隐蔽的房屋 －
阻碍追索 －

忧伤是个窃贼 － 易受惊扰 －
竖起他的耳朵 － 聆听
那广漠的黑暗 －
传回 － 他存在的异响 －

忧伤是个骗子 － 表演最为大胆 －
唯恐他退缩 － 那边的眼睛
袭上他的瘀伤 － 一次 － 说 － 还是三次 －
忧伤是个饕餮者 － 宽恕他的奢靡 －

至痛无言 — 在他开腔之前 —
在公共广场将其焚烧 —
他的骨灰 — 会
也许 — 若他们拒绝 — 那又如何得知 —
既然如今 — 拷问台上不能诱出一个字眼

一滴落在苹果树上 —
另一滴 — 在屋顶 —
半打亲吻着房檐 —
逗得山墙大笑 —

有几滴跑去帮助小溪
小溪跑去帮助海洋 —
我猜它们都是珍珠 —
串成项链如何 —

尘土被取代，在溅起的路上 —
鸟儿们更加诙谐地歌唱 —
阳光扔掉了他的帽子 —
灌木丛 — 亮出了闪光饰片 —

清风带来了忧郁的诗琴 —
让它们沐浴在欢乐中 —
然后东方现出一面旗帜，
示意盛会结束 —

J795（1863）/ F847（1864）

她最后的夏天是这 －
我们猜想却不是 －
如果更温柔的勤勉
充满她的身心，我们想

更深层的生命力
会从内部激发 －
当死亡把所有的短暂点燃
它使匆忙平淡 －

我们惊异于我们的盲目
那时一无所见
唯有她的大理石路标 －
立于我们的愚蠢旁边 －

比我们的迟钝更加呆板
这忙碌的宝贝静躺 －
她曾如此忙碌 － 结束 －
我们却 － 如此闲逸 －

J796（1863）/ F848（1864）

识见大者，与小者相较
不完全，且羞怯 －
因为伟大，不自在
与宵小相伴 －

卑小，不会被烦扰 —
夏日的蚊虫炫耀 —
不知其独一的舰队
并未囊括天空 —

J797（1863）/ F849（1864）

透过窗子我有风景可览
只见一片海 — 与船首 —
如果小鸟和农夫 — 认为是一棵"松树" —
对他们 — 这观念也相宜 —

没有港口，亦无"航线" — 唯有松鸦 —
纵身划破天空 —
或松鼠，其轻浮的半岛
这般 — 也许更易抵达 —

至于内陆 — 大地在下方 —
而上方 — 是太阳 —
其贸易 — 若有 —
关于香料 — 我依芬芳推断 —

其声音 — 确定 — 当心头风起 —
是否喑哑 — 能够定义天籁？
旋律的定义 — 就是 —
定义为无 —

它 — 启迪我们的信仰 —
它们 — 启迪我们的眼界 —

当后者－抛却
我笃信会在他处相逢
那永恒－

难道窗外松树是"皇室
成员"无限？
领悟－是神的引介－
因此－成圣－

J798（1863）/ F853（1864）

她舒展羽翼－划出一道弧－
犹疑－再次飞升－
这一次－超出
艳羡，或人类的估计－

如今，在圆周之内－
她沉稳的小舟呈现－
自在－于惊涛骇浪－如
她初生的树枝－

J799（1863）/ F854（1864）

绝望的好处取得
通过承受－绝望－
要得到逆境的辅助
必须曾亲自忍受－

痛苦的价值类似

死亡的价值

由品尝确定 －

犹如滋味没有其他

方法 － 能够感受 －

除非我们自己品尝 －

折磨感触不到

直至我们被击倒 －

J800（1863）/ F855（1864）

二 － 不朽两次 －

极少的特权 －

永恒 － 获得 － 适时 －

逆转神性 －

那是我们粗鄙的眼睛

想象天堂

最高的程度 －

通过它们的对比。

J801（1863）/ F856（1864）

我假装富有 － 以平息

对黄金的叫嚣 －

这使我免于偷窃，我想，

因为时常，鲁莽

因匮乏，和机缘 −
我会犯下罪孽
即便我本身旷达
超然独立 −

但常因我的命运显得
太过饥渴难耐
幻想自己可能的处境 −
虚幻安慰

我的贫穷和我源自 −
我们质疑是否 −
富有者 − 尊重丰裕 −
如我辈 − 赤贫者 −

若这些探索的手曾
有机会主宰金矿 −
或在漫长 − 多舛的岁月
得胜，时来运转 −

他们会何等相宜 − 因匮乏 −
如此深刻的启蒙 −
我不知欲求，或赐予，哪个 −
全然美丽 −

J802（1863）/ F858（1864）

时间感觉如此浩瀚若它

不是为着永远 —
我害怕我这圆周
独占我的有限 —

对于他的排斥，谁准备
以大小的进程
为他直径的
巨大幻象 —

J803（1863）/ F859（1864）

努力从自身汲取之人
视每个人为王 —
君主的贫乏
源于内在 —

无人能够罢黜
天命钦定者 —
谁能将皇冠赐予
若他不断密谋
对抗自身

J804（1863）/ F860（1864）

没有通知给她，只有一种变化 —
也没给消息，只是一声叹息 —
为谁，时间并不充足
让她详细说明。

她并不温暖，尽管夏日闪耀
也不顾及寒冷
尽管一层又一层，坚定的寒霜
在她的胸膛上累积 —

令人畏缩的路途 — 她并不害怕
尽管整个村庄观看 —
她却高高扬起她的威严 —
径直 — 迎着那些目光 —

并且调整如一粒种子
在精心翻耕过的土地
直待永恒的春天
只被一座土丘阻隔

她的温暖回归，若她乐意 —
而我们 — 恳求退缩 —
移开我们的请束
好似她素昧平生 —

J805（1863）/ F863（1864）

这小玩意为蜜蜂所爱 —
被蝴蝶所羡
以极其 — 无望的淡漠 —
被鸟雀承认 —

是否正午－曾为其－涂彩

夏日进行镂刻

她只知宇宙－

把她创造－

J806（1863）/ F864（1864）

镀金的生命－璀璨

伴随金黄银亮的痛楚

证明矿石的存在

以微粒－当一种价值

奋力证明－它存在－

一种力量－会宣告

即便湮灭将整个混沌

倾覆他身－

J807（1863）/ F865（1864）

期待－即满足－

获得－厌腻－

但厌腻－确证

需求

欢乐节制的特点－

安好，却无忧患

是太过稳固的财富－

危险 - 增加数目 -

J808（1864）/ F940（1865）

如此太阳沉落你心间
哪天对我算黑暗 -
什么距离 - 遥远 -
如此我可见那些船
抵达 - 何等罕见
你的海岸？

J809（1864）/ F951（1865）

不可能蒙爱的会死
因为爱是永生，
不，它就是神 -

不可能怀爱的 - 会死
因为爱把生命力
铸造成神性。

J810（1864）/ F956（1865）

优雅是她的全部 -
而那，极少展示 -
一种辨识的艺术，必是，
将另一种艺术，赞赏 -

J811（1864）/ F798（1864）

他花的纹理
是此花的绯红
直到自然有暇名曰
"毛细管"，"颈静脉"。

我们离去，她驻留。
我们杂交她的技艺
而她创造联盟
悄然无声 —

J812（1864）/ F962（1865）

一束光存于春日
不在一年的其他时间
呈现 —
当三月刚刚来到

一抹色彩伫立
孤寂的郊野
科学无法捕捉
人却感受得到。

它静候于草地，
展示最渺远的树
于你所知最远的山坡
几乎是向你絮语。

然后伴随天边的延展
或者正午的宣告离去
没有任何声息
它消逝而我们驻留 —

深深的怅惘
影响我们的悠然
如同商贸突然侵害了
圣礼 —

J813（1864）/ F1090（1865）

这静默的尘土曾是佳人才俊
少男少女 —
曾是欢笑鸿图和叹息
以及裙裾与卷发。

这冷清的处所夏日玲珑的宅邸
鲜花和蜜蜂的所在
有一种东方的轮回
然后终了，如斯 —

J814（1864）/ F1110（1865）①

连续的日子中有一天
称为感恩节 —

---

① 富兰克林阅读版第五六行为：非为祖先亦非顽童 / 我评述这游戏 — ，此外第二行与
最后一行的感恩节均加了双引号。

部分庆祝在餐桌
部分，在记忆 －

非为家长也非小猫
我细品这游戏
好似它对我蒙纱的思维
反射节日 －

若它没有骤减
自起初的数目 －
没有少一分或一个说明
在曾是房间的地方 －

更别提，谁的小卵石
弄皱什么大海，
对这些，若这些齐聚，
才是感恩节。

J815（1864）/ F819（1864）

将那豪奢领会
那奢侈将是
只消能看上你一眼
我的美食家

无论在何种场合
直到为更美食物
我很少忆起饥饿
这第一次供给我的 －

将那豪奢沉思
那奢侈本是
饱餐你的秀色
赐予一种奢华

给平凡的时日，其餐桌远
如确定性能见
遗留独一碎屑
有关你的意念。

J816（1864）/ F966（1865）

死的打击－即生的打击－对于有的人－
他们，直到死去，
不曾成为－活的－
即便他们活着
也已死去，但当
他们死去，活力开启－

J817（1864）/ F818（1864）

于婚姻中托付你
哦，汝天国的主人－
圣父圣子的新娘
圣灵的新娘－

其他婚约将取消－

意愿的婚姻，衰亡 －
唯有这戒指的持有者
战胜死亡 －

J818（1864）/ F816（1864）

我不能喝，亲爱的，
你要先品尝，
尽管比水更清凉的
是这焦渴的体贴。

J819（1864）/ F799（1864）

倾我所有，即便微小，
难道不显得
比其全部更大 －
此乃经济

赠与一个世界
保留一点星辉 －
竭力，是慷慨 －
稍逊，虽大，也贫 －

J820（1864）/ F1113（1865）

所有际遇都是框架
其间他的容颜镶嵌 －

所有纬度存在为他
充足的陆地 —

光明他的行动，而黑暗
他意志的休闲 —
在他之中存在提供或嵌入
一种难以辨认的力量。

J821（1864）/ F807（1864）①

远离家园，他们和我 —
成为移民
置身家的都市
容易，也许 —

异乡的习俗
我们 — 难以适应
犹如孩童，表面留下
脚却愈发，退远。

J822（1864）/ F817（1864）

意识能感知到
邻人和太阳
同样也会感知到死亡
以及它自身无依无靠

① 1864 年 4 月下旬，狄金森到剑桥镇治疗眼疾。

穿越那间隔
游历于其间
那指定给人的
最深刻的体验 —

它的特性对于它自身
会是多么适当
自身对自身并且无人
能够发现 —

灵魂被判定为
对自己冒险最多 —
随从只有一只猎犬
它自己的身份。

J823（1864）/ F972（1865）

并非我们所为，该被检验，
当行为和意志完成
我们主所推断的乃我们所欲
假如我们更加神圣 —

J824（1864）/ F796（1864）①

风开始按摩草儿 —
如女人揉面 —

---

① 本诗约翰逊版收录了两个版本，富兰克林阅读版收录的是第二个版本。

他一只大手挥向平原 —
一只大手挥向天空 —
叶子赶紧与树木脱了钩 —
开始四处逃窜 —
尘土如手将自己舀起 —
抛弃了道路 —
马车在街上快马加鞭 —
雷霆悄声议论 —
闪电露出一个金黄的头 —
又伸出一根乌青的趾 —
鸟儿们慌忙关上巢门 —
牛群狂奔进窝棚 —
落下一滴巨大的雨点 —
然后，就如拦坝的大手 —
一下子松开 —
让洪水掀翻了天空 —
却放过了我父亲的房屋 —
仅仅劈断了一棵树 —

另一版本：

风开始把草儿摇晃
以低沉威胁的语调 —
他恐吓大地 —
恐吓天空 —
叶子赶紧与树木脱了钩 —
开始四处逃窜
尘土如手将自己舀起
抛弃了道路。

马车在街上快马加鞭

雷声缓缓催促 －

闪电露出金黄的喙

又伸出乌青的爪 －

鸟儿们慌忙关上巢门 －

牛群狂奔进窝棚 －

落下一滴巨大的雨点

然后就如拦坝的大手

一下子松开

让洪水掀翻了天空 －

却放过了我父亲的房屋 －

仅仅劈断了一棵树 －

J825（1864）/ F898（1865）

一小时是一片汪洋

在我，和少数人之间 －

和他们在一起将是港湾 －

J826（1864）/ F812（1864）

爱 － 只能由它自己衡量 －

"如我一般大" － 讲述太阳

向一位从未感到其明辉之人 －

它本身就是它所拥有的全部模样 －

J827（1864）/ F820（1864）①

我唯一获悉的消息
是整天来自
永生的布告。

我唯一看到的表演 －
明天和今天 －
可能永恒 －

我唯一碰见的那位
是上帝 － 唯一的街道 －
存在 － 将其越过

倘若还有其他消息 －
或更精彩的表演 －
我会告诉你 －

J828（1864）/ F501（1863）

知更鸟就是那个
扰乱清晨的家伙
以急促 － 简洁 － 的语调报告
不待三月来到 －

知更鸟是那个

---

① 第一节包含在 1864 年 6 月初写给希金森的信中（L290），他当时和他的团在南方，
而她在剑桥镇医治眼睛。

溢满中午的家伙
以她天使般的音量 －
四月才刚刚开始 －

知更鸟就是那个
在她巢中一言不发的家伙
认为家 － 确定性
和圣洁，最好

J829（1864）/ F804（1864）

充裕打造这张床 －
以敬畏打造这张床 －
躺于其中，直待审判发布
公正而又美好。

让它的床垫平直 －
让它的头枕胀圆 －
勿让旭日金黄的喧嚣
闯入这片土地 －

J830（1864）/ F815（1864）

她重返这世界
平添些许 －
混合的风韵，
犹如草皮
所娶的紫罗兰，

她主要与天空
而非他，联姻，
踯躅两端，半是尘土－
半是白昼，这新娘。

J831（1864）/ F946（1865）

死亡！因害怕你
为躲避却将朋友
暴露给你的火炮－
炮弹胜于你古老的箭矢
径直射向那颗心脏
将爱留在身后－

非为自身，尘土羞怯，
而是，敌人，乃爱人
你的炮队解散。
垂死的眼中两支大军
在坚定地战斗，爱与坚定，
以及爱与其反面－

J832（1864）/ F814（1864）

索托！探索你自己！
在你自身应发现
"未发现的陆地"－
心中没有定居者。

J833（1864）/ F273（1862）

也许你认为我卑躬屈膝
对那我并不羞惭！
基督 － 屈尊降贵直到触及坟墓 －
在圣礼时如此做

纪念耻辱
还是爱对爱的淬炼
直到它弯曲低如死亡
再次尊贵，在天上？

J834（1864）/ F949（1865）

他来之前我们掂量时间，
它沉重又轻盈。
当他离去，一种空虚
是压倒一切的重负 －

J835（1864）/ F803（1864）

自然和上帝 － 我均不识
然而他们对我了如指掌
震惊，像是执行者
对我的身份 －

却均不透露 － 我可得知 －
我的秘密安全

如赫歇耳 ① 的私人兴趣
或墨丘利的爱恋 －

J836（1864）/ F795（1864）

真理 － 古老如上帝 －
他的孪生身份
将和他一样长久
一起不朽 －

却在那天灭亡
他自己也被驱逐
离开宇宙的大厦
一尊没有生命的神

J837（1864）/ F813（1864）

我不懂她多好
不懂的人已成为
希冀的奖赏，如今
痛苦与我毗邻 －

J838（1864）/ F939（1865）

不可能，如美酒

---

① 赫歇耳：一家两代都是英国大天文学家。这里可能指 C. L. 赫歇耳，她共发现了 8 颗
彗星和许多星云，但终身未嫁，1848 年去世。

激奋那些
品尝者；可能
索然无味 － 结合

一点机会的虚淡色泽
兑上先前的微量
魔力制作的原料
确定如厄运 －

J839（1864）/ F942（1865）

永远是我的！
不再有假期！
光的学年 － 自今日始！
像四季和太阳的轮回
圆满而不间断 －

恩典古老，但主题常新 －
东方，的确，已老，
然而在他紫红的课程表上
每一个黎明，都是第一。

J840（1864）/ F943（1865）

我无法买到它 － 这是非卖品 －
在世上绝无仅有 －
我的独一无二

我太兴奋以至忘记
把门关上
它走了出去
我从此孤身一人 —

无论在何方我能把它发现
我都不会介意长路漫漫
即便耗尽我所有的积蓄

只为再看它一眼 —
说，"是你吗？""你还不赖"，
然后，扭过脸去。

J841（1864）/ F944（1865）

飞蛾色彩如斯
萦绕巴西烛光 —
自然的体验会让我们
最红艳的瞬间苍白 —

自然喜欢，我有时想，
小玩意，如女孩子。

J842（1864）/ F945（1865）

藏起来真好，听任他们找！
最好，被发现，
若有人喜欢，那就是，

狐狸配猎犬 —

知而不言，真好，
最好，知无不言，
若能找到那罕有的耳朵
不是太迟钝 —

J843（1864）/ F947（1865）

我慢慢积累财富但收入
稳定如太阳
每个夜晚，数量
多过前夜

所有的日子，并非挣得相同
但我不知不觉地收获
推测增长少于
已得的总量。

J844（1864）/ F948（1865）

春日是这样一个时节
从上帝那里显现 —
在别的季节里
他自己隐藏

但在三四月间
没有任何外部的骚动

不和上帝进行
亲切会谈 —

J845（1864）/ F919（1865）

是我的劫数 —
充分的声名 —
陨于她之手！

J846（1864）/ F950（1865）

两次夏天给原野披上
她繁盛的绿装 —
两次 — 冬季银色的裂隙
呈现于河床之上

两个丰腴的秋季为松鼠
慷慨地准备 —
自然，你就不能给你漂泊的小鸟
一颗浆果？

J847（1864）/ F952（1865）

失败 — 有限，但冒险 — 无限 —
一艘船趾高气扬地靠岸
多少英勇 — 淹没的造物
在海军中不再颔首 —

J848（1864）/ F953（1865）

恰似他所说自他的手
这大厦遗留 －
多一个塔，少一个角
玷污他的规划

根据他技艺的偏好
它坍塌，或挺立 －
满足，无论如何，它装饰
他缺席的个性。

J849（1864）/ F954（1865）

花儿的善意
谁欲拥有
必先出示
圣洁的证明。

J850（1864）/ F955（1865）

我歌唱着利用这等待
我的软帽唯有系着
并把我的房门关好
不再有什么事情可做

直到他天籁的脚步走近
我们漫游向那一天

相互诉说我们曾怎样歌唱
驱散那黑暗。

J851（1864）/ F957（1865）

当天文学家停止寻找
昴宿星座的面容 －
当孤单的大不列颠女士
放弃北极门第

当海员转向怀疑
他笃信的罗盘 －
还将为时过早
追问不忠的内涵 －

J852（1864）/ F959（1865）

向她致歉
由蜜蜂代言 －
她自己，却无议会
向我致歉 －

J853（1864）/ F961（1865）

当人抛却他的生命
与其他的作别
感觉容易，犹如白昼放手

整个西天

峰顶，流连不去
存留在她的追悔中
罕见犹如碘酒洒入
瀑布中 －

J854（1864）/ F963（1865）

将空气从空气中放逐 －
把光分开若你敢 －
它们会相遇
当一滴水珠中的立方体
或者形状中的小圆球
符合
薄雾不能消除
气味全部飘回
力量光焰
伴随亚麻色的助推
在你的无能之上
掠过蒸汽。

J855（1864）/ F1091（1865）

拥有灵魂中的艺术
让灵魂自娱自乐
与静默为伴
节庆依然

无所陈设的境遇
对拥有者而言
如同永久的地产
或无尽的矿山。

J856（1864）/ F1092（1865）

有一种释然的感觉
在坟墓中体验 －
未来的闲逸 －
一望无际。

死亡突兀揭示
我们究竟为何
永恒的功能
能够推断。

J857（1864）/ F1059（1865）

无常的租约 － 焕发光泽
随着时间 －
无常的领会，数目
欣赏 －

较短的命运 － 经常更弥足珍贵
因为
任期的承继者

珍视 —

J858（1864）/ F1061（1865）

这道鸿沟，亲爱的，在我的生命之上
我把它向你提及，
当日出通过一个裂隙坠落
白昼也必定随之而去。

若我们抗辩，它缝隙的两边
张开如坟墓
我们自己直挺挺地躺在
厄运喜爱的地方 —

当它刚吸纳了一个生命
于是，亲爱的，它会合上
因此每日愈发大胆
变得如此狂暴

我几乎想把它缝上
用我残存的一丝呼吸
我不会在屈服中迷失，尽管
对他，那将是死亡 —

因此我容忍它长大
在我的葬仪 — 之前
一个生命已经准备好离去
不再将我袭扰 —

J859（1864）/ F903（1865）

怀疑是否是我们
帮助蹒跚的精神
以极端的痛苦
直到它步履康健 －

一种非现实借予，
一种仁慈的幻想
那让生者成为可能
当其悬置生命。

J860（1864）/ F904（1865）

缺席无形 － 死亡亦是
把个体从大地上隐藏
迷信相帮，如同爱恋 －
柔情消减当我们求证

J861（1864）/ F905（1865）

剖开云雀 － 你会找到音乐 －
泡涌连连，银波滚滚 －
极少的留给夏日清晨
娱悦你的耳朵，当诗琴已老 －

释放洪流 － 你会找到它的专利 －
大浪滔滔，为你保留 －

猩红的实验！多疑的多马 ①！
如今，你仍不相信你的鸟儿为真？

J862（1864）/ F506（1863）

光充溢自足 －
如果他人想见
她会在窗玻璃上
逗留几点钟 －

却不是为酬报 －
它辉光浩瀚
对喜马拉雅的松鼠
和我 －一样 －

J863（1864）/ F906（1865）

存于我们之间的距离
不以里程或体力 －
而是意志横于其间 －
赤道 － 永不可逾越 －

J864（1864）/ F810（1864）

知更鸟没有为碎屑

---

① 1.【基督教】怀疑（耶稣复活）的多马（约翰福音 20：24—29）2.因没有证据而拒
绝相信的人，有证据才信的人；怀疑论者；怀疑一切的人，事事怀疑的人，疑心
重的人，一贯抱怀疑态度的人。

回复一个音节
却铭记女士的芳名
于银铃史册。

J865（1864）/ F1111（1865）

他胜过时间只用一回合，
他胜过群星和太阳
而后，毫发未损，在王座前
挑战上帝 －

而他和在强者名单中的他
向着此在，奔跑，
更大的荣光给较少者
一个刚好充足的环。

J866（1864）/ F968（1865）

名声是学者们留在
没落名姓上的色调 －
不像西天的虹彩
消散恰似来时 －

J867（1864）/ F969（1865）

逃向后却察觉
原处一片汪洋 －
逃向前，却碰上

他闪亮的拥抱 —

向上撒，巨浪滔天
盲目地下沉
我们淘空的脚迎接
神的指引。

J868（1864）/ F908（1865）

他们只要我们欢悦 —
大地的宠儿们
给予我们他们所有的拥护
只为悭吝的一笑 —

J869（1864）/ F909（1865）

因为蜜蜂可以无可指摘地哼唱
为你我成为蜜蜂
请对我公允 —

因为花朵可以无畏地
抬起头颅把你凝视，一位少女
愿永远是一朵花 —

不要是知更鸟，知更鸟无需躲藏
当你侵入它们隐秘的巢穴
所以请赐我羽翼
或花瓣，或哼唱的天赋
那蜜蜂翩飞 — 或金雀花开

我恰是这样把你崇拜 －

J870（1864）/ F910（1865）

发现乃第一幕
第二幕，丧失，
第三幕，为"金羊毛"历险
第四幕，没有发现 －
第五幕，没有船员 －
最后，没有金羊毛 －
伊阿宋，也是，骗子。

J871（1864）/ F1063（1865）

日月必须快点 －
群星在四周催促
因为天国的区域
上帝在独自燃烧 －

他的眼，乃东与西 －
北和南当他
集中表情
如萤火虫，逃逸 －

哦，可怜而遥远 －
哦，那搜寻白昼
受阻的眼 －
上帝用一根蜡烛招待
全为了你 －

J872（1864）/ F1064（1865）

犹如饥饿的大漩涡围困海军
犹如调戏的秃鹫
强迫雏鸟在孤寂的荒谷
犹如悠闲的老虎

唯有丁点血腥，禁食猩红
直到他遇到一个人
美味有血有肉
分享－他的舌

也曾为这口佳肴平息片刻
逐渐变得更为凶猛
直到他认为日子和可可粉
营养低劣

我，更为饥饿难耐
认为我的晚餐干硬
因为只有一颗多明戈的浆果
和一只热情的眼－

J873（1864）/ F1065（1865）

岁月的丝带－
大量的锦缎－
一旦穿着去参加自然的盛会

然后，弃置一边

如一颗褪色的珠子
或一个起皱的珍珠 —
谁会责难造物主的女孩
她的虚荣心？

J874（1864）/ F923（1865）

他们并不总是皱眉 — 某个甜蜜的日子
当我忘了取笑 —
他们会想起我看起来多么冷漠
以及我刚才如何说"请"。

于是他们会迅速去门前
呼唤那小女孩
她无法感谢他们因为寒冰
已把呜咽塞满。

J875（1864）/ F926（1865）

我从一块板走向另一块板
缓慢而小心翼翼
我感到星星在我头顶
大海在我脚下 —

我只知道下一步
会是我最后一英寸 —
这给了我痉挛的步态 —
有人称之为经验 —

J876（1864）/ F852（1864）^①

那是一座坟墓，然而没有碑石树立
没有围栏环绕
一种有关地块的意识，以及
它承载着一个人的灵魂。

由谁埋葬，为何过错
出生于家乡还是异邦 －
若我的好奇心
并没有被人平息

直到复活，我必定猜想
拒绝了这小小的愿望
在它的坟茔种一棵玫瑰
还是带走一根荆棘。

另一版本：

那是一座坟墓 － 然而没有碑石树立 －
没有围栏 － 环绕 －
一种意识 － 它的地块 － 并且
它承载着一个人的灵魂 －

由谁埋葬 － 为何过错 －
出生于家乡 － 还是异邦 －
若我的好奇心 －
并没有被人平息 －

---

① 约翰逊版和富兰克林阅读版均收录了第一个版本，富兰克林阅读版第四、第十二行
  最后的句号为"－"。

直到复活，我必定猜想 —
拒绝了这小小的愿望
在它的坟茔 — 种一棵玫瑰 —
还是献祭一些花朵 —

J877（1864）/ F920（1865）

每一道疤我都要为他留着
相反我会说起宝石
在他长期不在的时候佩戴
更为贵重的那一颗

但是我流下的每一滴泪
假如他能数得清
他自己会流下更多
以致我根本数不清 —

J878（1864）/ F922（1865）

太阳欢快还是严酷
取决于我们的行为 —
若欢愉，他更快乐 —
若急切求死

或时日耗尽
他却努力增光添彩
这番狂乐委实不宜
只是徒增负荷

J879（1864）/ F927（1865）

每秒都是最后一秒
也许，想起那个人
只是在海和桅杆之间
无意识地权衡 －

机会稍纵即逝 －
多可怕之事
相比在毁灭之前
自机会的名单上消失！

J880（1864）/ F928（1865）

鸟儿必须歌唱才能赢得面包屑
那曲调有何价值
若无早餐保证

玫瑰也许满足于绽放
去赢得女士抽屉的声望
但若女士来到
仅只百年一遇，玫瑰
变得多余 －

J881（1864）/ F929（1865）

我无人可诉除了你
因此若你消失，没有人 －
那是一点纽带 －
只联结着两个，这俩也不再联结

自从你甜美的脸溢到某处
超出我疆界 －

若事情相反 － 而我
恰是我 － 自你那儿退却
到某个不再回应的岸 －
难道你不会这样寻找 － 只消说
我的答案是要追赶
只要嘴唇它这样撮 －
哈 － 赶上你 －

J882（1864）/ F1114（1865）

一道阴影掠过心灵
犹如在正午
乌云遮住强大的太阳
记住

有点太麻木没有注意
哦上帝
若你必须带走又为何要赐予
爱人？

J883（1864）/ F930（1865）

诗人只把灯点亮 －
他们自己 － 离去 －
他们激活的灯芯 －
如果生命之光

存在如太阳 －
每个时代透镜一块
折射出他们的
圆周 －

J884（1864）/ F931（1865）

银色遍野
伴随沙绳数股
为使它不致消除
踪迹被称为陆地 －

J885（1864）/ F932（1865）

我们的小老乡 － 雨后
大量涌现，
柔软粉红肉乎乎
在温热的地面。

似乎对我，无需存在
直到小鸟
如逢殷勤好客
前往，早餐 －

犹如我之于他，上帝之于我
我思忖，也许关系类同，
离开小蚯蚓
谦恭增强。

J886（1864）/ F934（1865）

这些测验我们的视野 —
随即消失
犹如飞鸟抵达一个
界限之前。

我们对他们的忆念
不变的欢悦，
但我们的期待
一粒骰子 — 一种怀疑 —

J887（1864）/ F1094（1865）

我们长大了不再需要爱，像其他东西
将其放入抽屉 —
直到它显得古典 —
仿佛祖先穿的旧衣。

J888（1864）/ F1095（1865）

当我看见朝阳露脸
从他神奇的屋宇 —
将白昼留于每户门前
功勋，无处不在 —

没有名声的事件
或者喧嚣的事故 —
大地于我犹如一面大鼓
由孩童敲打

J889（1864）/ F1067（1865）

危机是根发丝
朝向它力量攀爬
越过它 － 力量撤退
若它在睡梦中降临

屏住呼吸
是我们唯一所能
不知是生是死
精细地平衡 －

让一个瞬间推进
或一个原子挤压
或一个循环迟疑
在圆周之中

它也许颤抖那手
其调整发丝
确保永恒
不现身 － 于此 －

J890（1864）/ F794（1864）

离开我们她已漫游了一年，
她之逗留，未知，
是荒野阻止了她的脚步
还是那飘渺区域

无人曾见和居住

我们必定无知 —
我们只知道是何年
我们感到那神秘。

J891（1864）/ F912（1865）

对着我灵敏的耳朵树叶 — 商讨 —
灌木 — 它们是铃铛 —
在自然的岗哨中
我找不到私密之所 —

假如我试图藏于洞中
墙壁 — 开始告密 —
天地犹如一个巨大的裂隙 —
令我暴露无遗 —

J892（1864）/ F1069（1865）

谁占据这座房屋？
我断定准是个生人
由于没人了解他的背景 —
因此名姓和年龄

都标在门上
否则我会害怕驻足
那里忠诚的狗并不那么
鼓励接近 —

像是一座古怪的城镇 —
有些房屋非常古老，
有些 — 今天下午才刚立起，
乃我被迫所建

它不该处于
这么安静的居民中间
但那里百鸟群集
孩子们可能出现

在我出生以前
据说，已有人定居，
从前，一片给鬼魂
和松鼠的领地。

直到一位拓荒者，像
定居者经常所做
喜欢这片静土
引来更多直到 —

从一个定居点
发展成一座都城
因每位公民的庄严
而卓尔不群 —

这座房屋的主人
他定是位生客 —
永恒的老相识
对我 — 大多如此 —

J892 (1864) / F1069 (1865)

J893（1864）/ F916（1865）

谁的单调住处？
神龛还是坟墓 —
抑或虫子的穹庐 —
地精的门廊 —
还是什么小精灵的地府？

J894（1864）/ F1076（1865）

意识，她可怕的侣伴
灵魂无法摆脱 —
轻松如她藏匿
上帝的眼睛之后 —

最深的藏匿最先发现
芸芸众生视若无睹 —
那对上帝的挣脱
何等三倍透镜在上燃烧 —

J895（1864）/ F1077（1865）

一片云从空中消散
光艳绝伦
但那云及其光彩
我永远失去

若我曾深情凝视

若我曾习得那辉光
尘封于记忆深处
如今就能抚慰我心 －

永不要再错过天使
仅是漫不经心一瞥和鞠躬
直到我确定身在天堂
是我此时，愿望 －

J896（1864）/ F1078（1865）

言谈柔软便鞋华美
背叛者是那蜜蜂
他对最时尚优雅的贡献
不断呈现

他的求婚一种偶然
他的誓言一种辞令
拖延如清风
他不断提出禁令
不断离婚。

J897（1864）/ F1079（1865）

坟墓多么幸运 －
获得所有奖赏，
稳操胜券，如果最后，
第一个求婚者没有徒劳。

J898（1864）/ F1080（1865）

若能遗忘我会多么欢快
牢记我是多么悲伤
会是轻松的逆境
但花开的记忆

持续令十一月难熬
我几乎变得焦躁不安
如小孩迷失道路
冻死于苦寒。

J899（1864）/ F1073（1865）

这里一朵花躺卧 －
一座坟墓，在中间 －
越过它，并战胜蜜蜂 －
遗留 － 仅一具空壳 －

J900（1864）/ F1074（1865）[①]

他们何为自从我见过之后？
他们是否勤勉？
如此多的问题想问
我如此热切渴望

---

① 富兰克林阅读版三四两节顺序调换。富兰克林阅读版第二、四诗节最后为"－"，
第三诗节"上帝"后为"，"。

若我能夺得他们的脸
若他们的唇能回答
不待最后一个问题回复
他们就该启程归天。

若不是他们一行在等待，
若不是与我交谈
如今他们，思乡
在永生之后

若不是公正怀疑我
并给予我奖赏
是否我需要归还我的战利品
给那胆大之人，上帝 —

J901（1864）/ F809（1864）

亲爱的，听任他们丧失
因为消息说他们将会获救 —
越近乎他们离开我们，
越近于他们，复原，

会站在我们的右手 —
最珍爱的是那死者 —
次珍爱的
那些行将离去之人 —
然后想起我们，又停留 —

J902（1864）/ F823（1864）

我是一个生命的第一天
我忆起 － 多么宁静 －
我是一个生命的最后一天
我忆起 － 亦如此 －

它更宁静 － 尽管第一天
宁静 －
它空虚 － 但第一天
丰盈 －

此 － 乃我最后的机会 －
然而
我更温柔的试验
趋向人 －

"我选哪个"？
那 － 我不能说 －
"他们选择哪个"？
问题铭记！

J903（1864）/ F80（1859）①

我把自己藏进 － 我的花里，
正枯萎在你的花瓶 －
你，未曾料到，感受我 －

① 约翰逊和富兰克林阅读版都选用了第一个版本，富兰克林阅读版第三行中间的两个
逗号为 "－"。

几乎－－种孤独－

另一版本：

我把自己藏进我的花里
正佩戴在你的胸前－
你－未曾料到，也把我戴－
而天使们知道其余！

J904（1864）/ F828（1864）

若我没这，或这，我说，
求助于我自己，
在成功的时刻－
缺憾－即人生－

"你没我，也没我"－它说，
在困顿时刻－
"可是你如此勤勉－
你竟－不需要－我们－"？

我的需求－乃我全部所有－我说－
需求从未减少－
因为食物－耗竭－
饥饿－不会止歇－

但勤勉－是骗子－
与机会相匹配－
以倒退为给养－
削弱－前驱动力－

J905（1864）/ F829（1864）

在我的国度 － 和他国之间 －
大洋横亘 －
但花朵 － 斡旋其间 －
犹如使者。

J906（1864）/ F830（1864）

时光的 － 赞美 － 和轻蔑 －
显示最为公正 － 通过敞开的坟墓 －
死亡 － 仿佛是一个高度
改变看法
从前我们所看不见的
我们洞若观火 －
并常常 － 看不见
我们从前所见 －

这是混合视域 －
光 － 实现光 －
有限 － 以无限
装点 －
凸面 － 和凹面的见证 －
背面 － 朝向时间 －
而前面 －
朝向他的上帝 －

J907（1864）/ F831（1864）

直到死亡 － 是狭隘的爱 －
现存最贫乏的心
将会攫住你，直到
你有限的特权 － 耗尽 －

但他的损失给你造成
这样的贫困，以致
你的生命对自身太过轻蔑
从此开始模仿 －

直到 － 惟妙惟肖 －
你自己，由于他的追求
将自然的欢愉 － 放弃 －
却有几分 － 将爱呈现 －

J908（1864）/ F832（1864）

已是日出 － 小妞 － 难道你
在白昼没有位置?
那不是你的风格，如此拖沓 －
恢复你的勤勉 －

已是正午 － 我的小妞 －
唉 － 你还在酣睡?
百合 － 还等着嫁给 －
蜜蜂 － 你已遗忘?

我的小妞 － 已是夜晚 － 唉

黑夜该属于你

而非清晨 － 若不是你提出

去死的小计划 －

劝阻你，即便不能，亲爱的，

我也可以帮到 － 你 －

J909（1864）/ F837（1864）

我使他的新月盈缺 －

他的性情是圆

还是弦 － 如我所示 －

他的潮汐 － 由我掌控 －

他在天空占据高位

还是依我命令，隐于

低矮的乌云背后摸索 － 或者围绕

一团迷雾的单调柱廊 －

但既然我们持有共同的圆盘 －

面对相同的时日 －

谁是暴君，无人知晓 －

也不知谁的 － 暴行 －

J910（1864）/ F899（1865）

阅历是弯路

爱与心灵作对
通过－悖论－心灵自身－
认定它来指引。

大相径庭－多么复杂
人的规训－
迫使他为自己选择
他前定的苦难－

J911（1864）/ F902（1865）

太简短的路径房屋必须坐落
距离每个人的心
无可争议的租赁权
属于一位白色的居民－

太过狭窄其间的权利－
太过紧迫这机遇－
每个意识必须移居
并失去曾经的近邻－

J912（1864）/ F971（1865）

宁静是我们信仰的虚构－
冬日夜晚的钟声
载着邻人出离声音
从未降落。

J913（1864）/ F975（1865）

这，我全部的希冀
这，无言的结局
色泽艳丽，我的黎明升起
早发而焦枯，它的结局

从未有茎上的蓓蕾
迈着如此欢快的脚步
从未有如此蛮横的小虫
啃啮如此勇敢的根

J914（1864）/ F977（1865）

我不会羞愧
因为我看不见
你给予的爱 －
博大
扭转谦卑

我也不会骄傲
因为绝顶高峰
包含阿尔卑斯
请求
和白雪的付出 －

J915（1864）/ F978（1865）

信仰 － 是无墩的桥

支撑着我们所见
直到我们看不见的情景 －
对眼睛太过飘渺

它承载着灵魂大胆
如它在钢丝上摇摆
有钢丝的手臂在两侧 －
它连接 － 什么

在轻纱之后，若我们能推测
这桥就不再成为
我们跋涉，蹒跚的脚
首要的必需品。

J916（1864）/ F979（1865）

他的脚裹有薄纱 －
他的头盔，金光灿灿，
他的胸膛，独一黑玛瑙
和绿玉髓，镶嵌 －

他的劳作是一曲圣歌 －
他的闲逸 － 一支曲调 －
哦，为蜜蜂的盘旋
在三叶草丛，和正午！

J917（1864）/ F980（1865）

爱 － 先于生命 －

后于－死亡－
创造的起点，与
大地的典范－

J918（1864）/ F981（1865）

仅一个圣殿，却属于我－
我令长烛闪耀－
圣母暗淡，为其所有的脚都会奔来，
问候一名修女－

你懂得每一苦痛－
无须倾诉－因此－
但你不能紧接着施予
恩惠－令它痊愈？
那对我们看起来很难－
却－易如反掌，若是你愿意
请你－授予我－
你知道，那么，为何要告诉你？

J919（1864）/ F982（1865）

如果我能使一颗心免于破碎
我就不虚此生
如果我能舒解一个生命的疼痛
或者平息一个人的悲伤

或者帮助一只虚弱的知更鸟
重返旧巢

我就不虚此生。

J920（1864）/ F845（1864）

我们只能跟随太阳 —
直到他落下
他在我们身后留下一片天地 —
主要是 — 跟随 —

我们与尘土一起
远行不过地球门 —
然后门板反转 —
我们不再 — 注视

J921（1864）/ F184（1861）

若它没有铅笔，
是否会用我的 —
如今 — 磨损 — 并迟钝 — 亲爱的，
写下太多给你。
若它没有言辞 —
是否会让雏菊，
几乎如我一般大 —
当它采撷我？

J922（1864）/ F938（1865）

那些在坟墓里时间最长之人 —

那些今天才开始之人 －
都从我们的实践中消亡 －
死是另一条道 －

英勇者之脚的确尝试最少 －
它是白色的功绩 －
一旦达成，取消
一度交流的权力 －

J923（1864）/ F941（1865）

水如何在他之上闭合
我们永远不会知道 －
他如何将他的痛苦传给我们
那 － 也被掩盖 －

池塘展开他的百合底
大胆地在那男孩之上
其无人认领的帽子和夹克
总结了历史 －

J924（1864）/ F840（1864）

爱 － 是那比死迟晚之物 －
更早于 － 生命 －
在其入口处将其确认 － 并
将其自身 － 篡夺 －

品尝死亡－首先－把刺交出
其次－它的朋友－
在这小小的间歇解除武装－
把他交托给上帝－

然后盘旋于－一个低级侍卫身旁－
以防这可爱的受管人
一旦身在永恒中－需要－
一个小于大的－

J925（1864）/ F841（1864）

受击的，是我，但不是被闪电－
闪电－释放出
能量以生命力去觉察
他的过程－

受伤的－是我－但不是因冒险－
冷漠孩童的石头－
并非出于运动员的偶然－
谁是我的敌人？

受劫的－是我－但不是因绑匪－
我的整个大厦被毁－
太阳－隐退去进行识别－
最遥远的光耀－衰退－

然而不是任何敌人－所为－
住在最近的果园

那最小的鸟儿，也对我 −
并不心存 − 畏惧 −

最让我心爱的 − 是那杀戮我的缘由 −
往往当我死时
它那可爱的褒奖
朝我托起一颗太阳 −

最好 − 在坠落时 − 宛若自然 −
均未目睹其升起
直到无限的曙光
辉映在对方眼中 −

J926（1864）/ F842（1864）

忍耐 − 有一个安静的外表 −
忍耐 − 看向里面 −
是一个虫子徒劳的力量
诸多无限 − 其间 −

逃避一个 − 反对另一个
将徒劳抛掷 −
忍耐 − 是微笑的努力
穿过颤抖 −

J927（1864）/ F958（1865）

茫然之所 − 一个四月天 −
水仙花摇曳

思乡的好奇心
对于落雪的灵魂 －

堆积堵塞在心底
比外面更深 －
水仙花愉悦
却把他复制 －

J928（1864）/ F960（1865）

心有窄窄的岸
感觉似大海
低音浑厚 － 持续
幽蓝一片

直到飓风横贯
并且自身觉察
其领域的不足
心在惊厥中懂得

平静只是一堵薄纱墙
从未试过推搡
轻轻一触即坍塌
稍加质疑 － 消解。

J929（1864）/ F965（1865）

多远至天堂？

遥远如死亡 —
对过河或山
无从发现。

多远至地狱？
遥远如死亡 —
多远左手坟
难煞地形学。

J930（1864）/ F811（1864）

有个六月当玉米收割
玫瑰在种子中 —
比前一个夏季短暂
但真的更为温柔

犹如坟墓中的一张脸
在一个正午浮现
身披朱红，摄人心魄
然后回返 —

据说，存在，两个季节 —
刚逝的夏季，
和我们的这一个，多姿多彩
因前景 — 和寒霜 —

难道不可以我们这第二个与第一个
如此无限对比

以致我们唯有忆念这一个
偏爱另一个？

J931（1864）/ F1060（1865）

正午 — 白昼的合页 —
夜晚 — 折叠的门扉 —
清晨 — 东方强推门槛
直到整个世界半开 —

J932（1864）/ F1062（1865）

我最要好的相识是那些
与之无需言语 —
定期莅临小镇的星星
认为我从不失礼
尽管它们天庭的邀约
我未能回应 —
我永远 — 虔诚的脸
充满敬意 —

J933（1864）/ F967（1865）

两位旅人死于雪中
在他们冻僵之时森林
一起听到他们彼此

以言语激励

天堂若是天堂，必定包含
留在身后的每一个
于是鼓舞变得异常庄严
为言语，和狂风

表演者跨着大步
爱以虔诚的风信子
触摸黎明 —
没有故事的白昼继续

直到神秘不耐烦地牵拉
而那些他们留在身后的
通向空无，被天堂所获
如那些首先提供的，所说 —

J934（1864）/ F907（1865）

那是庄重我们已结束
使其只成为一场游戏
或阁楼中的一种欢欣
或者一个假日

或一次离家出走，或随后，
作别这个世界
我们已经懂得为更好
仍需予以阐明 —

J935（1864）/ F1066（1865）

死亡留我们怀乡，落在后面者，
除了它已去
对它的关切一无所知
好似它不曾存在。

走遍他们从前的所有地方，我们
宛若遗失了某物之人，
独自行走，寻找的
而今，是他们留下的一切 —

J936（1864）/ F866（1864）

这尘土，与其特点 —
今日 — 公认 —
是否在不远的将来 —
再也无法辨认 —

这心灵，与其大小 —
一个太细致入微的领域
为其放大的检视
比较 — 呈现 —

这世界，与其物种
一场完全结束了的表演
对全神贯注于其的
最遥远的审视而言 —

J937（1864）/ F867（1864）

我感到在我脑海中有一条缝 －
仿佛我的大脑已经劈开 －
我试图去弥合 － 一针又一针 －
但却不能让它们严丝合缝 －

后面的思想，我千方百计
接上前面的思想 －
但顺序实在杂乱难循 －
就像众多小球 － 掉落地板 －

J938（1864）/ F868（1864）

凋零时尤为华丽 － 仿佛白昼
向黑暗滑落 －
半分艳阳的华容 －
留恋 － 徘徊 － 消逝 －

回光返照，犹如朋友弥留 －
被闪光的康复戏弄 －
只是平添阴翳
自然临终 － 完美的 － 凝视 －

J939（1864）/ F869（1864）

我所看不见的，我看得更清 －
凭信仰 － 我淡褐的眼睛

有闭合的时刻 —
但，记忆没有眼睑 —

常常，我所有的感官模糊
我同样看见
如某人擎着火炬
于如此可爱的容颜 —

我起身 — 在梦中 —
凝视你绝世的风华 —
直到嫉妒的日光干扰 —
侵蚀你的完美 —

J940（1864）/ F924（1865）

那珍爱的身躯岁月已经磨损
然而珍贵如房屋
我们从中首次经验光明
那见证，对我们 —

珍贵！无法想象的美好
如同坟墓玷污的手
该温柔地握于我们手心
拒绝他们已死。

J941（1864）/ F925（1865）

女士喂养她的小鸟

次数更加稀少 —
小鸟没有异议
只是温顺地接受

手和她之间的鸿沟
颗粒无存而渺远
昏厥，她黄黄的膝
瘫软，膜拜 —

J942（1864）/ F921（1865）

雪在其冰冷的温柔之下
有的从未躺卧
给予它们今冬的第一次憩息
我劝告你

崭新的毯子我们赠与
更加富有的邻居
远胜你这驯化了造物
苦行的雪，你要不要？

J943（1864）/ F890（1864）

灵枢 — 是一方小小的领地，
然而能够容纳
天国的一位公民
在其递减的平面 —

坟墓 － 是一个有限的幅度 －
然而广阔胜过太阳 －
以及他所栖居的所有海洋 －
和他所俯瞰的所有陆地

对那正在小憩的他
赐予唯一的一位朋友 －
圆周没有宽慰 －
评价 － 或终结 －

J944（1864）/ F891（1864）

我至少 － 得知 － 家会是什么 －
曾经多么无知
对于缔结婚约的美丽途径 －
多么尴尬听到赞歌

环绕我们新的火炉 － 倘没有这 －
这种方法 － 这种模式 －
其记忆将我淹没，犹如沉入
天体的海 －

猜想 － 花园中晨曦的模样 －
蜜蜂 － 为我们 － 哼唱的小曲 －
唯有小鸟侵扰
我们奇想的涟漪 －

任务给彼此 － 当嬉戏结束 －
你的问题 － 在头脑 －

而我 － 某些更荒唐的琐事 －
花边 － 或小调 －

午后 － 一起度过 －
还有小巷中的 － 黄昏 －
做些扶贫济困的事业 －
看到赤贫 － 通过我们的收获 －

然后回返 － 夜晚 － 家园 －

然后离开你去经历 －
新的 － 更神圣的 － 关怀 －
直到朝阳将我们带回 －
重新 － 神采奕奕 －

这像是一个家 － 而又非是 －
而是那地方可能的样子 －
让我伤痛 － 如夕阳 －
何处黎明 － 懂得如何 －

J945（1864）/ F1112（1865）

这是一朵头脑的花 －
一粒小小的 － 意大利之籽
有意或无意埋植
精神使之结果 －

羞涩如他室内的风
迅疾如洪流之舌

这就是灵魂的花

过程一无所知 —

当其被发现，些许欣喜

智者运它回家

小心珍视这地点

是否别的花也来 —

若它丢失，那一天应是

上帝的葬礼，

在他胸前，一颗封闭的灵魂

我们主之花 —

J946（1864）/ F1115（1865）

这是一个可敬的想法

令人举帽致敬

就像突然遇到乡绅

在寻常街道

我们有永生之地

即便金字塔坍塌

王国，像果园

一抹红褐色掠过

J947（1864）/ F933（1865）

我问丧钟为何而鸣？

"一个灵魂去往天堂"
回答我的语调有几分寂寥 —
难道天堂是个牢房?

那钟声应响到尽人皆知
一个灵魂已经去往天堂
这会让我觉得 — 更像是
来把好消息传扬 —

J948（1864）/ F1093（1865）

那是存亡之际 — 整个时段已消失 —
那迟钝 — 令人麻木的时间
正高烧不退或深陷纠葛 —
如今时机已然来临 —

这瞬息握在它爪中
那生之特权
或者将这灵魂通报
给另一侧坟墓的许可 —

肌肉仿佛与铅条格斗
无法受意志控制 —
精神摇撼着磐石 —
却无法令其感知 —
这一秒沉着 — 论争 — 射击 —
下一秒,开始 —
同时,灵魂
悄悄逃出了房屋 —

J949（1864）/ F1068（1865）

在亮光之下，还在，、
在草<u>丛</u>和污泥之下，
在甲虫的洞穴之下
在三叶草根之下，

远非胳膊所能触及
哪怕有巨人那么长，
远非阳光所能照射
哪怕白昼有如年长，

在亮光之上，还在，
在鸟翼的弧形之上 －
在彗星的烟囱之上 －
在肘尺的头之上，

远非猜测疾驰所能达到
远非谜语驰骋所能捕捉 －
哦，因为有一个圆盘阻隔在
我们和死者之间！

J950（1864）/ F1116（1865）

日落曾逗留在屋舍
今后日落必在那里
因为背叛不属于他，而是生命，
去往西方，今天 －

日落曾逗留在屋舍

那里晨曦才刚开始 —

有何区别，毕竟，你制造了

你那目空一切的太阳？

J951（1864）/ F911（1865）

就像严霜是最好的构想

借由其结果的力量 —

痛苦可以推断

借助随后的影响 —

若是阳光泄露，

花园保有裂隙 —

若是白昼再现

无精打采的倦容

无力舒展皱纹

或抹去污斑 —

放肆就是生命力

在某处一分为二 —

J952（1864）/ F913（1865）

人也许做一番评论 —

就其本身 — 乃一私密之事

可能将引信提供给

在休眠中 － 安卧的火花 －

让我们分开 － 以技巧 －
让我们言谈 － 要小心 －
火药存于木炭 －
在它存于火之前 －

J953（1864）/ F914（1865）

街上一扇门恰巧打开 －
我 － 迷惘地 － 路过 －
霎时宽广的温暖袭来 －
以及富足 － 和陪伴 －

那门顷刻关上 － 而我 －
我 － 迷惘地 － 路过 －
加倍地迷惘 － 但相形之下 － 愈发 －
感觉 － 凄惨 －

J954（1864）/ F1070（1865）

化学确信
万无一失
激活灾难中
我破碎的信心 －

原子的面目

若能看见
多少完结的生命
离我而去！

J955（1864）/ F1071（1865）

凹陷环绕他急切的眼
是可供阅读的篇章
有关悲哀的历史 － 尽管
他自己从未抱怨。
一部所有逝者的传记
载满并不引人注目的苦痛
除了这张纵横交错的脸
隐忍，无助 － 未知 －

J956（1864）/ F915（1865）

我该怎么办当夏日烦恼 －
怎么办，当玫瑰成熟 －
怎么办当蛋宝宝们在乐声中飞走
脱离了枫树的看守？

我该怎么办当天空叽叽喳喳
向我扔下一支曲子 －
当蜜蜂在毛茛里悬上整个中午
我会怎么样？

哦，当松鼠装满他的口袋
浆果们直勾勾地凝视
我怎能忍受他们快乐的脸庞
当你离开这里，如此之远？

那不会折磨一只旅鸫 －
所有他的物品都长有翅膀 －
我 － 不会飞，缘何
我的永久之物？

J957（1864）/ F917（1865）

仿佛一个人病愈之后
在康复的心里，
他对机遇的审视
被福佑的健康遮蔽 －

仿佛一个人重蹈悬崖
刮削那曾让他
远离毁灭的细枝
播种在峭壁边上

灵魂的一种习俗
在远离疼痛之后
认同去质疑
曾经有的证据 －

J958（1864）/ F918（1865）①

我们相逢如火星－电光火石
火花－四溅－
我们分离如中心燧石
被一把扁斧劈开－
靠我们自身的光维持
在我们感到黑暗之前－
一粒燧石直到今天－也许－
只为那丁点火星。

J959（1864）/ F1072（1865）

我曾感到某种失落－
自从我懂得回忆
遗失了什么－我不知道
太幼小而难有怀疑

哀悼行走在孩童间
我唯有四处游荡
如缅怀一个王国
唯一的王子放逐

如今，渐长，懂事些，
也，更淡定，如智慧
发现自己仍在悄悄寻觅
我失却的宫殿－

① 富兰克林阅读版最后两行：我们借由变化得知 / 在它和那微妙的火星之间。

一个疑虑，如手指
不时敲击我的额头
当我朝向相反的方向
寻找天国的地点 —

J960（1864）/ F1075（1865）

犹如正午夜晚计划有别
因此生死迥异
从积极角度展望 —
脚踏尘世

远方，和成就，竭力，
脚踏坟墓
专注于结论
依稀协助，由爱 —

J961（1864）/ F821（1864）

假如你病了 — 我会让你看
一天我能忍多久
尽管你的注意力从未停留我身
也未有半点表示，我确信 —

假如你不过是粗野乡下的生客 —
在我的 — 门前
逗留，只为一点过路盘缠 —

别无所求 －

被指控 － 假如你 － 而我自己 － 是法庭 －
宣判 － 处决 － 白貂皮 － 与我无缘
哪怕有一半的条件，就会给你 － 平反 －
只为分担 － 这耻辱 －

假如你，是这狭窄小屋的房客 －
允许成为
你偶尔莅临的主妇
将会令我满足 －

如若没有你的帮助，我无法达成 －
去死 － 或生 －
最首要的 － 亲爱的，证明我，在见你之前 －
因为生命 － 是爱 －

J962（1864）/ F822（1864）

仲夏，就是它，当他们死时 －
一个完满，盛极的时间 －
夏日闭合自己
在圆满绽放之时 －

玉米，她最末端的颗粒充实
在连枷敲打之前 －
当这些 － 趋于完美 －
透过葬礼的阴霾 －

J963（1864）/ F824（1864）

近乎浩渺无际 －
剧痛导致 －
折磨无边无际 －
临近律法

满足的寂静边缘 －
折磨无法停留
于地产 － 它的居所
无处不在 －

J964（1864）/ F825（1864）

"来我这里"？我不认识你 －
哪儿是你的住所？

"我是耶稣 － 先前在犹太 －
如今 － 在天国" －

你有 － 马车 － 来载我吗？
到那儿路很长 －

"我的装备 － 车辆足够 －
相信全能" －

我被玷污 － "我宽恕" －
很渺小 － "最小的
在天堂被尊为最首要的 －

占据我的房屋" －

J965（1864）/ F826（1864）

拒绝 － 是唯一的事实
拒绝者认为 －
其意志 － 麻木的意义 －
那日天堂死亡 －

而整个地球依然绕圆而行 －
没有喜悦，或光束 －
智慧算什么安慰 － 难道是 －
我们家的搅局者？

J966（1864）/ F827（1864）

一切皆忘，因只回忆起
微不足道的一小点 －
一切皆弃，因只一位陌生客
新的陪伴 －

财富的魅力，地位的魅力
重要性赶不上
拥有一种不为人知的尊严 －
估量 － 谁能 －

家园抹去 － 她的脸庞干瘪 －
自然 － 变得渺小 －

太阳 － 是否闪耀 － 或暴风雨 － 是否破坏 －
一切我全忽略 －

抛掷 － 我的命运 － 一粒羞怯的石子 －
在你更加大胆的海里 －
请让 － 我 － 亲爱的 － 如果我懊悔 －
证明我 － 属于你 －

J967（1864）/ F833（1864）

痛苦 － 延长时间 －
岁月缠结于
那独一的大脑
瞬间的圆周中 －

痛苦凝缩 － 时间 －
立刻占据
永恒的领域
仿佛它们不曾 －

J968（1864）/ F834（1864）

更适合去见他，我也许
为那长久的阻碍 － 恩典 － 于我 －
伴随多少夏天，与冬天，成长，
若干流年 － 一个特点赋予

让我在大地上最美 －

等待 － 于是 － 好似如此值得
我会将半数痛苦
归咎于我被选中 － 于是 －

在期待他凝视的时间中 －
先是 － 高兴 － 然后 － 惊奇 －
翻来覆去看我的脸
为其就是恩典的证明 －

他留在身后一天 － 如此少
他寻找确证，那 － 就是这 －

我只是必须不要变得如此新
否则他要误会 － 向我
问起我 － 当首次出现在门前
我从未 － 去往任何别处 －

我只是必须不要变得如此美
他会叹息 － "另一个 － 她 － 在何处？"
爱，尽管，会指导我正确
我该完美 － 在他眼中 －

若他察觉其他真理 －
在更非凡的年轻人身上 －

多么甜蜜我并没有徒劳缺席 －
而获得 － 通过丧失 － 通过悲痛 － 获取 －
美给他最好的奖励 －
对美的需求 － 平息 －

J969（1864）/ F835（1864）

相信自己者 －
欺骗不能得逞 －
信念是坚贞的结果 －
并从家中 － 呈现 －

无法毁灭，即便失败
络绎不绝 －
但间接受损 －
为别的羞惭。

J970（1864）/ F836（1864）

肤色 － 种姓 － 教派 －
都是 － 时间之事 －
死亡更神圣的分类
对此一无所知 －

犹如沉睡中 － 所有色彩忘却 －
信条 － 弃诸脑后 －
死亡粗大 － 民主的手指
擦除标记 －

即使切克斯人 － 漠不关心 －
即使他抛弃
白皙 － 或茶褐色的茧 －
如同蝴蝶 －

他们从他混沌中浮现 －
何等死亡 － 熟知一切 －
我们更缜密的直觉 －
认为难以置信 －

J971（1864）/ F838（1864）

被死洗劫 － 但那容易 －
对于黯淡的眼睛
我可以捕捉到最后的光 －
被自由洗劫

为她咽喉的防御 －
这，我也，曾忍受 －
荣耀的线索 － 它提供 －
为勇敢的爱人 －

距离的欺骗 － 危险的欺骗
死亡的欺骗 － 承受 －
它是奖赏 － 给悬疑的
模糊灾难 －

将我们全部的财产
押在一根发丝的结果上 －
然后 － 摆动 － 冷静地 － 在其上 －
试试是否它会断开 －

J972（1864）/ F839（1864）

观察未能尽兴 −
不完全 − 对眼睛 −
但对信念 − 地点的
一种转换 −

对于我们 − 太阳消失 −
去往我们对面 −
新的地平线 − 他们装饰 −
留给我们 − 它们的黑夜。

J973（1864）/ F900（1865）

它很困窘，却适合我 −
一颗老式的心灵 −
其唯一的学识 − 其坚定不移 −
于变化中 − 并不广博 −

它只是移动如恒星 −
为回返的妙处 −
或候鸟 − 迁徙的区域
永远确定 −

我只今夜没有它
在它既定的地方 −
为死亡的术语 −
在租约中遗漏 −

J974（1864）/ F901（1865）

灵魂的显著联系
与不朽
由危险或突然变故
最出色地揭示 －

犹如闪电照亮风景
呈现片片原野 －
始料不及 － 若非闪光 －
咔嚓 － 突如其来。

J975（1864）/ F970（1865）

高山静坐平原
他的巨椅里 －
目光扫视一切，
问询，每一处 －

四季绕膝玩耍
仿佛稚子缠绕慈父 －
他是岁月的先辈
黎明的，始祖 －

J976（1864）/ F973（1865）

死亡是一次对话
在精神和尘土之间。

"消解"死亡说，
精神说"先生
我另有信托" —

死亡对其怀疑 —
从大地上与之争辩 —
精神转身离去
只是静息为证据
一件泥土的大衣 —

J977（1864）/ F976（1865）

除了这五月
我们知道
还有另一个 —
多么美好
我们想象那陌生者！

有人知道他乃我们故知 —
甜蜜的奇迹 —
一种自然是
圣徒，和我们的平凡成为近邻之地
持续五月！

J978（1864）/ F843（1864）

它怒放凋残，仅一个正午 —
这花 — 鲜红别具 —

我，经过，寻思另一个正午
另一个将其替代

会同样热烈，不再牵挂
但另一天到来
发现这一品种消失 —
在相同的地点 —

太阳依旧 — 别无诡计
对于自然完美的数目 —
若我昨天只是流连 —
是我不可挽回的过失 —

此方彼地的许多花
在我手中凋零
为寻找其相似的 —
却无可媲美 —

世上那独一的花
我，擦身而过
浑然不知 — 伟大自然的容颜
无限错过 —

J979（1864）/ F844（1864）

绝境的妙处在于 —
它不会重演 —
当命运尽情奚落
抛出她最后一块石头 —

重伤者暂歇，喘息，
安然扫视四周 －
此鹿不再被其他吸引
唯有抵抗 － 猎犬 －

J980（1864）/ F896（1865）

紫色 － 是双倍的时尚 －
在一年的这一季，
当灵魂察觉自己
成为一位君王。

J981（1864）/ F801（1864）

如雪橇在夏日铃响
或蜜蜂，在圣诞出场 －
如此飘渺 － 虚幻 －
人们真的
从视野中消散 －
我们的聚会 －
顷刻比廷巴克图 ① 的晨曦
更加渺远 －

---

① 位于沙漠中心一个叫做"尼日尔河之岸"（Boucledu Niger）的地方，距尼日尔河 7
公里，坐落在尼日尔河道和萨赫勒地区陆地通道的交汇处，为 1087 年（另一资
料：1100 年）图阿雷格人所建。Timbuktu 一词在英文中，常常用来指代遥远、未知、
难以到达的地方，用法类似中文里的"爪哇岛"。例如，如果不想被别人打扰，可
以说自己搬到了 Timbuktu。

无人可以削减
我们凡俗的价值
犹如想起它的虚无
从今以后
只思量
现存的虚无
我们唯一的争竞
耶和华的评价

另一版本：

无人可以削减我们
凡俗的价值
犹如想起它的虚无 －
从今以后 －
只思量
现存的虚无
我们彼此的名声 － 碰巧
耶和华 － 忆起 －

无人可以提升我们
凡俗的价值
犹如想起它的存在 －
从今以后 －
被其邀请
去往造物主的房屋 －
等待永恒 －
他 － 最短的意识 －

---

① 本诗约翰逊版和富兰克林阅读版均收录第一个版本，富兰克林阅读版第六行最后
有"－"。

J983（1865）/ F1016（1865）

理想是神奇机油
借此我们润滑车轮
但当车轴灵活转动
眼睛无视机油。

J984（1865）/ F192（1861）

其苦痛远胜欢悦
那是复活的疼痛 —
已摧毁脸庞相逢的纽带
我们再次，质疑 —

其狂喜热烈如坟墓骚动
当裹尸布放手
而造物包裹在奇迹中
一对对上升 —

另一个版本第二节：

我想到那另一个黎明 —
当裹尸布 — 放手 —
而造物 — 包裹在胜利中 —
一对 — 对 — 上升！

J985（1865）/ F995（1865）

错过的一切，避免我

再错过小事。
如果没有什么大过
世界脱离合页 －
或观看，太阳熄灭
那它就没有大到足以让我
从埋首的工作中抬起头来
为猎奇。

J986（1865）/ F1096（1865）

一个细长的家伙在草丛
时而驰骋 －
你也许曾经碰到他 － 也许没有
他的通报迅疾 －

草丛像用一把梳子分开 －
一根斑斓的箭杆呈现 －
随即在你脚边合拢 －
又一路打开向前 －

他酷爱沼泽地
对玉米太过阴冷
可当我还是一个小男孩，赤着脚 －
不止一次在中午
经过，我以为，是鞭鞘
散落在阳光下
当弯腰去拾取
它却皱缩，离去 －

不少自然的居民
我都熟识，他们对我也不陌生 －
我对他们有一种热诚
的狂喜 －

但从未遇到这家伙
无论有伴，还是独自
不曾呼吸紧促
骨内空虚 －

J987（1865）/ F1098（1865）

树叶像女人，交换
睿智的秘密 －
几分颔首和几分
自命不凡的推断 －

聚会在两种情况下
都责令保密 －
不容违背的契约
以防声名狼藉。

J988（1865）/ F797（1864）

美的定义是
那定义为无 －
天堂，容易解析，
既然天堂和他合一

J989（1865）/ F1120（1865）

感激 － 是一种温柔的
不提及，
但仍由衷欣赏
言所不及 －

若大海不作回应
对线和铅
证明没有海，抑或
海床渺远？

J990（1865）/ F937（1865）

并非所有的早逝，都是夭折 －
命运的成熟
同样获得圆满
以经年，或一夜 －

我知道，一个老成的孩子，
完全成年 － 陨落
于耄耋小儿身旁 － 死去的
是行为 － 而非时期。

J991（1865）/ F897（1865）

她飘零若玫瑰花瓣 －

被风吹袭 －
一位时间的脆弱贵族
把保障寻觅 －
留给自然一个空缺
如蟋蟀，或蜜蜂，
但安第斯山在那怀抱
她开始躺卧。

J992（1865）/ F867（1864）

后面的尘土我千方百计
加入前面的圆盘 －
但顺序实在杂乱难循
就像众多小球掉落地板 －

J993（1865）/ F771（1863）

我们想念她，非为我们看见 －
一只眼睛的缺失 －
若不是其思想陪伴
删减社交

轻盈如繁星的路径 －
我们自己 － 睡于其下 －
我们知道它们卓越的眼睛
包括我们 － 当它们隐去 －

J994（1865）/ F806（1864）

分享如蜜蜂 －
节制适度。
玫瑰是财产 －
在西西里 －

J995（1865）/ F1014（1865）

这曾是银装素裹时节 －
那 － 曾绿意葱茏 －
那时难以想象风雪
如现在雏菊难觅 －

回顾，留存的最佳
或者若它 － 在前 －
追忆是前瞻的一半，
有时，甚至更多 －

J996（1865）/ F503（1863）

我们擦肩而过没有诀别
以免去
缺席的凭证 －
相信在那

我离开她的地方可以重新把她找见
若我尝试 －

如此，我免于思念
那些死者。

崩溃不是一瞬之功
一个根本的休止
坍塌的过程
是有条理的衰退 －

先是灵魂结上蛛网
表皮蒙上尘灰
中轴遭到虫蛀
一种元素的锈蚀 －

毁灭有条不紊 － 魔鬼的工作
缓慢而连贯有序 －
不曾有人，衰败于顷刻
渐变 － 是堕落的规律 －

最好的居于视野之外
珍珠 － 正义 － 我们的神思 －
大多避开公共空气
合法，并稀少 －

风的蒴果

心的蒴果
陈列在此，犹如毛刺所为 一
胚芽的胚芽在何处？

J999（1865）/ F1013（1865）

多余的是太阳
当卓越已逝
他每日多余
因为每日被提及

那音节的信仰
使其免于绝望
而其"我会见到你"犹疑
若爱询问"在哪"？

于他亘古的名声
我们的时代也许淹灭
如群星悄声坠落
辽阔的以太。

J1000（1865）/ F1015（1865）

光的手指
温柔地轻叩小镇
"我很棒无法等待
因此请让我进来。"

"你好早"，小镇回答，
"我的面孔们还在沉睡 —
但发誓，我让你进来
你不会把他们吵醒。"

自如的客人遵从
一旦身在小镇
他脸上的狂喜
却唤醒男男女女

池塘中的邻居
在他身后欢欣
高声表达敬意和那小虫
为光举起他的杯子。

J1001（1865）/ F1001（1865）

激励，在坟墓那边
看到他的容颜
支撑我如玉液琼浆
日日奉上。

J1002（1865）/ F1002（1865）

曙光是天仙
面容的展现
完美的无意识
供我们，模仿。

J1003（1865）/ F1003（1865）

死于我的音乐！
汩！汩！
持续直到八度音奔放！
快！爆裂玻璃！
渐趋徐缓！
小药瓶抛弃，还有太阳！

J1004（1865）/ F1004（1865）

大地并不缄默 － 因此沉寂
如同忍受着
万籁齐鸣，这令自然沮丧
世界烦恼 －

J1005（1865）/ F1005（1865）

捆绑我 － 我依然可以唱 －
放逐 － 我的曼陀林
真正的罢工，在内心 －

杀戮 － 我的灵魂会升起
对天国的吟唱 －
依然属于你 －

J1006（1865）/ F1006（1865）

我们首先得知他的是死亡 —
其次，是声望 —
没有起先的被兑现
紧随的绝无可能 —

J1007（1865）/ F1007（1865）

你的谎言，是否我可以推断
它将蚀损那根基
据此我的信仰一根根筑起
她雪松的堡垒 —

J1008（1865）/ F1008（1865）

钟多么安静地立于尖塔
最终与天空一道欢腾
跃动它们银色的脚板
以疯狂的旋律！

J1009（1865）/ F1009（1865）

我是只燕雀 — 仅此而已 —
燕雀 — 五脏俱全 —
别人遗弃的小调
我将其填上 —

筑巢低矮无人寻觅 —
羞怯，不招责备 —
燕雀留下轻微印迹
在声誉的地板 —

J1010（1865）/ F1018（1865）

背着我的小行囊攀爬生之山
若我证实它陡峭 —
若怯懦攫住了我 —
若我新近的脚步

感觉比激发它的希冀更为老迈 —
无可指摘
提议之心若许可之心
无家可归，寻访家园 —

J1011（1865）/ F1019（1865）

她飞升高如他的神位
然后寻求尘土 —
在低矮的威斯敏斯特低躺
为她短暂的冠冕 —

J1012（1865）/ F1021（1865）

哪个最好？天堂 —

或只是天堂即将来临
伴随那怀疑的旧条款?
我不禁认为
"手中的小鸟"
胜于那只
"林中的"也许吸引我
也许不会 －
太迟无法再次选择。

J1013（1865）/ F1023（1865）

为你而死不足惜,
十足的希腊人会如此。
活着,亲爱的,价更高 －
即便如此我也付 －

死亡,小事一桩,瞬息而过,
但活着,这包括
死的全部进程 － 却没有
死的解脱。

J1014（1865）/ F1024（1865）

是否我们废除寒霜
夏日将不再终止 －
如果季节消长存亡
取决于我们 －

J1015（1865）/ F1025（1865）

假如只是我抵达高处 －
假如只是他们，落败！
濒死者戏弄多少事物 －
但若他们能活，毫不犹豫！

J1016（1865）/ F1026（1865）

山峦以紫色的音节
诉说白昼的历险
对着一小群陆地
它们刚刚放学归家 －

J1017（1865）/ F1027（1865）

死 － 没有弥留
生 － 没有生命
这是最刁难的奇迹
提给信仰。

J1018（1865）/ F1028（1865）

没有见过日出之人说不出
它将有的容颜 －
猜想看见之人，猜想
这能力的丧失 －

光的移民，是
为白昼受难 －
那目睹并蒙祝福的盲目 －
无法找到它的眼睛。

J1019（1865）/ F1030（1865）

我的季节里最后的花 －
我更温柔地称颂
因为我发现她孤芳独处，
一种恩典却无友伴。

J1020（1865）/ F1031（1865）

跋涉到伊甸，回望，
我遇见某人的小儿
问他他的名字 － 他呜噜着说"特洛特伍德" －
夫人，他是你的吗？

是否安慰 － 知道我遇见他 －
而且他看起来并不害怕？
我不会流泪 － 为如此多的欢笑
新的亲人 － 这婴儿结识 －

J1021（1865）/ F1032（1865）

远离爱，天上的父亲

领着被选的孩童，
常常穿越荆棘的国度
而非温柔的草地。

常常是由恶龙的爪
而非朋友的手
引导这命定的小不点
去往故土。

J1022（1865）/ F1033（1865）

我知道我已获得
却不明就里
并非借助削减
而是依靠训练

严苛并未松懈
除非心满意足
另一位也在同样承受
在别的大陆。

J1023（1865）/ F1034（1865）

它升起－经过－我们南方
书写一个简单的正午－
哄骗一会儿教堂尖顶
而无限已逝－

J1024（1865）/ F1035（1865）

如此远大我的志愿
我会有的那个小的
尴尬
如温和的责骂 —

侮辱他
为他视全部为草芥
侮辱我
明白他所有的奖赏

尘世充其量
不过是个玩具 —
购买，带回家
给永恒

看起来如此微小
我们多半会惊奇
购买时的
狂妄

J1025（1865）/ F1036（1865）

我们农场的这些出产
足够我们享用
偶尔还能充实
邻居的仓廪。

对我们，丰收整年
当寒霜侵袭
我们只需反转十二宫
领进田地。

J1026（1865）/ F1037（1865）

行将就木之人只需一点点，亲爱的，
一杯水就是全部，
一朵谦逊小花的面庞
去把墙壁装饰，

一位爱慕者，也许，一位朋友的惋惜
并且确定那一位
在彩虹中不再有色彩
察觉，当你离去 －

J1027（1865）/ F1039（1865）

我的心在一个小碟上
以供她享用
将是，一粒浆果或小面包，
也可能是一枚黄杏！

J1028（1865）/ F1040（1865）

这是我唯一荣幸 －

请让它
铭记
我属于你 –

J1029（1865）/ F1041（1865）

高山不能阻隔我
大海也不能 –
谁是波罗的海，
谁是科迪勒拉？

J1030（1865）/ F1082（1865）

正是那些死者使我们
能够平静赴死 –
正是那些生者，
不朽的明证。

J1031（1865）/ F1084（1865）

命运打击他，他没堕落 –
她跌倒 – 他没倒下 –
把他钉上她最锋利的尖桩 –
他让这一切统统失效 –

她蜇刺他 – 削弱他坚定的步伐 –
当她坏事做尽

而他 － 对她无动于衷 －
承认他是一条好汉 －

J1032（1865）/ F1085（1865）

谁是东方？
金黄之人
将会紫红若是他能
携带太阳。

谁是西方？
紫红之人
将会金黄若是他能
让他再出来。

J1033（1865）/ F988（1865）

死对激情说
"把你的一亩地给我。"
激情，尽管气息微弱
"一千次地对你说不。"

死从激情那里带走
他所有的东方
他 － 君临如太阳
在西天重登大宝座
而争论结束

J1034（1865）/ F990（1865）

他的喙是占卜师
他的头，一顶帽和褶边
他在每棵树上劳作
一条小虫，他的终极目标 —

J1035（1865）/ F983（1865）

蜜蜂！我正盼着你！
昨天还在
对你认识的人说
你总如约而来 —

青蛙们上周已到家 —
安顿好，开始工作 —
鸟儿们大都也已返回 —
红花草温暖而稠密 —

十七号你会收到
我的信；回信
或最好，和我在一起 —
你的，家蝇。

J1036（1865）/ F984（1865）

满足 — 是餍足的
代理 —
需求 — 是无限的无声

代表 —

拥有 — 瞬间逝去
当我们抵达欢悦 —
不朽满足
乃异常 —

J1037（1865）/ F985-986（1865）[①]

这里，雏菊相宜我头
最为适宜躺卧
在外嬉戏的每株小草
有些，为我，惆怅 —

那里我不惮前去
我会信赖我的花 —
它不是我的敌人
会温柔，对她 —

也不会分离，她和我
即便相距遥远 —
我们形成同一朵花
故去，或在家 —

J1038（1865）/ F987（1865）

她的小阳伞撑起

---

① 后两节乃富兰克林版第 986 首。

也曾让它收拢
她的整个责任 —
是供我，效仿 —

整个夏天我必须佩戴，
欣然若自然的抽屉
将我从阴森的坟墓中呈现
不染纤尘，如她 —

J1039（1865）/ F996（1865）

我听，犹如没有耳朵
直到强劲的言辞
从生命远道而来
我知道我听见 —

我看，犹如眼睛盯往
他处，直到有物
如今我知是光，因为
它与之相配，进入。

我住，仿佛神已游离
唯有身体在内
直到伟力察觉
嵌入我的内核 —

灵魂转向尘土
"老友，你可认识我"，
时间外出报告消息

撞上永恒。

J1040（1865）/ F997（1865）

无限的关联并非如此 － 在下界
分离是粘合的丧失 － 在上界
苦难只是一种推测 － 而悲痛
我们知道，一种幻觉，一种虚构 －

J1041（1865）/ F998（1865）

有那么点，希冀，
不要如此遥远
是对抗绝望的资本 －

有那么点，折磨，
不要如此剧烈 －
如果有一个期限，可以忍受 －

J1042（1865）/ F999（1865）

春天来到世界 －
处处是四月 －
暗淡无光，直到你来
犹如，等待蜜蜂
花儿无精打采，
为之一振

听到嗡鸣 —

J1043（1865）/ F1000（1865）

以防这里真成了天堂
一道屏障播散
总是测量着距离
在我们和天堂之间。

J1044（1865）/ F993（1865）

几乎致使这世界病恹恹
当最好的人离世。
一厢情愿把他们遥远的处境
占据。

首要的冷漠，如不相关
世界必须
他们自己放弃 — 满足 —
为神性

J1045（1865）/ F1086（1865）

大自然较少用黄色
比起另一种色调 —
她省下所有给日落
大量的蓝色

挥霍朱红，如女人
黄色她给予
只是少而精
像情人的言词 —

J1046（1865）/ F1088（1865）

我已抛下我的大脑 — 灵魂麻木 —
曾经奔腾的血脉
停滞 — 瘫痪
完美展现于石上 —

活力被剔除，平息 —
神经在大理石中躺卧 —
一个呼吸的女人
昨日 — 被赋予天堂。

不是喑哑 — 我有点感动 —
感觉击打躁动 —
忍不住舞蹈 — 雀跃 —
鸟儿的才略 —

谁精雕我体内的白理石
细琢我所有的曲调
若是魔法 — 若是死神 —
我仍有机会应变

存在，于某处 — 运动 — 呼吸 —

尽管在千百年之外，
并且每次限于十年 —
我颤栗，满足。

J1047（1865）/ F1089（1865）

生命的开启
与结束，类似
或不同，若相较，
如枝头的鲜花 —

同样从种子萌发
同样孕育蓓蕾
同步迈向，完美
由此凋残 —

J1048（1865）/ F1118（1865）

无可言传的主题，对妙悟者
持续不断地传输 —
却陌生如丹麦
方言，对于其余。

无可言传的策略，对耳朵
敏锐 — 刺激 —
却如东方传奇
对于他者，难以置信 —

J1049（1865）/ F1119（1865）

疼痛只有一个亲人
那就是死亡 －
彼此依靠
陪伴足够 －

疼痛是青年党
借助仅一秒钟的权利 －
死亡对他温柔协助
于是自视线中潜逃 －

J1050（1865）/ F936（1865）

如同眼睑欲覆盖倦眼
夜晚斜倚着白昼
直到我们自然所有的屋宇
只遗下阳台

J1051（1865）/ F1122（1866）①

我无法碰到春天 － 无动于衷 －
我感到那古老的欲望 －
一种渴望与流连，混杂，
一种保证美好 －

---

① 给苏珊版本第二节第七行 "as" 为 "when"。

一种争竞在我感觉中
伴着某物，隐于她身 —
而当她消逝，懊悔
我不再见到她 —

J1052（1865）/ F800（1864）

我从未见过荒原 —
我从未见过海洋 —
却知道石楠的模样
波浪的形态 —

我从未与上帝交谈
也未曾造访过天堂 —
然而确信我已身临此境
宛如票券已授 —

J1053（1865）/ F573（1863）

那是一条寂静的小路 —
他问我是否属于他 —
我没有用言语作答，
但是眼睛却说了话 —
然后他载我飞越
这尘世的喧嚣
迅捷宛如车辇 —
距离 — 如同车轮 —
世界落在后面

仿佛郡县 － 脱离

他那轻盈如气球的脚 －

行走在空中的街道 －

后面的海湾 － 不在 －

陆地 － 一片新奇 －

永恒 － 就在 － 前方

永恒抵达 －

对我们 － 不再有四季 －

既没有黑夜 － 也没有正午 －

因为朝阳 － 驻留于此地 －

曙光中 － 牢系 －

J1054（1865）/ F1011（1865）

不发现软弱是

力量的巧计 －

坚不可摧固存

与凭借意识旗鼓相当

就其本身而言信任他者

犹如椎体的发条

存于最无意识的钟表后面

指针在多么巧妙地移动 －

J1055（1865）/ F1017（1865）

灵魂应该永远半开

如若天堂垂询

他将无需等待

或羞于把她烦扰

离开，不待主人用门栓
将房门紧闭
把尊贵的来客寻觅，
她的访客，不再 －

J1056（1865）/ F1020（1865）

有个地方岁月静好
没有至点侵扰 －
太阳创设永恒的正午
完美的季节守候 －

夏日绵延着夏日，直到
六月的世纪
八月的百年停止
而意识 － 即正午 －

J1057（1865）/ F1029（1865）

我的日常福乐
我几乎淡然视之
蓦然察觉它在离开 －
我追求时开始成长

直到绕过一个高地
它从我的视野消失

变得不可思议的庞大
超出我的估量 －

J1058（1865）/ F1038（1865）

开花 － 是结果 － 偶遇一朵花
不经意一瞥
很少引人怀疑
这卑微的境遇

协助明妍事宜
如此精工巧做
奉献如蝴蝶
达到顶点 －

鼓起蓓蕾 － 抵制害虫 －
汲取甘露 －
调适温度 － 躲避狂风 －
逃过蜜蜂逡巡 －

大自然不会失望
静候她的那一日 －
成为一朵花，责任
重大 －

J1059（1865）/ F1083（1865）

倾情歌唱，大人，

将我的鸟喙浸入，
若这曲调溢出太多
是否颜色太红

原谅这胭脂红 －
忍受这朱红 －
死是这只
最穷鸟儿的财富。

容忍这歌谣 －
尴尬 － 支吾 －
死神扭曲了这琴弦 －
并非我之过 －

在你的礼拜仪式上停顿 －
等待你的赞美诗 －
当我重复着你
神圣的名姓 －

J1060（1865）/ F989（1865）

空气没有住所，没有邻居，
没有耳朵，没有门扉，
没有对他人的忧惧
哦，幸福的空气！

空灵的客人甚至抵至流浪汉的枕边 －
实在的主人，生命微弱，于哀泣的客栈，

比光更晚近你的意识与我搭讪
直到它离去，把我劝慰 —

J1061（1865）/ F992（1865）

三周过去了自从我看到她 —
某种疾病为难
那是伴着诵经和乡村的歌唱
我再次见到她

而一种陪伴 — 我们欢喜
能够单独交谈 —
亲切如今对我如对其他 —
亲切最终全无 —

各方都没有异议
被带到黑暗的墓地 —
分离的双方
哪一个在视野之外？

J1062（1865）/ F994（1865）

他审视它 — 错愕 —
扔下那圆环
给过去或周期 —
某种意义上感到无助好似
他的心要变得盲目 —

艾米莉·狄金森诗歌全集

向上摸索，去看上帝是否在那 −
向后摸索，找他自己
心不在焉地触动扳机
游离出生命 −

J1063（1865）/ F1097（1865）

灰表示曾有过火 −
崇敬那最灰的一堆
为那离去的生灵
曾在那里短暂徘徊 −

火最初存于光中
后来联合起来
唯有化学家才能揭示
何物进入碳酸盐 ① −

J1064（1865）/F1087（1865）

为助我们度过荒凉岁月
清爽的时刻给予
如果它们真的不适合人间 −
默默向着天堂修炼 −

---

① 骨头的主要成分是骨胶和碳酸盐。

J1065（1865）/ F1117（1865）

放下栅栏，哦死亡 －
当那疲惫的群羊进来
它们的咩咩声不再重复
它们的漫游已结束 －

你的夜晚最宁静
你的围栏最安全
太邻近难以把你寻觅
太温柔，难以言传 －

J1066（1865）/ F892（1865）

名声的小儿女，从不死亡
也很少出生 －

J1067（1866）/F606（1863）①

除却个头较小者
没有生命滚圆 －
这些 － 迅疾成球 －
闪现即结束 －

越大的 － 成长越慢

---

① 约翰逊版与富兰克林阅读版仅前两节，属 1866 年 3 月 17 日给 T.W.Higginson
（L316）版。并说："我会忍耐 － 坚持，永不拒绝你的雕刀，并且若是我的缓慢令你
焦急……"。

越迟垂挂 —
金苹果园的夏天
漫长。

庞大的核
鼓胀尴尬的壳 —
果实累累 —
你不会发现 — 成簇 —

但在严霜之后 —
印度的夏日正午 —
货船 — 运来这些 —
作为西印度 —

J1068（1866）/ F895（1865）

比夏日的鸟鸣更加幽深
哀婉来自草丛
一个小小的族类正在庆祝
它毫不起眼的弥撒。

没有仪式可见
恩泽如此徐缓
成为一种忧思的习俗
扩散了寂寞之感。

日午最感古意
当八月燃烧殆尽
响起这幽灵般的颂歌

作为安息的象征

宽恕依然没有恩典
辉光未见皱眉
却有一种德鲁伊教的不同 ①
如今增强了自然。

J1069（1866）/ F1125（1866）

天堂是种选择 －
只要你愿意
即可拥有伊甸园
尽管亚当，放逐。

J1070（1865）/ F991（1865）②

去承担就是去达成
让承担混合着
克服障碍的刚毅
和前进的信念

那微妙的怀疑本性必须
允许敬重
离经叛道和那少数
标准本性 － 在此

---

① 德鲁伊教：古代卡尔特人的一种宗教信仰。

② 1866 年给 Higginson（L319）的版本中第八行"Criterion Natures"换成"Criterion sources"，第五行"Suspicion"后加逗号。

J1071（1866）/ F1103（1865）

感知一物的代价
恰是该物的丧失 －
感知本身的收获
回应着它的价值 －

物完全是，空无 －
感知让它美丽
然后指责一种完美
相距如此遥远 －

J1072（1862）/ F194（1861）

神圣的称号 － 属于我！
妻子 － 没有标识！
急剧的地位 － 授予我 －
骷髅地的皇后！
皇家威仪 － 只差一顶王冠！
订婚结亲 － 没有意乱情迷
上帝送给我们女人 －
当你 － 坚持 － 石榴石换石榴石 －
金子 － 换金子 －
出生 － 成婚 － 裹尸 －
一天之内 －
三重胜利 －
"我的夫君" － 女人说 －
抚动那旋律 －
是 － 这样？

J1073（1865）/ F1081（1865）

实验对于我
就是相遇的每位
是否都包含核仁。
坚果的模样

呈现枝头
同样可信
但内在的果肉是必需
对于松鼠和我

J1074（1866）/ F1124（1866）

不算计能把远方获得
尽管夕阳落其间
那毗邻的近旁的
也不比太阳更远。

J1075（1866）/ F1121（1866）

天空低矮 － 云层阴暗。
一朵飘零的雪花
是越过谷仓还是穿过沟渠
内心还在沉吟争辩 －

狭隘的风整天都在抱怨
某人如何待他不善

自然，像我们一样有时竟然
未戴她的王冠 －

J1076（1862）/ F478（1862）

仅一次！哦，最小的请求！
难道金刚石 － 会拒绝？
如此微小的 － 恩典 －
如此罕见地 － 提出 －
如此苦恼的催促？

难道一位燧石神 －
不会意识到一声叹息 －
仿佛飘落于他的天庭 － 微弱的回声 －
"仅一次"！亲爱的神！

J1077（1866）/ F1106（1865）

这些是去往自然客栈的路标 －
她广泛相邀
让所有挨饿的人们
来品尝她神秘的面包 －

这是自然之家的礼仪 －
殷勤好客
敞开胸怀同样对待
乞丐和蜜蜂

为了保证她牢固的地位
她永不衰退的兴致
东方的紫色已经布好
还有北方，那颗星 —

J1078（1866）/ F1108（1865）

房屋内的忙乱喧闹
在人死之后的清晨
是最庄重的事业
于人世间 —

彻底地清扫心灵
把爱束之高阁
我们不想再次使用
直至永恒 —

J1079（1866）/ F1109（1865）

太阳落下 — 无人留意 —
大地和我，孤寂，
裸呈于这片辉煌 —
他得意洋洋，前行 —

太阳升起 — 无人留意 —
大地和我和一只
无名之鸟 — 一位陌生客
见证这加冕 —

艾米莉·狄金森诗歌全集

J1080（1866）/ F1042（1865）

当他们回来 － 是否花会开 －
我总是感到怀疑
是否花能再发
一旦这艺术失去 －

当他们开始，若知更鸟可以，
我总是害怕
我没有讲，那是他们去年
最后的尝试，

当五月时节，若五月回返，
是否无人苦闷
唯恐这样美丽的一张脸
他可能再也不见？

若我在那儿 － 的确不知
明天 － 将是何等
盛会，但若我在那儿
收回我说的一切 －

J1081（1866）/ F1043（1865）

对命运的超越
难以获得
并非由人授予
却有可能赢得

一次一小点
直到她惊喜发现
经济简朴的灵魂
终抵天堂。

J1082（1866）/ F1044（1865）

革命是豆荚
体制从中摇晃
当意志之风卷起
卓越正花开

但除了它赤褐色的根基
每个夏日都是
它自己的坟墓，
自由也是如此 —

死气沉沉残留在茎秆
所有的紫气已然消散
革命撼动它为
测试它是否已死 —

J1083（1866）/ F1045（1865）

撤退时我们方才得知
何等巨大的一个
曾与我们共处 —
消逝的太阳

在分离时亲切
多么加倍
赛过整个金灿的时光
它之 - 从前 -

J1084（1866）/ F1099（1865）

三点半，有一只小鸟
向着静默的天空
发出第一个音节
试探乐音 -

四点半，实验
已战胜测试
瞧，她银铃的曲调
漫天洒下 -

七点半，周遭
乐器，不见 -
场所还是原地
圆周在其间 -

J1085（1866）/ F1101（1865）

如果自然微笑 - 这母亲必然
我确定，想到她古怪的家人
如此多的奇想 -

难道她该受到这么多责备？

J1086（1866）/ F1046（1865）

我们抓住的是怎样的细枝 —
哦，那景象
当生命的激流汹涌而过
我们在下一次抛落之前停住
以扼住势头 —
如流苏

在从前的衣服上所示
那衣服抛掷，
我们的支柱显示
扶助的力量如此匮乏
如此显著的弱小，如此可怜
如此容易沉没，若我们挣扎，不切实际
这勤奋岂不更加盲目

多么匮乏，借助经久的光
那饱过我们眼福的圆盘 —
多么暗淡远甚土星的光环
被敬重的，相比那实有之物！

J1087（1866）/ F1047（1865）

我们更为思念一位至亲
当获准去见

胜过重洋远隔
于可能性

一弗隆比一里格 ①
让人更感刺痛，
直到笑对比利牛斯的我们 ② —
把教区，抱怨。

J1088（1866）/ F1048（1865）

结束，在开始之前 —
题目刚一说完
前言就从意识中消散
故事，尚未展开 —

若它是我的，去印行!
若它是你的，去阅读!
那不是我们的特权
上帝有令 —

J1089（1866）/ F1049（1865）

我自己能读这电码

---

① 一弗隆等于八分之一英里，一里格等于 3 英里。
② 比利牛斯山（Pyrenees）位于西南欧，法国和西班牙两国的交界处，分隔欧洲大陆
与伊比利亚半岛，山中有小国安道尔和比利牛斯山国家公园。它西起大西洋比斯开
湾，绵延约 435 公里，止于地中海岸。

一封主要给我的信
股市的起起伏伏
市场的行情

气候 － 雨水如何
在郡县降落。
此类消息空洞无物，
却比没有 － 甜蜜。

J1090（1866）/ F1050（1865）

我害怕拥有肉身 －
我害怕拥有灵魂 －
深刻 － 危险的财富 －
拥有，别无选择 －

双重财产，欢乐遗赠
无可置疑的继承人 －
公爵在不朽的瞬间
和上帝，为边境。

J1091（1866）/ F1051（1865）

水井对小溪
是愚蠢的依赖 －
请让小溪 － 重新成为小溪 －
而水井 － 汲取无尽的大地！

J1092（1866）/ F1052（1865）

它不是圣徒－那太大－
也不是雪花－那太小－
它只是冷淡自持
宛如某种精神－

J1093（1866）/ F1053（1865）

因为是我可以拥有的财富，
我自己－我把它赢得，
我通过名称了解金钱－
它感觉像是贫穷

看不见的伯爵爵位，获得，
空气中的收入，
拥有－更悦耳的叮当
对于吝啬鬼－

J1094（1866）/ F1054（1865）

他们自己是我全部所有－
我自己－长雀斑－
我想你会选
天鹅绒的脸颊
或象牙白的面孔－
难道你会－选我？

J1095（1866）/ F1055（1865）

为谁晨曦代表黑夜，
午夜又是－什么！

J1096（1866）/ F805（1864）

这些陌生人，在异乡，
寻求我的庇护－
善待他们，以防你自己在天堂
沦为难民－

J1097（1866）/ F1102（1865）

露－是草丛中河水高涨－
是许多微小的磨坊
在我们脚下－不知不觉地转动
而匠人静静躺卧－

我们窥探森林和群山
大自然展演的帐篷
错把外面当作里面
并且提及我们所见。

大自然商旅旗号的评论员
能否像个孩子
在某个星期三的下午
获得"入场券"。

那颗心走进屋，关上门
难道玩伴心该抱怨
尽管圈子不完全，关系破裂
就不可复原？

我的茧紧闭 － 色彩调戏 －
我感受着空气 －
羽翼微弱的能力
有辱我的裙裾 －

蝴蝶的一种本领必是 －
翩飞的天资
壮丽的草原退却
轻松地拂过天空 －

所以我苦思这暗示
解读这迹象
犯过很多错，若最终
我找到那神圣的线索 －

她活着的那最后一晚
是普普通通的一晚

除了行将就死 — 使我们
感觉自然有些异样

我们注意到最细小的事物 —
这些事以往总被忽略
因这强光照亮我们的头脑
醒目 — 仿佛一直如是。

当我们进进出出
从她临终的房间
到那些活人的房间
明天，是一种责难

其他人可以存在
而她必须悄悄完结
为她升起的一种妒意
如此近于无限 —

我们等待直到她离去 —
那如白驹过隙 —
太过拥挤我们的灵魂难以言说
当最后死神的通知到来。

她曾提及，又遗忘 —
然后轻如一支芦苇
弯向水面，几乎没有挣扎 —
温顺地随从，死亡 —

而我们 — 我们收拢头发 —

让头颅昂起 −
然后一种可怕的闲逸
必须以信仰调整 −

J1101（1866）/ F1123（1866）

生的形式与生之间
差异悬殊
如酒在唇
与酒在瓶中
后者 − 宜于留存 −
若为迷醉
无塞为上 −
我懂因为我曾尝试

J1102（1866）/ F1126（1866）

他的喙紧闭 − 眼神呆滞 −
他的羽翼低垂 −
过去那有力的趾爪，像了无生气的手套
如今漠然地悬挂 −
他欢快歌喉中的喜悦
正等待着倾泻
被死亡彻底洞穿，成为
一只鸟儿的刺客
类似我义愤填膺的精神
向天堂开火，

因为天使 － 为你挥霍
它们神奇的曲调 －

J1103（1866）/ F802（1864）

风的臂膀轻捷
好想匍匐其间
我有使命紧迫
去往毗连地段 －

我不介意停下，
过程并不很长
风可门外等候
或者城里逛逛。

查明那座房屋
要是灵魂在家
奉上我的灯芯
点亮，然后回返 －

J1104（1866）/ F1104（1865）①

蟋蟀歌唱
安置太阳
织工们先后
将白昼缝上。

---

① 富兰克林阅读版每一诗节最后均为"－"。

矮草承载着露珠
暮色站立，如生客
帽子持在手中，礼貌又新奇
似留，又似去。

一种苍茫，如邻人，到来 —
一种智慧不具面孔或名姓 —
一种宁静，如两个半球在家
就这样，夜幕降临。

J1105（1867）/ F964（1865）

如男男女女云影行走
在今日的山坡
到处豪迈地鞠躬
或者殷勤尾随

对于无疑属于它们的近邻
也不敏于察觉
变幻的景色如我们
和我们居住的村落

J1106（1867）/ F1139（1867）

我们并不懂得我们失去的时光 —
可怕的时刻正是

占据其根本的位置
诸多确定中间 －

牢固的外表仍在膨胀
帖子 － 机会 － 朋友 －
坚固的幽灵
其本质是沙尘 －

J1107（1867）/ F1147（1868）

鸟雀欢腾 － 蜜蜂嬉戏 －
太阳驰骋千里之外
沉迷于无法选择的欢悦
在他的假日 －

清晨起床 － 草坪出门
栅栏排排疾奔 －
欢乐的共和国，我想
那里个个是公民 －

从沉重负载的陆地奔赴你
跨越重洋走来
里海拥挤 －
太近你距离名声 －

J1108（1867）/ F1131（1867）

一颗钻石在手

习惯也就平常
意义逐渐减弱
宝石最好未知 －
在卖主的神龛
多少目光与叹息
不可企及，抓狂
唯恐他人买走 －

J1109（1867）/ F1129（1866）

我适应它们 － 我寻找黑暗
直到我完全适应。
这是清醒的劳作
带着十足的甜蜜
我的节制提供
它们更纯的食粮，若我成功，
即便不能我也曾
朝着目标欣喜若狂 －

J1110（1867）/ F1135（1867）

见后无人吐露
它如死亡潜藏
为那独特财富
呼吸耗尽 －
表面也许投资
若钻石繁衍
普遍如蒲公英

你还把它这般寻求？

J1111（1867）/ F1132（1867）

某个可怜虫，救世主带走
他会欣然赴死
为你大慈大悲的缘故留下
另一小时给我

J1112（1867）/ F1189（1870）

应该感受到死者的需要
如那些生者一样
这是莫大的讽刺
好似从未实现 —

并不满足于模仿伟大
以他的简朴
渺小必死，如同他 —
哦，胆大包天者 —

J1113（1867）/ F1133（1867）

有一种力量证明它可以忍受
即便它撕裂 —
这股绳索的筋腱又有何用
除了承受

战舰如果不去战斗可用绸缎建造 —
在汪洋上行走需要雪松的脚掌

J1114（1864）/ F974（1865）

所知最猛烈的火
在每个下午燃烧 —
发现没有丝毫惊奇
过程无人关心 —
焚尽无需向人汇报
一座西方小镇 —
次日清晨及时重建
只为再度焚毁。

J1115（1868）/ F1142（1867）

蜜蜂的嗡嗡，已歇
但某种嗡嗡
稍晚的，预言的，
却齐来。
一年较低的韵律
当自然的笑声消散
这本书中的启示录
其创世记是六月。
与她的变化相宜的生灵
典型的母亲派遣
犹如重音弱化到间歇
对分离的朋友

直到我们所推测的，成真
还思忖我们不要表现
更多的亲密，
比那些我们熟知的，人们。

J1116（1868）/ F1138（1867）

有另一种孤独
许多人至死亦无 —
非因缺乏朋友所致
或者命运使然

而是自然，有时，有时想
无论降于谁身
谁就丰盈富足
胜过尘世无数 —

J1117（1868）/ F1162（1869）

一座金矿无人能有
却必须被授予，
独占财富可耻
一个宇宙除外 —

波托西从未被消耗
而是贮存在脑海
多少吝啬鬼今晚憾恨绞手
为地底的印度！

J1118（1868）/ F1157（1869）

欢愉是清风
把我们吹离地面
遗我们于他处
它的声明无从寻觅 —

不带我们回返，稍后
我们清醒降落
那一刻有些新奇
于魔幻之地 —

J1119（1868）/ F1144（1868）

天堂是那座老宅
许多人曾经拥有 —
各自占据片刻
随即门扉扭转 —
极乐吝惜她的租期
亚当教会她节俭
一度因他放纵破产 —

J1120（1868）/ F1198（1871）

这缓慢的时日挪移 —
我听见车轴旋转
仿佛无法将自己承负

它们如此憎恶移动 －

我邀约我的灵魂 －
等候总是徒劳 －
我们外出嬉游归来
它已不见踪影

J1121（1868）/ F1338（1874）

时间真的在向前 －
我欣然告诉那些正在受苦之人 －
他们会挺过去 －
会有艳阳高悬 －
此刻他们不信 －

J1122（1868）/ F1151（1868）

这是我太阳底下的第一夜
若我该在这儿过 －
在他之上高度太低
对于他的气压计
把期望的空气吸入
经受强劲的风 －
却向远方他的欢乐倾吐
给那些拜访之人

卷 III

[美] 艾米莉·狄金森 著

王玮 译

艾米莉·狄金森诗歌全集

J1709 / F1713

紫色充盈

宴席丰盛

在神圣的回顾中

她的余韵消散 —

上海三联书店

J1123（1868）/ F1187—1188（1870）^①

一个巨大的希望落空
你听不到任何声响
毁坏是在内部
哦，狡猾的残骸
没有诉说任何故事
也不让任何证人进入

心灵是为强大的货运建造
为可怕的时刻谋划
海上的沉没多么频繁
表面上，在陆地

一个不被承认的伤口
直到它裂得如此之宽
我的整个生命都被吞噬
旁边还有条条沟槽 －

把张向太阳的
单纯眼睑闭合
直到那温柔的木匠
永久地把它钉上 －

J1124（1868）/ F1185（1870）

若知晓她承担的重负

---

① 此诗约翰逊版为一首诗，富兰克林版前两诗节为一首诗，后两诗节为另一首。

我们会帮助惊恐
但她径直走向货运
这就是她的过错 —

J1125（1868）/ F1186（1870）

哦，奢靡的瞬间
慢点儿走
我会爱慕地望着你 —
饥饿再不会一样
如今我丰裕地看 —

哪一个会挨饿，彼时还是此刻 —
白昼的异样
要他向着绞架引领 —
伴随着空中晨光

J1126（1868）/ F1243（1872）

该把你，诗人说
作为选中词汇？
请和其他候选者一起
我要挑到更好的 —

诗人搜肠刮肚
刚欲唤出
那搁置的候选者
竟有词不请自来 —

那种情状
唯其适宜
非点将之功
小天使透露 －

J1127（1868）/ F1146（1868）

温柔如太阳们的残杀
由傍晚的军刀屠戮

J1128（1868）/ F1150（1868）

这些是甲虫酷爱之夜 －
从渺远的高处
沉重地垂落
他的形象亲近 －
孩童的惊怖
男人的欢笑
积聚他的惊雷
他又高悬异域 －
天花板上的炸弹
富有启示 －
它让神经紧绷
猜想蓬勃 －
夏夜过于亲切
缺乏谨慎的警报 －
由昆虫提供

伴随其残存的魅力

J1129（1868）/ F1263（1872）

要说出全部真理但要歪着说 －
成功之道在于迂回
对于我们虚弱的喜悦太过明亮
真理的超凡惊喜

就如闪电对于孩童
必须以循循善诱进行疏解
真理必须缓缓发光
否则每个人都会目盲 －

J1130（1868）/ F1156（1869）

那个怪老头已去世一年 －
我们怀念他不变的帽子 －
也是这样一个明净酷寒的夜晚
他的残烛熄灭 －

谁思念那旧灯芯 －
是否有人为他白头？
等待冻僵的老伴
皱缩着回家？

哦人生，以血脉流畅为始

在呆滞中衰竭 —
立于彼岸，把你思量 —
感觉虚空而森凉。

J1131（1868）/ F1134（1867）

如画景致的店商
端坐柜台出售
但货品存无
恰如感召 —
对孩童他价格低廉
乐善好施 —
比支票对他更为适宜
他们率真的通货 —
他如此畏于伪饰
若其过于靠近
只见他迅速逃离 —

J1132（1868）/ F1143（1868）

闷烧的余烬火红 —
哦，煤炭的心
竟然熬过这么多年？
闷烧的余烬微笑 —
光的消息温柔挑拨
坚硬的橡木灼热
火持续的一种必备品

普罗米修斯从不知晓 －

从未吹积的雪 －
短暂、芬芳的雪
一年只来一次
如今轻轻飘落 －

彻底缀满丛林
在夜晚的星空下
那是二月的脚步
经验愿意起誓 －

好似冬天是一张面孔
我们坚信从前相识
除了孤寂一切修复
凭借自然的托辞 －

若每场风雪如此甜蜜
价值不会突显 －
我们对比选购 － 痛之妙
近似记忆 －

风席卷了北方的一切

把它们堆向南方 －
然后又把东方交给西方
张开他的大嘴

大地的四极
像是要被生吞活剥
在这股可怕的力量之下
万物向角角落落躲藏 －

风吹向他的房间
自然冒险出击 －
她的臣民四散
躲进她的势力所及

炊烟再次从房舍升起
白昼四处可闻
多么亲切，一场风暴过去
鸟儿的喧哗骚动 －

J1135（1868）/ F1137（1867）

这太冰冷
难被太阳温暖 －
太坚硬难以弯曲。
拼接这玛瑙是件难活 －
愁煞石工 －

灵活内核如何展现
壳的挫伤

没有裂缝，亦无褶皱
只有一个星号。

J1136（1869）/ F1130（1866）

死亡的寒霜凝结在窗格 —
"保护好你的花"他说。
仿佛水手与裂隙搏斗
我们和必死的命运抗争 —

我们将无助的花儿藏于大海 —
高山 — 太阳 —
然而即便他猩红的大螯
也开始爬上了寒霜

我们回首把他窥探
我们将自己楔于
他和她之间 —
然而轻松如细蛇
他蜿蜒游弋向前

直到她无助的美丽全部凋残
然后我们的愤怒升腾 —
我们搜寻他直到他的峡谷
我们追逐他直到他的老巢 —

我们憎恶死亡憎恶生命
却无处可去 —
比海还阔比陆地更宽广

那就是－痛苦－

J1137（1869）/ F1160（1869）

风的责任不多－
把船，抛入海中，
确立三月，护卫山洪，
引导自由。

风的快乐广博，
随意居住，
逗留，或漫游，
遐想，或与森林嬉戏－

风的近亲是山峰
亚速海－二分点，
还与飞鸟小行星
点头往还－

风的局限
他是存，是亡
太聪明好似从未受扰，
然而，我并不知晓－

J1138（1869）/ F1163（1869）

蜘蛛夜里织缝
没有一丝亮光

在那白弧之上 －

若非贵妇的飞边
即是侏儒的裹尸布
他自己告诉自己 －

关于永生
他的策略
是相面术 －

J1139（1869）/ F893（1865）

她至上的子民
自然同样知晓
并且喜好象征
如同飘渺 －

J1140（1869）/ F1164（1869）

白昼变小，紧紧包裹
由早早，俯身的黑夜 －
下午在暮色沉沉中
它的黄昏匆匆坠落 －
狂风列队呼啸而过
树叶借口离去 －
十一月将其花岗岩帽
悬挂在长毛绒的钉上 －

J1141（1869）/ F1293（1873）

我们选择思念的脸庞 －
仅仅一日不见
犹如远隔百年，
当它驰去 －

J1142（1863）/ F729（1863）

立柱支撑房屋 －
直到房屋建成 －
于是立柱撤去 －
胜任 － 挺拔 －

房屋自我撑持 －
不再怀念
支架和木匠 －
唯有这番回顾
成就完美生命 －
往昔的板条 － 钉子 －
妨碍 － 脚手架撤退 －
确认 － 灵魂造就 －

J1143（1869）/ F1159（1869）

她的工作进行，
伙伴们的辛劳结束 －
在绿烤箱中我们的母亲焙烤，

以太阳的火焰 —

J1144（1869）/ F1449（1877）

我们自己 — 我们的确埋葬 — 带着甜蜜的嘲弄
尘埃的通道 — 一旦抵达 —
就让那宗教的香膏失效
怀疑 — 如同虔信一样热忱 —

J1145（1869）/ F1145（1868）

在你悠长的光之天国
没有一瞬存留
当我期盼尘寰的游戏
和俗世的陪伴 —

J1146（1869）/ F1161（1869）

当埃特纳晒着暖阳打着呼噜
那不勒斯更为惊恐
甚过她龇着石榴石牙 —
安全是喧嚣 —

J1147（1869）/ F1149（1868）

百年之后

无人知晓此地
苦痛曾在那里上演
止息如平静

野草蔓生疯长
陌生人徘徊拼读
孤寂的字符
关于古老的逝者

夏风吹过田野
忆起通途 －
本能捡起钥匙
记忆所遗落 －

J1148（1869）/ F1127（1866）

太阳升起后
如何改变了世界 －
车辆如信使来去匆匆
昨日已老 －

所有人相逢好似
每人都有独家消息发布 －
新鲜如来自百里斯的货物
大自然的品质 －

J1149（1869）/ F1154（1869）

我注意到人们消失

当时只是一个小孩 —
想象他们去拜访远方
或居住于荒野 —
如今我知 — 他们既拜访
又居住于荒野 —
但是因为他们已死
一个事实瞒着小孩 —

J1150（1869）/ F1326（1874）

多少谋划泡汤
在一个短短的下午
全然未知
对那些最为关切之人 —
那并未迷失之人
皆因偶然
他被一条丝带的宽度改变
偏离习惯的路途 —
爱不会再尝试
因为就在门旁
某匹毫不知情的马匹拴系
测试他的绝望

J1151（1869）/ F1136（1867）

灵魂，冒你的险，
与死神在一起
总胜过不与你

相伴

J1152（1869）/ F1148（1868）①

泰尔作为一名神射手 – 已被遗忘
讲述 – 这日所忍受
红润如那时的苹果
传统所结 –

新鲜如人类谦逊的故事
虽然一个更庄严的传说
在古老的重复中孕育
很难盛行 –

泰尔有一个儿子 – 知情的人
无需在此徘徊 –
那些不了解人性之人
会捐赠一滴眼泪 –

泰尔不会裸露他的头
在现场

---

① 威廉·泰尔是来自瑞士的民间故事英雄。相传，泰尔是一名持弩的神射手，也是杀
死阿尔布雷希特·盖斯勒的人，阿尔布雷希特·盖斯勒是阿尔多夫的暴君。相传有
一次他因为拒绝向侵略者总督的帽子鞠躬而和他的小儿子一起被捕，总督知道他是
神箭手，便把一个苹果放在他儿子的头上，让威廉·泰尔用箭在很远的距离将苹
果射中，否则就要杀死他们。威廉·泰尔父子俩都镇定自若，特别是他的年龄很小
的儿子，对父亲充满了信任。故事的结尾是，当总督因为苹果被射中而打算放走威
廉·泰尔时，威廉·泰尔警告总督说，我还有第二支箭没有射出，它将直接射向你
的脑袋。许多人争论他是不是一个真实的人，现代历史学家不相信有证据表明他是
真实的。

拿掉公爵帽 －
盖斯勒 － 以死亡威胁 －
暴政想起

令他的独子为靶
那甚过死亡 －
对爱的至高恳求无动于衷
没有放弃信仰 －

祈求万能上帝的慈悲 －
泰尔的箭射出 －
据说上帝亲自答复
当那哭喊意味 －

J1153（1874）/ F1265（1872）

通过何等耐心的狂喜
我触及了这冷漠的祝福
去呼吸我的空白没有你
证明我这般这般 －
借助那荒凉的欣喜
我赢得近似这般
你死亡的特权
缩短我这般 －

J1154（1870）/ F1141（1867）

娇生惯养的玫瑰以色泽为食

蜜蜂的美餐
随着正午来临 —
每桩明艳的死亡
美丽生灵的毁灭
它本身，也曾受宠
冷落不知为何
珍惜不再

J1155（1870）/ F1128（1866）

距离 — 不是狐狸的国度
也不被鸟儿的接力
缩短 — 距离乃
直到你自己，蒙爱。

J1156（1870）/ F1191（1870）

以防有人怀疑我们对他们今日出生感到高兴
其生活由我们高举在高贵的日子
没有期限，如同意识或不朽 —

J1157（1870）/ F1169（1870）

一些日子从其余中隐退
在柔和的荣耀中安卧
那一天一个伙伴前来
或被迫赴死 —

J1158（1870）/ F1158（1869）

最神奇的魔法是几何学
在魔术师看来 －
他的寻常动作即特技
普通人以为 －

J1159（1870）/ F1166（1870）

寂静的大街通往
停滞的街坊 －
这里没有布告 － 没有异议
没有宇宙 － 没有法律 －

由钟表揭示，此乃清晨，为了黑夜
远处的钟声召唤 －
但纪元在此没有根基
因为时代已经终结。

J1160（1870）/ F1173（1870）

他还活着，今晨 －
他还活着 － 并清醒 －
百鸟继续为他歌唱 －
群芳 － 为他缘故扮靓 －
蜜蜂 － 对它们蜂蜜的面包
加上一粒琥珀的碎屑

把他 — 取悦 — 我 — 只是 —
动作，喑哑。

J1161（1870）/ F1177（1870）

信任调适她的"犹疑" —
幻觉进入"那不是你"。

J1162（1870）/ F1178（1870）

我们拥有的生命非常棒。
我们尚待领受的生命
远胜于它，我们懂，因为
它无限。
但当所有空间全看遍
所有领土都展现
人类最渺小的心灵
将其斥为乌有。

J1163（1870）/ F1192（1870）

上帝不会没有原由就采取行动 —
不会没有目标就下决心 —
我们的推论并不成熟，
我们的前提该受责备。

J1164（1870）/ F1165（1870）

若那是最后一次
会是多么无限
我们从未怀疑的已被标记
我们最后的会面。

J1165（1870）/ F1175（1870）

这短促人生蕴含
神奇领地
夜间灵魂悄然返回
潜入更安全的所在
如严加看管的孩童
迅速逃入大海
这无名的深邃溜向
无限身侧

J1166（1870）/ F1206（1871）

据说保罗和西拉
被下入狱中
但当他们前去营救
相反却不见人。

安全同样保证
对我们被袭的心 –
钉钩必须可选

不朽所系。

J1167（1870）/ F1174（1870）

独自身陷一种境遇
不情愿被告知
一只蜘蛛在我的沉默之上
不懈攀爬

比我更自在
顷刻长大
我感觉自己是访客
仓惶退出 —

重访我的旧居
带着索赔条款
我发现它悄悄假装
如一个健身房
那里重负昏睡头衔剥夺
空中的住民
永远傲慢
好似每个都是特定继承人 —
若有人在街上袭击我
我会给予回击 —
若有人拿走我的财产
根据法律
法规乃我博学之友
但会有何等赔偿
因此不在公义之内 —

那时间和心灵的盗窃
日子的精华
皆因蜘蛛，或者禁止它吧上帝
我会详陈 －

J1168（1870）/ F1259（1872）

如悲伤一样古老 －
那有多老？
大约一万八千岁 －
如欢笑一样古老 －
那有多老
他们一般年纪 －

据说他们共同统领
却很少肩并肩 －
无论哪一个，他尝试
人性都无法躲闪

J1169（1870）/ F1204（1871）

唯恐他们来 － 乃我全部恐惧
当甜蜜囚禁 － 于此

J1170（1870）/ F1176（1870）

自然假装沉静

艾米莉·狄金森诗歌全集

716

有时，宏伟
但让我们眼睛闭上
她的表演还有
妖术和贸易
晦涩而难解
瞧我们浩瀚的公民
变成骗子 —

J1171（1870）/ F1203（1871）

在你粉饰的世界上
清晨妆扮升起 —
他的朱红慵倦
辉光漫无目的攀爬
笼罩住果园
我在白昼之前
已与知更鸟一道占领 —
苦痛 — 多么明艳
直到你皱缩的手指
驱走太阳
午夜的可怕模样
在白昼的货品中央 —

J1172（1870）/ F1246（1872）

乌云背脊齐压
北风开始推搡
丛林疾奔直至跌倒

闪电如老鼠狂窜

惊雷如某物崩裂
躺在坟墓多好
自然的暴烈无法抵达
亦无飞弹袭来

J1173（1870）/ F1140（1867）

闪电是黄色的叉
来自天空的餐桌
由疏忽的手指扔下
这可怕的餐具

天宫从未彻底显露
也从未彻底隐藏
黑暗的装备
对无知显露 —

J1174（1870）/ F1316（1874）

有场伯戈因 ① 之战 —
每天，上演，
那时人和猛兽
放下劳作 —

---

① 约翰·伯戈因（John Burgoyne, 1722—1792），英国将军，美国独立战争期间占领
了泰孔德罗加要塞，但于萨拉托加战役中失守。美军的萨拉托加大捷是这场革命的
第一个转折点，它使美国赢得了法国的支持。

"日落"听起来宏伟 －
但那庄严之战
若你能解
你会肃然凝视 －

J1175（1870）/ F1247（1872）

我们喜欢有如发丝的花葶
它激动内心
在行动或意外之后
如风的间歇

若我们冒险较少
清风不是如此美妙
抵达我们最远的发梢
它的触手神圣。

J1176（1870）/ F1197（1871）

我们从不知道我们有多高
直到要求我们立起
如果我们忠于计划
我们的身躯触及天空 －

我们所吟诵的英雄主义
将会显得平平常常
难道不是我们自己卷曲腕尺

害怕成为国王 －

J1177（1865）/ F1022（1865）[①]

一种鸟迅捷 － 果断是松鸦 －
胆大如法警的颂诗 －
声音干脆简洁 －
保质保量每一行 －

端坐枝头如准将
自信又正直 －
最具风采是在三月
作为一名
地方法官 －

另一版本：

一种鸟大胆 － 激励是松鸦 －
美好如古挪威人的颂诗 －
声音干脆简洁 －
保质保量每一行 －

骑在枝头如准将 －
自信又正直 －
三月里他的神情迷人
像是地方法官 －

---

① 本诗约翰逊版和富兰克林阅读版均选择了第一个版本，富兰克林阅读版最后两行
为：最佳面目是在三月／犹如一种福利。

艾米莉·狄金森诗歌全集

J1178（1871）/ F1168（1870）

我的上帝 － 他看着你 －
闪耀你最灿烂的光 －
抛出你的金球
直到每一腕尺都与你嬉戏
每一弯新月都托住 －
使他脚下的土地欢欣 －
在他的原子中嬉游 －
哦太阳 － 但仅有一秒钟的特权
在你与他的长距离赛跑中！

J1179（1871）/ F1202（1871）

关于如此神圣的丧失
我们只是记下收获，
对孤寂的补偿
这样的狂喜乃是。

J1180（1871）/ F1208（1871）

"记住我"贼恳求！
哦，殷勤好客！
我的客人"今日同在乐园"
我给你保证。

那好意将一直持续
当欢乐成尘

我们引用这最有力的案例
有关信任的补偿。

在我们获准希冀的一切中
唯有宣誓书挺立
在我们最为恐惧的地方莅临
成为出乎意料的朋友。

J1181（1862）/ F594（1863）

当我希冀 － 我恐惧 －
因为 － 我希望 － 我敢
独自 － 四处游荡 －
仿佛教堂 － 遗存 －

鬼魂 － 不得惊吓 －
毒蛇 － 不得蛊惑 －
他是伤害之王 －
我曾饱受其苦 －

J1182（1871）/ F1234（1871）

记忆有前有后。
就像一座房屋 －
也有一个阁楼
盛放垃圾老鼠 －

还有幽深地窖

竭尽石匠所能 －
留心莫让它的深度
把我们追击 －

J1183（1871）/ F1227（1871）

轻轻步入这窄小之地 －
最辽阔的土地变得
不像胸膛这般宽广
这些碧绿的线条环绕。

高高踏上，为这名姓流芳
远如大炮所想
或旗帜不倒或声名远扬
她不死的音节。

J1184（1871）/ F1229（1871）

那些我们可以匀出的日子
其中一个功能死亡
或朋友或自然 － 因此搁浅
在我们的经济里

我们的估量一个诡计 －
我们的终极一个骗局 －
我们放手所有的时间
无需他的计算 －

J1185（1871）/ F1236（1871）

小狗摇着尾巴
不知其他欢愉
想起这只小狗
因为一个男孩

整日欢笑嬉闹
没有尘世烦扰
因为还是孩童
我的心底思忖 —

懒猫蜷伏角落
遗忘战斗时日
老鼠只是传说
如今无欲无求

想起另外一类
从不开心玩耍
不要出声"吵闹"
恳求每位小孩 —

J1186（1871）/ F1201（1871）

少有这样的清晨，
罕有这样的夜晚。
没有居所能够
给那欢乐

它降临大地欲停留，
却无住处寻得
只好驰去。

J1187（1871）/ F1237（1871）

哦，草地上的影子 －
你是否是一个脚步？
去把你扮靓，我的候选人
我指定的心 －
哦草地上的影子
当我因猜想而迟到
你不要献身他人 －
哦，未当选的脸 －

J1188（1871）/ F1230（1871）

那是为他的生命而战 －
那战斗圆满完成 －
生命力的火炮
节省其弹药。

瞄准一次 － 杀戮一次 － 征服一次 －
没有第二场战斗
这不可思议的战役
在内心。

J1189（1871）/ F1207（1871）

那声音对我如洪流
有人却感觉干涩喑哑 —
让清晨黯然失色的脸
对他们却毫无光彩 —

实质中存有多少差别
于我那是全部
其他金融家却认为
只是财产！

J1190（1871）/ F1248（1872）

朝阳迷雾争夺
白昼的控制权 —
朝阳抽出他金黄长鞭
把迷雾驱走 —

J1191（1871）/ F1222（1871）

空气中凛冽的原子
无可置疑 —
名为夏日的一切
抛弃了我们的庄园 —

为了什么欢乐的机构
像我们一样乐观

如主权的局限
或极乐的 － 堤坝 －

J1192（1871）/ F1232（1871）

一滴真诚的泪
比青铜持久 －
这纪念碑
也许是每位逝者 －

自己树立 －
没有代理胜任 －
感激存留
当方尖碑毁灭

J1193（1871）/ F1205（1871）

众生为荣誉奔波劳苦
却未闻赢得 －
在停止劳碌之后支付
以声名狼藉或骨灰瓮 －

J1194（1871）/ F1209（1871）

不知何故我熬过黑夜
走进白昼 －
满足于得救者得救

没有准则。

自此我将生活的处所
当成减刑的所在 —
一位黎明的静候者
却与死神约会。

J1195（1871）/ F1272（1872）

我们所见我们了解几分
只不过一点点 —
我们所未见认为我们知晓
尽管它显得如此变幻无常

我要投票为大地上锁
假若我能选择它们 —
狂喜可疑的红利
由亚当授予。

J1196（1871）/ F1238（1871）

让常规变成刺激
记住它会停止 —
结束的能力
是特殊的恩赐 —
箭矢的追忆
有修复的力量
与伤痛离别
变得，呜呼，更美 —

J1197（1871）/ F1233（1871）

我应不敢如此悲伤
这么多年再来一次 －
一种负荷起初不可能
当我们将其放下 －

超人于是撤退
而从未见过
对面巨人的我们
如今开始崩溃。

J1198（1871）/ F1199（1871）

温柔的海冲刷着房屋
夏日空气的汪洋
神奇的甲板忽起忽落
无忧无虑地远航 －
船长是蝴蝶
舵手是蜜蜂
整个宇宙
为欢欣的船员 －

J1199（1871）/ F1224（1871）

朋友是欢乐还是痛苦?
如果恩惠能够永存
富有当然美好 －

但如果他们只是逗留
等羽翼丰满之后飞走
富有当然悲伤。

J1200（1871）/ F1235（1871）

因为我的小溪潺潺
我知其已干涸 —
因为我的小溪默默
它已是汪洋 —

震惊于它的猛涨
我试图逃离
去往强者安抚我的地方
"不再有海" —

J1201（1871）/ F1271（1872）

因此我脱掉长袜
涉足水中
为不服从的缘故
那为"应当"而活的男孩

也许死后进天国
也许他没有
摩西没被公正对待 —

亚拿尼亚 ① 也是 —

寒霜从未遭逢 —
即便相遇，迅疾而过，
或以太虚无缥缈的团队 —
花儿们首先注意

一位陌生客在盘旋
一种惊惶的征兆
在村庄远远地显现
但搜寻使他不见

直到某个无法挽回的夜晚
我们的警觉荒废
花园遭受唯一的打击
却永远无法追踪。

我们所知大多未被证实 —
我们最深的恐惧一无所知 —
关于陌生客在大地上的客栈
关于空气中的秘密 —

去分析也许
一位腓力会喜欢

---

① 亚拿尼亚试图欺骗圣灵，将出卖田产的所得私自留下一部分，却向彼得伪称全部奉
献时，突然倒毙。3 小时后他的妻子撒非喇还不知情，又重复她丈夫的欺骗，也同
样倒毙在彼得脚前。（使徒行传 5：1—10，约书亚记 7：1）

但劳作远比我的巨大
我发现对它进行推断。

J1203（1871）/ F1273（1872）

过去是这样一个怪物
盯着她的脸细看
欣喜将会袭来
或者羞辱 －

若赤手空拳碰到
我敦促他快逃
她失效的炮弹
可能仍会开火。

J1204（1871）/ F1200（1871）

无论是什么 － 她已尝试 －
可怕的爱之父 －
惩罚不是我们的 －
不要责罚那鸽子 －

不是为我们自己，请求 －
没有什么可祈祷 －
当一个主题结束 －
语词就被移走 －

只是唯恐她
在你美丽的房子里孤单

为她的僭越给她
想我们的特许 －

J1205（1872）/ F1223（1871）

不朽是个充裕的词
当我们需要的在近旁
但当它离开我们一段时间
它是必需品。

关于上天最确定的证据
我们基本知晓
除了其劫掠的手
它曾在天下 －

J1206（1872）/ F1270（1872）

这表演并非那表演
而是那些观看者 －
动物园于我
乃是我的邻居 －
精彩上演 －
两者都去看 －

J1207（1872）/ F1266（1872）

他鼓吹"宽容"最后它表明他狭隘 －
宽阔太过宽阔而难以定义

宣扬"真理"直到它宣称他是个骗子－
真理从不高擎任何旗号－

真朴逃离他的假象
就像黄金避开黄铁一样－
何等困惑会迷住天真的基督
去见这样一个能人！

J1208（1872）/ F1267（1872）

我们的财富－尽管属于我们自己－
最好重新贮藏－
记住可能的
维度。

J1209（1872）/ F1239（1871）

消失能增值－
逃走的那个人
瞬间被染上了
不朽

但昨天的流浪汉
今日，躺于记忆中
带着迷信的价值－
我们"再次"篡改

但"永不"－远似荣耀
收回毫无价值之物

由于无力珍惜
我们便匆匆装饰 —

死亡最严厉的功能
恰如我们所察觉
优秀藐视我们 —
最保险的采撷就是

果实抗拒着采摘
却倾向于供人瞻仰
伴随不可触及的欢乐
其迷狂的极限。

J1210（1872）/ F1275（1872）

大海对小溪说"来啊" —
小溪说"等我长大" —
大海说"那时你就成了海 —
我想要小溪 — 现在就来"!

大海对大海说"走开" —
大海说"我就是他
你所珍爱的" — "学识渊博的水 —
于我 — 智慧是陈腐的 —"

J1211（1872）/ F1257（1872）

小麻雀占据 ·根细枝
并认为它很好

我想，因为他的空盘
两度递给自然 —

生机勃勃，穿越
最深邃的长空
直到他的小身影
被吞没不见 —

J1212（1872）/ F278（1862）

有人说，一个字
一经说出就是死 —
我却说自那天起
它才开始生

J1213（1872）/ F1194（1871）①

我们喜欢三月。
他的鞋子紫红 —
他清新而高大 —
他为小狗和商贩造泥，
他使森林变干。
毒蛇的信子知道他的到来
呈现她的花斑。
太阳站得如此亲近和强大
以致我们的心海燥热。

---

① 本诗约翰逊版收录两个版本，第一个版本推测创作时间为1872年，第二个版本为
1878年，富兰克林阅读版收录乃第二个版本，推测创作时间为1871年。

他是其他一切的消息 －
胆大得可以去死
伴随青鸟在他
不列颠的天空锻炼。

另一个版本：

我们喜欢三月 － 他的鞋子紫红。
他清新而高大 －
他为小狗和商贩造泥 －
他使森林变干 －
毒蛇的信子知道他的到来
生出她的花斑 －
太阳站得如此亲近和强大
以致我们的心海燥热
他是其他一切的消息 －
胆大得可以去死
伴随青鸟在他
不列颠的天空劫掠 －

J1214（1872）/ F1184（1870）

我们引介自己
给花朵星辰
但是我们
礼节
局促
敬畏

J1215（1872）/ F1167（1870）

我与吹过的每一股风打赌
直到自然气恼
请来真相前来拜访
戳破我的气球 —

J1216（1872）/ F1294（1873）

行为先叩击思想
然后 — 叩击意志 —
那是创造之地
意志自在安逸

随后它外出行动
或者被悄然埋葬
唯有上帝的耳朵
才能听见它的宣判 —

J1217（1872）/ F1255（1872）

刚毅的化身
埋葬于此
迅疾裂开
惊怖的大海 —

幸福的呢喃
勇猛的指摘
成果的久远

但沧海已老

汪洋的大厦
你喧嚣的房屋
更宜我冒险
胜过坟墓

J1218（1878）/ F1254（1872）

让我首先认识的是你
带着晨曦温暖的阳光 －
而我最先恐惧的，是怕
未知把你吞噬在夜中央 －

J1219（1872）/ F1274（1872）

如今我知道我失去了她 －
不是她已离去 －
而是遥远飘浮在
她的面庞和唇舌。

疏离，尽管毗邻
宛如一个陌生的族类 －
她来回却停留
于没有纬度的地区。

要素没有改变 －
宇宙一如从前
但是爱的迁移 －

反正已然到来 —

从此要谨记
自然带走白昼
我已付出如此之多 —
他的是赤贫
辛苦不是为了自由
或者家室
而是恢复
顶礼膜拜。

J1220（1872）/ F1170（1870）

我会享尽自然
当我进入这些
专属大黄蜂的
领地 —

J1221（1872）/ F1210（1871）

有些我们不再见，神奇的公寓
占据为我们尽管也许是为他们
时日简单胜过猜想
他们迁移的方式
遗我们推测。

那隐晦的信仰我们称之为臆测
抓住一个主题顽固如峰顶
能干如尘土装备其容貌

胜任如战鼓
征召坟墓。

J1222（1870）/ F1180（1870）

我们能猜出的谜
我们很快瞧不起 —
没有什么如此陈腐
一如昨日的惊奇 —

J1223（1872）/ F1219（1871）

就餐者必须带着他心中的盛宴
否则发现宴会低劣 —
餐桌不在外头铺陈
若内里无存。

因为式样乃心灵所赐
模仿她
我们最卑贱的劳役
显现价值。

J1224（1872）/ F1213（1871）

如长毛绒跑道上的一趟趟赛车
我听见那平稳的蜜蜂 —
刺耳的一声穿过花丛前往
他们天鹅绒的行宫

抵挡直到这甜蜜的进攻
把它们的骑士精神消耗 —
而他，得胜的，侧身飞离
去征服别的花朵。

J1225（1872）/ F1211（1871）

这是自在的时刻
精神从未展示 —
何等恐怖能够迷住街道
表情能否透露

隐秘的货运
灵魂的地窖 —
感谢上帝他创造的最喧嚣之地
能够容许静悄悄。

J1226（1872）/ F1220（1871）

流行的心首先是大炮 —
随即战鼓 —
辅之以钟声
后来朗姆酒 —

明日不知其名姓
过去亦不会凝视 —
王国的壕沟监狱的旅行
作为纪念。

J1227（1872）/ F1212（1871）

我的胜利持续直到战鼓
遗尸无数
于是我放弃胜利
忏悔悄悄来袭
去往面孔消逝之所
结局向我转身
于是我憎恶荣耀
希望自己就是他们。

将来的总被很好描述
当它业已存在 －
前瞻若能品味后顾
人类的专横
便能更显温柔，神圣
对于匆匆过客 －
刺刀的悔悟
于死者不名一文 －

J1228（1872）/ F1240（1871）

如此多的天空从大地升腾
必有一个天空
若只为盛放圣徒
把宣誓书赠予 －

传教士对着鼹鼠
必要证明有一个天空
位置确定无疑他会恳求

但我有什么理由？

太多的证据抵触信仰
海龟不会努力
除非你离开 － 然后回返 －
而他已爬走。

J1229（1872）/ F1183（1870）

因为他爱她
我们要窥探，看她是否美丽
她的脸庞和他人情貌
到底有何不同。

不会惊扰她步履魔力
我们远远跟随 －
她的距离安抚
仿佛森林触摸风儿

不希冀他的注意广阔
却更近于崇拜
正是荣光的极端满足
让我们的追逐无力。

J1230（1872）/ F1221（1871）

它终于来了但捷足先登者死神
已占据了整个房间 －
他了无生气的家具陈列
还有他金属般的宁静 －

艾米莉·狄金森诗歌全集

哦，忠诚的寒霜如约而至
如果爱也同样如此守时
欢悦早已把守大门
把进来的阻拦。

J1231（1872）/ F1226（1871）

在平凡大地的某处
今日自体存在 －
那魔法消极而现存
使我神圣 －

漠然的四季无疑嬉戏在
我本应存在的地方 －
愿付出我的每一个原子
除却永生 －

保留那只为证明
你的另一个时日 －
哦，广博的上帝，不要为我们
缩减永恒！

J1232（1872）/ F1256（1872） ①

三叶草简朴的名声
牛儿铭记心头 －
胜过声名卓著

---

① 本诗约翰逊版收录第一个版本，富兰克林阅读版收录第二个版本。

涂釉彩的王国。
声誉察觉自身
而那贬低花朵 －
雏菊频频回顾
魅力受到折损 －

另一版本：

三叶草简朴的名声
牛儿铭记心头
甜蜜胜过声名卓著
涂釉彩的王国 －
声誉察觉自身
而那玷污权力
雏菊频频回顾
天赋罚没 －

J1233（1872）/ F1249（1872）

若我没见过太阳
我可以忍受阴暗
但阳光已使我的荒野
变成新的荒野 －

J1234（1872）/ F1250（1872）

如果我的小船下沉
那是去往另一片海洋 －
死亡的最底层
是永生 －

J1235（1872）/ F1245（1872）

听起来像雨直到它转弯
于是我知其是风 －
它行走湿润如浪花
却扫掠干燥如黄沙 －
当它将自己驱向
最遥远的平原
听起来如雄师挺进
那真是大雨滂沱 －
它充溢水井，愉悦池塘
一路放歌 －
拉开山坡水闸
让洪流奔腾 －
它疏松土地，抬高海洋
中心搅动
然后如以利亚①离去
脚蹬云轮 －

J1236（1872）/ F1264（1872）

像时间潜行的褶皱
在一张心爱的脸上 －
我们把优雅抓得更紧
尽管我们憎恶皱痕

---

① 【圣经】以利亚（公元前9世纪以色列的先知）[列王纪上 17～19；列王纪下 2：1—
11] "以利亚" 是《圣经》中的重要先知，活在公元前9世纪，以色列王国一个灵性
衰微和反叛神的时代。他按神的旨意审判以色列、施行神迹、被以色列王室逼迫。
以利亚，意即"耶和华是神"，他是忽然出现，不知从何处来，又忽然被神接去，
有人故谓之为活神的代表。

白霜本身如此清秀
却凌乱每一青春
从他棱镜放言
无人能够把他惩罚

J1237（1878）/ F1331（1874）

我的心向你驰去
它不肯把我等待
恼怒逐渐滋生
我便抽身离去
因为无论我步伐多快
他先抵达你的面前 —
多么慷慨的恩惠
平分给两个 —

并非心存怨恨
我把这向你言及 —
是他并不正直
飞速前去分享
要不是他的贪婪 —
夸耀我的奖赏 —
沉浸于伯利恒
在我到达之前 —

J1238（1872）/ F1287（1873）

权力是一种熟稔之物 —
不即 — 不离 —

每一次陪伴我们身旁
如温和的深渊 −
逃离它 − 仅一次机会 −
当意识和肉体
倾向前为最后一瞥 −
意见相左，而你可能 −

J1239（1872）/ F1253（1872）

冒险是吊着酒桶的头发
在空中引人注目 −
那酒桶为空 − 但酒桶 −
足有 − 百斤重 −

太笨重难以怀疑是陷阱
突然发现这变幻的椅
径直坐下就跌落
由那不忠的发 −

"愚蠢的酒桶"批评者说 −
而那欺瞒的头发
令人信服如地狱，
引诱着它的旅人

J1240（1872）/ F1291（1873）

乞丐在门前讨要名声

容易满足

但面包是那更神圣之物

由拒绝揭示

J1241（1872）/ F1261（1872）

紫丁香是种古老的灌木

但比它更悠久

天空的淡紫色

在今夜的山岗 —

夕阳沿着他的轨迹沉落

遗下这最后的植株

给沉思 — 而非触摸 —

这西天的花朵。

花冠是西方 —

花萼是大地 —

蒴果光亮的种子是繁星 —

信仰的科学家

研究才刚刚开始 —

超越他的综合能力

花神无可挑剔

对于时间的分析 —

"眼未曾见"可能

与盲人同流

但切莫让启示

被这些扣留 —

J1242（1872）/ F1343（1874）

从记忆中逃离
若我们有翼
大多会飞走
习惯了更为迟缓的事物
百鸟会带着惊愕
注视人类强大的先锋
逃离
人的心灵

J1243（1873）/ F1196（1871）

安全的绝望在那胡言乱语 −
苦痛则节俭朴素。
将自己严密搁置
供其独自品读。

没有灵魂能被戍卫
在苦恼的前沿 −
爱是一，非总计 −
也不是死亡双份 −

J1244（1873）/ F1329（1874）

蝴蝶的翩飞彩衣
在绿玉髓的房间悬挂
今日下午穿上 −

多么屈尊降贵

成为毛茛的好友

在新英格兰小镇 —

J1245（1873）/ F1171（1870）

秘密的边缘地带

谋略家应该守护 —

胜过侵入梦中

审视睡眠 —

J1246（1873）/ F1305（1873）

蝴蝶固然要躺于

尊贵的尘土

但从不会穿越茔窟

像苍蝇一样受罚 —

J1247（1873）/ F1353（1875）

如同雷霆积聚到极点

然后轰然崩溃

而创造的万物隐藏

这 — 会是诗 —

或爱 — 此二者相伴而来 —

我们既能又无法证明 —
体验其一就遭毁灭 —
无人见到上帝依然存活 —

J1248（1873）/ F1172（1870）

爱的那些小插曲
远多于其大事件 —
投资的最佳解释者
就是微小的百分比 —

J1249（1873）/ F1242（1872）

群星已老，为我伫立 —
西天略显疲倦 —
独一的金光新颖闪耀
我曾希望赢得 —
设想那孤独境地
她无尽鄙视
却以我的失败把她征服
那是胜利被杀戮。

J1250（1873）/ F1193（1871）

洁白如同水晶兰
红艳如同藏红花
美妙犹如午时月

二月的时光 —

J1251（1873）/ F1300（1873）

沉默是我们全部所惧。
声音中有一种救赎 —
但沉默是无限。
他本身没有脸面。

J1252（1873）/ F1241（1872）

像一把把铁扫帚
狂风卷着暴雪
横扫冬日的街道 —
房屋被钩住了
太阳派遣出
虚弱的光热代理 —
驰骋小鸟的地方
沉寂拴上了
他肥大 — 缓慢的坐骑
依偎在地窖里的苹果
唯有它嬉戏。

J1253（1873）/ F1281（1873）

若这一天不曾有，
抑或不再有

多么痛苦，多么无聊，
其他每一天！

以防爱不懂珍惜
所失去的更加宝贵
若有遭难的机会，
它珍惜从前。

J1254（1873）/ F1288（1873）

以利亚的马车不知车辕
不晓车轮
以利亚的马匹独特
犹如他的车辆 －

以利亚的旅途描述
难以言喻
谁为以利亚证明
以神秘莫测的技艺 －

J1255（1873）/ F1298（1873）

热望如种子
在土壤中翻腾，
坚信若它力争
最终定会实现。

时间和气候 －

任何条件未知 —
必须铸就何等坚忍
沐浴阳光之前！

J1256（1873）/ F1214（1871）

并无半点高踞坟墓
英雄相比平民 —
并不更为亲近孩童
相比麻木古稀之年 —

这最后的闲逸同样
将乞丐和他的女王安抚 —
慰藉这民主党人
一个夏日的午后 —

J1257（1873）/ F1299（1873）

主权持续直至获得 —
拥有也如此之长 —
但这些 — 在它们飞掠之际赋予
永远拥有。
嘴唇有多持久
唯有露珠知悉 —
这些是永久的新娘 —
取代你我。

谁是"圣父圣子"
我们在儿时思忖 －
他们与我们何干
当震惊地被告知

伴随可怕的推断
由童年所增强
我们想，至少他们
不比描述的情况更糟。

谁是"圣父圣子"
今日我们依然询问
"圣父圣子"本人
无疑会详细说明 －

但如果他们幸运
在我们想要了解之时，
也许，我们曾是更要好的朋友，
比接下来的时间 －

我们开始 － 得知我们相信
但仅一次 － 全然地 －
信仰，它变得不那么合适
当屡屡变换 －

我们脸红 － 如果我们抵达那天堂 －
结果不可理喻 －
我们需要逃避直到羞于

拥有那奇迹 —

J1259（1873）/ F1216（1871）

风起尽管了无叶片
微动林间 —
唯自己冷冷飞越
鸟的疆域。
风唤醒孤寂欢悦
如别离激荡 —
在北极的信赖中恢复
重归无形。

J1260（1873）/ F1314（1874）

因为你要走
而且永不回
而我，不管多么霸道
都会眺望你的踪迹 —

因为死亡即终点，
不管起先是什么
这一时刻被悬置
在必死性之上。

每个人生存的意义
由别人去察觉
发现非由上帝自身

如今可以湮灭

永恒，推论
我所感知的那一刻
即你，曾经的存在
自己忘了去生活 －

于是"当下的生活"将会是
我从不知道的事物 －
如同天国的虚无缥缈
直到你的国度 －

"将来的生活"，于我，
一座太平凡的住所
除非在我赎救者的脸上
我认出了你自己。

谁怀疑永生
他可以与我交换
被你模糊的脸庞
剥夺的一切，但他 －

至于天堂和地狱我也让渡
指责的权利，给任何人
只要他愿意用这张脸
换取稀少的无价的朋友

若"上帝就是爱"如他所承认
我们想他一定就是

因为他是一个"爱嫉妒的上帝"
他确定地告诉我们

如果与他一起"一切皆有可能"
如他另外所承认的
他最终会向我们归还
我们被没收的众神 —

J1261（1873）/ F1268（1872）

词语无意掉落纸上
也会刺激眼球
倘若折在永恒书页
苍老作者安卧

感染在句中繁衍
我们也许吸入绝望
远隔数个世纪
瘴气依旧不散 —

J1262（1873?）/ F1276（1873?）

我看不到我的灵魂，却知道它在那儿 —
也从未见过他的房间，以及陈设 —
他邀请我与他同住；
不仅作为交心的房客，而且能够请教，
什么服饰最能让他增彩，

我穿上也颇为相宜 —
因为他从不担保
以防人们特定装扮 —
努力给他永恒装束
通过给它定个意外盛典。

J1263（1873）/ F1286（1873）

没有一艘护卫舰能像一本书
带我们离开陆地
也没有任何骏马能像一页
跳跃的诗行 —
这旅程最穷的人也能行
不用担心通行费 —
这马车多么简朴
承载人的灵魂 —

J1264（1873）/ F1284（1873）

这是他们从前向往的地方，
如今我依然充满期盼
失望的种子孕育
在快乐的荚果中
太遥远而难以阻止
行走这香膏板的脚，
前方是逃不脱的海
而其来时路已断。

J1265（1873）/ F1285（1873）

我所知或见过的最神气的鸟
今日雄踞枝头
直待领土划定
我饥渴注视如此卓越之景
歌唱不为任何理解
只为一己欢愉。
隐退，重回过渡庄园 —
何等意外惊喜
适合如此荣耀！

J1266（1873）/ F1301（1873）

当记忆已满
盖上密封的盖子 —
今晨最动听的音节
专横的夜晚发出 —

J1267（1873）/ F1304（1873）

我看见雪花在它上面
暗地里与时间争辩 —
"未变"我急忙说道
出卖我真诚的心 —

但"你" — 她勇敢地回答
洞察我的错误

"已经改变 － 接受劫掠
为进步的缘故 － "

J1268（1873）/ F1303（1873）

让所有分析者确认
这样一个公正的观念
当心无一言可发
那即雄辩 －

J1269（1873）/ F1217（1871）

我扬掉秕糠收获麦子
是傲慢与背叛。
田地有何权利仲裁
钦定事宜?
我品尝麦子讨厌糠秕
并感谢那富足的朋友 －
智慧更宜远观
相比近处把握。

J1270（1873）/ F1260（1872）

难道天堂是名医生?
他们说他能疗救 －
但医药在死后

不起作用 －
难道天堂是个财团？
他们谈及我们所欠
但那谈判
我没参加 －

J1271（1873）/ F1313（1873）

九月的离别致辞
是一曲合奏
蟋蟀 － 乌鸦 － 和回忆
还有隐藏的清风
暗示却不专断 －
一种凋枯的影射
让心收起嬉笑 －
转向哲学。

J1272（1873）/ F1278（1873）

她如此骄傲于赴死
令我们所有人蒙羞
以致我们所珍爱的，好似
对此她全无渴望 －
如此心满意足地前往
那个我们谁也不乐意去的地方
顷刻 － 痛苦几乎逆转为
嫉妒 －

J1273（1873）/ F1385（1875）

当你清理那神圣的壁龛 －
名曰"记忆" －
选择虔敬的扫帚 －
悄悄打扫 －

劳作惊喜频频 －
除却发现自身
还和他者对话
极有可能 －

那领地的尘土庄严 －
不要挑战 － 随其沉寂 －
你不能将其清除，
它却能让你缄默 －

J1274（1873）/ F1218（1871）

骨头没有髓，
所为何来？
不适合餐桌
给乞丐或猫 －

骨头有义务 －
生命亦如是 －
没有髓的装配
罪愆重过耻辱 －

但已完成的造物
如何重获功能？
老尼哥底母 ① 的幽灵
再次直面我们！

J1275（1873）/ F1373（1875）

蜘蛛作为艺术家
从来无人聘请 －
尽管他非凡的功绩
被充分认可

由每一把扫帚和修女
在一个基督徒的国度 －
落魄的天才之子
我用手把你牵起 －

J1276（1873）/ F1312（1873）

夏日迟迟离去
蟋蟀早早到来 －
然而我们知道那斯文的钟
只是意味着回家 －

---

① 尼哥底母是一个法利赛人和犹太公会的成员，根据约翰福音，表明他赞成耶稣。这人夜里来见耶稣，说，拉比，我们知道你是由神那里来作师傅的；因为你所行的神迹，若没有神同在，无人能行。耶稣回答说，我实实在在地告诉你，人若不重生，就不能见神的国。尼哥底母说，人已经老了，如何能重生呢；岂能再进母腹生出来吗。耶稣说，我实实在在地告诉你，人若不是从水和圣灵生的，就不能进神的国。

蟋蟀匆匆归去
冬日缓缓到来
而那哀婉的钟摆
保守着时间的奥秘。

J1277（1873）/ F1317（1874）

当我们怕它，它就来 －
但来了却少有恐惧
因为已经怕了这么久
几乎使它变得美好 －

有一种磨合 － 一种惊恐 －
一种磨合 － 一种绝望 －
知道它要来比知道
它在此更加艰难痛苦。

盛装打扮
这是一个新的清晨
更加可怕远胜一辈子
永远穿着 －

J1278（1873）/ F1225（1871）

山峦立于薄霭 －
峡谷低处驻留
或走或停随意
天空与河流。

悠闲散淡的太阳 —
他对光焰的兴趣
言谈中收敛些许 —
暮光诉于尖顶。

景致如此柔和
暮色逐渐下沉
一物多么临近
却一无所见。

J1279（1873）/ F1348（1874）

识别食米鸟的方法
异于其他鸟类
恰恰是其欢悦 —
有助于推测。

粗鲁的装束
反叛的姿态，
狷介狂傲
时而挑战权威 —

颇具颠覆情绪
却服从律法 —
如迷狂的异教
或精灵的逍遥 —

外在于恩宠

与欢乐无间 —
他歌颂存在
直到被诱离去

由季节更替或他的雏儿 —
成年与急于长成 —
或不期然的夸大
或，也许，声誉 —

对比显示
鸟中之鸟已逝 —
草坪多么孤寂 —
她的魔术师隐退！

J1280（1873）/ F1215（1871）

岁月的伤害在他身 —
时间的恶行 —
废黜他如同时尚
给予主权空间 —

忘却他清晨的力量 —
衰败的荣光
是须臾的盛会
胜过死气沉沉。

J1281（1873）/ F1258（1872）

迟钝的欢愉如池塘

让灯心草生长
不经意间嵌入
使水流缓慢

妨碍航行澄亮
在阴影中穿行
即便这也会奋起
当山洪来临 —

J1282（1873）/ F1311（1873）①

你曾是我的渴望?
走开 — 我的牙齿已经长成 —
服侍更小的胃口
它尚未饿得如此之久 —
告诉你当我等时
神秘的食物
添加直到我厌弃
无需进餐如上帝 —

另一版本:

你曾是我的渴望?
走开 — 我的牙齿已经长成 —
冒犯更小的胃口
它尚未刺激如此之久 —

告诉你当我等时

---

① 本诗约翰逊版收录两个版本，富兰克林阅读版收录第二个版本。

神秘的食物
添加直到我厌弃
供养而今如上帝 —

J1283（1873）/ F1282（1873）

若希望检视她的基座
她的骗术完结 —
有一个假想的特许
否则一无所有 —

在最广阔的境遇前踌躇
唯有再次开始 —
仅被一名刺客击倒 —
成功 —

J1284（1873）/ F1310（1873）

若我们拥有理智
但也许它们不在更好
如此近乎疯狂
他与它们同在

若我们眼在头中 —
目盲多么美好 —
我们无法注目大地 —
如此全然无动于衷 —

J1285（1873）/ F1283（1873）

我知道悬疑－它迈步如此简洁
转身如此虚弱－
此外－悬疑总在近旁
当我驰骋而过－

常在我窗外
近来我发现
但我对马儿说
并不需要－

J1286（1873）/ F1269（1872）

我以为那天性足够
直到人性到来
但那把他者吸收
如火焰视差－

刚刚懂得人性
又把神性增添
短暂争取地位
容纳的能力

常与内容相当
给予一间华厦
你会安置巨神
而非卑小之辈

J1287（1873）/ F1292（1873）

这短促的生命
仅仅持续一个时辰
究竟有多 － 少 －
属我们掌控

J1288（1873）/ F1309（1873）

躺于自然 － 足矣
荚果毫无魅力
当我们宣扬存在
为失去的种子 －

上帝所创最狂野的心
无法撼动一块草皮
由单纯的夏日粘贴
对死者的渴望 －

J1289（1873）/ F1289（1873）

滞留于永恒的青春
在那低矮的平原
没有无尽的回忆
也无法重来 －
从岁月中赎回 －
从衰朽中隐退 －
如同黎明消散

于广阔的白昼 －

J1290（1873）/ F1345（1874）

我做的最可悲的事
是假装听到你的消息 －
我假装直到我的心
也几乎信以为真
但当我用消息将它击碎
你知道它纯属子虚乌有
我希望我并不曾将其打破 －
歌利亚 ① － 你也会如此 －

J1291（1873）/ F1262（1872）

直到沙漠得知
洪水猛涨
他的黄沙满足
一旦让他猜想
里海的真相
撒哈拉消亡

绝对即为相对 －
拥有与否
数目邻近
足够 － 第一站

---

① 歌利亚（圣经中被大卫杀死的巨人）。

在熟悉的路途
疾驰梦中 —

J1292（1873）/ F1290（1873）

昨日是历史，
已如此久远 —
昨日是诗篇 — 是哲学 —
昨日是神秘 —
哪里是今日
当我们敏锐探究
两者皆飞逝

J1293（1874）/ F1279（1873）

我们觉得本该做的事
其他事情完成
这些特别事务
却从未开始。

我们觉得本该寻觅的土地
当大到能够奔跑
由遐思让渡给
遐思的儿孙 —

天堂，我们曾希冀驻留
当历练完成
不合逻辑
却可能是这一个 —

J1294（1874）/ F1327（1874）

去拥抱生命 —
从生命中汲取 —
但永不要碰蓄水池 —

J1295（1874）/ F1354（1875）

每日有两种长度 —
其绝对的范围
和更高级的区域
由希望或恐惧赐予 —

永恒将是
飞逝或停留
依循基本信号
秉持基本律法。

赴死并非离去 —
在命运完美的图表上
没有新的领土可标 —
保持你原样作为你的艺术。

J1296（1874）/ F1315（1874）

死亡的伏击并非最为可怕
在时间的劫掠里 —
更为强悍的强盗肆虐 —

沉默 － 是他的名号 －
没有侵袭，亦无恫吓
预示他的存在。
却从生命至臻的花丛，
攫取芬芳。

J1297（1874）/ F1322（1874）

慢慢来，我的灵魂，喂养你自己
以他珍贵的方式 －
快快点，以防争竞的死亡
超越这马车
怯怯地，若他最终的眼 －
判定你有误 －
英勇地 － 因你已付出代价
救赎 － 为一个吻 －

J1298（1874）/ F1350（1874）

蘑菇是草木的精灵 －
在傍晚，它不见
在清晨，一个松露的小屋
停驻于一个地点

仿佛它总是逗留
然而它全部的事业
短于蛇的迟疑 －

轻捷远甚稗子 —

它是果蔬中的杂耍师 —
托辞的胚芽 —
如气泡突然形成
又像气泡，倏忽而逝 —

我感觉草儿倒乐意
让它插足 —
这谨小慎微的夏日
偷偷育出的诡秘子孙。

如果自然有什么奴颜
或者她会被人轻侮 —
如果自然有个叛徒 —
那蘑菇 — 就是他！

J1299（1874）/ F1375（1875）

欢悦的绝望沉落
是那欢悦较少
相比充裕的渴慕
如此贫寒。

迷醉的近日点
常常被误认为
其前方的太阳
真正的轨道。

J1300（1874）/ F1339（1874）

从尘土中微小的宫殿
他罢黜王国，
降临到身上的放逐
他更忠诚。

J1301（1874）/ F1228（1871）

我无法要它更多 —
我无法要它更少 —
我天性的全部力量
皆倾耗于此。

然而一文不值
对于那唾手可得之人 —
是物有所值抑或不足 —
获取之人的尺度。

J1302（1874）/ F1295（1873）

我想风之根在水 —
若是苍穹的产物
不会听起来如此低沉 —
空气留不住汪洋 —
地中海的声调 —
对于涌流之耳 —
有一种海的确信

在大气中 －

J1303（1874）/ F1296（1873）

不止一个被天堂所骗的驻留 －
尽管他好似偷偷摸摸
他以某种甜蜜的方式补偿
隐藏于其意志中 －

J1304（1874）/ F1349（1874）

不用一根木棒，心已碎
也不用一块石头 －
一根鞭子太细你看不见
我知道

猛笞这个神奇生灵
直至它摔倒，
然而那鞭子的大名
太高贵而不能说出。

宽宏大度如鸟儿
被男孩发现 －
竟然对着夺命的石头
歌唱 －

羞耻无须低头
在我们这样一方土地 －

羞耻 － 笔直挺立 －
宇宙就是你的。

忆起我的脸
沉浸于你的幸福中，
我的客人必定
今朝抵达天堂 －

一直别具盛情 －
也许盛情别具 －
我们向你推荐自己
骑士精神的典范 －

惊奇犹如令人颤栗的 － 辛辣 －
在一块无味的肉上。
独自 － 太刺激 － 但混杂
美味可口 －

那短暂 － 潜在的轰动
每人都能至少制造一次 －
那忙乱如此喧嚣

几乎就是结果 －

是死亡的辉煌杰作 －
哦，你不为人知的声名
没有一个乞丐乐意接受
若他有能力摒弃 －

J1308（1874）/ F1302（1873）

她离去的时日
或她停留的时日
同样超凡入圣 －
存在有规定的尺度
别离，或在家 －

J1309（1874）/ F1344（1874）

无限是位不速之客
一直这么认为 －
但那突如其来如何实现
若它从未离去？

J1310（1874）/ F1319（1874）

名为春天的讯息
仅距一月之遥 －

我的心收起你灰白的活计
带上一把玫瑰椅 —

没有任何房屋繁花流连 —
百鸟倾心照料 —
我们最漫长一天的酬劳
只是一口棺材 —

J1311（1874）/ F1378（1875）

这肮脏的 — 小小的 — 心
完全属于我 —
我用一个小面包赢得 —
长雀斑的圣殿 —

却称心如意
对于目睹
灵魂的容颜
而非膝盖之人。

J1312（1874）/ F1308（1873）

打碎如此博大的一颗心
需要同样博大的一击 —
和风不能击倒挺拔雪松 —
那是不值一提的一拂 —

J1313（1874）/ F1307（1873）

这些话温暖地躺在她手心
忠诚而遥远
恩典为她的缘故如此尴尬
面露痴痴的顺从 —

J1314（1878）/ F1330（1874）

当恋人是一个乞丐
可怜的是他的膝盖 —
当恋人是个富翁
他就大为不同 —

他之所讨就成乞丐 —
哦，天差地别 —
天堂的面包厌恶赠予
像是一句毁谤 —

J1315（1874）/ F1376（1875）

谁最美 — 满月还是新月？
皆非 — 月亮说 —
不完美即最美 — 达成 —
你抹去了光辉。

无所拘留时即圆满 —
获得则战栗。

狂喜的瓦解跟随 —
他生来是棱镜。

J1316（1874）/ F1374（1875）

冬日绝好 — 他的灰白喜悦
不输意大利风情 —
对于迷醉夏天
或尘世的智者 —

普通如采石场
热烈 — 如玫瑰 —
狂暴邀约
离开却欢迎。

J1317（1874）/ F1332（1874）

亚伯拉罕要杀他 ①
已被明确告知 —
以撒是个顽童 —
亚伯拉罕已然老朽 —

没有丝毫迟疑 —
亚伯拉罕遵从 —
满足于恭敬
暴政提出异议

---

① 《圣经·旧约·创世记》第 22 章 1—18 节，亚伯拉罕和以撒。

以撒 — 对他的后裔
活下来讲述这个故事 —
道德 — 伴随着猛犬
礼节就会得逞。

J1318（1874）/ F1231（1871）

冷淡亲切她离去的脸 —
寒冷疾奔我的脚 —
无论气候多么陌生无益
无论命运多么刻薄 —

未经请求就赐予我
财富名声和王国 —
她是谁让我远离
贫困和家园？

J1319（1874）/ F1379（1875）

旅行时消息会有何感受
若消息也有心
一旦停车住处
会像飞镖疾奔入内！

沉思时消息会怎么想
若消息也有思想
念及海量的

它无法察觉的货运！

消息会怎么做当万众
如一人般领会
而整个宇宙
没有一件可说之事仍存？

J1320（1874）/ F1320（1874）

亲爱的三月－请进－
我多么高兴－
一直期待你的光临－
请摘下你的帽子－
你一定是走来的－
瞧你上气不接下气－
亲爱的三月，你好吗，其他的呢－
你动身时自然可好－
哦三月，直接随我上楼来－
我有许多话要和你说－

我收到了你的信，和群鸟的－
枫树从不知道你要来－
天哪－它们的脸涨得多红－
但是三月，请原谅我－
所有这些你留下给我涂色的山峦－
没有任何紫色适用－
你将它全部带走了－

是谁敲门？准是四月－

快关上门 —
我不愿被纠缠 —
他在外面逗留了一年
才在我有客时来访 —
但是琐事显得如此微不足道 —
自从你一来

责怪就如赞美一样亲切
而赞美却如责怪一样纯粹 —

J1321（1874）/ F1336（1874）[①]

伊丽莎白告诉埃塞克斯
她决不能原谅
神的仁慈
然而 — 也许幸存 —
那二次的救援
我们相信她参与
当请求 — 如她的埃塞克斯
为 — 取消刑罚的神情 —

J1322（1874）/ F1335（1874）

丝线不能救你于深渊

---

① 在英国历史上，女王伊丽莎白一世（1533—1603）是著名而伟大的，她是英国历史上划时代的君主，她在位期间，英国逐步走向鼎盛和繁荣。然而，这位优秀出众的女生却终身未婚，给后人留下无尽的猜测和不解。她是一位成功的帝王，而对于宠臣，爱他时，纵容他，不爱时，杀掉他……

艾米莉·狄金森诗歌全集

但绳子可以 —
尽管绳子作为纪念
不太漂亮 —

但我告诉你步步是沟壑 —
每次驻足是深井 —
如今你想要绳子还是丝线？
价格公道 —

J1323（1874）/ F1325（1874）

我从未听说死者
没有生的契机
再度将我摧毁
那强大的信仰，

太过强大对于庸常的心
它耕种它的深渊，
发了疯，是一次，还是两次
打着哈欠的意识，

信仰打着绷带，如舌头
把惊骇吐露
以任何相称的语调
会立时将我们击死 —

我尚不知谁如此英勇
他敢于荒僻的处所

那可怕的生客－意识
故意面对－

J1324（1874）/ F1346（1874）

我送你一朵凋花
那是自然遗我
临别时－她要去往南方
而我决定驻留－

她送纪念品的动机
是为我感伤
还是境遇难言
万般隐忍－

J1325（1874）/ F1333（1874）

战战兢兢敲门－
这些都是凯撒－
如若他们在家
逃离仿佛你无意
踩在命运脚上－

他们脱离你的召唤
已有几个世纪－
如果突然对你说声"你好"
你该如何表现？

J1326（1874）/ F1318（1874）

我们的小秘密溜走 —
旁边上帝的不会泄露 —
他信守诺言一万亿年
也许我们无法如此 —

但为了这些许欢愉
使得彼此瞠目
难道太阳底下没有甜蜜
能够与此相比 —

J1327（1874）/ F1328（1874）

狂风的征兆 —
惊惧的瞬间 —
在其传闻与露面之间 —
几乎是狂欢 —

房屋根基更牢 —
天空找寻不见 —
万物的顶端
向大地寻求隐蔽 —

对太阳的记忆
无人能够想起 —
尽管借助自然精准的钟表
插曲如此短暂 —

而当喧嚣沉落

自然环顾 －

"我们梦到了它?"她问 －

"早晨好" － 我们回复?

J1328（1874）/ F1323（1874）

最浩大的尘世一天

萎缩为瘦小

因为一张违约的脸

掩于棺罩下 －

J1329（1874）/ F1334（1874）

无论他们已忘记

或正在遗忘

或从未记住 －

更保险的是从不知道 －

猜测的灾难

是更温柔的苦痛

相比我知道的

坚硬的铁定事实 －

J1330（1874）/ F1340（1874）

没有一丝微笑 － 没有一点痛楚

夏日温柔的会众走向
它们心醉神迷的终点
未知－尽管多少次相逢－
疏离，无论多么亲密－
何其掩饰的一位朋友－

J1331（1874）/ F1347（1874）

惊奇－是不确切的知晓
和不确切的不知－
一种美丽却荒凉的情形
未曾体验就未曾活过－

悬疑－是他更成熟的姐妹－
无论成年喜悦是伤悲
抑或原本就是新的疑惧－
此乃折磨人的蚊蝇－

J1332（1875）/ F1357（1875）^①

粉红－娇小－守时－
芬芳－低微－

---

① 本诗落款"藤地莓－"藤地莓的学名是 Epigaea repens，属于石南属，杜鹃花科
（Ericaceae）常年生的石南属（heath）藤本植物。它们生长得离地面很近，也被叫
做五月花（Mayflower）或者地冠花（ground laurel）。它们见于北美洲的东部。藤地
莓叶子呈椭圆形或者长方形，尽管到了冬天它们也是绿色的，粉红色或白色的花，
有香味，茎是木质的。这种植物是很常见的野花，但是很少被栽植。它是马萨诸塞
州（Massachusetts）的州花。

四月隐藏 －
五月张扬 －

亲近青苔 －
熟稔山丘 －
类似知更鸟
在每个人心里 －

英勇的小美人 －
经你装扮
自然发誓 －
弃旧图新 －

J1333（1875）/ F1356（1875）

春日的一点小疯狂
有益身心，即便是对国王，
但上帝和小丑同在 －
他思忖这精彩的场面 －
这整个的绿色实验 －
仿佛是他自己的一般！

J1334（1875）/ F1352（1875）

这监狱多么温柔
阴森的铁栅多么甜蜜
不是暴君而是羽绒王
发明了这憩息地

如果这是命中注定的一切
若他没有附加的领域
地牢不过是一名亲戚
监禁 － 家。

J1335（1875）/ F1361（1875）

别让我玷污那完美的梦
以曙光的斑点
且调适我每天的黑夜
好让它再次降临。

在我们不经意间，力量搭讪 －
惊奇的衣衫
乃我们羞怯母亲的全部穿着
在家 － 在天堂。

J1336（1875）/ F1371（1875）

自然分派太阳 －
那是 － 天文学 －
自然不能扮演朋友 －
那是 － 星相学。

J1337（1875）/ F1368（1875）

在紫丁香的海洋

不停地抛掷
他的长绒毛警告
谁从春天逃离
复仇的春天投进
命定的香膏 −

J1338（1875）/ F1358（1875）

什么样的三叶草公寓
适合蜜蜂居住
什么样的蔚蓝大厦
留给蝴蝶和我
什么样的居所灵活
升起又隐没
却无有板有眼的传言
或咄咄逼人的猜测。

J1339（1875）/ F1351（1874）

蜜蜂驾着他锃亮的马车
悍然驶向玫瑰 −
他自己 − 他的装备 −
一起降落。

玫瑰接受了他的造访
坦诚而平静，
对他的贪婪
一弯月牙瓣也不保留。

他们的时刻圆满
留给他的 — 是逃离 —
留给她的，是伴随谦卑的
狂喜。

J1340（1875）/ F1377（1875）

老鼠在此降伏
欢乐的短暂生涯
与欺骗和恐惧。

应得之辱
让所有沉迷者
警醒 —

最迷人的陷阱
其猛咬的嗜好
无法抵抗 —

诱惑是朋友
终以厌弃
结束。

J1341（1875）/ F1370（1875）

对于整体 — 怎么增添？
难道"全部"还有其他领域 —

或者至上别有洞天？
哦，香膏的补贴！

J1342（1875）/ F1277（1873）

"还不是"是所有的陈述。
不加掩饰受惊 —
也许 — 这种领悟力 —
他们无需翻烂词典 —

但唯恐我们的猜测
在空洞中死亡
因为提及"上帝带走他" —
那是语言学 —

J1343（1875）/ F1297（1873）

独一的三叶草板
是拯救蜜蜂的全部
我熟识的一只蜜蜂
幸免从空中坠落 —

上头是苍穹
下头是碧落
周遭的巨浪
席卷他而去 —

无聊飘摇的舳板

无所谓什么责任
飓风忽然侵袭
大黄蜂不见 —

这凄惨的事件
在草中发生
从他那里甚至听不到
一声幽叹"唉" —

J1344（1875）/ F1382（1875）

不会再有更多的缺憾 —
不会再有更多的知悉 —
重要的外籍居民
为跨越距离如此疲惫 —

即便自然自己
早已将其忘却 —
众生孜孜不倦
不惮绝望 —

许多人追逐
祈求它别走
有的安抚这渴望
来陪伴 —

有的 — 消除痛苦 —
其他的 — 要我说
给残斧镀金
以无聊。

J1345（1875）/ F1367（1875）

一种古典幽韵
相得那珍爱脸庞
赛过盛年风华
敦促我们分离
我们和我们撅嘴的心
与时间为友

J1346（1875）/ F1341（1874）

当夏日滑向秋日
我们却赶紧说
"夏日"胜过"秋日"，以防
把太阳赶走，

几乎算是一种侮辱
承认现存的一个
无论其多么可爱，终非
我们心头挚爱 －

因此我们逃避流年的指责
怯生生地规避
箭杆的来袭
在生命下坡之时。

J1347（1875）/ F1364（1875）

逃离这词令人欣慰

我常在暗夜
独自思忖
眼前却无奇观

逃离 － 是只篮子
心捉放其中
顺沿某座可怕城垛
生命的其余抛下 －

这并非去见救世主 －
而是要获救赎 －
因此我安枕头颅
于这可靠词语 －

J1348（1875）/ F1362（1875）

升起它 － 以羽翼
不只我们翱翔 －
发射它 － 在水中
不只是海洋 －
宣扬碧空
对下界苍生 －
他义不容辞
若拥有天堂 －

J1349（1875）/ F1366（1875）

我更愿追忆日落

胜过拥有朝阳

虽则一个是美丽的遗忘

另一个真实

因为离别是戏剧

停留无法赋予 —

黄昏立时庄严地死去 —

比起衰退容易 —

J1350（1875）/ F1360（1875）

幸运绝非偶然 —

它是辛劳 —

好运的昂贵微笑

是赢得 —

矿藏之父

是那老式的钱币

我们摒弃 —

J1351（1875）/ F1359（1875）

你无法带走它

从任何人的灵魂 —

那坚不可摧的宅邸

使他能够安居 —

要塞坚固如光

人人能够目睹

攫取却难如

未发现的黄金 —

J1352（1876）/ F1387（1876）

对他的单纯而言
去死 － 是小小的命运 －
如果责任活得 － 心满意足
只是她的同盟。

J1353（1876）/ F1380（1875）

夏天的最后是欢悦 －
被回忆威慑。
是狂喜的回顾透露 －
迷醉的盛会。

相逢 － 因其无名 －
没有空中传信 －
鲁莽好似门扉未扣
径直步入帐中。

J1354（1876）/ F1381（1875）

心是灵的首府
灵是唯一的国度。
心和灵一起构成
唯一的大陆。

一 － 是人口 －
数量足以 －
这迷醉之国

寻觅 － 就是你自己。

J1355（1876）/ F1384（1875）①

灵靠心生活
如任何食客 －
若其肉类充足
灵就肥胖 －

但若心疏忽
消瘦才智 －
它的滋养品
如此绝对。

J1356（1876）/ F1369（1875）

老鼠是最简明的房客。
他从不付租金。
拒不履行义务 －
挖空心思图谋

阻碍我们的智慧
去探听或取胜 －
仇恨无法伤害
如此谨慎的仇敌 －
没有哪条律令能够禁止 －
合法如平衡。

---

① 约翰逊版与富兰克林阅读版均收录此翻译版本。本诗另一版本第二节为：如果心灵
贫瘠 / 最醒目的智慧就会憔悴 / 不要对这神圣 / 像给狗根骨头。

J1357（1876）/ F1386（1876）①

"忠信到底"得到修正
根据天条 －
坚贞带着附加条款
坚贞憎恶 －

"生命的王冠"是奴性的奖赏
对于宏伟的心，
给予给予者，唯一的，
没有报酬。

第二稿：

"忠信到底"得到修正
根据天条 －
提议确实有利可图
但心却撤退 －

"我将给予"，这基本的附加条款 －
省却你"生命的王冠" －
它适合的那些 － 太美而不能戴 －
你自己试试看 －

J1358（1876）/ F1388（1876）②

一种口音的背叛

---

① 本诗约翰逊版收录两个版本，富兰克林阅读版收录第一个版本。
② 本诗约翰逊版收录两个版本，富兰克林阅读版收录第一个版本。

可以透露狂喜 —
关于她隐藏的深度
没有回收器 —

另一版本：

一种口音的背叛
可能贬低欢快 —
呼吸 — 会侵蚀
未来圣洁的狂喜 —

J1359（1876）/ F1394（1876）

青蛙的长叹
在夏日
激起陶醉
于行人身上。
但他的鼓胀消退
实现一份宁静
这让耳朵纷扰
为肉体的释放 —

J1360（1876）/ F1391（1876）

我祈求消息 — 也害怕 — 消息
也许会有这样一个领域 —
"不用手搭建的房屋" —
对我 — 豁然敞开 —

J1361（1876）/ F1410（1876）

寒风激怒的雪花
更加神采飞扬
远胜被护送到高地
以骑士的臂膀。

J1362（1876）/ F1396（1876）

对于他们独特的光
我保留了一束
以澄明视野
借此把他们搜寻 －

J1363（1876）/ F1411（1876）①

夏日置放她简朴的帽子
在无边的架上 －
没留神 － 缎带滑落
系于你身。

夏日置放她柔软的手套
在林间的抽屉 －
无论她 － 身处何方 －
敬畏之事 －

---

① 富兰克林阅读版第二、三、四行为：在精致的架上 －／没留神缎带滑落。／觊觎你
本身！第八行为：敬畏的需求？

J1364（1876）/ F1412（1876）

怎样从夏日得知？
它热情一如往常 —
面不改色
光彩依旧 —
唯独鸟儿察觉逃离 —
无名的前锋
探测到警告
分散恰如来时 —

J1365（1876）/ F1390（1876）

拿走一切 —
唯一值得盗窃之物
却留了下来 — 不朽 —

J1366（1876）/ F1462（1878）①

第一版（1876）：

金锭的兄弟 — 啊，秘鲁 —
清空追求你的心 —

---

① 本诗约翰逊版收录三个版本；富兰克林阅读版收录第三个版本，这一个版本约翰逊
推测创作时间为 1880 年、富兰克林推测为 1878 年。

第二版（1878）：

俄斐的姐妹 －
啊，秘鲁 －
细算追求你的
数目 －

第三版（1880）：

俄斐的兄弟
明亮的辞别 －
荣耀，通向你的
捷径 －

J1367（1876）/ F1417（1877）

"明日" － 其位置
智者蒙蔽
尽管其幻觉
迟迟消退 －
明日，你收回
每棵杂草 －
你不在场的托辞
或自己的所在？

1368（1876）/ 1392（1876）

爱痛苦地发问"为什么"

是爱所能说出的一切 —
仅仅发出一个音节，
最恢弘的心破碎。

J1369（1876）/ F1415（1876）

可靠如繁星
停止闪耀的工作
迅捷如我把它们点亮
在创世的新居，
经久如黎明
那亘古的花朵
让一个世界的忧虑
消散，欣喜。

J1370（1876）/ F1398（1876）

齐聚大地，
出离故事 —
齐聚那古怪的声名 —
那孤寂的荣耀
在此没有任何征兆 — 唯有敬畏 —

J1371（1876）/ F1414（1876）

多么合身他棕色的外衣

坚果的裁缝？
天衣无缝
如同梦的衣裳 －

谁织就褐色的布匹？
腰围如何计算？
穿着这些原生衣衫
栗子长到老年 －

我们知道我们聪明 －
成绩卓著令人惊讶 －
然而与这位乡下人相形 －
这秉性 － 何等粗劣！

J1372（1876）/ F1399（1876）

太阳同一 － 照拂毒麦
他准时到访
犹如照拂正直的花儿
并一律对它们进行估量 －

J1373（1876）/ F1400（1876）

尘世之事的无价值性
小调乃自然所唱 －
于是 － 增强它们的喜悦
直到宗教会议泛滥 －

J1374（1876）/ F1407（1876）

小碟托着杯盏
于暗淡的人生
但在松鼠眼里
小碟捧着面包

一棵树一张桌
要求小小的国王
和每一股清风随行
他的餐厅摇荡 —

他的刀叉 — 存放
在赤褐的唇间 —
进餐时闪亮
令伯明翰汗颜 —

赎罪 — 愿我们认识
我们的渺小
飞翔的最小公民
比我们诚挚 —

J1375（1876）/ F1409（1876）

死刑执行令被认为是
公平之器
仁慈的错误
偶像手中的铅笔

信徒常常交付于
十字架或树桩

J1376（1876）/ F1401（1876）

梦是微妙的赠予
让我们富有片刻 －
然后抛入赤贫
扔出紫色门外
进入辛酸境地
先前占据 －

J1377（1876）/ F1482（1879）

禁果独具风味
合法果园调笑 －
躺于荚果内多么甘美
豌豆把职责深锁 －

J1378（1876）/ F1402（1876）

他的心比无星的夜更加晦暗
夜空还有黎明
但在这漆黑的容器中
却无一线曙光

他的宅邸在池塘

青蛙抛弃 －

跳上一根圆木

报告开始 －

他的听众两个世界

扣除我 －

四月的雄辩家

今日嘶哑 －

脚上戴着拳击手套

因为没有手 －

他的辩才一个气泡

宛如声名 －

鼓掌使他发现

你的懊恼

德摩斯梯尼 ① 消失

在绿水中 －

J1380（1876）/ F1420（1877）

当下意味着什么

对于别无他物之人 －

花花公子 － 激愤者 － 无神论者 －

押上全部家当

在瞬间的浅滩

而他们往返的双脚

---

① 德摩斯梯尼：古希腊演说家。

艾米莉·狄金森诗歌全集

永恒的激流
差一点淹没 —

J1381（1876）/ F1389（1876）

我想那时刻会来
让它快快到来
鸟儿树上簇拥
蜜蜂嗡嗡乱舞 —

我想那时刻会来
让其迁延些许
玉米披上丝巾
苹果身着印花

我坚信那天会来
松鸦咯咯傻笑
在他白色的大地新居
那，也，稍稍驻留 —

J1382（1876）/ F1404（1876）

在许多没有报导的地方
我们感到欣悦 —
没有报导，却，真挚如自然
或神祇 —

它来，无惊无扰 —

消散 － 依然 －
却留下豪奢虚空 －
无以名状 －

搜寻会亵渎 － 我们不能 －
它没有家 －
曾经邂逅它的我们亦然 －
从此浪游 －

J1383（1876）/ F1405（1876）

暌违多年 － 不会造成
一秒钟无法填平的沟壑 －
女巫的缺席不会
使符咒失效 －

千年的余烬
未由那手覆盖
其曾爱抚当初的烈焰
会升腾并理解

J1384（1876）/ F1406（1876）

赞美它吧 － 它死了 －
不再能够热情洋溢 －
温暖这酷寒的耳朵
以其应得的赞美
既然它被集聚于此

把这雪花石膏的热情
赋予尘埃的欢愉 —
免除 — 既然它飞掠过它
以威严的抗拒。

J1385（1879）/ F1494（1879）

"秘密"是个寻常字眼
然而并不存在 —
捂住 — 它传送猜疑 —
私语 — 它即停止 —
囚于人们胸中
无疑秘密安卧 —
若那栅栏未受侵犯 —
来了不再离去
无物有嘴或耳 —
秘密钉于那里
只会出现一次 — 并喑哑 —
进入坟墓 —

J1386（1876）/ F1413（1876）

夏日 — 我们全都见过 —
一些人 — 信赖 —
一些人 — 更为热情
无疑在爱着 —

但夏日浑然不觉 —

依旧优雅前行

端庄如月亮

对于我们的鲁莽 —

被委派来崇拜 —

注定被渴慕 —

茫然如对迷狂

胚芽赋予 —

J1387（1876）/ F1395（1876）

蝴蝶的努米底亚长裙

被烤上 — 光亮的斑点

这是抵挡烈日的明证 —

却喜欢合上它的花扇

靠在三叶草上喘息

仿佛不能胜任 —

J1388（1876）/ F1393（1876）

那些牛小于蜜蜂

却在眼前成群 —

其耕作是洒落的碎屑 —

那些牛即苍蝇 —

在畜棚过冬 — 无可指摘 —

随意设点

遭到我们抗议 —

在合适的墙上 —

保留僭越

突然降临

在家具上腾奔 —

愈发令人憎恶 —

对它们独特的召唤

无权评判

我们将其遣回自然

辩护或严斥 —

J1389（1876）/ F1403（1876）

轻轻拨动大自然美妙的琴弦

除非你知道这曲调

否则每只鸟儿都会对你指指点点

因为一位歌手出道太早 —

J1390（1877）/ F1416（1876）

此等擎着灯芯在西天 —

直到火红消退 —

抑或琥珀如何助添 —

难以说清 —

随之黯淡并无轻视

于隐藏的色调

不会让眼睛决定

是去或留 —

J1391（1877）/ F1425（1877）

他们也许并不需要我 — 也许还需要 —
我会让我的心近在眼前 —
一个微笑如我一样微小也许
恰是他们的需要 —

J1392（1877）/ F1424（1877）

希望是个奇怪的发明 —
一种心灵的专利 —
坚持不懈地行动
然而从不疲倦 —

关于这卓越的助手
人们一无所知
但它独一无二的冲劲
装点了我们拥有的一切 —

J1393（1877）/ F1428（1877）①

将桂冠赐予这一位
获胜却依然默默无闻 —

---

① 此诗约翰逊版只有第二诗节，富兰克林阅读版包括两诗节。

月桂 － 砍掉你无用的树 －
这样的胜者却不能 －

将桂冠赐予这一位
太过沉潜不求闻达 －
桂冠 － 蒙上你不死的树 －
你所磨砺的 － 就是他 －

J1394（1877）/ F1427（1877）

其粉红生涯会有竟时
如我们的一样凶险，谁知道？
效仿这些邻居的飞逝
于敬畏和无知中，相逢。

J1395（1877）/ F1383（1875）①

所有鸟儿考察待尽，弃置 －
自然赋予小蓝鸟 － 确信
她谨饬的歌声永远翱翔
超越兴衰变迁 －

三月伊始 － 与风相竞 －
她急剧的曲调颂扬我们 － 如好友
一直拥护直到夏日转身离去 －

---

① 本诗约翰逊与富兰克林阅读版均收录第一个版本。

正直的悲歌。

另一版本：

所有鸟儿考察待尽
弃置
自然赋予小蓝鸟 —
确信
她谨饬的歌声
永远翱翔
超越兴衰变迁 —

三月伊始
与风相竞 —
她热情的曲调
高亢飞扬 —
一直持续到
夏日转身离去 —
坚毅 — 倾情歌唱。

J1396（1877）/ F1453（1877）

她将她温顺的新月放下
而这轻信的石头
依然对着那健忘的日期陈述
她已离去的消息。

如此忠贞其顽固的信赖

碑柱从不知晓 －
它让坚定不移汗颜
竟在标志飞逝之前逃离 －

J1397（1877）/ F1454（1877）

听起来好像街道在跑
然后 － 街道静立 －
天昏地暗 － 是我们从窗子唯一所见
而敬畏 － 是我们唯一的感受。

不久 － 最胆大的偷偷溜出他的藏身地
看看时间是否还在那里 －
大自然穿着蛋白石的围裙 －
搅和着愈发清新的空气。

J1398（1877）/ F1432（1877）①

我别无其他只有这条命 －
把它引到这里 －
也没有任何死亡 － 除了生怕
从那里遭逐 －

既无任何人世的牵挂 －
也无新的行动 －
除了穿越这片天地 －
你的国境 －

---

① 富兰克林阅读版最后一行为：你的爱恋 －

J1399（1877）/ F1455（1877）

也许他们没去那么远
像我们留下之人，所想 —
也许靠得更近，因为
他们肉身的衣物放弃 —

也许，如此确定地知悉
我们的惊恐多么短暂
以致理解力提前
并在那里将我们评估 —

J1400（1877）/ F1433（1877）

何等奥秘充斥深井！
那水住得如此遥远 —
来自另一世界的邻居
安身瓮中

他的穷尽无人曾见，
唯有其玻璃盖面 —
每次探看都如你在取悦
一张深渊的脸！

小草并不显得惊慌，
我常好奇他
竟能如此靠近这般大胆
探望我所敬畏之物。

或许他们存有某种联系，
莎草立于海边
身无凭附
却无半点怯意 —

但自然仍是个生客；
最常谈起她之人
从未经过她的鬼屋，
也无从简述她的鬼魂。

对不了解她之人的怜悯
被那遗憾打消
即那些了解她之人，离她越近
知她越少。

J1401（1877）/ F1436（1877）

拥有一个属于我自己的苏珊
本身就是一种福佑 —
无论我丧失何等王国，主啊，
请让我继续在此停留！

J1402（1877）/ F1434（1877）

对着忠实的尘土
我们放心地把你托付 —
若它能言，
不会将你亵渎 —

沉默 － 指示 －
圣洁 － 强化你 －
无限的 － 旅客 －

J1403（1877）/ F1463（1878）

我的造物主 － 请让我
最迷醉于你 －
但越是如此
我会错过更多 －

J1404（1877）/ F1422（1877）

三月是希冀的月份。
我们未知的事物 －
充满憧憬的人们
如今纷至沓来 －
我们试图表现沉稳 －
但轻浮的喜悦
按捺不住，如男孩的
初次婚约。

J1405（1877）/ F1426（1877）

蜜蜂黑黑 － 扎着镀金腰带 －
嗡嗡叫着的海盗 －
四处招摇炫耀

艾米莉·狄金森诗歌全集

生活全靠绒毛 －
命定的绒毛 － 而非偶然的绒毛 －
山之精华。
坛坛罐罐 － 宇宙的碎片
不能摇晃或泼洒。

J1406（1877）/ F1451（1877）

未闻有旅客逃离 －
若曾借宿记忆一晚 －
那狡猾 － 隐秘的客栈
设计得无人能再离开 －

J1407（1877）/ F1419（1877）

一地残梗，焦枯
两度烈日炙烤 －
劳累向黝黑的人们穿刺 －
胜利 － 藏入仓廪 －
羞怯的鸟儿前来
乞求施舍 －
常见 － 却无怜悯，
在我们新英格兰农场 －

J1408（1877）/ F1435（1877）

事实是人间即天堂 －

不管天堂是否是天堂

如若不是一种誓语

对那特许之地

不仅必须令我们坚信

那于我们不宜

而且还会给予羞辱

住在如此之地 —

J1409（1877）/ F1456（1877）①

若必死的唇神圣

其基本的货运

发出的只言片语

会因重量而粉碎 —

未知区域的猎物 —

海洋上的抢掠

思想的棚屋

告诉我真相 —

J1410（1877）/ F1429（1877）

我不会出声若最终

在下界我所热爱的那些

获准能够理解

为何我将他们躲避 —

---

① 约翰逊版只有第一诗节。

泄露它会使我心宁静
却会把他们的蹂躏 —
为何，凯蒂，背叛能够发声 —
而我的 — 在涩泪中 — 放逐。

J1411（1877）/ F1421（1877）

关于天堂的存在
我们只知道
是不确定的确定 —
但其邻近，推断，
由其双栖信使 —

J1412（1877）/ F1437（1877）

羞愧是粉红围巾
将我们灵魂包裹
以防眼睛骚扰 —
这质朴的面纱
无助的本性抛下
当逼入窘迫境地
有违她的诚挚 —
羞愧是神圣的光泽 —

J1413（1877）/ F1438（1877）

心灵甜蜜的怀疑 —

知悉 － 也茫然 －
飘荡如一股芬芳 －
被白雪侵犯 －
邀约又阻隔真相
以防确定性干枯
相比美妙的阵痛
惊惧伴随狂喜 －

J1414（1877）/ F1439（1877）

配不上她的胸怀
尽管凭那严苛考验
何等灵魂能够幸存？
经过她凌厉的光照
我们主要持有的白色
多么伪劣！

J1415（1877）/ F1418（1877）

狂野的蓝天与风俱进
恫吓 － 逃窜
蜷缩在他黄门后的
是挑衅的太阳 －
与这些天上的朋友抵牾
原本如此祥和
以致我们特别悲叹
它们傲慢的战斗 －

J1416（1877）/ F1365（1875）①

危机甜美然而心
在这边
有希冀的嫁妆
由居民所拒 －

问询行将凋谢的玫瑰
何等狂喜 － 她偏爱
她会叹息着向你示意 －
她那已撤销的蓓蕾。

另一版本：

危机甜美然而心
在这边
有希冀的嫁妆
由尝试者让与 －

问询最骄傲的玫瑰
何等狂喜 － 她偏爱
她会叹息，诉于 －
蓓蕾的迷醉 －

J1417（1877）/ F1440（1877）

人性多么痴迷

---

① 本诗约翰逊与富兰克林阅读版均收录第一个版本。

它无法察觉的玄机 —
情节测定之际
意义消泯 —

憧憬是好友
保留为我们得知
何时忠诚澄明
充满好奇 —

众多话题无解
最可怕的是
我们何处去 —
无论我们去往何方
创造紧紧跟随?

J1418（1877）/ F1441（1877）

夜晚风会感觉多么孤独 —
当人们把灯熄灭
万物都有客栈
关窗入内 —

中午风会感觉多么狂傲
脚踏轻灵的曲调
纠正天空的讹误
澄明风景

晨曦风会感觉多么强大
万千黎明之上扎营 —

拥护一切睥睨所有
扶摇进他的高堂 —

J1419（1877）/ F1442（1877）

貌似是一个寂静天 —
于大地或天空无害 —
直到太阳西沉
一抹胭红踯躅
色调信步，有人会说
去往西天小镇 —

但当大地开始摇晃
房屋在嘶喊中消失
人性隐藏
我们借助敬畏领悟
犹如目睹崩溃
云彩中的猩红 —

J1420（1877）/ F1450（1877）

一种喜悦充满如许痛苦
甜蜜的自然赋予 —
我逃避如对绝望
或亲爱的邪恶 —
为何鸟儿，某个夏日清晨
不待白昼展露
刺伤我痴迷的灵魂

以歌之剑

难道局部的探寻

会得到答案

当肉体和精神分离

在死的瞬间 —

J1421（1877）/ F1431（1877）

这些是心灵的入口 —

他的出口 — 你若要看

随我攀升到永生的

高处 —

J1422（1877）/ F1457（1877）

夏天两度降临 —

一次始于六月 —

一次始于十月

深情再现 —

也许，没有，恣肆

却分明更为优雅 —

既然最为美妙是离去

远胜存留的面庞 —

那么 — 永别 —

永远 — 直到五月 —

永远是暂时 —

除非对于逝者 －

J1423（1877）/ F1443（1877）

我所知的最美家园
一小时内建成
由我熟悉的团队
蜘蛛和鲜花 －
蕾丝绣花线的华屋 －

J1424（1877）/ F1458（1877）

龙胆焦干的花冠 －
如碧空风干
是自然丰盛的汁液
祝福 －
没有虚夸或粉饰
平易如雨水
同样温和 －

当群芳消褪 － 来临 －
也不显孤清 －
与朋友约定 －
充实其流苏生涯
助莽苍岁月
丰茂终结 －

其命运－若被遗忘－
这真理钟爱－
忠贞是收获
超越造物－

J1425（1877）/ F1423（1877）

春日的洪水
扩充每一颗灵魂－
它把住所－卷－走－
留下水流漫漫－
灵魂起先疏离－
依稀寻找岸边－
随后逐渐安适－不再渴望
那个半岛－

J1426（1877）/ F1444（1877）

清澈的雨水从甜蜜的屋檐滴落
她纯真的眼睛－
攫住她的心，包括我们的，
以单纯的惊奇－

纯粹喉咙中的搏斗
为把情感克制
那征服她的－挫败的功绩－
是激情的陡然加冕－

J1427（1877）/ F1445（1877）

通过鄙弃而赢得
是名声最高的代价 －
热爱藐视他之人
回顾 － 他将你追随 －

请让我们采撷 － 每一日 －
集合
生命的花束
是荣誉而非耻辱 －

J1428（1877）/ F1446（1877）

水制作许多床
给不想睡眠之人 －
其可怕的卧室洞开 －
窗帘温柔地拂动 －
格格不入是休憩
在波状的房间
其广阔永无尽头 －
其支撑从未来到

J1429（1877）/ F1430（1877）

我们回避是因为我们珍视她的脸
以防目光难以言说的羞辱
玷污我们的爱慕

J1430（1877）/ F1447（1877）

谁未曾希冀 — 最疯狂的喜悦
对他依然毫不知晓 —
节制的盛宴
毁了美酒的容颜 —

可企及，尽管尚未抓住
欲求的完美目标 —
不要再近 — 以防现实 —
将你的灵魂释放 —

J1431（1877）/ F1448（1877）

插上轻蔑的羽翼
灵魂可以飞得更远
胜过鸟类学中的
任何 — 羽类 —
它飘荡着这肮脏的肉体
超出它愚笨的 — 控制
而且在它惊怖的狂风之中 —
肉体就是 — 灵魂 —
由自己进行指导 —
这工作多么微不足道 —
像这样为永生
摆脱羁绊 —

J1432（1878）/ F1485（1879）

摒弃鲁莽 —
骷髅地的冲动 —
欢快是客西马尼
得知我们在你中间 —

J1433（1878）/ F1459（1878）

多么脆弱这桥墩
我们的信仰脚踏其上 —
从无下界的桥梁如此摇晃 —
当然也不会承负如许众生。

它古老如上帝 —
的确 — 由他所造 —
他派圣子来检查木板 —
而他宣称它牢靠。

J1434（1878）/ F1479（1878）

切勿太近玫瑰花屋 —
清风的劫掠
露珠的泛滥
惊起围墙塌落 —

切勿试图系缚蝴蝶，
切勿攀爬狂喜栅栏 —

安于不定之中
乃欢乐的保障 －

J1435（1878）/ F1461（1878）

并非他离去 － 我们才更爱恋
他在时就把我们引导。
越过大地往来的前沿，
因为他之所向，他已实现。

J1436（1878）/ F1460（1878）

比天堂更遥远，
因为天堂是根基，
而这些飘散的种子，
甚至飞得更远，
比那些从未飞过，
或正，藏匿的 －

何等疯狂，在他们看来，
呈现一种幻象
有关未来的日子
他们无法颂扬 －
我的灵魂 － 寻他们 － 来 －
他们无法呼唤 － 他们喑哑 －
无法证明 － 不能追求 －
但他们有住处 －
绝对如上帝 －

并也－一瞬－

J1437（1878）/ F1372（1875）

一颗露珠自满自足－
而且也让树叶满意
它想"命运多么宽广"！
"生命何等微不足道！"

太阳出来做工－
白昼出来游玩－
露珠的容颜
却再也不见－

是被白昼劫持－
还是由朝阳汲取
顺变－抛入大海－
永远无从知晓。

见证这白昼
那可怕的悲剧
以狂喜的反复无常
和厄运的在劫难逃。

J1438（1878）/ F1464（1878）

看这小祸害－

众生的福祉 －
寻常好似默默无闻
爱是它的名字 －

缺少它是悲哀 －
拥有它是伤痛 －
不在别处 － 即便天堂
爱也同样能够发现 －

J1439（1878）/ F1465（1878）

多么无情这温柔 －
多么残忍这和蔼 －
上帝撕毁与他羔羊的契约
以使风胜任 －

J1440（1878）/ F1466（1878）

痊愈的心展示其浅浅的伤痕
伴随隐秘的呻吟 －
没有被死亡修复
乃织物真正的破碎 －
走自己的康复之路
毫不羞愧地发现
背信更为真诚
远胜忠贞 －

J1441（1878）/ F1467（1878）

这些焦躁的日子 － 带它们入深林
那里清凉水儿绕绿苔 －
唯有浓荫破空寂
好似有时这就是一切 －

J1442（1878）/ F1468（1878）

修复每个破烂的信仰
有一根姣好的针
虽无形迹呈现 －
却在空中穿梭 －

尽管它并未穿着
宛若从未撕裂
的确非常舒适
得体一如从前 －

J1443（1878）/ F1469（1878）

一种清泠的宁静寄生草丛
太阳恭敬地躺卧 －
没有任何劳碌的恍惚
这些阴影逼视 －

昔日同盟不再迷途
为了共事或者寻欢 －

尽管所有人在此抛锚

无论来自何处汪洋 —

J1444（1878）/ F1480（1878）

小小雪花四处飘荡

散落于她的发际 —

自从她和我相遇嬉戏

十年又复十年 —

但时间累积，无法获得

要塞坚固的玫瑰

因为夏日太难磨灭 —

太过执拗 — 对于白雪 —

J1445（1878）/ F1470（1878）①

死亡是灵活的求婚者

赢得了最后 —

它鬼鬼祟祟地求爱

最初发动

以苍白的影射

和朦胧的接近

但最后勇敢地吹响号角

驾着双轮马车

胜利地驰往

---

① 富兰克林阅读版最后两行为：而亲属们则如高地上的人群 / 很少透露 —

艾米莉·狄金森诗歌全集

未知的婚约
而亲属们积极回应
如瓷器

J1446（1878）/ F1471（1878）

他的心灵如东方织物 —
美轮美奂令人窒息
惊艳四方却难寻觅
一位谦卑买主 —
尽管其价并非黄金万两 —
却更为昂贵异常 —
那人需要赏识其所值，
这就是全部代价 —

J1447（1878）/ F1472（1878）

他的熔岩床多么安乐，
对这勤勉的孩童 —
他必须起床唤醒世界
装扮倦怠的白昼 —

J1448（1878）/ F1523（1880）

毛毛虫迈步多么轻柔 —
发觉一只在我手心
来自这样一个天鹅绒世界 —

对指令如此悠然

它无声的旅行吸引

我迟钝的 — 俗眼 —

专注于其自己的事业 —

于我有何启示 —

J1449（1878）/ F1473（1878）

我以为这火车永不会来 —

汽笛吟唱得多么缓慢 —

我不相信乖戾的鸟儿

会为春天这般呜咽 —

千百次地教授我心

说些什么才算得体 —

恼人的爱人，当你来时

它的论述早已飞逝

敛藏计策已然太迟

太快无法变得更加聪明 —

苦痛如此宁静

幸福清偿 —

J1450（1878）/ F1474（1878）

道路被星月点亮 —

树木宁静欢愉 —

远处的灯光 — 将我 — 呈现

高山上的行者 —

朝神奇的峭壁

攀登，尽管在凡尘 —

未知其闪烁的终点 —

他却笃信辉煌 —

J1451（1878）/ F1475（1878）

无论谁解除

一个灵魂的痴迷

借助亵渎的失败

是全部的罪愆 —

如飞鸟般单纯

如星星般生动

直到阴险的暗示

万物并非其是 —

J1452（1878）/ F1476（1878）

你的思想并非每日发声

它们只在某个时间

犹如发出信号啜饮

秘传的圣餐美酒

当你品尝得如此自然

好似伸手即来

你无法了解其价值 —

也不懂其珍稀

J1453（1879）/ F1514（1879）

一个赝品 - 镀金的人物 -
我不会是 -
无论何等邪恶的地层
我的天性根植 -
真理是健康 - 安全，和天空 -
多么贫瘠，何等流亡 - 乃谎言，
发声 - 当我们死去 -

J1454（1879）/ F1486（1879）

那些尚未活者
怀疑能否复活 -
"复"是两次
而这 - 仅一次 -
那艘拖曳的船
搁浅 - 是他？
死 - 因此 - 海的连接
深度是轮盘
进发的计划 -
裸呈的意识 -
那就是他 -

J1455（1879）/ F1495（1879）

舆论瞬息万变，

真理，与日月比肩 －
如若二者不可得兼 －
要那最古老的一个 －

J1456（1879）/ F1496（1879）

花朵如此艳丽
刺痛心灵
仿佛是一阵悲痛 －
难道美丽 － 是折磨？
传统应该知悉 －

J1457（1879）/ F1497（1879）

它溜走如此悄悄
怀疑她已完结
伤怀犹如富者
开始不再拥有 －

J1458（1879）/ F1498（1879）

时间狡猾的战马不会等待
除非悲痛的门前 －
但在那 － 得意洋洋地踟躇
不为任何击打奔腾 －

J1459（1879）/ F1487（1879）

伯沙撒 ^① 有封信 −
他只有这一封 −
伯沙撒的通信者
结束并开始
那不朽的抄本
我们所有人的良心
不戴眼镜也能看懂
在启示墙上 −

J1460（1879）/ F1499（1879）

他的脸颊就是他的传记作家 −
只要他会脸红
沉沦就是耻辱 −
越过此，他平静地犯罪 −

J1461（1879）/ F1500（1879）

"天父" − 带给你

---

① 伯沙撒（Belshazzar，阿卡德语：Bel-sarra-usur），是新巴比伦王国的最后一位统治
者（严格来说是共同摄政王），那波尼德斯之子。他与波斯人居鲁士作战的失败导致
了巴比伦王国的灭亡。伯沙撒在位时，见到有手指在墙上写字的异象，但是全国没
有人能读那些文字，也不能解明它的意思。最后请但以理来讲解。但以理责备伯沙
撒狂傲敬拜偶像，"却没有将荣耀归于那手中有你气息，管理你一切行动的神"（但以
理书 5：23）。并预言伯沙撒的国将要分裂归于玛代人和波斯人。当夜伯沙撒王被杀，
玛代人大利乌取了巴比伦（迦勒底）国（但以理书 5：28—30）。

最高的不公正
由你公正的手
在违禁的时刻造就 －
尽管信赖我们 － 好似对我们
更为敬重 － "我们是尘土" －
我们向你道歉
为你自己的表里不一 －

J1462（1879）/ F1481（1878）

我们知道并非我们要活 －
也不知何时 － 我们要死 －
无知是我们的盔甲 －
我们身着终有一死
轻如一件选择的长袍
直到被要求把它脱下 －
通过他的闯入，上帝被知悉 －
生命也是如此 －

J1463（1879）/ F1489（1879）

一条渐渐消失的路
伴随一只旋转的飞轮 －
一声祖母绿的回响 －
一阵胭脂红的冲浪 －
灌木丛上的每一朵花
调整其撞歪了的脑袋 －
突尼斯的来函，或许，
一次清晨的信马由缰 －

J1464（1879）/ F1516（1879）①

某种东西我们借用
并承诺归还 —
战利品和悲伤
其美妙逐一品尝 —

某种东西我们觊觎 —
遗忘的能力 —
贪婪的痛苦
承付它的渣滓 —

另一版本：

你的某种东西我觊觎
遗忘的能力 —
贪婪的苦痛
支付它的渣滓 —

你的某种东西我借用 —
并承诺归还 —
战利品和悲伤
你的美妙知晓 —

J1465（1879）/ F1484（1879）

在你想到春天之前

① 本诗约翰逊版收录第一个版本。富兰克林阅读版收录第二个版本。

除了作为一种猜想
你知道－上帝保佑他的突如其来－
一个家伙在苍穹
色彩独树一帜
受了点风吹雨打
服饰却令人振奋
靛蓝棕红相间－
奉上歌曲的样本
仿佛任你挑选－
间歇时小心斟酌
伴随拖延的欢乐
奔向某棵挺拔高树
尚无一枚叶片
不为任何人高歌欢呼
只为他天使般的自己－

J1466（1879）/ F1488（1879）

迈达斯点中者之一
他未能把我们点遍
是那轻信的浪子
打着旋的金莺－

如此烂醉他拒绝认账
以神圣戏谑的口吻－
如此耀眼以致我们误认
他为一座闪光的金矿－

一名恳请者－一个伪善者－

一名享乐者－一个盗窃贼－
及早上演一出宗教剧－
一种迷狂为主调－

果园里的耶稣会士
他欺骗如他迷醉
整个的香氛
为其潜逃的需要－

缅甸的辉煌
飞鸟的流星，
离去如吟游诗人
和歌谣的盛典－

我从未想过伊阿宋
寻求什么金羊毛
但我本是乡下人
只想着息事宁人－

但假使有一个伊阿宋，
传说请容忍我
瞧他的损失扩大
在那苹果树上－

J1467（1879）/ F1501（1879）

一个溢出的小小的词
任何人，听见，就能推断
是为狂热还是眼泪，
尽管一代一代逝去，

传统成熟又凋残，
当雄辩呈现 －

J1468（1879）/ F1502（1879）①

有翼的火花飞舞 －
我从未近旁遇见
常常把它误为闪电
当夜晚燥热难耐 －

闪烁的旅程乃它所求
超越人寰之上 －
些许欣喜 － 刚刚察觉
感觉它已逝 －
重燃借由某个古怪的行为

J1469（1879）/ F1503（1879）

如果在思想的浅滩会失事
在海上又会如何？
唯一躲过浩劫的小船
安全 － 简朴 －

J1470（1879）/ F1504（1879）

掠夺的甜蜜，无人可知

---

① 富兰克林阅读版没有最后一行。

除了那贼 —
对正直的悲悯
是他最神圣的忧伤 —

J1471（1879）/ F1505（1879）

它们阻碍天空
尚武的树木撤退，
四处插满旗帜
它们军队不再 —

自然行军驻扎何等赤褐
它们预示或引起，
一种墨西哥的推断
消除猜疑 —

事后常常想起
那空气中的杀伐 —
那伤不是伤亦无疤，
而是战争的狂欢 —

J1472（1879）/ F1491（1879）

凝望夏空
是首诗，尽管从未存于书本中 —
真正的诗逃逸 —

J1473（1879）/ F1506（1879）

我们相对诉说衷曲
尽管悄然无声 －
我们倾听秒的赛跑
时钟的蹄踏 －
停于颤抖的我们面前
时间悲悯 －
赐予暂缓的方舟 －
亚拉腊山 － 我们停靠 －

J1474（1879）/ F1515（1879）

与美疏离 － 无人能够 －
因为美是无限 －
权力可以有限地终止
在身份褶皱之前 －

J1475（1879）/ F1507（1879）

名声是永不停留的那位 －
其占有者必死
或者超出估计
不断上升 －
或者成为最无力偿还之物
胚芽中的闪电 －
电的胚胎
但我们要求火焰

J1476（1879）/ F1508（1879）

他的声音苍老欣喜 —
她的言辞踉跄
爱的讯息该是何等古老
让唇齿老朽
伴随欢喜颤抖片刻 —
是苦是乐 —
抑或恐惧 — 来装点
这苍白的 — 会面 —

J1477（1879）/ F1509（1879） ①

他是何等穷困
其黄金恒定
每次发现
数目同样乏味 —
当爱仅有一分钱
却如此炫耀
好似是对印度
不敬。

J1478（1879）/ F1251（1872）

回首时光，以温柔之眼 —
他无疑已尽全力 —
那颤抖的太阳多么柔和地沉落

于人性的西天 —

J1479（1879）/ F1510（1879）

魔鬼 — 若他忠诚
会是最好朋友 —
因为他精干 —
但魔鬼无法改善 —
背叛乃美德
若他愿背弃
魔鬼 — 无疑
彻底神圣

J1480（1879）/ F1511（1879）

这迷人的冷乃音乐遗下
是大地的确证
有关迷狂的障碍 —
它是狂喜的萌芽
在羞怯骚乱的土壤
一个微妙 — 疏离的造物 —
对着某个上方恳求我们
而非我们的造物主 —

J1481（1879）/ F1512（1879）

希望营建他的房屋

不用一块基石 －
也无橼条 － 在那华厦
唯有尖塔 －

寓所里面同样高级
一如这外表
仿佛其窗台删削
或与律法榫接 －

J1482（1879）/ F1513（1879）

它比水晶兰更白 －
比蕾丝更暗 －
它无形体，如雾
当你抵达那处 －
没有任何声息暗示它在这里 －
或指明它在别处 －
精神 － 如何与之搭讪 －
空气有何功能?
这无止境的夸张
我们每个人都该是 －
它是戏剧 － 若假设
定非悲剧 －

J1483（1880）/ F1520（1880）

知更鸟是加百列
身处卑微境地 －

衣着显露身份，
辛苦奔波之命 －
却安分守时
如新英格兰农夫 －
同样隐晦正直，
远景极为温暖 －

住宅小而坚实，
家户自我克制，
尽是贤达之士
跨越他的门槛 －
隐蔽犹如逃犯，
引敌人惊慌
以小调数声
和山林静默 －

J1484（1880）/ F1517（1880）

彩虹的立方我们能发现 －
这 － 毫无疑问 －
但恋人们的猜想之弧
无从琢磨 －

J1485（1880）/ F1526（1880）

爱之萌发即爱之结束，
圣贤有云 －
但圣贤可知？

真理延期你的福祉

没有时限。

J1486（1880）/ F1527（1880）

她的精神达到如此高度

使她的形貌也膨胀

如同以敬畏供养。

更为审慎去抨击黎明

胜过领受那飘渺的轻蔑

流溢自她。

J1487（1880）/ F1538（1880）

救世主必然是

一位温良的绅士 —

终日冒着严寒跋涉长路

为了这些小家伙 —

到伯利恒的路

自从他和我还是孩子

就铺平，若非如此将

崎岖十亿里 —

J1488（1880）/ F1541（1880）

生日只是一种剧痛

来得越来越少 —
痛苦是从属
却丰富了厄运 —

J1489（1880）/ F1522（1880）

坟墓里的笑靥
让那可怖的房间变为
家 —

J1490（1880）/ F1521（1880）

瞬息呈现的脸
比我们的更为清晰 —
为这缘故我们甘拜下风
犹如苹果对花儿 —
或是那深信不疑的光彩
不同意去赢
屈尊使我们迷恋
神圣的损伤？

J1491（1880）/ F1525（1880）

天堂之路平坦 —
路上行人稀少 —
并非不够坚实

而是我们认定

坑坑洼洼之道

更受欢迎 －

天堂的美女不多 －

非我 － 也非你 －

但确定无疑的是 －

我的没有羽翼 －

J1492（1880）/ F1537（1880）

"他们会以何肉身莅临"？

他们**真的**来了，欢呼！

哪个门 － 几点 － 跑 － 快跑 － 我的灵魂！

蓬荜生辉！

"肉身"！真的 － 一张脸 － 和双眼 －

知道那就是他们！ －

保罗认识那个知道消息的人 －

他曾经过伯利恒 －

J1493（1880）/ F1524（1880）

如果他们居住的甜蜜黑暗

一旦向我们敞开

对他们美好的吁求

会爆裂孤独 －

J1494（1880）/ F-①

天空的争竞
无损其厚。

J1495（1880）/ F1528（1880）

激动迟来如恩赐
推延数世纪
稳稳增长如洪水
于豪奢的孤寂 －
凄清失却唯当
狂喜更换衣装
在更衣之前仁立
于迷人的圣洁 －

J1496（1880）/ F1529（1880）

全部我所为
是回顾
他迷人的心灵
我熟悉他的眼睛
那里我曾探寻
正紧紧地推后

没有任何港湾

---

① 富兰克林版无此诗，后文约翰逊版或富兰克林版无收录的诗歌均以 "-" 替代。

没有任何飞翔
但他在那里主宰
何等无所不在躺在那里等待
让她成为一位新娘

J1497（1880）/ F1530（1880）

事实在我们身边从不突如其来
直到他们环顾四周
然后惊吓我们如幽灵
从地面冒出 －

我们奇特邻人的高度
我们从不知晓 －
直到蒙召把他识别
通过辞行 －

辞别为从此圣者无法揣测
最英勇者死亡
对他们的重生一无所知
—如你或我 －

J1498（1880）/ F1518（1880）

玻璃是街道 － 在闪亮的危险中
树木和行人伫立。
充满空气冒险的欢愉
与伙伴们嬉戏在路上。

轻灵的雪橇疾驰如心箭

呼啸而去

往昔非凡的热烈

令如今黯淡 －

J1499（1880）/ F1397（1876）

永生该看起来何等牢固

对于崩溃如我之人 －

唯一坚固的房地产

在所有的身份中 －

何其强大对于恐惴之人 －

你的容颜

无人可以媲美 －

除非藏匿于你中。

J1500（1880）/ F1519（1880）①

轮到他乞讨 －

乞求生命

截然不同于其他施舍

这是首要的贫困 －

我扫视他逼仄的处境

---

① 本诗富兰克林阅读版最后一行为：尽管，偷走了我的 － 缓刑令。

我给他机会存活
以防感恩复活那蛇
尽管偷走了他的缓刑令

J1501（1880）/ F1490（1879）

小小苍穹帽
安坐它头顶 —
帽儿逢迎
贤明的上帝 —

直到它飘然而逝
瞬间一片虚无 —
蒲公英的戏剧
在茎上终结。

J1502（1880）/ F1531（1880）①

我瞧见风在她里面 —
我知道是为我吹 —
但她必须购买我的庇护所
我诉诸谦卑

我看着鼓动的精神
她不会求情
直布罗陀会投降

① 约翰逊版只有第一诗节。

这小妞却不会 －
恰是它结束的方式 －
救赎是这一个
关于它的辩解
迄今还不知 －

获救者没有纪念
在我们争竞的日子
那依然是一种援助
但他们的在赞美中忘记

J1503（1880）/ F1532（1880）

比坟墓更靠近我 －
坟墓和那来世
对其坟墓紧紧依偎 －
我无所凭附直到我坠落 －
无所碰撞，和撞到一切 －
显得何其相似 －

J1504（1880）/ F1533（1880）

谁如此亲切
听见那名字
顿时神采飞扬
亲密 － 多变
如雪中的夕阳 －

J1505（1880）/ F1535（1880）

她不能凭过去而活
现在并不认识她
因此最终她把这甜蜜寻求
自然温柔地拥着她
母亲没有任何丧钟
给每个公爵或知更鸟

J1506（1880）/ F1483（1879）

夏日短过其他 —
生命短过夏日 —
七十载瞬间耗尽
就如一块钱 —

伤悲 — 此时 — 礼貌 — 停驻 —
看我们竭力将其摒弃 —
同样憎恶欢悦 —
同样把他挽留 —

J1507（1880）/ F1337（1874）

岁月的累积并不如此之高
宛如你来之前
但它正每日上升
自回忆的地板
而当立于我的心上

我仍能触到高处
以你的脸抹掉高山
抓住我在我坠落之前

J1508（1880）/ F1536（1880）

你不能让记忆生长
当它已经失去了根基 —
夯实周围的土壤
努力把它扶直
也许能够欺骗宇宙
却救不回那植株 —
真正的记忆，如雪松的脚掌
与硬石盘结 —
你也不能把记忆砍倒
一旦它已长成 —
它铁的蓓蕾会重新萌发
无论是将其掀翻 —
肢解 — 残杀 —

J1509（1881）/ F1539（1880）

我的敌人在渐渐变老 —
我终于复了仇 —
仇恨的嗜好已离去 —
如果有人要报仇

让他快点 — 食物易变 —

它是一块腐肉 −

愤怒一旦喂饱 − 立刻死去 −

正是饥饿让它肥壮 −

J1510（1881）/ F1570（1882）

小石头多么快乐

独自游荡在路上，

不用关心事业

从不害怕急务 −

它质朴的褐色外衣

由过路的宇宙披上，

独立自主如太阳

结伴或独自发光，

达成绝对的律令

以随性的真纯 −

J1511（1881）/ F1540（1880）

我的国家不需要更换服装，

她的三件套甜美 ①

恰似在列克星顿刚刚裁成，②

和第一次穿上那样"得体"。

大不列颠不同意那些"星星"；③

① 三件套，指三权分立的国家体制。

② 列克星顿，马萨诸塞州东部一城市，美国独立战争爆发于此。

③ 星星，指代美国。美国国旗上有代表各州的星星。

不屑一顾，小心翼翼 —
他们态度中有某种意味
在嘲弄她的刺刀。

J1512（1881）/ F1548（1881）

万物都涤荡而去
此乃 — 浩大 —

J1513（1881）/ F1561（1881）

"和我们一起遨游"！
"她日日嬉游"
在狂喜之途
通往夜晚的汪洋 —

J1514（1881）/ F1544（1881）

一棵老树
乌鸦珍惜
因为那细嫩枝条
如今不敬
这尊贵的鸟儿
其法人的衣袍
点缀湮灭
最渺远的任期 —

J1515（1881）/ F1564（1881）

永不回返的事物，有二三 －
童年 － 某种希冀 － 逝者 －
尽管欢悦 － 如人 － 偶尔出游 －
仍然居留 －
我们也不哀悼旅者，或海员，
他们的路途美好 －
但思考放大了他们所言
返回这里 －
"这里！"有无数个"这里" －
先前的地点 －
灵魂无法驻足 －
亲自 － 无论从何意义
他的故土 －

J1516（1881）/ F1563（1881）

没有秋日截取的寒意
能令这热带胸膛惊骇 －
除了非洲的繁茂
和亚洲的憩息 －

J1517（1881）/ F1567（1881）

多少来源随你一起逃逸 －
你的集会多么重要 －
因为你已把一个宇宙
全部带走 －

J1518（1881）/ F1566（1881）

不见，我们依然知悉 —
不知，猜测 —
不猜，莞尔藏起
半是抚爱 —

颤抖 — 转身离开，
如天使般恐惧 —
是伊甸园的嘲讽
"若你敢"？

J1519（1881）/ F1565（1881）

蒲公英苍白的茎管
震惊草丛 —
严冬瞬间化作
无尽的惊叹 —
细茎撑起显著的花苞
随后挥舞花朵呐喊 —
无数的小太阳宣布
埋葬结束 —

J1520（1881）/ F1543（1881）

凋残花朵的茎
仍具无言的高贵 —
来自翠绿宫廷的信使

专门派送粉红。

J1521（1881）/ F1559（1881）

蝴蝶在天空
不知其名姓
没有税要纳
没有家可回
恰如你我一般高，
或更高，我相信，
如此翩飞从无叹息
此即悲伤之道 —

J1522（1881）/ F1547（1881）

他的小灵柩如躯体
本身就是一曲哀歌
对一株困惑的紫丁香
透露一切虚妄
有关勤勉和道德
以及每种正义之事
为神圣的毁灭
有关闲散和春天 —

J1523（1881）/ F1546（1881）

我们走的时候从不知道我们要走 —

我们开着玩笑关上房门－
命运－紧随其后－把门闩上－
我们不再攀谈－

J1524（1881）/ F1549（1881）

牧童淡去－衣裳灰黄
赶着落寞的牛儿
去往湮灭的牧场－
政治家的雏形－

牧童的哨音沉寂－
牛儿吃饱致谢
遣回歌谣的牛栏
或三叶草的追忆－

J1525（1881）/ F1571（1882）

他有过潜藏的生活
并走过暮色的大道
如今对着他淡薄的名姓
那里立着一个星号 ①
像我们一样对他充满信心－
我们固若金汤－
整个的永生

---

① 即＊，写作中往往用来代替一位作者的姓名。

守卫在一颗星星之中 —

J1526（1881）/ F1562（1881）

他的东方异教
愉悦蜜蜂，
让整个天地充满
放纵的叛教
终于疲惫，朴素的三叶草
吸引他困顿的眼神
那谦卑的胸脯，蝴蝶
愿扑向怀中死 —

J1527（1881）/ F1550（1881）

哦让它活动 — 把它装扮甜美
以动脉和静脉 —
在它紧闭的唇上置放言辞 —
再次使之订婚
对那我们称之为尘土的粉红生客 —
与之更熟悉
胜过这地平线上
不会扬起帽子的那位 —

J1528（1881）/ F1574（1882）

月亮以其流畅的路线

蔑视通途 －
星辰伊特鲁里亚 ① 的论调
证实神明 －

如果目标驱动这些群星
获准知悉者
知悉恰是此令他们遗忘
－如此刻 － 晨曦将他们忘却 －

J1529（1881）/ F1551（1881）

春秋几度自从那场笑靥之战
我们彼此征服
也彼此屠戮
多少世纪绵延
另一场屠杀在即
如此谦逊又徒劳 －
没有我们格斗的规则
彼此都是对方的粉红堡垒 －

J1530（1881）/ F1545（1881）

剧痛在春天更为显著

---

① 伊特鲁里亚被认为是伊特鲁斯坎人的国家，后来被罗马人吞并了。伊特鲁里亚在公
元前罗马城之前是意大利半岛上一个重要城市，古罗马的伊特鲁里亚时期是其鼎盛
时期。在意大利所有的古代居民中，伊特鲁里亚人可能是最能激发后世好奇心的一
支，充满着神秘。诚然，任何古代文化都有神秘莫测的一面，但是这一文化却不能
再被视作"神秘的伊特鲁里亚"，与之相反，她还可能是目前了解最透彻的前罗马
时期的意大利文化。

相比那歌唱的万物
并非全是鸟儿 － 还有心灵 －
和风 － 和微光
当它们所歌唱的尚未平息
谁关心一只蓝鸟的曲调 －
为何，复活需要等待
直到它们移开石头 －

J1531（1881）/ F1552（1881）①

在遗忘的潮汐上有一个桥墩
抹不掉的"少许"冲刷其上 －
不 － 它们自行漂浮 － 名声没有臂膀 －
仅一丝微笑 － 贫瘠香膏 －

另一版本：

在遗忘的潮汐上有一个桥墩
抹不掉的"少许"散落在那里 －
散落 － 我说 －
将它们肩并肩安置
很多无法找到
当所有的死去 －

J1532（1881）/ F1553（1881）

从所有的囚笼男孩女孩

狂喜地跃出 －
心爱的唯有下午
牢房关不住 －

他们吵翻地闹翻天，
永远兴奋的暴徒 －
啊 － 那皱眉应慢慢等待
面对如此敌手 －

J1533（1881）/ F1554（1881）

在那特别的枕上
我们的事业飞逝 －
黑夜惊人的明晨
是睡眠继续存留
还是将我们 － 一位陌生客 －
引向新处境
努力适应
是灵魂能做的全部 －

J1534（1881）/ F1195（1871）

社交于我乃苦痛
因为你的馈赠 －

J1535（1881）/ F1555（1881）

捆缚太紧的生命逃逸

疾跑不息
小心回看
缰绳的幽灵 —
马儿嗅到青草香
看见牧场笑
枪响一声僵住
仿佛中弹 —

J1536（1881）/ F1560（1881）

有一种警告来临如密探
一次白昼稍短的呼吸
一次并不隐秘的偷窃
夏日逝去 —

J1537（1881）/ F1608（1883）

坦白 — 我的淡友 —
不要再来戏弄我 —
没药、摩卡，是头脑中的
邪恶 —

J1538（1882）/ F1569（1882）

追随英明的俄里翁
直到你眼花 —
目炫地撤退

他依然高悬 －

J1539（1882）/ F1575（1882）

现在我将你放倒沉睡 －
我祈祷我主保存你这抔尘土 －
如果你在醒前就已存活 －
我祈祷我主塑造你的灵魂 －

J1540（1865）/ F935（1865）

像忧伤一样难以觉察
夏日悄然远去 －
最终太过隐秘
不像是背信弃义 －
蒸馏出一份静谧 －
宛如黄昏早已降临 －
或者自然 － 独自
消遣幽静的午后 －
暮色提早降临 －
黎明异样闪耀 －
一位彬彬有礼 － 而又令人感伤
的宾客即将离去 －
就这样，没有羽翼
或龙骨的帮助 －
我们的夏日悄悄逃逸
进入美中 －

J1541（1882）/ F1576（1882）

无论圣者居住何方，
都会让四周美丽
请看何等浩淼的苍穹
陪伴一颗星星。

J1542（1882）/ F1572（1882）

来展示你达拉谟① 的胸脯
向那最爱你的她
甜美的知更 —
即使它不是我
至少在我的树上
海誓山盟 —
你的婚礼如此简短
也许更为英明
相比声势浩大的求婚 —
因为如此飞去
是我们的癖好
白昼相随 —

J1543（1882）/ F1573（1882）

只要我们自己的地盘
无论身处何境 —
正是基督自己个人的宽广

---

① 达拉谟（英格兰一郡及其首府名）；一种产自该地的有短角肉牛。

使他从坟墓中复生 －

J1544（1883）/ F1609（1883）①

谁没有发现天堂 － 在下界 －
在上界也同样无法找到 －
因为天使与我们毗邻而居，
无论我们移居何处 －

另一版本：

谁没有在下界发现天堂，
在上界也同样无法找到 －
上帝与我毗邻而居，
他的陈设是爱。

J1545（1882）/ F1577（1882）

圣经是宗古卷 －
由逝去的人写成
遵照圣灵的指引
主题 － 伯利恒
伊甸 － 古老的家园 －
撒旦 － 准将 －
犹大 － 大叛徒 －
大卫 － 行吟诗人 －
原罪 － 一个著名的险境

---

① 本诗约翰逊版与富兰克林阅读版均收录第一个版本。

其他人必须抵抗 —
"信奉的"男孩非常孤独 —
其他男孩"迷失" —
如果这故事婉转讲述 —
所有的男孩都会前来 —
俄尔浦斯的布道迷人 —
它却从不谴责 —

J1546（1882）/ F1568（1882）

心之甜蜜的海盗，
并非海上的强盗 —
什么令你失事？
某一香料的叛变 —
某一精油的不忠？
相信我 —

J1547（1882）/ F1493（1879）

希望是个狡猾的贪吃鬼 —
他以美妙为食 —
然而 — 仔细审视
又是何等节制 —
他的餐桌清静 —
只一人可坐 —
无论吞没多少
同一数量犹存

J1548（1882）/ F1578（1882）

无意的邂逅，
有意的徘徊 −
百年一遇
如此神圣的错误
由命运签署，
然命运老矣
吝惜福佑
如迈达斯贪恋黄金 −

J1549（1882）/ F1579（1882）

我的战争都埋在书里 −
仅剩一场战役 −
一个敌人还未谋面
时常把我窥视 −
徘徊于我和
周遭的人间
最终选定那最好的 − 忽略我 − 直到
其他人都已死去 −
如果谢世的老友没有将我遗忘
该是多么甜蜜 −
只因人生七十
玩伴稀少 −

J1550（1882）/ F1580（1882）

太阳的款式

只适合他自己
光辉必须要有一个圆盘
才能成其为太阳 －

J1551（1882）/ F1581（1882）

那时 － 那些垂死之人，
知道他们的去处 －
他们去往上帝的右手边 －
如今这手已被截去
上帝也无从寻找 －
信仰的退位
使行为渺小 －
有一星磷火
也比黑暗无光美好 －

J1552（1882）/ F1582（1882）

在你的坟墓里！
哦不，而是以其他飞翔的方式 －
你只是走向人类
以晚安将其撕裂 －

J1553（1882）/ F1583（1882）

极乐是孩童的玩物 －
成人的隐密

少男少女神圣的秘密
指责它，若我们可以。

J1554（1882）/ F1584（1882）

"去把它讲述" － 什么消息 －
对谁 － 详细说明 －
不是低诉 － 也非爱慕 －
我们纯粹 － 只是服从 －
听从 －一种诱惑 －一种渴望？
哦自然 － 并非如此 －
而是律法 － 可爱的塞莫皮莱 ① 说
我给予我临终的吻 －

J1555（1882）/ F1585（1882）

在得知之前我已把他摸索
以庄严的莫名需要
所有其他富足顿成谷糠
为这预示的食物
尽管他人尝过鄙夷嘲笑 －

---

① 塞莫皮莱（希腊东部一多岩石平原）：波斯军两次远征希腊，均遭失败，但并未就
此罢休。新即位的国王薛西斯一世继承先王的遗志，积极扩军备战，准备更大规模
的远征。希腊人为抗击波斯再次入侵，于公元前 481 年结成以斯巴达和雅典为首的
有 30 多个城邦参加的军事同盟，推举拥有强大陆军的斯巴达为盟主，组建希腊联
军，准备迎敌。著名的"斯巴达三百勇士"的故事就发生在此战役中。塞莫皮莱的
价值不在于得到或丢失多少土地，也不在于有多少人被杀或被俘获，而在于它的精
神。长眠于塞莫皮莱的斯巴达人和泰斯庇斯人告诉了希腊和全世界一个不朽的真
理：在面对强敌侵犯时，勇气是多么的重要！

我却暗想
一旦圣化它该是
成长唯一的食粮

J1556（1882）/ F1586（1882）

光的形象，永别 －
感谢这次会面 －
如此长 － 如此短 －
全体的导师 －
同时代的红衣主教 －
传授 － 离去 －

J1557（1882）/ F1587（1882）

若他生活在其他任何世界
我的信仰都不能回应
不待急切追问
对我一切一目了然 －

J1558（1882）/ F1588（1882）

对于死亡我试图想成这样，
他们安放我们的那口井
只不过与那条小溪相像
恐吓而非要将我们杀死，
只是借助那种惊惶

一种甜蜜的热情来邀请
去往同样的花之西方，
引诱只是为了向我们致敬 －

我清楚地记得在小时候
和一些更胆大的玩伴浪游
一条小溪看起来像是大海
它咆哮着让我们远离
对岸的一丛紫色花
直到被迫去把它抓住
如果厄运本身也是这结果，
最胆大的一跃而起，抓住了它 －

J1559（1882）/ F1589（1882）

被你不断审问最终判决
允许我暂缓
在临死时我可赢得这注目
为这我停止去活 －

J1560（1883）/ F1601（1883）

被你遗忘
胜过被他人
记住
心无法遗忘
除非它沉思
它拒绝之物

于是注视着我
从湮灭中升起
仅一次
被记住 －
应该被遗忘
我低微的声望

J1561（1883）/ F1596（1883）

一年到头没有一位准将
如松鸦这般具有公民神态 －
既是邻居也是战士
怀着高亢的喜悦
追逐谴责我们的寒风
在二月天，
这宇宙的兄弟
从未被吹跑 －
雪花和他亲密无间 －
我常看见他们嬉戏相伴
当天空注视着我们
严厉阴森
我感觉该向
受辱的天空致歉
它高傲的蹙额却助长
松鸦的大胆 －
这无畏的头颅高枕
尖刻的万年青 －
他的食橱 － 简洁好斗 －
莫名 － 提神之物 －

他的个性 － 一剂补药 －
他的未来 － 一场争论 －
不公的永生
将这邻人遗漏 －

J1562（1883）/ F1602（1883）

她的损失让我们的收获蒙羞。
她背负着生命的空行囊
英勇得好像东方
一直在她的背上摇晃 －
生命的空行囊最沉，
每个搬运工皆知 －
惩罚蜂蜜是徒劳 －
只会让它变得更甜 －

J1563（1883）/ F1611（1883）

借助寻常的天赋哽咽的言辞
人心被告知
空无 －
"空无"就是驱动
世界革新之力 －

J1564（1883）/ F1624（1883）

去与你的灵光相会，

唯独我们凄苦 －
缓慢跋涉神秘之河
而你却一跃而过！

J1565（1883）/ F1666（1884）

一些箭只是射杀它们击中之人，
这支箭却射杀了所有**除了他**，
如此粉饰他的逃脱，
太无迹可寻难觅一坟墓 －

J1566（1883）/ F1626（1883）

攀爬去够那些珍贵的心
为此他付出代价，
他打碎了它们，害怕惩罚
从尘世逃离 －

J1567（1883）/ F1623（1883）

心扉无数 －
我只能敲击 －
为一声甜蜜的"进来"
仔细倾听 －
不为拒绝沮丧
宴请我
在某处，那里存在，

至高无上 －

看她是幅画 －
听她是首曲 －
懂她是放纵
天真如六月 －
不懂她 － 折磨 －
有她为朋友
温暖近似阳光
闪耀你手心 －

钟表敲响一下
恰是敲了两下 －
数目上的一些分裂 －
创世纪中的懒汉
令钟摆失事 －

永远荣耀这树
苹果经冬耐寒
引诱两位加百列
昨晨前来就餐 －

在自然书中登记
知更鸟 － 父子 －
天使处事低调
遮掩显赫身份 －

J1571（1883）/ F1607（1883）

风多么迟缓 － 大海多么迟缓 －
它们的羽翼多么迟晚！

J1572（1883）/ F1619（1883）

我们死时穿着素衣，
但夏日，盛装像是为了过节
延迟她的叹息 －

J1573（1883）/ F1603（1883）

她向着光明的东方飞去，
天堂的弟兄们
接她回家
无需更换羽翼
或爱的日用之物
被引诱前去。

想象她现在的模样，

回望她过去的形象，
我们恍若梦中 —
这消解了那些日子
其间存在迷失
于家中无家。

J1574（1883）/ F1605（1883）

飞鸟无需扶梯只要天空
安置羽翼，
也无需糟糕的指挥棒
指摘歌唱。
极乐的器具很少 —
犹如耶稣说起他
"来我这里"那章
令天使翩飞。

J1575（1876）/ F1408（1876）

蝙蝠暗褐，翅膀皱褶 —
好像闲置物件 —
没有歌曲溢出他的唇齿 —
或者无人听见。

他的小伞离奇地半合
在空中划出弧线
看起来神秘莫测
叫哲学家兴奋异常。

委派自何等苍穹 －
蛰居于何等狡窟 －
授予了何等狠毒
所幸抵拒 －

对他娴熟的创造者
没少给予赞美 －
相信我，温良慈善，
他的怪癖 －

J1576（1883）/ F1627（1883）

精神长存 － 但以何种方式 －
在下界，肉体言说，
但当精神提供 －
分离，永不言语 －
小提琴上的音乐
从不独自呈现
而是与演奏臂挽臂，然而演奏
本身 － 不成曲调 －
精神在肉体中潜藏
如潮汐寓于海水
让水独居，分开
两者会如何？
它现在 － 是懂得 － 还是停止 －
当这一切完结，
在一个共同的日子重新开始
与未来的那个？

本能追问冷硬的心，
求索答案，
也许不幸，
或是极其腾达，
传闻的大门紧紧关闭
在我的精神播撒之前，
甚至预言的推敲
也无法引起半点注意 －

J1577（1883）/ F1621（1883）

晨曦属于所有人 －
对某些人 － 黑夜 －
对尊贵的少数 －
极光 －

J1578（1883）/ F1614（1883）

繁花会凋谢 －
蛋糕只新鲜一天，
但记忆如旋律，
粉红永远 －

J1579（1882）/ F1615（1883）

若被弃也不会察觉，
这英勇的小花 －

何妨成为一朵花
若有人践踏。

进，不会渴求 —
也无所谓绝望
那岂不是一位骑士，
敢于凋零在那里？

J1580（1882）/ F1595（1883）

没等它来我们就躲避，
害怕欢乐，
请求它延迟
又担心它飞走，
对它越来越着迷，
难道这不是
老求婚者天堂，
像我们对你一样惊慌？

J1581（1883）/ F1665（1884）

我听过的最远的雷声
也比天空要近
而且隆隆依旧，尽管灼热的正午
已将它们的导弹存储 —
雷鸣前的闪电
没击中任何人除了我 —
但我不会用这霹雳

来换取余生 －
受氧气的恩惠
很高兴能偿还，
而非出于
对电的义务 －
它建立家园装扮白昼
每一次明亮的喧哗
不过是闪亮伴随
伏击的光 －
思想宁静如雪片 －
碰撞没有任何声响，
生命的回响如何
找到它的阐释 －

J1582（1883）/ F1610（1883）

玫瑰不敢前去的地方，
什么样的心将在那里冒险，
于是我派出红色的侦察兵
去刺探敌情 －

J1583（1883）/ F1612（1883）

巫术被吊死，在历史里，
但历史和我
发现我们需要的所有巫术
每天，都把我们环绕 －

J1584（1883）/ F1625（1883）

宏阔不能丢失 —
欢乐也不能，但天命
乃神性 —
他的景象，无限 —
其传说的大门关闭如此之紧
在我的光束播种之前，
甚至预言的推敲
也不能引起半点注意 —

你开启的世界
对你关闭，
但并不孤单，
我们都会追随着你 —
逃得更慢些
去往你的光辉之地 —
帐篷正在倾听，
但军队已离去！

J1585（1883）/ F1556（1881）

鸟儿准时把她的音乐携来
搁在它的地方 —
即人们的心底
沐浴天恩里 —
从她颤动的劳作中
美曾多少次暂歇 —
但工作也许是令人激越的憩息

对于那些奇迹创造者 —

J1586（1883）/ F1617（1883）[①]

她那被讥笑的家
夏日的野草返回 —
不知自己身份低微
以及耻辱名声 —
赠予整个夏日
摇曳的小花 —
然后轻轻掠过鄙夷
犹如淑女离开亭台 —

极乐的规则很少 —
犹如耶稣援引他 —
"来我这里"那章
令天使翩飞 —

J1587（1883）/ F1593（1882）

他吞饮珍贵的词句 —
他的精神逐渐强健 —
他知自己不再贫困，
躯体也不再是尘土 —

他与暗淡的时日共舞

---

① 最后一节与 J1574/F1605 大体相同。

这羽翼的遗赠

不过是一本书 － 何等自由

一种松绑的精神带来 －

J1588（1883）/ F1616（1883）

这个我 － 走着忙着 － 定会死

某个晴好或风暴的日子 －

也许困厄不幸

或者极其辉煌

传闻的大门紧紧关闭

在我的精神诞生之前

甚至预言的推敲

也无法引起半点注意 －

J1589（1883）/ F1592（1882）

世界公民无须请求

飞落每块陆地

对天堂的颂扬

来自我手心的这些

他们斑驳的旅程 － 对他们自身

一种美丽的补偿 －

轻叩即会开启

乃他们的神学

J1590（1883）/ F1604（1883）

秃树对访客说
不在家 －
软帽四月方到 －
祝君日安 －

J1591（1883）/ F1620（1883）

食米鸟已走 － 草坪上的喧闹者 －
如今无人趾高气扬除了我 －
长老会的鸟儿可以重聚
他欢快地打断那流溢的白昼
以苦痛的方式开启安息日
他躬向天庭而非尘寰
高喊让我们祈祷 －

J1592（1883）/ F1613（1883）

沉思默想的闲散
产生力量 －
这是精神的寂静假日
令其更新 －
梦想落实在行动中
何等勇气韬略

J1593（1883）/ F1618（1883）

一阵风来如号角 —
颤栗着穿过草丛
一股清凉在炎热中
如此不详地掠过
我们赶紧关上门窗
如同躲避一个绿鬼 —
厄运的鹿皮电鞋
在那瞬间通过 —
踩过喘息树上怪异的暴民
栅栏纷纷逃窜
房屋所在的河流奔腾
他们注视着那些生灵 — 那一天 —
尖塔上的钟声疯狂
把飞奔的消息传告 —
有多少能来
多少会去，
还有多少停留这个世界！

J1594（1883）/ F1628（1883）

囚禁在天堂！
何等牢房！
让每一种奴役成为，
你最甜蜜的宇宙，
像是令你心驰神往！

J1595（1884）/ F1638（1884）

高声喧哗的水流无人惧怕 −
但那静水
是自然界中最致命的
渊薮 − 它们满盈 −

J1596（1884）/ F1639（1884）

少，却足够，
足够是一 −
对那轻灵的群体
难道我们无权
悄悄属于?

J1597（1884）/ F1631（1884）^①

并非那摇摆的身影我们思念 −
而是那颗坚定的心，
它已跳动了千年，
唯有爱令其倾心 −
它的热情是电动的桨，
带它穿越过坟墓 −
我们自己，被拒了这特权，
没有任何安慰地推测 −

------

① 此诗为纪念洛得法官而作，洛得法官于 1884 年 3 月 13 日去世。

J1598（1884）/ F1640（1884）

谁在我夜的枕边寻觅，
以其素来探究的脸 —
问询，"是你"抑或"不是你" —
是"良心"，儿时的保姆 —

以霸道的手她轻抚我的长发
我的头畏缩 —
"所有"坏蛋"应领受"那 —
神的磷光 —

J1599（1884）/ F1641（1884）

尽管大洪水沉睡，
它们依然深邃，
我们不能怀疑，
不是犹疑的上帝
点燃了这居所
以便把它扑灭 —

J1600（1884）/ F1663（1884）

小鸟飞身上鞍
掠过丛林万千
在免费的篱前
他的遐想恣肆
然后扬起歌喉
尽情挥洒一曲
宇宙偶然听到

心醉神迷 一

J1601（1884）/ F1675（1885）

我们向上帝乞求一个恩惠，
让我们可以得到宽恕 —
为什么，想必他应该知道 —
罪行，瞒着，我们 —
囚禁整个生命
在一座魔狱中
我们责难幸福
太过与天堂争竞 —

J1602（1884）/ F1664（1884）①

追逐你在你的转变中，
在别样微尘 —
有别样神话
你的要求是。
棱镜从不拘束色彩，
只是听任嬉戏 —

J1603（1884）/ F1662（1884）

离开我们所知的世界
去往好奇的地方

---

① 富兰克林阅读版没有第一行，第二行中的标点符号为"，"。

就像孩子面临的困境
前方是座山岗，
山后充满魔幻
一切扑朔迷离，
但这神秘能否补偿
爬山时的孤寂？

J1604（1884）/ F1643（1884）

我们派遣波浪寻找波浪 －
使命如此神圣，
信使也欣喜若狂，
乐而忘返，
我们进行英明的分辨，
仍然白费力气，
筑坝围海的最佳时机
是当海水消退 －

J1605（1884）/ F1634（1884）

我们失去的仍占据我们一角；
一钩新月依旧留连，
就像，某个浊雾的夜晚，
月亮被潮汐召唤。

J1606（1884）/ F1632（1884）

异常虚空，异常静寂，

知更鸟锁上巢扉，舒展羽翼 －
她不知路途
却推出太空船
为**传闻**中的春天 －
她不渴求正午 －
她不渴求恩赐 －
无食无家，但求 －
她失去的侣伴 －

J1607（1884）/ F1633（1884）

在那小小的蜂房
这些蜂蜜隐隐
让现实似梦
而梦，现实 －

J1608（1884）/ F1680（1885）

猜测的狂喜，
是已收讫的福佑
如果天恩能言 －

J1609（1884）/ F1644（1884）

日落遮蔽又显现 －
强化了我们所见
通过紫水晶的恫吓

和神秘的沟壑。

J1610（1884）/ F1645（1884）

晨曦，只来一次，
思忖再度降临 —
双重黎明在一个清晨
让生命顿时珍贵 —

J1611（1884）/ F1677（1885）

他们斑驳的强求
贬抑或敷衍 —
礼节上的非难
是对狂喜的废弃 —

J1612（1884）/ F1646（1884）

别离的拍卖商
他的"拍卖，拍卖，成交"
叫喊甚至来自十字架，
他的锤子击落 —
他只拍卖荒野，
绝望的价格
回响于一颗孤独的心
到两颗 — 不再多 —

J1613（1884）/ F1661（1884）

不是疾病玷污勇者，
也不是飞镖，
也不是对这情景到来的疑虑，
而是一颗涣散的心 －

J1614（1884）/ F1667（1884）

不情愿与你分离，
尽管我们从未相遇，
心有时是一位陌生客
忆起它所遗忘 －

J1615（1884）/ F1669（1884）

哦，此乃何等天恩 －
宁静多么庄严 －
那正领受的
美好 － 紧随而至的正义
没有削减势头！

J1616（1884）/ F1571（1882）^①

谁放弃了潜藏

---

① 本诗与 J1525/F1571 相似。

并走过暮色的大道
如今对着他淡薄的名姓
那里立着一个星号
像我们一样对他充满信心 —
我们固若金汤 —
整个的永生
隐藏于一颗星星 —

J1617（1884）/ F1629（1884）

要试着说出，却无能为力
诉诸迷濛泪眼，
是感恩甜蜜的贫乏 —
他的衣衫褴褛 —

若他有件更好的外衣
能够帮他隐藏，
而非克制，这反抗者
其头衔是"灵魂 — "

J1618（1884）/ F1637（1884）

有两种可能
随之一种必然
然后一个应该。
多么无穷的妥协
表明我将！

J1619（1884）/ F1647（1884）

不知黎明何时到来，
我敞开每一扇门，
是否它有羽毛，像只小鸟，
或是巨浪，像片海岸 －

J1620（1884）/ F1636（1884）

圆周，你敬畏的新娘
占有的你应为
每一胆敢觊觎你的
神圣骑士 － 所拥有

J1621（1884）/ F1648（1884）

花儿不会惊扰她，它的脚如此娇小，
然而若是你比较那鞋檀，
她的靴子最小 －

J1622（1884）/ F1599（1883）

一只琥珀色的单桅船飘然而逝
在以太海上，
平静中一名紫色的水手遇难，
迷狂的儿郎 －

J1623（1885）/ F1642（1884）①

世界因那离去而赤贫
乞求零碎布头
但生计源自精神
众神只不过是废物 —

另一版本：

世界因他的离去而赤贫，
乞求小小的系统，
但天空不是他的同伴 —
星星只不过是废物 —

J1624（1884）/ F1668（1884）

显然没有任何惊奇
对任何幸福的花儿
寒霜在它嬉戏时将其斩首 —
以偶然的力量 —
这白色的刺客挺进 —
太阳依旧漠然
丈量出另外一天
为一位赞许的上帝。

J1625（1884）/ F1649（1884）

从那热忱的坟墓我把你拽回

艾米莉·狄金森诗歌全集

他不会再拉你的手
也不会用宽阔的臂膀把你抱
而那无人能够理解

J1626（1884）/ F1594（1882）①

没有生命可以朴素无华地离去 —
最平凡的人生
也走向同样的盛典
与这里被盛赞的相同 —

这个秘密多么热诚！
那殷勤好客的枢衣
开朗地召唤"来这边" —
一种为所有人的奇迹！

J1627（1884）/ F1650（1884）②

蜂蜜的家谱
蜜蜂并不关心，
迷狂的血统
不会延误蝴蝶
攀登巅峰的光亮旅程
探索某些无法感知的事物 —
通往的黎波里的正道
才是更为基本的事情 —

---

① 富兰克林阅读版第一行为：朴素无华，没有生命可以如此离去。
② 此诗约翰逊版收录两个版本，推测创作时间均为 1884 年，富兰克林阅读版收录的
　 是第二个版本。

917

另一版本：

蜂蜜的家谱
蜜蜂并不关切 —
一朵红花草，任何时候，对于他，
都是千金小姐 —

J1628（1884）/ F1630（1884）

醉汉无法碰到瓶塞
不存幻想 —
遇见苍蝇亦然
这一月天
牙买加的记忆撩人
让我萦绕徘徊 —
欢快的温和饮者
配不上春天 —
薄荷酒，部分在瓶中
更多在畅饮 —
你品酒的行家
咨询大黄蜂 —

J1629（1884）/ F1635（1884）

箭矢眷恋他的心 —
忘了使那里疼痛
而毒液他误认是香膏
鄙视令那里疼痛 —

艾米莉·狄金森诗歌全集

J1630（1884）/ F1651（1884）

犹如轻盈的气球对大地
别无所求唯释放 —
飞升为其所是，
扶摇直上，驻停。
精神俯视尘土
曾被久久拘留
带着义愤，
犹如鸟儿
被骗去它的歌。

J1631（1884）/ F1652（1884）

哦，未来！你隐秘的宁静
或隐蔽的苦痛 —
是否没有恩慈的迂回路径
能从你那里离开 —
所有历程中没有绕行的圣贤
被狡猾的人看到
以阻止你神圣的劫掠 —
直驱你的老巢 —

J1632（1884）/ F1653（1884）

那就把我交还给死亡 —
死我从未畏惧
除非它将你剥夺 —

如今，是被生命剥夺，
我在自己的坟墓呼吸
并估量它的大小 −
它的尺寸是地狱所能猜出的全部 −
以及天堂的所有 −

J1633（1884）/ F1654（1884）

仍然拥有你 − 仍然你的艺术
被外科医生称之为活着 −
尽管滑向 − 滑向 − 我感觉
去往你从未报告的坟墓 −
我该抓住哪个问题 −
从你那里挤出什么答案
在你真的缓缓汇入
没有回忆的海之前？

J1634（1884）/ F1655（1884）

不要和我谈起夏树
心灵的叶片
鸟儿的帐篷
无形的居所
正午的凉风从那儿
奔赴它们空灵的家
其号角召唤我们中的极少数
去往无法描述之境

J1635（1884）/ F1670（1884）

松鸦敲起他的响板
戴上你的手套好过冬
无视警戒的披肩
是对自然无礼

黝黑的日子他已结束
他的莲饰栗色
蟋蟀抛下黑色诗行
不再出现你面前

J1636（1884）/ F1656（1884）

太阳驭马西天
悄无声息
犹如尘寰路上车夫
灵巧扭转
紫水晶车辕

J1637（1885）/ F1674（1885）

触及你是否太迟，亲爱的？
我们此刻才得知 －
爱海洋爱陆地 －
也是爱天堂 －

J1638（1885）/ F1673（1885）

走你的大道！
你所遇到的星辰
如你一样平稳 －
因为所谓星辰不过是
指引人生的星标？

J1639（1885）/ F1672（1885）

信就是尘世的欢乐 －
遭到诸神弃绝 －

J1640（1885）/ F1671（1885）

拿走我的一切，只留给我狂喜
而我更加富有，赛过我所有同胞。
居住得如此豪奢是否适宜
当我门前那些拥有更多之人，
身陷赤贫？

J1641（1885）/ F1657（1884）

与正义联姻也许
是一种谨慎的迷醉
但自然偏爱粉红
她被教导的品位 －

J1642（1885）/ F1681（1885）

"红海，"真的！不要对我说
紫色法老 −
我有西天海军
会将其队伍击溃 −
毫不掩饰，灿烂辉煌
全部顺沿海岸线
它是，不是，舰队 −
它是，不是，神圣 −
眼睛太息着探询
大地如此辽阔 −
伤痛中多少迷狂 −
疲惫时何等美酒！

J1643（1885）/ F1682（1885）①

赞颂你 − 若我能？那么我会
不寻求新奇表达 −
仅只最真的真理
你只应天上有 −

看见你即是明证
我们是在天庭
分享你的保证
关于不朽

---

① 本诗富兰克林阅读版第一行问号为 " − "，第二行行末不加 " − "，第三行为：仅
只这华美 − 断言 −

J1644（1885）/ F1678（1885）^①

有人准备了这盛大演出
无需门票即可前往
国人与时日 —

在最简朴的门前展演
所有人都可见证它，甚至更多，
夏日的浮华

J1645（1885）/ F1679（1885）

沟渠亲切对于醉汉
这岂不是床 — 他的支撑 — 他的豪宅 —
他垂下的头颅多么安谧
在她脏乱的圣地 —
其上是天空 —
遗忘将他笼罩
荣耀却逃之夭夭 —

J1646（1885）/ F1683（1885）

我们为何匆匆 — 到底为何？
当每一条道路皆飞尽
我们同样被永生
袭扰。
猜测无法缓解

---

① 富兰克林阅读版第五行为：所有人都可检视它们 — 甚至更多。

一旦开始
尽管辛劳处处
冷漠的不确定性
困扰眼前
这强大的黑夜 —

J1647（1886）/ F1685（1886）

荣光一丝也没有留下
除了她永恒屋宇 —
星号代表死者，
生者，繁星满天 —

J1648（1886）/ F1684（1886）

她给予的永生
我们借自她的坟墓 —
只为一声喝彩忍饥挨饿，
人类爱的力量 —

J1649（？）/ F1735（？）

一顶铅帽悬挂天空
严厉阴沉之状
我们无从寻觅威严面孔
身形已然隐遁 —

寒意袭来如箭矢
正午顿成源泉
雷霆风暴相伴魔咒
来自寒冬地狱

J1650（？）/ F1741（？）

一道金黄引领
注目紫色树林
那里温柔居民
超越孤清
是否飞鸟打破沉寂
或者山花擅自绽放
在那西天低矮长夏
无从知晓 －

J1651（？）/ F1715（？）

成肉身的字很少
颤抖着分享
也许当时并未传扬
但如果我没弄错
我们每个人都已品尝
带着秘密的狂喜
正是这食物与我们
独特的力量争论 －

一个明显呼吸的字

没有力量去死
凝聚如精神
它也许可以死若他 －

"成肉身并住在我们中间"
如果屈尊俯就能像
这语言的顺从
这可爱的文字学

J1652（?）/ F1736（?）

前行是生命的状态
坟墓只是中转
假定为终点
令其如此讨厌 －

隧道没有点亮
存在伴随高墙
也总胜过
根本就不存在 －

J1653（?）/ F1723（?）

如同我们经过房舍暗暗思忖
是否有人居住
心灵路过心灵
是否有人居住

J1654（？）/ F1687（？）

美簇拥着我直到我死去
美怜惜于我
但若我今日消亡
请让它垂青于你 －

J1655（？）/ F1739（？）

正与我自己商讨
我的陌生客消失
尽管起初在一颗肥美的浆果上
神奇地享用
我的忧虑看起来何其无益
我的行为何等荒诞
毫无必要我的整个事业
相比这悠游小鸟

J1656（？）/ F1721（？）

顺沿亘古的时间之流
没有一只船桨
我们被迫启航
港口未知
偶有狂风
哪位船长会
遇险

何等海盗会出没
没有风的担保
或潮汐的计划 －

J1657（？）/ F1734（？）

伊甸园是那座老屋
我们每日居住
从不怀疑这居所
直到我们驰去

回顾那天多么美好
我们信步门外
不知不觉归返
却发现家园不再

J1658（？）/ F1688（？）

威胁它，那需求
为船票而一声叹息
震惊信誉的
谦卑 －

恢复到自然
而那沮丧的舰队
发现恐怖的狂欢
剥去其肉

J1659（？）/ F1702（？）

名声是变幻的食物
在流动的盘子里
其餐桌一次一位
客人却不会
再次坐定

其碎屑乌鸦们检视
伴着讽刺的叫声
拍着翅膀越过飞向
农人的谷仓 —
吃了它的人，死去。

J1660（？）/ F1700（？）

荣耀是那光亮悲情之物
仅只一瞬
意味威赫
温暖某个可怜名姓
从未领受太阳
悄悄取代
以湮灭 —

J1661（？）/ F1717（？）

我要接待的客人
照亮我北部的房间
为什么如此不乐意遭逢诚挚

其他的朋友推延
其他的盟约取消
为什么擦肩避开
我的忠诚 —

J1662（？）/ F1711（？）

他昏睡着走过沉寂的路途
去往臆测的客栈 —
在破晓时分启程
或是驻留 —

J1663（？）/ F1730（？）

他心中之人，秘密铸成
我遇见时震惊
他带着圆周
我无缘其中

即便我自以为知悉
他知其实不然
顽固无从探询
无论多么邻近 —

J1664（？）/ F1708（？）

我没有抵达你

但我的双脚每天都向你奔去
还要穿越三条河一座山
一片大漠一方海
当我与你诉说
我不会细数一路行程。

两片沙漠，但岁月严寒
这会改善沙况
一片大漠已被穿越 —
而那第二个
将会感觉像土地一样凉爽
撒哈拉不值一文
为付偿你的右手。

海洋最后来到 — 迈着欢快的，脚步
如此短的行程
我们可以一起游玩
但是现在我们必须劳作
最后的负担一定最轻
在我们必须抽取的签中

太阳走着弯路 —
那是黑夜
在他转弯之前
我们必定越过了中海 —
我们几乎希望
终点更加遥远
它显得太过伟大
全体站立得如此之近

我们迈步酷似长毛绒

我们站立宛如白雪

流水发出新的呜咽

三条河流一座大山已然跨越

还有两片沙漠和一方海洋！

如今死亡攫取我的酬金

并得以窥视你的容颜 －

J1665（？）/ F1704（？）

我知道坟墓中的人们

会非常高兴

得知我今夜所获消息

若他们拥有这机会

恰是它扩大最渺小的事件

膨胀最卑微的行为

我权利行走大地

若他们此刻拥有

J1666（？）/ F1695（？）

我看你更清为坟墓

将你脸呈现

没有明镜能够照亮你

如这冷硬石头 －

我懂你更深为行动
让你最初无名
空空巢穴高置
证明鸟儿已去

J1667（？）/ F1710（？）

我盯着她的脸以发现以哪一种方式
她接受那可怕的消息
是她在听到之前死去
还是在蔓延的瘀伤中
和我们苟延残喘在一些缓慢的岁月
每一种都比那最后的更为沉重
一个更遥远的下午颓败
犹如霜降后的花 —

J1668（？）/ F1725（？）

若我能说出我有多高兴
我就并非如此快乐 —
但当我不再积聚力量
也不再铸炼成词
我知其是征兆
那新的困境
距离数学远过
永恒

J1669（?）/ F1714（?）

你从雪中来
你应与回春的土地
乌鸦甜蜜的嘲弄
欢笑渐次高亢的声音同行

你从恐惧中来
该以这样欣悦的姿态行走
那人重新开启生命
在你的深处 －

J1670（?）/ F1742（?）

冬天我在房中
遇见一条小虫
细长，温暖，粉红 －
因为他是一条小虫
虫子们认为
无法和他一起在家
用一条细绳把他系在
某个邻近物上
任其自生自灭 －

此后过了不久
一件怪事发生
耳闻我不会相信
口说让人胆战心惊

一条蛇长着罕见花斑
窥视着我寝室地板
形如先前小虫
但却别具雄风

那条我先前
扎他的 — 细绳
当他如今卑鄙下流
依然还在那里 —

我畏缩着 — "你多帅啊"！
安抚之爪 —
"怕"他嗞声道
"我啦"？
"不真诚" —
他看穿了我 —
然后按一种纤细节奏
隐于他的形体中
犹如游泳的姿势
探出他自身。

我连忙跑开
眼睛依然瞥向他处
唯恐他来把我追
一直不停地奔跑
直到进入远方的一座城
离家已隔数城之遥
我才坐下歇口气
这是一场梦 —

J1671（？）/ F1707（？）

审判最为公正
当受审者
行为存贮
每一个圆盘剥夺
只剩真诚

荣耀是最安全的色泽
作为谥后的太阳
没有任何色彩能够承受
若灼灼逼视。

J1672（？）/ F1698（？）

款款步出一颗黄星
去往巍峨之处
月亮松开她的银帽
从她清朗的脸上
整个夜晚柔光照耀
宛若一座星际大厅
父啊，我注目天堂
你遵时守约 —

J1673（？）/ F1722（？）

自然无可再做
她已完成点染

无论何花未能绽放
在其他夏日时光
她的新月偿还
若寄其他夏日
自然威严的否定
取消机会 −

J1674（？）/ F1738（？）

没有丁点阳光的色调
从任何炽热的区域
找到那里的入口
通向人性的归宿
和知更鸟的近旁
一个香脂的坟墓
胜过一个巨大的坟茎
对着阴郁宣告
我们是多么死寂 −

J1675（？）/ F1692（？）

此乃白昼所含
一个清晨一个正午
一场无法言说的狂欢
而后一种莫名的欣悦
其浮华蛊惑又摒弃
赋予又剥夺
而对荣耀的吝惜

无可挽回地离去

J1676（？）/ F1733（？）

天边外一片金黄
在精粹的黄色中金黄裁出
直到橙黄染上朱红
其接缝无法认出 —

J1677（？）/ F1743（？）

我的火山青草繁茂
一个沉思的地点 —
可供小鸟选择之处
会是寻常想法 —

底下火石通红
草皮多么不安
若我透露
会使惊惧充满我的孤寂

J1678（？）/ F1699（？）

危险作为一种财富
承担有益
危机瓦解餍足
所存根基 —

导致敬畏
清理人性褶皱
纯净如火

J1679（？）/ F1718（？）

宁可欢乐贫乏
若满足累积
修炼节制的狂喜
不如欣悦 －

但销魂的耗费
切不可招致
明日敲门
租金未付 －

J1680（？）/ F1727（？）

有时用心
很少用灵魂
更少以力量
几乎没有 － 爱

J1681（？）/ F1694（？）

言辞是情感表征
而沉默 －

最完美的交流
无人听见

存在与其担保
内里掩藏 —
瞧，使徒说
却无所见！

J1682（？）/ F1693（？）

夏日显露一种神采
品味醉人书卷
不情愿却必定察觉
韵味在后面书页

秋意可以揣摩
从浮云似帽
或披巾色深
包裹永恒山峦。

眼睛开始贪婪
幽思渐欲无言
远树织工点染
重启绚烂繁华。

结论自是当然
几乎年年如此
随即脱离常规
忆起不朽 —

J1683（？）/ F1716（？）

她忘了我最少
我感到第二次疼痛
我理应被遗忘
这总萦绕我心。

忠实乃我唯一可以夸口
但节操变得
对她而言，因她的无名
近乎耻辱。

J1684（？）/ F1690（？）

犯错误在预料之中
永恒就在那里
我们说仿佛在一个车站
同时他是如此之近
他加入了我的漫游
与我一起同住
我没有朋友如此执着
宛如永恒

J1685（？）/ F1701（？）

蝴蝶获得
很少同情
尽管被亲切提及

在昆虫学中 —

因为他自由旅行
衣装得体
谨饬之辈断定
他行为放荡

若只平常纹饰
谦卑勤勉
更适合代言
不朽 —

J1686（？）/ F1724（？）

这事就径直尾随他
然而他却猜不到
对他合身如长袍
玩味他的无知
驱动自己挖孔
装载并填平
让他的肉体
远离灵魂几个世纪

J1687（？）/ F1686（？）

英勇行为的一线微光
如此奇异照亮
可能之缓慢引线
被想象点燃。

J1688（？）/ F1728（？）

群山抬起紫色头颅
河流屈身探看
然而人却没有众生
这般好奇

J1689（？）/ F1731（？）

你的面容，像什么
是否有手有脚
或者身份的大厦
你的追求为何？

领域或主题是否你的同伴
你是高兴或害怕
还是渴望－那是为我们
还是更为有价值－

让变化渗透所有其他特性
承担所有其他的指责
但赐予这最微末的证书
你应该毫无二致－

J1690（？）/ F1697（？）

消失的又回返
燕雀和乌鸦

艾
米
莉
·
狄
金
森
诗
歌
全
集

恰如三月所闻
松鸦的清脆 －
此乃秋还是春
我的智慧迷惘
一边坚果成熟
一边是五月。

J1691（？）/ F894（1865）[①]

赶不上那些
已经完成死亡之人
庄严对我而言
超出世上所有。

灵魂把她的"不在家"
篆刻在肉体上 －
迈着娴雅空灵的步态
超越了触摸的希望。

J1692（？）/ F1726（？）

死的权利也许被视为
无可争议
尝试它，对立的
宇宙就会
集合它的人马 －

---

① 富兰克林阅读版第二、四行末加"－"，第六行行末为"，"，最后一行为：越过了
触摸的律令。

你甚至不能死
自然和人类定会驻足
把你谛视 —

J1693（？）/ F1709（？）

太阳隐向一片云中
大如女人的披肩
然后栖于一根猩红圆木
在水星中生气懊恼 —
汗珠立于自然的额头
满载的蜜蜂飞回家去
南方展开一把紫扇
把它递给碧树

J1694（？）/ F1703（？）

风撤退了
如一群饿狗
被抢了骨头
穿过火山云
的裂缝
金黄的雷电闪耀 —
树木举起
狂乱手臂
像一群受伤的动物
当自然撕扯她自身
提防一股南风。

J1695（？）/ F1696（？）①

有一种空间的孤寂
大海的孤寂
死亡的孤寂，但这些
尚算交际
若与那更为深沉的场所相比
即灵魂许给自己的
极地幽僻 —
有限的无限。

J1696（？）/ F1705（？）

这是驯鹿喜欢的日子
北极星盛装打扮
这是太阳的目标
一年中的芬兰

J1697（？）/ F1732（？）

他们言谈迟缓如传奇生长
没有蘑菇在头脑
但内容贫乏的枝叶
对风太过冷漠 —

他们大笑英明如幽默机智的情节
注定展开

① 此诗富兰克林阅读版没有最后一行。

要点与平淡的细节
自负的未透露

J1698（？）/ F1719（？）

临死时怜惜容易
若先前怜惜
会能拯救 —
悲剧已经上演
安全地鼓掌
悲剧正在发生
很少如此

J1699（？）/ F1729（？）

践行宽宏大量之事
让一个人的自我惊讶
若这个自我对他还不习惯
恰是欢悦妙不可言 —
不为宽宏大量之事
尽管这绝无人知
尽管一度耗费生命
是狂喜她自身不屑 —

J1700（？）/ F1689（？）

说出美会消减

陈述魅力贬抑

有无言之海

此乃其标志

我会竭力描述

失败，却欢愉

欣喜如获遗产 —

内省的金矿 —

J1701（?）/ F1744（?）

他们屋宇的深处

没有粗鄙能够潜入

这居所免受打扰

除了上帝 —

J1702（?）/ F1706（?）

今日或曰今天中午

她住得如此之近

我几乎触摸到她 —

今夜她躺着

超越了邻居

树枝和尖塔，

此刻超越了猜度。

J1703（?）/ F1740（?）

在她弥留的房间

听见钟表嘀嗒是种安慰 —
有风大胆地走来并敲门
是种短暂的解脱 —
听见孩童的嬉戏
转移了死亡的主题 —
但是这些可以活
而我们的这一位却必须**死**
显得更加无理。

J1704（？）/ F1745（？）

对于一颗破碎的心
任何人不许进入
除非有最高的特权
它自己也曾深受其苦。

J1705（？）/ F1691（？）

火山在西西里
和南美
据我的地理判断
火山更近于此
熔岩随时会喷发
若是我想要攀爬
维苏威的火山口
我可在家凝视

J1706（？）/ F1737（？）

当我们不再在意
礼物给予
为此我们曾交付大地
抵押天堂
但价值贬损
而今视之
为耻辱 —

J1707（？）/ F1720（？）

冬天耕种
宛如春天一样适宜

J1708（？）/ F1712（？）

巫术没有家谱
古老如我们的呼吸
哀悼者碰到它外出
在我们死时 —

J1709（？）/ F1713（？）

芬芳未减
暗示时刻来临
毫无胜者的骄狂

秋启程归家 —

她与自然为伍
犹如争竞结束
有威望的亲属
邀约返乡 —

紫色充盈
宴席丰盛
在神圣的回顾中
她的余韵消散 —

J1710（？）/ F509（1863）

一朵奇云惊异天空，
宛若帷幕长角；
帷幕蔚蓝 —
鹿角灰白 —
几乎触着草坪。

如此低低俯身 — 然后庄严立起 —
犹如长袍飘荡；
女王走过绸缎长廊，
亦无这般威严。

J1711（？）/ F1774（？）

一张脸全无爱或慈悲，

一张脸充满憎恨、冷酷和傲慢，
一张脸也许石头与之相伴
会感到全然放松
仿佛是老相识 －
头一次一起投掷。

J1712（？）/ F508（1863）^①

一个深渊 － 唯苍天在上 －
苍天在侧，苍天在外；
然而一个深渊 －
有苍天在上。

动一下就会滑落 －
看一眼就会掉下 －
想一想 － 坍塌支柱
碰巧支撑我的机遇。
啊！深渊！有苍天在上！

那深度是我全部的思想 －
我不敢问我的脚 －
所处之地会使我们受惊
如此笔直你很难怀疑
它是一个深渊 － 深不可测 －
那周缘也是如此。
种子 － 夏天 － 坟墓 －
究竟是谁对谁的厄运？

---

① 本诗约翰逊版收录的为第一个版本，富兰克林阅读版收录的是第二个版本。

另一版本：

一个深渊 － 唯苍天在上 －
苍天在侧，苍天在外；
然而一个深渊 －
有苍天于其上。

动一下就会滑落 －
看一眼就会掉下 －
想一想 － 支柱坍塌
碰巧给予我支撑。
啊！深渊！有苍天于其上！

其深度盘踞我心 －
我不敢问我的脚 －
所处之地会使我们受惊
如此笔直你很难怀疑
它是一个深渊 － 深不可测
那周缘也是如此
究竟是谁对谁的厄运

这会令他们惊讶 －
我们 － 会颤栗 －
但既然我们得到一个炸弹 －
怀抱在胸前 －
不 － 抱着它 － 是宁静 －

J1713（？）/ F1748（？）

诡秘如明天

永不到来，
一种保证，一种确信，
却只是一个名字。

J1714（？）/ F1749（？）

借助别离的光
我们看得，更清，
远胜灯芯驻留。
在飞逝中有某物
澄明视野
装扮明辉

J1715（？）/ F1750（？）

请教夏日钟表，
仅存半盏时辰。
不觉心中一惊 —
不会再看一遍。
欢悦的后半截
远比前边短暂。
这个事实不敢面对
我以玩笑遮掩。

J1716（？）/ F1783（？）

死亡犹如害虫

威胁树木，
有能力杀死它，
也可能被诱骗。

以香脂把它引诱
以锯子把它寻觅
困惑，若其耗尽
你所有。

然后，若它已挖洞躲藏
无计可施 —
扭曲树木任其所为。
恰是害虫意愿。

J1717（？）/ F1751（？）

若人生窘迫的长度
突出其甜蜜，
每日生活的人们
会深置喜悦之中
那会卡住齿轮
阻止理性旋转
其隐秘的皮带
保持我们清醒。

J1718（？）/ F1542（1880）

溺死并不那般可怜

相比试图浮起。
一连三次，据说，一个下沉的人
浮上来面对苍天，
然后永远沉向
那令人憎恶的居所，
那里希望和他绝缘 －
因为他已被上帝抓住。
造物主亲切的面容，
无论看起来多么友善，
仍为人躲避，我们必须承认，
宛如一场灾难。

J1719（？）/ F1752（？）

上帝的确是个爱嫉妒的神 －
他无法忍受
我们宁愿自己玩
也不和他在一起。

J1720（？）/ F1753（？）

若我知道第一杯就是最后一杯
我会保存它更久。
若我知道最后一杯就是第一杯
我会把它调得更烈。
杯子，这都是你的错，
嘴唇并不是撒谎者。
不，嘴唇是你的，
极乐最该受到责备。

J1721（？）/ F1754（？）

他乃我主－他乃我宾，
我至今无法说清
是我邀请他，
还是他邀请我。

如此无限我们的交流
如此亲密，真的
分析犹如荚膜之于
托管的种子。

J1722（？）/ F1755（？）

她的脸庞掩于一床黑发，
如花儿在花坛－
她的手比闪现神圣光芒的
鲸蜡更白。
她的言语比在枝叶间摇荡的
乐音更温柔－
谁听见了也许疑惑，
谁目睹后，信仰。

J1723（？）/ F1778（？）

高空传来一声鸟鸣，
他脚踏林木
目空一切，

俄顷探到一股清风，
轻轻飘身
风头之上
风正鼓噪
自然落后。
一个欢快的家伙
从他言谈推测
既会吉祥福祝
又会打趣逗乐
没有显著负担。
我随后才知
他是一位可靠父亲
稚子嗷嗷待哺。
这倔强的狂喜
他解忧的妙方。
相较我们的喘息。
二者多么不同！

J1724（？）/ F1782（？）

知更鸟们唱得多么大胆，
当男男女女倾听
自从他们偿付账单
已和岁月和解！ —
付出整整一生所得
以一张完美支票，
如今，生或死所能做的
是非物质的。
损人的是太阳

对他而言其平凡的光辉

被永生所骗

把他遗留给夜晚。

每一种杂声消失

考虑到他

他的花园与露水搏斗，

破晓时分占了上风！

J1725（？）/ F396（1862）

我接过这一口生命 —

我会告诉你我付出的代价 —

恰是一种生活方式 —

他们说，这是市价。

他们称量了我，一粒又一粒微尘 —

他们衡量一帧又一帧，

然后给了我我存在的所值 —

一小打兰 ① 天国！

J1726（？）/ F1756（？）

若是我该承受的所有悲痛

仅在今天降临，

我如此高兴我相信

---

① 打兰（英语：dram 或 drachm；药剂学符号：ʒ；缩写：dr）最初为希腊古代一个重量及硬币单位。16 打兰 =1 盎司，也是药衡制的一个质量单位和体积单位。

它们会大笑跑走。

若是我该享有的所有欢笑
仅在今天降临，
它们不会如许巨大
宛如现在所发生。

J1727（？）/ F585（1863）

若曾天灵盖从我头上揭下
让那大脑离开
这家伙会去往他之所属 －
不留一点线索，

而世界 － 若这世界正观看 －
会明白离家有多远
感官可能活在
灵魂那里 － 始终。

J1728（？）/ F1757（？）

难道不朽是祸害
人如此受欺压？

J1729（？）/ F56（1859）

我在此得到一支箭。

由于爱上那只射它的手
我对这飞矢敬畏。

落下了，他们会说，在"争斗"中！
失败了，我的灵魂会发现
那只是一支简单的箭
由一个射手的弓射出。

J1730（？）/ F54（1859）

在我花中的"忘川"，
他们沉醉，
在永不凋零的果园
倾听食米鸟的歌唱！

唯有雪飘花落
如眼亲见
朱庇特！我的父亲！
我看见了玫瑰！

J1731（？）/ F1758（？）

爱一切皆能，除了起死回生
我怀疑即便那样
对这样一位巨人有所抑制
肉体是否能够与其旗鼓相当

但爱已疲惫必须入睡，

而且饥渴必须牧养
于是就帮助这闪光的舰队
直到它远离视线。

J1732（？）/ F1773（？）

我的生命在结束前已结束过两次－
它依然等着去看
是否永生会对我展示
第三次事件

如此巨大，如此令人绝望
如前两次降临。
离别是我们对天堂所知的全部，
也是我们对地狱所有的需要。

J1733（？）/ F1342（1874）

无人见过敬畏，去过他的屋宇
他曾允许一人
尽管临近他的可怕住处
让人性驻留－

不相信他的恐怖居所－
直到奋力脱逃
对理解力的束缚
压抑生命活力。

回归是条不同的路
精神无法指示
因为呼吸是唯一工作
此刻才能实现。

"我没被耗尽，"老摩西写道，
"却与他面对面" —
我确信的那尊容
即是如此。

J1734（？）/ F1477（1878）

哦，一小时的甜蜜，
我从未领略你的力量，
阻止我
直到我最微小的天赋，
我孤清的花
配来领受。

J1735（？）/ F1759（？）

一顶王冠无人寻求
然而最高贵的头颅
将孤独渴求
把耻辱神化

若彼拉多犹存
不管在何地狱

那加冕刺痛他
他清醒记忆。

J1736（？）/ F1760（？）

骄傲于我破碎的心，既然你已把它打碎，
骄傲于直到你来我才感觉到的疼痛，

骄傲于我的夜晚，既然你用月亮使它平息，
不去分享你的激情，**我的**谦卑。

你不能夸口，像耶稣，醉酒没有陪伴
就是最烈的那杯苦酒专为拿撒勒人酿造

你不能以无与伦比的穿刺把传统刺穿，
看！我篡夺了**你的**十字架来荣耀我！

J1737（？）/ F267（1861）

重整一位"妻子"的情感！
当它们令我的头脑混乱！
剥除我长雀斑的胸脯！
让我长出胡须像个男人！

羞煞，我的精神，在你的堡垒 —
羞煞，我不被承认的肉体 —
七年的诺言所教授给你的

远多于每个妻的地位所可以！

爱，从未跳出它的窠臼 －
信任，固守在狭隘的苦痛 －
坚贞通过烈焰 － 褒奖 －
剧痛 － 没有止痛剂！

重负 － 迄今成功承受 －
无人怀疑我的王冠，
因为我把"荆棘"戴到日落 －
然后 － 戴上我的冠冕。

我的秘密巨大但扎着绷带 －
它永远都不会泄露
直到那日它疲惫的守护者
带它穿越坟墓抵达你。

J1738（？）/ F1772（？）

被时间完美的长毛绒软化，
哀伤显得多么柔亮光滑
它曾经威胁童年的城堡
并把岁月侵蚀。

如今一分为二，被更加荒凉的悲伤，
我们嫉妒绝望
它摧毁了童年的王国，
却如此容易修复。

J1739（？）/ F586（1863）

有人道晚安 － 在夜晚 －
我道晚安在白天 －
再见 － 去者说 －
我仍回答，晚安 －

因为离别，即是夜晚，
而出现，简直黎明 －
它本身，紫色在高处
称作早晨。

J1740（？）/ F1780（？）

甜蜜是沼泽伴着它的秘密，
直到我们遇上一条蛇；
那时我们开始渴望房屋，
我们的离去采用
扣人心弦的飞奔
那唯有孩童知晓。
蛇是自然的叛徒，
敬畏乃它去处。

J1741（？）/ F1761（？）

正是一去不回
让生命如此甘甜。
相信我们所不信的

并不使人振奋。

若它为真，最多也不过是
一种消融的财产 —
这煽动一种欲望
恰好与之相反。

J1742（？）/ F1781（？）

死者离去的距离
起先并未显现 —
他们的归来好似可能
在许多殷切的哀年。

于是，我们一直追随，
我们八成心里起疑，
如此亲密我们变得
与他们珍贵的回忆。

J1743（？）/ F1784（？）

坟墓就是我的小屋，
在那里我为你"持家"
我把客厅整理得井井有条
并且沏上大理石茶。

对于暂时分开的两位，

它也许是，一个圆圈，
直到永恒的生命合并
在强大的社团。

J1744（？）/ F1762（？）

欢乐无茎亦无核，
没有种子可种，
在热望中品尝，
却在炫耀中消融。

根本的味觉
偏爱那些果实
隐秘无法传递
且由豆荚专属。

J1745（？）/ F1763（？）

心中的暴徒
警察无法镇压
最初的暴乱
被认定为平静

未确证的场景
或富有意味的声音
却盘旋如飓风
在适意的大地。

J1746（？）/ F1764（？）

最为重要的人们
并不起眼地栖居，
每一刻都在天堂
而非什么地狱。

他们的名姓，除非你知道，
说出也无益。
在大黄蜂和其他的国度
青草繁茂。

J1747（？）/ F1765（？）

阳伞是雨伞的女儿，
且与扇子相关
当她父亲毗邻暴风雨
并把雨水阻挡。

前者帮助塞壬
进行晴天的炫耀；
她的父亲却在承受并被敬重，
采用直到今天。

J1748（？）/ F1776（？）

静默的火山保守
他永不休眠的宏图 —
吐露他粉红的计划

不对靠不住之人。

如果自然不肯诉说
耶和华讲给她的故事
难道人性就不会向前发展
若无一人倾听?

她紧闭的朱唇警告
每一位饶舌者
邻人保守的唯一秘密
就是永生。

J1749(?)/ F1766(?)

波涛追逐着他当他逃离,
不敢回看 —
巨浪在他耳边默念,
"和我一起回家,我的朋友 —
我的客厅有赦免的玻璃酒杯,
我的储藏室有大鱼
能满足一年中的各种口味," —
对这讨厌的赐福
浮游其侧的对象
不做任何明确的回答。

J1750(?)/ F1767(?)

快乐所说的话语
乃无聊的旋律

但静默感觉
妙不可言 —

J1751（？）/ F1768（？）

有那么一刻祈求停止，
当这久久哀求的唇
发觉祈祷徒劳。
"你不准"尚是一把温柔的剑
相比于上帝令人失望的
"圣徒，再求一次。"

J1752（？）/ F1769（？）

这温顺的人埋葬
而敢于活着的我们
却责难阳光短促
向着坟墓闪耀。

在她离去的时段
没有荒野依然
像在死亡之家一样无畏
好似那就是她自己的 —

J1753（？）/ F1770（？）

穿越记忆古老的大地，
独自游荡

是一种神圣的放纵
审慎的人会回避。
售卖的酒
容易提防
但法规并不干涉
内心的酒吧。
有害如夕阳
允许追求
却无力收集，
这宁静的背叛
将我们坚定的时刻
铸成最纯粹的金黄
却难扣留。

J1754（？）/ F1777（？）

失去你－比得到其他
所有我认识的心更甜蜜。
的确干旱是贫瘠，
但因此，我拥有露珠！

里海有它沙的国度，
它别样海的疆域。
没有这贫瘠的特权，
也就没有里海。

J1755（？）/ F1779（？）

造一个草原需要一株三叶草和一只蜜蜂，

一株三叶草，和一只蜜蜂，

和梦。

光梦就行。

若蜜蜂很少。

J1756（？）/ F1771（？）

正是在此我的夏日驻足

何等成熟紧随其后

对于别的景致或灵魂

我的判决开始。

向冬季迁徙

与冬日同住

去把你的冰柱束缚

紧靠你的热带新娘

J1757（？）/ F1775（？）

绞刑架上悬着一个恶棍

对于地狱也太过臭名昭著

无法去往这律法授予他之地。

随着自然的帷幕落下

那个生他的人踉跄而来 —

因为这是那女人的儿子。

"这是我全部的所有，"她倒吸一口凉气 —

哦，多么盛怒的恩惠！

那里每只小鸟都敢飞去
蜜蜂们无拘无束嬉游
陌生人在叩门前
必先拭去泪珠 －

J1759（？）/ F1786（？）

哪一个最为想念 －
那照料的手
还是如此温柔承载的心，
重量双倍于从前
因为手儿离开?
哪一个最受祝福
能开启的唇
还是那已入睡的
伴着"若我能够"的努力
没有力气成形?

J1760（1882）/ F1590（1882）

抵达至福之境
一如去往最近的房屋
如果在那里有一位朋友等候
幸福或厄运 －

那灵魂该有多么刚毅，

才可以承受
脚步走近的声音 －
门扉的开启 －

J1761（？）/ F397（1862）

一行人穿越墓地之门，
鸟儿骤然高歌，
啼啭，颤抖，摇摆他的喉咙
直到整个墓园响彻；
然后调整他的小调，
躬身继续歌唱。
无疑，他以为适宜
与人说再见。

J1762（？）/ F1787（？）

若自然是凡间女子
拥有如此之少的时间
去打理她的行装和整顿
气候的剧烈交换 －

多么迅速，多么重要 －
无论什么迫切的需要 －
大自然都会做好准备
并有一个小时匀出。

使某种小玩意更加精美

它本来就美得出奇 —
保留使之迷人，
分离更令人着迷。

J1763（？）/ F1788（？）

声名是只蜜蜂。
它有一首歌 —
它有一根刺 —
啊，同样，它也有一双翅膀。

J1764（？）/ F1789（？）

声声凄切，声声甜美，
声声狂热欢腾 —
百鸟，在春日里齐鸣，
良夜甘醇暂歇。

在三四月间 —
那神奇边境
有夏日踟蹰不前，
好似天国临近。

让我们想起所有的逝者
曾与我们漫步于此，
分离的妖术
让残忍更为亲近。

让我们想起昔日繁华，

和如今的悲悼。
几乎渴望这迷人的歌喉
离去不再歌唱。

聆听可以伤透人心
迅捷如投枪。
好想耳朵没心
如此危险地靠近。

J1765（？）/ F1747（？）

爱是存在的一切
是我们对爱所了解的全部
这已足够，货物应该
与车辙成正比。

J1766（？）/ F1746（？）

这些最后的生灵，－ 他们是谁 －
一直忠诚到最后
管理着她的狂喜，
但唯有夏日知晓。

J1767（？）/ F1785（？）①

甜蜜的时光消逝于此，

---

① 本诗约翰逊版收录第一个版本。富兰克林阅读版收录第二个版本。

这间强大的房屋；
其内曾有希望嬉戏，一
如今荫蔽在坟墓。

另一版本：

甜蜜的时光消逝于此，
这间羞怯的房屋 一
其内曾有希望嬉戏
如今憩息在坟墓。

J1768（1883）/ F1606（1883）

雅典的少年，忠于
你自己，
和神秘 一
余皆为背叛 一

J1769（？）/ F1153（1868）

上帝指定的最长的一天
将与太阳一起结束。
痛苦能走向它的界桩，
然后就必须回返。

J1770（1870）/ F1181（1870）

实验始终护送我们 一

他尖刻地陪伴
不会给公理任何
机会 —

J1771（1881）/ F1557（1881）

多么迅捷 — 多么轻率的一个 —
爱怎么总是犯错 —
这欢快的小神
我们并没有被鞭笞着服侍 —

J1772（1881）/ F-

让我不要渴望有这霍克酒在唇，
也不要乞求，有许多领域在我口袋 —

J1773（1883）/ F1622（1883）

夏日我们并没有珍惜，
她的宝藏如此易得
如今以离去教导我们
赏识迟迟 —

激励自身 — 穿上外衣，
揪心地迅速扫视
那时刻一列列火车驶出视野，
没有意识到他的机警。

J1774（1870）/ F1182（1870）

极乐的时光自我消融
不留下任何痕迹 －
痛苦却没有一根羽毛
或太过沉重难以飞升 －

J1775（？）/ F-

大地有很多曲调。
没有旋律的地方
是未知的半岛。
美是自然的真相。

但见证她的陆地，
见证她的海洋，
对我而言蟋蟀是她
最动人的挽歌。

J-/ F190（1861）

不是玫瑰，却感觉如花盛开，
不是飞鸟 － 却已遨游以太 －

J-/ F290（1862）

让别人 － 炫耀萨里的恩慈 －

981

我自己－扶助他的十字架－

J-/ F502（1863）

生是冗长的死，
死是生的枢纽。

J-/ F808（1864）

美丽的花儿令我羞惭，
遗憾自己不是蜜蜂－

J-/ F1244（1872）

飞－飞－但当你飞时－
记住－须臾弃你而去－
须臾追求百年
百年渴慕永恒－
啊责任重大－
无怪小小的瞬间逃逸－
远离它恐惧的道路－

J-/ F1252（1872）

柔和者所穿着的勇气
对于无畏者太过威猛。

J-/ F1321（1874）

当陆地消亡
他们遗弃的巨人 － 被
迫去承受 －

J-/ F1452（1877）

难以置信的处所
却限制了客人

J-/ F1478（1878）

鸟儿一声啼
胜过言万千 －
一支鞘 － 仅一柄剑

J-/ F1492（1879）

残忍如蜜蜂无翼
蜜之王子与刺之王子
如此平凡的花朵把她向你呈现

J-/ F1534（1880）

我不在意 － 为何要在意
然而我害怕我在意

摇晃烦人的真相入睡 —
暂时安全
恐惧它会醒来
持续如地狱
比直白的厄运
更难面对 —

J-/ F1558（1881）

鲜血比呼吸更为招摇
但同样无法舞蹈 —

J-/ F1591（1882）

若我该看见一只孤鸟

J-/ F1658（1884）

给我看永恒，我就给你看记忆 —
二者都在一个包里放
又再次被提取 —
做苏，当我是艾米莉 —
然后，做你一直做的，无限 —

J-/ F1659（1884）

我攥得太紧以致我失去了它

那个抓蝴蝶的孩子说
关于众多更大的捕获
此即挽歌 —

J-/ F1660（1884）

若不是那落败的音调
如今比他响亮
永恒也许可以模仿
时间的丰裕

J-/ F1676（1885）

磨练的恩典是双倍的恩典 —
不，它是神圣。

诗歌索引

图书在版编目(CIP)数据

艾米莉·狄金森诗歌全集/(美)艾米莉·狄金森著;
王玮译. —上海:上海三联书店,2023.8
　ISBN 978 - 7 - 5426 - 8005 - 1

　Ⅰ.①艾…　Ⅱ.①艾…②王…　Ⅲ.①诗集-美国-
近代　Ⅳ.①I712.24

中国国家版本馆 CIP 数据核字(2023)第 023792 号

艾米莉·狄金森诗歌全集

著　　者 / [美]艾米莉·狄金森
译　　者 / 王　玮
责任编辑 / 董毓玭
装帧设计 / 未了工作室
监　　制 / 姚　军
责任校对 / 王凌霄

出版发行 / 上海三联书店
　　　　　(200030)中国上海市漕溪北路 331 号 A 座 6 楼
邮购电话 / 021 - 22895540
印　　刷 / 上海展强印刷有限公司

版　　次 / 2023 年 8 月第 1 版
印　　次 / 2023 年 8 月第 1 次印刷
开　　本 / 890 mm × 1240 mm　1/32
字　　数 / 250 千字
印　　张 / 33.375
书　　号 / ISBN 978 - 7 - 5426 - 8005 - 1/I · 1801
定　　价 / 280.00 元(全三卷)

敬启读者,如发现本书有印装质量问题,请与印刷厂联系 021 - 66366565